MIRACLE

SECONDE CHANCE

DU MÊME AUTEUR
CHEZ POCKET

. Coups de cœur
. Joyaux
. Naissances
. Disparu
. Le cadeau
. Accident
. Cinq jours à Paris
. La foudre
. Malveillance
. La maison des jours heureux
. Au nom du cœur
. Honneur et courage
. Le ranch
. Renaissance
. Le fantôme
. Un rayon de lumière
. Le klone et moi
. Un si long chemin
. Douce amère
. Forces irrésistibles
. Le mariage
. Mamie Dan
. Voyage
. Le baiser
. Rue de l'espoir
. L'aigle solitaire
. Le cottage
. Courage
. Vœux secrets
. Coucher de soleil à Saint-Tropez
. Rendez-vous
. À bon port
. L'ange gardien
. Les échos du passé
. Impossible
. Éternels célibataires
. La clé du bonheur
. Miracle
. Princesse
. Sœurs et amies
. Le bal
. Villa numéro 2
. Une grâce infinie
. Paris retrouvé
. Irrésistible

DANIELLE STEEL

Avec 78 best-sellers publiés en France, plus d'un demi milliard d'exemplaires vendus dans 47 pays et traduits en 28 langues, Danielle Steel est l'auteur contemporain le plus lu et le plus populaire au monde. Depuis 1981, ses romans figurent systématiquement en tête des meilleures ventes du *New York Times*. Elle est restée sur les listes des best-sellers pendant 390 semaines consécutives, ce qui lui a valu d'être citée dans le livre *Guinness des Records*.

Mais Danielle Steel ne se contente pas d'être écrivain. Très active sur le plan social, elle a créé deux fondations s'occupant de victimes de maladies mentales, d'enfants abusés, et de sans-abri.

Danielle Steel a longtemps vécu en Europe et a séjourné en France durant plusieurs années (elle parle parfaitement le français) avant de retourner à New York achever ses études. Elle a débuté dans la publicité et les relations publiques, puis s'est mise à écrire et a immédiatement conquis un immense public de tous âges et de tous milieux, très fidèle et en constante augmentation. Lorsqu'elle écrit (sur sa vieille Olympia mécanique de 1946), Danielle Steel peut travailler vingt heures par jour. Son exceptionnelle puissance de travail lui permet de mener trois romans de front, construisant la trame du premier, rédigeant le deuxième, peaufinant le troisième, et de s'occuper des adaptations télévisées de ses ouvrages. Toutes ces activités ne l'empêchent pas de donner la priorité absolue à sa vie personnelle. Avec ses huit enfants, elle forme une famille heureuse et unie, sa plus belle réussite et sa plus grande fierté. En 2002, Danielle Steel a été faite officier de l'ordre des Arts et des Lettres. En France, son fan-club compte plus de 29 000 membres.

Retrouvez toute l'actualité de l'auteur sur
www.danielle-steel.fr

DANIELLE STEEL

MIRACLE

SECONDE CHANCE

PRESSE DE LA CITÉ

Titres originaux :
MIRACLE

SECOND CHANCE

ISBN : 978-2-266-21705-7

MIRACLE

Traduit de l'anglais (États-Unis)
par Valérie Thomas

Aux miracles,
Petits et grands,
Qui apportent le pardon.
Et aux amours véritables,
Ô si rares,
Qui se conquièrent si durement.
Avec toute mon affection,

d.s.

« … l'humaine sagesse était tout entière dans ces deux mots : attendre et espérer. »

Alexandre Dumas
Le Comte de Monte-Cristo

1

La *Victoire* longeait la côte en direction du vieux port d'Antibes, par une journée pluvieuse de novembre. La mer était un peu agitée et, debout sur le pont, Quinn Thompson fixait les voiles en savourant ses dernières minutes à bord. Le ciel gris, la pluie, les vagues, rien de tout cela ne le dérangeait. Marin chevronné, habitué à naviguer par tous les temps, il se sentait parfaitement à son aise sur ce splendide bateau de quarante-cinq mètres, équipé de moteurs auxiliaires, qu'il avait loué à un homme avec qui il avait souvent fait affaire à Londres. Après avoir connu quelques revers financiers, celui-ci le lui avait loué depuis août pour une fortune, mais Quinn ne le regrettait pas. D'une part, il pouvait se le permettre, car il avait très bien réussi sur le plan professionnel. D'autre part, son périple lui avait fait beaucoup de bien. Il se sentait beaucoup plus fort et serein qu'au moment de son départ, et commençait même à se résigner à son sort.

Il était monté à bord de la *Victoire* en Italie, avant de gagner les eaux espagnoles et françaises. Le golfe du Lion lui avait ménagé quelques moments difficiles, mais il avait été heureux de cette tempête soudaine qui avait mis un peu de piment à son voyage. Puis il avait pris la direction de la Suède et de la Norvège, avant de revenir lentement par la côte allemande. Cela faisait ainsi trois mois qu'il bourlinguait, repoussant sans cesse son retour en Californie. Il n'avait aucune raison de rentrer chez lui, mais avec l'arrivée de l'hiver, il savait que cela était inévitable. De plus, le propriétaire de la *Victoire* tenait à récupérer son bateau dans les Caraïbes pour en profiter au moment de Noël.

Tout ce temps passé sur la *Victoire* lui avait été extrêmement profitable. Cela lui avait permis de réfléchir et de se remettre en partie du drame qui l'avait frappé. Et surtout, ces longues semaines à bord lui avaient rappelé combien il aimait naviguer. Plus qu'un loisir, c'était une passion pour lui. Il aimait la solitude, qui l'aidait à se ressourcer, et avait apprécié que l'équipage se montre aussi discret qu'efficace. Mais, pardessus tout, son voyage lui avait offert une échappatoire et un refuge. La beauté sévère des fjords, en particulier, avait trouvé bien plus d'écho en lui que les ports plus gais ou romantiques de la Méditerranée, qu'il avait d'ailleurs soigneusement évités.

À présent, ses bagages étaient prêts dans sa cabine, et il connaissait suffisamment l'équipage pour deviner qu'il ne resterait plus la moindre trace de son passage après son départ. Il avait voyagé avec six hommes et une femme – l'épouse du capitaine, qui officiait comme hôtesse. Tous britanniques, comme leur employeur, ils avaient fait preuve d'une extrême courtoisie à son égard et avaient respecté son besoin d'intimité en veillant à le déranger le moins possible. Cette discrétion ne les avait cependant pas empêchés d'apprécier ses qualités de marin et de se rendre très vite compte qu'il s'y connaissait nettement mieux que le propriétaire du voilier. C'est ainsi que, au fil des mois, Quinn avait tissé des liens empreints d'une profonde estime avec le capitaine, Sean Mackenzie.

— Désolé pour le changement de cap, s'excusa ce dernier en le rejoignant sur le pont.

Quinn se tourna vers lui et hocha la tête sans un mot. Les vagues qui se brisaient contre les flancs du bateau ne le troublaient pas plus que la pluie qui leur fouettait le visage. Sa tenue le protégeait parfaitement et, à vrai dire, il ne détestait pas un bon grain de temps à autre. La seule chose qui lui déplaisait était la perspective de quitter bientôt la *Victoire* et de ne plus pouvoir discuter avec le capitaine, comme il l'avait fait durant ces trois mois. Tous deux avaient passé des heures à parler voyages et il devait reconnaître que cela lui manquerait.

Il en allait de même pour le capitaine, qui avait été impressionné par les connaissances et l'expérience de Quinn. Le propriétaire du bateau lui avait confié qu'il avait commencé tout en bas de l'échelle et qu'il avait fait fortune à force de travail et de pugnacité. Il l'avait même qualifié de brillant, ce dont Sean Mackenzie convenait aisément, à présent qu'il le connaissait mieux. Bel homme plein d'allant, Quinn Thompson était une légende dans le monde de la finance internationale. Admiré de beaucoup, craint de certains, haï de quelques-uns – parfois avec raison –, il s'était toujours battu obstinément pour obtenir ce qu'il désirait. C'était un être complexe, à la fois franc, sûr de lui, puissant, doté d'une grande imagination dans son domaine, mais aussi mystérieux et peu bavard, sauf en de rares occasions, comme après plusieurs cognacs, ce que Sean avait pu constater. Il avait également compris, à quelques allusions, que Quinn avait perdu sa femme quelques mois plus tôt et qu'il avait une fille, Alex.

Mais c'était tout. Le plus souvent, leurs conversations portaient sur leur principal centre d'intérêt à tous les deux, les bateaux. Et s'il avait parfois lu une profonde douleur dans le regard de Quinn, ce dernier n'avait jamais parlé de sa vie privée. Il était du genre à partager ses idées bien plus volontiers que ses sentiments.

— Vous devriez faire une offre à M. Barclay pour la *Victoire*, dit Sean tandis que l'équipage affalait les voiles.

Quinn sourit, ce qui n'était pas fréquent chez lui, mais lorsque cela lui arrivait, tout son visage s'éclairait. On aurait dit alors un autre homme, complètement différent de celui qu'il était la plupart du temps – triste et en proie à des idées noires.

— J'y ai déjà songé, admit-il, mais je ne crois pas qu'il accepterait de s'en défaire.

En fait, il avait déjà posé la question à John Barclay, et celui-ci lui avait répondu qu'il préférerait se séparer de sa femme et de ses enfants plutôt que renoncer à la *Victoire*, ce que Quinn comprenait et respectait. Mais, durant ces trois mois, l'idée d'acheter un voilier avait fait son chemin dans sa tête. Cela faisait des années qu'il n'en possédait plus, alors pourquoi s'en priver maintenant qu'il n'y avait plus rien pour l'en empêcher ? Ce serait la parfaite réponse à son désir de fuir San Francisco. Il avait déjà décidé de vendre sa maison et envisageait d'acquérir un appartement quelque part en Europe. À soixante et un ans, il était retraité depuis près de deux ans et, depuis la mort de sa femme Jane, il n'avait plus de raison de rester en Californie. Un voilier lui redonnerait peut-être un peu de joie de vivre. Il s'était rendu compte que la *Victoire* y était déjà parvenue. De plus, l'avantage avec les bateaux était que, contrairement aux gens, ils ne vous décevaient jamais.

— Vous devriez en acheter un autre, monsieur, hasarda le capitaine, qui aurait adoré travailler pour lui.

Quinn était dur mais juste, et naviguer avec lui était un plaisir. Il avait exploité à fond les capacités de la *Victoire* et était allé dans des zones où John Barclay n'aurait jamais osé, ni même imaginé, s'aventurer. Et tout l'équipage partageait ce point de vue.

— C'est exactement ce que je me disais, répondit Quinn.

Déjà, il regrettait la *Victoire*. Il savait que le voilier devait repartir deux jours plus tard pour Gibraltar et, de là, vers Saint-Martin aux Antilles, où John Barclay comptait passer les fêtes de fin d'année avec sa famille. En louant son bateau, Quinn lui avait permis de faire face à ses difficultés financières et de conserver la *Victoire* pendant un bon moment encore.

— N'auriez-vous pas entendu parler d'un yacht du même type qui serait à vendre ? demanda Quinn avec espoir.

Les yeux rivés droit devant lui pour surveiller leur entrée dans le port, le capitaine réfléchit un moment avant de répondre.

— Rien qui corresponde à ce que vous souhaitez, malheureusement, dit-il enfin.

Les gros bateaux ne manquaient pas sur le marché, mais les voiliers répondant aux attentes de Quinn étaient beaucoup plus rares. Le plus souvent, leurs propriétaires y tenaient comme à la prunelle de leurs yeux et ne s'en séparaient donc pas facilement.

Le capitaine cherchait encore à qui Quinn pourrait s'adresser lorsque son second s'approcha d'eux. À tout hasard, il lui posa la question.

— Oui, j'ai entendu parler d'un voilier qui serait à vendre, il y a deux semaines, quand on a quitté la Norvège, répondit le jeune homme. Il est en cours de finition dans un chantier naval aux Pays-Bas. Bob Ramsay l'avait commandé l'année dernière, avant de décider qu'il en voulait un plus gros. À ce qu'il paraît, c'est un vrai bijou.

Tous trois savaient qu'il ne pouvait en être autrement avec un homme comme Bob Ramsay. Américain, marié à une Française et vivant à Paris, Bob Ramsay était un marin hors pair de réputation internationale, qui possédait trois yachts magnifiques avec lesquels il avait remporté de nombreuses compétitions en Europe.

— Vous vous souvenez du nom du chantier ? demanda Quinn.

— Oui. Je leur téléphonerai dès que nous aurons accosté, si vous voulez.

Quinn avait prévu de prendre un avion pour Londres dans l'après-midi, de passer la nuit à l'hôtel et de s'envoler pour San Francisco dès le lendemain matin. Auparavant, il avait appelé sa fille pour lui proposer d'aller la voir à Genève, mais elle lui avait répondu qu'elle était trop occupée avec ses enfants. Il connaissait bien sûr la véritable raison de son refus, mais n'avait plus assez d'énergie pour tenter de s'expliquer une nouvelle fois. Il y avait trop d'amertume, trop de différends entre eux depuis des années. Alex ne lui avait jamais pardonné d'avoir été absent pendant toute son enfance et surtout de ne pas l'avoir prévenue plus tôt de la maladie de sa mère. Avec le recul, il se rendait compte que c'était un mélange de déni et d'espoir aveugle qui l'en avait empêché. Il avait refusé de croire que Jane puisse mourir – et elle aussi d'ailleurs. L'un et l'autre étaient persuadés qu'elle se rétablirait. Et lorsque Jane avait accepté qu'il appelle Alex, il était trop tard. Il ne lui restait plus que quelques jours à vivre. Parfois, Quinn se demandait si tous deux n'avaient pas inconsciemment voulu passer ces derniers instants seuls, excluant ainsi leur fille.

Lorsque Alex était arrivée, la maladie avait presque achevé son œuvre. Bourrée de médicaments et souffrant le martyre, Jane avait à peine pu lui parler, en dehors de quelques rares instants de lucidité durant lesquels elle avait continué de soutenir qu'elle allait s'en sortir. Deux jours plus tard, elle mourait. Inconsolable et ivre de colère contre son père, Alex avait laissé libre cours à toute la rancœur qu'elle avait accumulée contre lui. Ses déceptions, ses peines et son ressentiment s'étaient transformés en rage, et elle lui avait envoyé une lettre d'une extrême dureté, dès qu'elle était rentrée chez elle. Durant des mois, elle avait refusé de répondre à ses appels téléphoniques. Même si Jane, avant sa mort, leur avait recommandé de prendre soin l'un de l'autre, Quinn avait finalement renoncé à se faire entendre de sa fille. Il savait combien Jane aurait souffert de voir Alex et lui devenir de parfaits étrangers, et il en éprouvait un réel sentiment de culpabilité, mais il n'y avait rien à faire. Au plus profond de lui, il savait qu'Alex avait raison. Même s'ils ne l'avaient pas voulu, Jane et lui l'avaient empêchée de dire au revoir à sa mère.

Le coup de fil qu'il lui avait passé deux jours plus tôt n'avait été qu'une ultime et dérisoire tentative pour renouer le contact avec elle. Comme il s'y attendait, il avait essuyé un refus glacial. Le fossé qui les séparait était tel qu'il ne voyait plus comment faire. Durant toutes les années qu'il avait passées à construire son empire, il avait consacré très peu de temps à sa famille. Jane lui avait pardonné, mais cela n'avait rien d'étonnant. Elle avait toujours éprouvé beaucoup d'admiration et de compréhension pour ce qu'il faisait. Elle avait été fière de ses succès, quel qu'en eût été le prix. Alex, en revanche, n'avait jamais accepté ses absences à répétition et son manque d'intérêt apparent pour ses enfants. Et elle ne s'était pas gênée pour le lui dire le jour de l'enterrement, en même temps qu'elle lui criait sa colère de ne pas avoir été avertie plus tôt de la maladie dont souffrait sa mère. Bien que d'apparence délicate, comme Jane, elle était aussi dure que lui. Son inflexibilité et sa rancune n'avaient rien à envier à celles dont il avait si souvent fait preuve par le passé.

Pourtant, Quinn était capable d'une tendresse et d'une sensibilité que peu de personnes en dehors de sa femme connaissaient. Jane l'avait aimé pour cela, même s'il cachait soigneusement ces aspects de sa personnalité. Malheureusement, Alex n'en avait pas hérité, pas plus que de la bonté de sa mère. Il y avait un côté froid et dur chez elle, qui effrayait parfois Quinn. Elle lui en voulait depuis très longtemps et il était clair qu'elle n'allait pas changer d'avis, surtout après ce qui s'était passé. La mort de Jane avait ainsi sonné le glas de leur relation père-fille. Face aux accusations d'Alex, Quinn avait fini par admettre que, en effet, il n'avait pas voulu partager Jane durant ses derniers jours. Terrifié à l'idée de la perdre, il avait d'abord refusé de voir la réalité en face. Puis il avait eu besoin de lui parler, après tant d'années de silence, et il lui avait dit tout ce qu'il éprouvait pour elle et n'imaginait pas être capable de lui confier. Jane et lui s'étaient ouverts l'un à l'autre comme jamais auparavant pendant ces quelques semaines, et elle lui avait montré les poèmes qu'elle avait écrits ainsi que son journal intime. Lui qui croyait bien la connaître avait alors découvert qu'il s'était trompé sur toute la ligne.

Sous une apparence calme, tranquille, presque banale, se cachait une femme aimante et passionnée, qui lui avait voué un amour dont il n'avait jamais deviné la force et la profondeur. Plus que tout, c'était ce qu'il ne se pardonnait pas. Il n'avait pratiquement jamais été là pour Jane et, d'une certaine manière, l'avait davantage abandonnée, elle, que leur fille. Jane aurait pu, tout comme Alex, lui reprocher ses multiples absences, mais il n'en avait rien été et elle n'avait jamais cessé de l'aimer. Il en éprouvait une honte et une culpabilité qui, il le savait, le rongeraient jusqu'à la fin de sa vie. Sa faute lui paraissait encore plus impardonnable depuis qu'il avait lu son journal intime et ses poèmes. Il les avait emportés avec lui sur la *Victoire* et les avait lus et relus chaque soir depuis son départ. Les poèmes en particulier lui avaient fendu le cœur. Jane était la femme la plus généreuse et la plus compatissante qu'il eût jamais rencontrée et, ironie du sort, il ne l'avait compris qu'après l'avoir perdue, c'est-à-dire trop tard. Bien trop tard. Désormais il ne pouvait plus que regretter ses erreurs et ses manquements. Il n'existait aucun moyen de réparer le mal qu'il avait fait, ni même de l'atténuer. Il s'était excusé auprès de Jane, bien sûr, mais avait souffert encore plus lorsqu'elle lui avait répondu qu'il n'avait pas de remords à avoir et qu'elle avait toujours été heureuse avec lui. Comment avait-elle pu l'être avec un homme constamment absent, qui ne lui prêtait aucune attention ? Quinn savait quels étaient ses torts et pourquoi il avait agi ainsi. Il avait été trop longtemps obsédé par son travail et sa réussite personnelle pour se soucier de quiconque, y compris des siens. Tout comme Alex, Jane aurait dû lui en vouloir. Mais, jusqu'au bout, elle lui avait témoigné un amour qu'il ne méritait absolument pas. Il en faisait des cauchemars presque toutes les nuits. Des cauchemars dans lesquels il la voyait le supplier de rentrer à la maison et de ne pas l'abandonner.

Il avait pris sa retraite l'année précédant sa mort, et ils avaient passé une année à voyager. Comme d'habitude, Jane avait été d'accord pour aller là où il le souhaitait. Ils avaient ainsi visité Bali, le Népal, l'Inde et même le fin fond de la Chine. Ils étaient retournés dans des pays que tous deux adoraient, comme le Maroc, le Japon ou la Turquie. Pour la première fois depuis des années, ils s'étaient rapprochés l'un de l'autre. Quinn avait redécouvert combien Jane était gaie et agréable. Amoureux comme au premier jour, ils n'avaient jamais été aussi heureux que durant cette période.

C'était à Paris qu'ils avaient découvert à quel point elle était malade. Jane souffrait depuis des mois de maux d'estomac qu'ils avaient d'abord attribués à leurs nombreux voyages, mais qui s'étaient soudain aggravés dans la capitale française. Ils étaient aussitôt rentrés chez eux, où des examens leur avaient révélé combien ils s'étaient trompés. Mais même alors, ils avaient minimisé l'importance de la maladie. Enfin, Quinn surtout. La lecture du journal de Jane lui avait en effet appris qu'elle avait deviné la gravité de son état bien avant lui, tout en restant persuadée qu'elle s'en remettrait. Elle avait souffert sans rien dire, pour ne pas gâcher le plaisir qu'il prenait à voyager. Elle avait d'ailleurs été très ennuyée lorsqu'ils avaient dû annuler un voyage au Brésil et en Argentine. Comme cela semblait dérisoire à présent, songeait-il. La vie avait perdu tout son sens sans Jane.

Elle était morte en juin, à cinquante-neuf ans, après trente-sept ans de mariage. Alex en avait trente-quatre, et son frère Doug en aurait eu trente-six, s'il avait vécu. Il avait eu un accident de bateau à l'âge de treize ans, et Quinn se rendait compte maintenant qu'il l'avait à peine connu, lui aussi. La liste de ses regrets n'avait ainsi cessé de s'allonger pendant ces cinq derniers mois. Cinq mois interminables, atroces, sans Jane. Et il savait avec une absolue certitude qu'il ne se pardonnerait jamais d'avoir failli à sa famille. Ses cauchemars et le journal de Jane lui rappelaient constamment ses erreurs. Alex, elle, l'avait depuis longtemps jugé coupable, et il était certain qu'elle n'avait pas tort.

Quinn était plongé dans ces réflexions lorsque le capitaine frappa à la porte de sa cabine. Ils venaient d'accoster et il lui apportait des renseignements sur le voilier en cours de construction aux Pays-Bas.

— Il fait cinquante-quatre mètres, annonça-t-il tout heureux, et c'est un ketch de toute beauté, paraît-il. J'ai eu l'un des responsables du chantier au téléphone. Il m'a dit que personne ne s'était encore porté acquéreur, mais que le bateau suscitait déjà beaucoup d'intérêt.

Un sourire se dessina lentement sur les lèvres de Quinn. Jamais le capitaine ne l'avait vu aussi content – comme s'il avait soudain été débarrassé d'un lourd fardeau.

— Vous comptez aller le voir, monsieur ? s'enquit-il. Je serais ravi de modifier vos réservations pour votre retour, si vous voulez. Il y a un avion pour Amsterdam, une demi-heure après celui que vous avez prévu de prendre pour Londres.

Quinn n'en croyait pas ses oreilles. Un voilier de cinquante-quatre mètres. C'était complètement fou. Mais pourquoi pas, finalement ? Il pourrait passer le restant de sa vie à naviguer. Il ne demandait rien de plus. Vivre à bord d'un bateau, sillonner toutes les mers du globe, explorer des contrées inconnues, en emportant les poèmes et le journal de Jane. À part ça, rien n'avait de valeur pour lui.

— Ce serait de la folie, non ? dit-il en s'asseyant dans un fauteuil en cuir, l'air songeur.

Il avait l'impression étrange de n'être pas digne d'un tel bateau, et en même temps de le désirer plus que tout. Ce serait là le meilleur moyen de satisfaire son besoin de fuir toujours plus loin.

— Je ne pense pas, monsieur. C'est dommage qu'un marin comme vous n'ait pas son propre voilier.

Le capitaine voulut ajouter qu'il adorerait travailler sous ses ordres, mais sa crainte d'être jugé importun le retint. Il serait toujours temps d'aborder le sujet si vraiment Quinn Thompson achetait le ketch. Quinn correspondait exactement au profil d'employeur qu'il recherchait : un marin aguerri qui, contrairement à Barclay, ne laisserait jamais un voilier d'exception comme la *Victoire* rester la plus grande partie de l'année amarré dans un port.

— Le ketch sera prêt dans un an, peut-être moins si vous insistez un peu. Vous en disposeriez ainsi à la fin de l'été prochain, ou en octobre-novembre au plus tard.

— Très bien, déclara Quinn d'une voix ferme. Si ça ne vous ennuie pas de modifier mes réservations, je vais faire un détour par les Pays-Bas, alors.

Il n'avait rien de prévu, pas le moindre rendez-vous ni le moindre ami à voir, et les trois mois qu'il venait de vivre l'avaient conforté dans son désir d'avoir son propre bateau. Coûte que coûte. Et, cette fois, personne ne l'en empêcherait.

— Voudriez-vous prévenir le chantier de ma visite ? ajouta-t-il, le regard brillant d'impatience.

— Oui, monsieur. Tout de suite.

— J'aimerais aussi une chambre à l'hôtel Amstel. Juste une nuit. J'irai voir le bateau demain et je rejoindrai Londres aussitôt après.

Il était ravi de sa décision, et ce d'autant plus qu'elle ne l'engageait à rien. Il ne serait pas obligé d'acheter le ketch, s'il ne l'aimait pas. Peut-être en commanderait-il alors un qui serait réalisé à partir de ses plans à lui, mais il savait que cela prendrait beaucoup plus de temps. Il fallait compter au moins deux ans pour construire un voilier comparable à celui voulu au départ par Bob Ramsay, peut-être même davantage.

Le capitaine prit toutes les dispositions nécessaires et, une demi-heure plus tard, Quinn fit ses adieux aux différents membres d'équipage en les remerciant de leur gentillesse. Il laissa à chacun un pourboire généreux, ainsi qu'un chèque d'un montant substantiel au capitaine, accompagné de la promesse de lui faire part de sa décision concernant le ketch. Puis il s'éloigna en limousine vers l'aéroport de Nice, tout en éprouvant la même douleur que celle qu'il ressentait depuis des mois à l'idée de ne plus pouvoir confier ses projets et ses espoirs à Jane. Il y avait sans cesse des choses qu'il souhaitait partager avec elle et qui lui rappelaient à chaque fois combien elle lui manquait. Il ferma les yeux un instant en pensant à elle, puis se ressaisit. S'abandonner à son chagrin ne servait à rien. Il luttait depuis le mois de juin et sentait que seul un bateau arriverait à lui changer les idées. Cela lui permettrait de fuir les endroits où Jane et lui avaient vécu et dont il ne supportait plus la vue. Cela lui offrirait une nouvelle raison de vivre, aussi. Rien ne remplacerait jamais

Jane, bien sûr, mais, alors qu'il atteignait l'aéroport, Quinn songea qu'elle aurait été heureuse pour lui. Comme toujours. Sa femme avait toujours soutenu ses choix et approuvé ses idées, si folles qu'elles aient pu paraître à certains moments. Elle aurait compris son désir mieux que quiconque, car elle était la seule à en être capable, la seule à l'avoir jamais aimé. Il savait désormais, sans l'ombre d'un doute, que sa vie avec elle avait été un long poème d'amour, semblable à ceux qu'elle avait écrits au fil des ans et qu'elle lui avait remis avant de mourir.

2

L'avion atterrit à l'aéroport d'Amsterdam-Schiphol à 18 heures, et Quinn prit un taxi jusqu'à l'hôtel Amstel. C'était l'un de ses préférés en Europe, tant son ancienneté, sa beauté et la qualité de ses prestations lui rappelaient le Ritz à Paris. Il commanda un en-cas peu après son arrivée, mélancolique d'avoir quitté la *Victoire* mais impatient de voir le ketch, le lendemain. Il espérait qu'il correspondrait à ses attentes.

Après une nuit agitée, il se leva tôt et fut prêt bien avant que sa voiture avec chauffeur n'arrive. Il en profita pour lire le *Herald Tribune* tout en prenant son petit déjeuner. Ils mirent une heure pour arriver au chantier. Le propriétaire des lieux, Tem Hakker, un homme jovial de forte carrure et un peu plus âgé que lui, avait déjà sorti les plans du voilier en prévision de leur entretien. Il avait entendu parler de Quinn et lu de nombreux articles sur lui, mais avait tout de même passé quelques coups de fil, la veille au soir, pour avoir des renseignements plus précis. Cela lui avait permis d'apprendre que Quinn pouvait se montrer très dur envers ceux qui le contrariaient ou le trahissaient.

Quinn s'assit et ses yeux brillèrent de plaisir en examinant les plans du bateau. Tem avait demandé à ses deux fils d'être présents. En charge du projet, ces derniers lui expliquèrent tout en détail avec une fierté qui se comprenait parfaitement. Le voilier allait être fabuleux et Quinn sentit grandir son respect pour Bob Ramsay. Le ketch posséderait presque tout ce qu'un passionné de navigation comme lui pouvait souhaiter. Il fit quelques suggestions techniques qui impressionnèrent les Hakker, car elles allaient améliorer le voilier.

— Bob Ramsay est fou de renoncer à une merveille pareille, murmura-t-il en étudiant encore une fois les plans.

— C'est parce que nous lui construisons un yacht de quatre-vingts mètres, expliqua Tem Hakker.

— Quatre-vingts mètres ! Cela devrait contenter Bob pendant un moment, conclut-il d'un ton léger avant de demander à voir le ketch.

En le découvrant, il se tut, admiratif. Le bateau était en cours d'achèvement et il était évident qu'il serait magnifique, avec son mât de cinquante-sept mètres et ses mille six cents mètres carrés de voilure. Pour Quinn, ce fut le coup de foudre. Le ketch lui parut d'une beauté à couper le souffle et il sut d'emblée qu'il le lui fallait, quel qu'en soit le coût. Comme toujours, il se fiait entièrement à son instinct, ce qui lui avait plutôt réussi jusqu'alors.

Il passa une heure à examiner le voilier en discutant avec les Hakker des modifications qu'il souhaitait y apporter. Puis ils regagnèrent lentement le bureau de Tem. Celui-ci avait fixé un prix avec Bob Ramsay et, après un rapide calcul tenant compte des souhaits de Quinn, annonça un chiffre qui en aurait fait pâlir plus d'un. Sans ciller, Quinn fit aussitôt une contre-offre. Un long silence suivit, durant lequel Tem le jaugea. Enfin, il hocha la tête et lui serra la main. Le marché était conclu. Le prix demandé était considérable, mais il ne faisait aucun doute que le ketch le valait bien. Les deux hommes étaient ravis, surtout Tem Hakker. Un voilier de cette taille n'était pas facile à vendre, mais il avait eu la chance de tomber sur un client qui n'avait pas hésité un seul instant. Quinn expliqua alors qu'il souhaitait disposer du voilier pour le mois d'août. Il savait qu'un tel délai serait difficile à respecter, mais il avait hâte d'en profiter et savait déjà que l'attente serait longue pour lui.

— Novembre me paraît plus réaliste, répliqua Tem. Ou tout du moins octobre.

Après une longue discussion, ils se mirent d'accord sur le mois de septembre. Tem pensait pouvoir faire effectuer au bateau ses premiers tests en mer à ce moment-là et espérait que, avec un peu de chance, Quinn pourrait en prendre possession à la fin du mois ou début octobre, au plus tard. Quinn accepta cette date, puisqu'il n'avait pas le choix. Mais il avait l'intention de venir surveiller l'avancée du chantier aussi souvent que possible et de mettre la pression aux Hakker, pour qu'ils tiennent leurs engagements. Attendre un an lui paraissait une éternité.

Il les quitta à midi, après avoir signé un premier chèque, et il appela le capitaine de la *Victoire* pour le mettre au courant et le remercier.

— Félicitations, monsieur ! s'exclama Sean Mackenzie, tout en réfléchissant à la lettre qu'il comptait lui écrire pour lui proposer ses services. J'ai hâte de voir cette merveille !

Sans qu'il s'en doutât, Quinn avait la même idée que lui et se proposait de l'engager le moment venu. Mais pour l'heure, il avait d'autres plans et détails en tête. Dans la voiture qui l'emmenait à l'aéroport, il songea qu'il venait de se trouver non seulement un toit, mais aussi une passion. Il n'aspirait plus désormais qu'à vendre sa maison de San Francisco. Auparavant, quelques réparations, ainsi qu'un peu de ménage et de rangement s'imposeraient, mais cela ne l'effrayait pas. Une nouvelle vie s'offrait à lui, et cela allait rendre son retour chez lui plus facile – du moins essayait-il de s'en convaincre.

Bien des années plus tôt, il avait possédé un petit voilier et avait encouragé ses enfants à s'initier à la voile. Comme sa mère, Alex avait détesté ça. Puis Doug était mort dans un accident de bateau, alors qu'il était dans un camp d'été dans le Maine, et Jane avait voulu que Quinn se débarrasse de son voilier. Comme il n'avait presque jamais le temps d'en profiter, il avait accepté et, durant plus de vingt ans, s'était contenté de sorties en mer sur les yachts des autres – toujours sans Jane. Mais aujourd'hui, de nouveaux horizons s'ouvraient à lui. Passer le restant de ses jours sur un magnifique voilier en voguant sur toutes les mers du monde lui semblait le plus beau, le plus fou des rêves. Un sourire heureux flottait sur ses lèvres lorsqu'il monta dans l'avion qui l'emmenait à Londres et, arrivé à l'hôtel, il passa la nuit à prendre des notes.

Lorsqu'il embarqua à l'aéroport d'Heathrow, le lendemain, il comprit qu'il ne se sentirait plus jamais chez lui, à San Francisco. Rien ne l'attendait plus là-bas, hormis le souvenir de Jane et des années qu'ils avaient vécues ensemble, et ça, il pouvait l'emporter partout avec lui. Car où qu'il aille et quoi qu'il fasse, elle serait toujours dans son cœur. De plus, il avait son journal et ses poèmes, qu'il conservait précieusement sur lui. Peu après le décollage, il les sortit afin d'en relire quelques-uns, puis regarda par le hublot. C'est ainsi que, perdu dans ses pensées, il n'entendit pas l'hôtesse lui demander ce qu'il désirait boire. Quand, enfin, elle réussit à attirer son attention, il refusa la coupe de champagne qu'elle lui proposait, préférant un bloody mary, qu'elle lui apporta avant de servir les autres passagers. Persuadée que Quinn était quelqu'un d'important, elle le signala à son chef de cabine. Celui-ci jeta un coup d'œil dans la direction qu'elle lui indiquait, mais secoua la tête. Il ne connaissait pas ce passager et, même s'il avait de l'allure, il ne lui paraissait pas très sympathique.

— Sans doute un chef d'entreprise fatigué par une semaine de réunions à Londres, dit-il.

Et c'était ce qu'avait été Quinn, il n'y avait pas si longtemps. Mais à présent les choses avaient changé : il était le propriétaire d'un magnifique voilier, ce que ni l'hôtesse ni le chef de cabine ne savaient. Le ketch était désormais sa seule joie. Sa femme et son fils étaient morts, sa fille le détestait, ou du moins le croyait, il était seul au monde, sans personne pour s'intéresser à ce qu'il faisait. Dans quelques heures, il entrerait dans une maison vide qu'il avait partagée durant trente-sept ans avec une femme qu'il avait cru, à tort, connaître. Une femme qui l'avait aimé plus qu'il ne l'avait mérité, et envers qui il éprouvait un mélange de gratitude et de culpabilité. Fermant les yeux, il revit le visage de Jane et se concentra pour se remémorer sa voix, son rire. Plus que tout, il redoutait que ces petits détails ne s'estompent avec le temps, tout en sachant que cela serait impossible tant qu'il aurait son journal. Celui-ci représentait son dernier lien avec elle, mais aussi la clé de mystères qu'il n'avait jamais tenté de résoudre. Avec les poèmes, c'étaient les seuls souvenirs d'elle qu'il tenait à conserver.

3

L'avion atterrit à San Francisco à l'heure, et Quinn passa rapidement la douane. Malgré une longue absence, il n'avait rien à déclarer, et c'est la mine grave qu'il récupéra sa valise et sortit de l'aéroport pour prendre un taxi. Il répugnait d'autant plus à retrouver sa maison vide qu'il s'était rendu compte pendant le vol que son retour tombait juste avant Thanksgiving. Il n'y avait pas songé plus tôt, mais l'aurait-il fait que cela ne l'aurait avancé à rien : il n'avait aucune raison de rester en Europe, surtout après le refus d'Alex de le voir.

Elle s'était montrée polie, mais ferme. Ses accès de colère n'avaient eu lieu que juste avant et après l'enterrement de Jane. Depuis, leurs rapports étaient distants, formels et glacials. À sa manière, sa fille était aussi têtue que lui. Jane en avait souvent discuté avec elle, mais sans parvenir à la faire changer d'avis. Alex ne cessait de clamer haut et fort que Quinn n'avait jamais été là pour aucun d'entre eux, pas même quand Doug était mort. En quoi elle n'avait pas tort. Alors à Bangkok, où il concluait une affaire importante, il était rentré dès qu'il avait appris la nouvelle, mais était reparti le lendemain des funérailles. En tout et pour tout, il était resté trois jours à la maison, laissant Alex et Jane pleurer seules et se raccrocher l'une à l'autre pour surmonter leur douleur.

Il était resté absent un mois, pour boucler une transaction énorme qui avait fait la une du *Wall Street Journal*. Il était revenu brièvement à San Francisco, pour disparaître deux mois à Hong Kong, Washington, Londres, Paris, Pékin, Berlin, Milan et New York. À présent qu'elle était adulte, Alex affirmait qu'elle avait très peu de souvenirs de son père, et qu'elle ne se rappelait pas avoir jamais échangé plus de quelques mots avec lui. Chaque fois qu'il rentrait, il était trop occupé, trop pris par son travail ou trop épuisé par le décalage horaire pour s'intéresser à elle et à Jane. Et pour finir, il l'avait privée de faire ses adieux à sa mère. Quinn avait entendu ces reproches plus d'une fois et ne pouvait les oublier. Il lui était impossible de nier les faits et de récuser le portrait peu flatteur qu'elle avait dressé de lui, tout simplement parce qu'elle avait raison. L'homme qu'elle décrivait était bien celui qu'il avait été jusqu'à sa retraite. Et peu importait qu'il ne fût plus le même à présent. Alex refusait de reconnaître qu'il ait pu changer.

Quinn avait tenté de se racheter auprès de Jane et estimait y être en partie arrivé au cours de leurs dix-huit derniers mois ensemble. Mais il en allait différemment avec Alex. Il ne lui avait pas échappé qu'elle s'était choisi pour mari un banquier suisse qui ne quittait la maison que pour se rendre à son bureau. Elle l'avait rencontré à l'université Yale, où tous deux faisaient leurs études, et l'avait épousé dès qu'ils avaient eu leurs diplômes, treize ans plus tôt. Ils avaient deux garçons, vivaient à Genève, et Quinn avait très vite fait remarquer à Jane que c'était Alex qui imposait ses volontés à Horst. Inséparables, ils semblaient heureux et assurés d'un avenir tranquille, même si Quinn trouvait son gendre et la vie qu'il menait particulièrement ennuyeux. Alex avait pris soin de ne pas tomber dans le même piège que sa mère et avait jeté son dévolu sur un homme faible, à la personnalité diamétralement opposée à celle de son père, Horst ne voyageait presque jamais et travaillait dans la banque fondée par son grand-père. C'était quelqu'un de responsable, qui adorait sa femme et ses fils, et ne nourrissait pas de grandes ambitions. En l'épousant, Alex était certaine qu'il ne la sacrifierait jamais à sa carrière. Et, de l'avis de Quinn, elle pouvait l'être d'autant plus que Horst n'avait pas la moindre passion. Il se contentait d'exister, ce qui était tout ce qu'Alex lui demandait.

Âgés de six et neuf ans, leurs enfants étaient de beaux petits garçons aux yeux bleus et aux cheveux blonds, comme Alex, mais Quinn les connaissait à peine. Jane s'était souvent rendue à Genève pour les voir et Alex les emmenait à San Francisco une fois par an, mais Quinn était rarement là lorsqu'elle venait. Avec le recul, il comprenait la colère de sa fille, mais déplorait qu'elle refuse de lui pardonner ses fautes, réelles ou non. De son point de vue à elle, ce n'était pas un, mais deux parents qu'elle avait perdus. Quinn était mort dans son cœur bien avant que Jane ne soit emportée par la maladie. Ajouté à la blessure toujours à vif causée par la disparition tragique de son frère lorsqu'elle avait onze ans, tout cela expliquait qu'elle soit très protectrice vis-à-vis de ses enfants, malgré les efforts de son mari pour leur accorder un peu plus de liberté. Elle était persuadée de savoir mieux que lui comment les élever, et elle détestait les voiliers, refusant même que ses fils y montent un jour.

Jane non plus ne les aimait pas, mais Quinn supposait qu'elle aurait été heureuse pour lui si elle avait su qu'il s'en était offert un. Elle avait toujours placé son bonheur au-dessus de tout. Désormais, songeait-il, c'était fini. Alex ne se souciait plus de lui depuis longtemps et il se retrouvait donc seul au monde. Écrasé par le poids de sa solitude, il sortit du taxi qui venait de le déposer dans Vallejo Street, dans une impasse bordée d'arbres masquant en partie la maison où Jane et lui avaient vécu. Il avait voulu en acheter une plus grande à mesure que sa fortune grandissait, mais Jane avait objecté qu'elle adorait celle-là. Et Quinn devait bien avouer que lui aussi, du moins tant que sa femme avait été là pour l'accueillir. En tournant la clé, aujourd'hui, il savait que seul le silence l'attendait à l'intérieur, et cela le terrifiait.

Il posa ses bagages dans l'entrée et perçut le tic-tac d'une horloge dans le salon. Le bruit le transperça comme la lame d'un couteau. Jamais il ne s'était senti aussi seul et désemparé. Il n'y avait pas de fleurs, les rideaux étaient tirés, les stores baissés, et les lambris en bois foncé du séjour donnaient à la pièce des allures de tombeau. Il ne se rappelait pas que la maison lui ait jamais semblé si sombre et lugubre. Sans réfléchir, il s'approcha des fenêtres, écarta les rideaux et remonta les stores, afin de contempler le jardin. Les arbres et les haies étaient encore verts, mais il n'y avait plus de fleurs. C'était un triste après-midi de novembre.

Le brouillard était tombé au moment où son avion atterrissait et il enveloppait à présent toute la ville. Le ciel était aussi gris que son humeur, lorsqu'il prit ses bagages pour les porter à l'étage. Quand il entra dans la chambre et vit leur lit, son cœur s'arrêta. C'est là que Jane était morte dans ses bras, cinq mois plus tôt.

La douleur le submergea tandis qu'il le fixait. À côté, se trouvait une photo d'elle souriant. Il s'assit en pleurant sur le lit. Il avait commis une erreur en revenant chez lui, mais il n'y avait que lui pour trier les affaires de Jane – et aussi les siennes, s'il décidait de vendre la maison au printemps. Il savait qu'il avait du travail. La bâtisse était en bon état, mais Jane et lui y avaient passé trente-sept ans. Presque une vie. Il fallait donc inévitablement effectuer quelques réparations et repeindre certaines pièces. Il allait faire venir quelqu'un pour avoir une idée plus précise des travaux à réaliser.

Sa première nuit à San Francisco fut un calvaire. Jane lui manquait tant qu'il eut envie par moments de quitter en courant la maison, juste pour fuir ce vide insupportable. Mais il n'y avait aucune échappatoire. Il devait affronter la réalité. Désormais il était seul à jamais, sans personne avec qui parler, et il savait qu'il le méritait.

Cette nuit-là, il refit le même rêve que si souvent avant son départ. Jane avançait vers lui, les bras tendus, en pleurs, l'air désespérée. Ses plaintes, d'abord inaudibles puis de plus en plus claires et précises, étaient toujours les mêmes, à quelques variations près, et le bouleversaient. Elle le suppliait de ne plus partir, de ne plus l'abandonner. À chaque fois, il lui promettait de rester mais, comme dans un cauchemar, il finissait par prendre sa valise et par s'en aller. Et alors, il ne voyait plus que Jane, le visage inondé de larmes. Lorsqu'il se réveillait, en proie à la panique la plus totale, il lui semblait l'entendre encore pleurer et ses paroles résonnaient longtemps dans sa tête. « Quinn, ne me laisse pas… Quinn, s'il te plaît… » Comment avait-il pu agir ainsi ? Pourquoi s'était-il absenté si souvent ? Pourquoi son ambition lui avait-elle toujours paru plus importante que tout le reste ? Pourquoi ne l'avait-il pas écoutée ?

Après un tel rêve, les raisons de ses déplacements tout comme l'empire qu'il s'était employé à bâtir lui semblaient bien ridicules. Tout ce que ce cauchemar lui laissait était un sentiment écrasant de culpabilité et d'échec. Quinn le détestait d'autant plus que Jane y apparaissait tragique et tourmentée, alors que, dans la vie de tous les jours, elle s'était toujours montrée compatissante et compréhensive. Jamais elle ne s'était plainte ni ne lui avait fait le moindre reproche. Il savait que ses remords en étaient la cause, mais que son rêve revienne le hanter si vite après son retour à San Francisco le déprimait encore plus, rendant plus lourd encore le poids qui pesait sur sa conscience.

Le lendemain matin, après une bonne douche et une tasse de café serré, il retroussa ses manches et se mit au travail. C'était le seul moyen de chasser de son esprit son mauvais rêve de la nuit. Il commença par vider les placards du rez-de-chaussée, où Alex avait rangé ses souvenirs d'enfance. Durant des années, Jane avait demandé à leur fille de les emporter chez elle, en Suisse, mais elle préférait les laisser chez ses parents. Il y avait là des trophées et des médailles gagnés à l'époque où elle faisait du cheval et du tennis ; des photos de ses amis, depuis la maternelle jusqu'à l'université, que Quinn n'avait jamais vues pour la plupart ; des cassettes, des vidéos, quelques vieilles poupées, un ours en peluche et une boîte fermée avec du Scotch. En l'ouvrant, il découvrit qu'elle était remplie de photos de Doug et d'Alex, riant, souriant et faisant les pitres devant l'objectif. À côté, se trouvait un paquet de lettres jaunies que Doug avait envoyées à Alex, l'été où il était allé en camp de vacances dans le Maine. Comme guidé par une force inconnue, Quinn en ouvrit une et constata avec stupéfaction qu'elle était datée du jour de la mort de son fils. Celui-ci avait écrit à sa sœur quelques heures seulement avant l'accident qui lui avait coûté la vie. Les larmes lui montèrent aux yeux en la lisant, et il comprit soudain la douleur que Jane et Alex avaient ressentie, et que lui s'était toujours interdit d'éprouver, préférant s'en tenir éloigné.

Doug avait été un garçon beau, gentil, intelligent et facile à vivre, qui lui ressemblait beaucoup physiquement, mais qu'il avait toujours tenu à distance. Il pensait qu'ils se rapprocheraient « plus tard », une fois Doug devenu adulte. Au lieu de quoi, l'adolescent lui avait glissé entre les doigts. À l'époque, Quinn ne l'avait pas assez pleuré. Admettre qu'il avait laissé passer sa chance de mieux le connaître aurait été trop douloureux et il avait fui afin de ne pas se sentir coupable. Tout ce qui lui rappelait son fils était comme une accusation silencieuse et il avait insisté pour que Jane fasse disparaître les affaires de Doug le plus vite possible. C'était pour son bien à elle, avait-il affirmé. Conserver sa chambre en l'état, tel un mausolée, n'aurait pu que la faire souffrir davantage. Et lorsqu'il était parti pour Hong Kong, il lui avait fait promettre de se débarrasser de tout. En épouse dévouée, Jane avait obéi, pour lui faire plaisir. Dieu seul savait combien il lui en avait coûté.

Le lendemain, Quinn retrouva toutes les affaires de Doug dans une réserve, derrière le garage. Ses vêtements, ses tenues de sport, ses trophées. Tout était là. Durant vingt-trois ans, Jane avait conservé tout ce qui avait appartenu à leur fils, y compris ses sous-vêtements. Elle avait même caché trois de ses pulls au fond de sa penderie, comme Quinn le découvrit un peu plus tard.

Chaque jour, il se trouva confronté à de nouveaux souvenirs et à de nouvelles prises de conscience, rendant sa peine plus vive et accentuant son sentiment de culpabilité. C'est ainsi que Thanksgiving arriva presque sans qu'il s'en rendît compte. Il se fit un devoir d'appeler Alex, bien qu'elle ne célébrât pas cette fête à Genève, mais elle le remercia si froidement que, découragé, il ne demanda pas à parler à Horst et aux enfants. Le message de sa fille était clair. Reste à l'écart. Nous n'avons pas besoin de toi. Laisse-moi tranquille.

Il n'eut aucune envie de préparer une dinde ce jour-là, puisqu'il n'avait personne avec qui la partager, et ne prévint aucune de ses connaissances qu'il était revenu. Si pénible que fût la tâche qu'il avait entreprise chez lui, il savait qu'il aurait été plus douloureux encore de sortir et de voir du monde. Jane avait été le moteur de sa vie sociale. C'était elle qui prenait des nouvelles de leurs amis, qui les recevait régulièrement et qui l'incitait parfois à s'arrêter un peu pour profiter d'une soirée tranquille avec eux. La plupart du temps, il avait accepté. Pour elle. Mais depuis qu'elle n'était plus là, il préférait la solitude. Il n'avait pas envie de voir du monde, car il savait que cela rendrait l'absence de Jane encore plus tangible.

Le jour, il triait, rangeait, nettoyait. Le soir, il se couchait, épuisé, et relisait le journal et les poèmes de Jane. Il avait ainsi l'impression de se couler en elle, comme si tout ce qu'elle avait pensé, éprouvé et chéri était peu à peu devenu une partie intégrante de lui-même. Comme si son âme s'était mêlée à la sienne pour ne plus en former qu'une. Jamais il ne s'était senti aussi proche d'elle que durant les quelques mois précédant sa mort, et il en était de même aujourd'hui, tandis qu'il redécouvrait ses robes du soir, les vêtements qu'elle mettait pour jardiner, ses chemises de nuit, sa lingerie, ses pulls préférés. Et de même qu'elle avait conservé quelques-uns des vêtements de Doug au fond de son placard, Quinn se surprit à mettre de côté des choses auxquelles elle avait tenu et qu'il avait soudain envie de garder. Il ne pouvait se résoudre à s'en débarrasser et ne comprenait que trop bien ce qu'elle avait dû ressentir lorsqu'il avait insisté pour qu'elle vide la chambre de Doug. Ironie du sort, il se retrouvait maintenant dans la même situation qu'elle et acceptait la souffrance comme une juste punition de ce qu'il lui avait fait subir à l'époque.

À la mi-décembre, un semblant d'ordre commença à apparaître au milieu du fatras qu'il avait sorti des placards et des penderies. Il avait séparé les affaires à jeter de celles à conserver, et entassé des cartons partout dans le salon. Sa seule distraction se résumait aux appels qu'il passait chaque semaine à Tem Hakker. Celui-ci le rassurait en lui affirmant que les travaux avançaient et que le bateau serait prêt dans les délais prévus. Bob Ramsay lui avait même écrit pour le féliciter et lui faire part de son soulagement de ne plus avoir à se préoccuper du voilier. Quinn pouvait donc continuer son travail de rangement, qui lui apportait finalement une certaine satisfaction. Vider sa maison était devenu une sorte de rituel sacré qui lui permettait d'être en communion avec Jane et de la sentir toute proche. Il rêvait toujours autant d'elle et elle était présente dans toutes ses pensées.

Il avait découvert des milliers de photos prises au début de leur mariage, lorsque Alex et Doug étaient petits, au cours de leurs vacances, d'occasions importantes, ou, plus récemment, de leurs derniers voyages. Jane avait également conservé tous les articles de journaux qui parlaient de lui et constitué ainsi près de quarante années d'archives, soigneusement classées par ordre chronologique. Certaines coupures de presse étaient devenues si fragiles qu'elles s'effritèrent sous ses doigts. Tout montrait le respect et l'admiration qu'elle avait eus pour lui, mais à voir sa réussite professionnelle étalée ainsi sous ses yeux, Quinn mesurait de nouveau combien il avait été égoïste. Absorbé par sa carrière, il n'avait pas vu l'amour que Jane lui portait, lui pardonnant ses fautes et l'excusant sans cesse auprès des enfants. À tous égards, elle avait été merveilleuse et admirable.

Bien qu'il ne fût pas très pratiquant, Quinn alla à la messe le matin de Noël et alluma un cierge en mémoire de Jane. Il savait qu'elle aurait aimé cela. N'en avait-elle pas allumé des centaines pour Doug, au fil des ans ? Chaque fois qu'elle avait un souci ou qu'elle s'inquiétait pour quelqu'un, elle se rendait à l'église et prenait un cierge. Lui qui l'avait souvent taquinée à ce sujet fut alors surpris de découvrir l'étrange apaisement que procuraient la chaleur et l'éclat d'une simple petite flamme. Lorsqu'il retourna chez lui, il se sentit rasséréné. Toutes les affaires qu'il souhaitait donner étaient maintenant dans des cartons et celles qu'il voulait garder étaient entreposées dans le garage en attendant d'être stockées quelque part, avec plusieurs beaux meubles anciens qu'il réservait à Alex. Lui-même doutait d'en avoir un jour l'utilité, car si tout se déroulait comme prévu, il passerait le restant de sa vie en mer.

Le soir de Noël, il s'autorisa un petit plaisir. Le mois qui venait de s'écouler avait été dur pour lui, et il déboucha une bouteille d'un grand vin rouge qu'il alla chercher dans sa cave. Il la but presque entièrement, puis avala deux cognacs, avant d'aller se coucher. Il se réveilla avec la gueule de bois, mais cela ne l'empêcha pas de se sentir ragaillardi. Il était heureux de voir l'année se terminer. Il passa la soirée du nouvel an à examiner des documents que son avocat devait remettre au tribunal chargé de l'homologation des successions. Il les étudia durant plusieurs heures, tandis que dehors la pluie battait les carreaux et que le vent sifflait dans les branches. À minuit, il jeta un coup œil par la fenêtre et constata que les arbres les plus jeunes ployaient presque jusqu'au sol sous la force des bourrasques. Il ne s'inquiéta pas outre mesure. S'il avait allumé la télévision, il aurait appris que le nord de la Californie connaissait sa plus grosse tempête depuis plus d'un siècle et que tout le comté de Marin ainsi que le sud et l'est de la baie de San Francisco étaient privés d'électricité.

Il dormait profondément, lorsqu'un fracas épouvantable le réveilla en sursaut, suivi presque aussitôt de deux autres. Il se leva en toute hâte et découvrit avec effroi que le plus gros arbre de son jardin était tombé sur la maison. Vêtu seulement de son pyjama et d'un imperméable, il courut évaluer les dégâts, qui étaient considérables. Dans sa chute, l'arbre avait arraché une partie du toit. En rentrant dans la maison, il constata qu'il y avait un trou béant dans le plafond du salon, à l'endroit où celui-ci formait une avancée par rapport au reste de la bâtisse, et que la pluie s'y engouffrait.

Aussi se dépêcha-t-il de pousser les meubles et d'ôter les tapis afin qu'ils ne soient pas abîmés. Il ne parvint pas à identifier la cause des deux autres bruits qu'il avait entendus. Aucun autre arbre n'avait été déraciné dans son jardin et, à l'exception du salon, il ne semblait pas y avoir d'autres dommages.

Il retourna se coucher, mais fut incapable de se rendormir, tendant l'oreille au moindre craquement suspect. Il pleuvait encore lorsqu'il se leva au petit matin. C'est là qu'il prit conscience de l'ampleur du sinistre. Le trou dans la toiture était énorme, plusieurs volets avaient été arrachés et deux grandes vitres brisées. Des éclats de verre et des débris divers jonchaient le sol un peu partout. Le garage avait beaucoup souffert et était inondé. Par chance, Quinn avait entassé les cartons sur de grandes tables en bois, si bien que rien n'avait été abîmé. Il décida cependant de les mettre à l'abri dans la cuisine. Le salon, lui, était dévasté, malgré les seaux qu'il avait posés sur le sol pour empêcher l'eau de tout endommager. Une grosse branche pendait dans la pièce, et une partie des lambris s'étaient détachés sous l'impact. Un peu plus tard, Quinn apprit dans le journal qu'une douzaine de personnes étaient mortes au cours de la nuit, la plupart écrasées par des lignes à haute tension ou des arbres, et que de nombreux blessés étaient à déplorer dans tout l'État. Des quartiers entiers avaient été inondés, contraignant des milliers de personnes, désormais sans abri, à se réfugier dans des gymnases. Jamais on n'avait vu une tempête d'une telle violence.

Ce matin-là, alors qu'il effectuait un nouvel aller-retour entre son garage et sa cuisine, les bras chargés de cartons, Quinn tourna par hasard la tête vers le jardin de ses voisins et comprit alors l'origine du fracas qui l'avait réveillé pendant la nuit. Deux arbres y étaient tombés et, bien que moins gros que le sien, ils avaient eux aussi provoqué des dégâts considérables. Une femme de petite taille, qui contemplait le désastre d'un air anéanti, leva les yeux vers lui au même moment.

— Moi, mon toit a été éventré, dit-il. Ça s'est passé à 4 heures du matin, et j'ai entendu deux autres gros craquements, juste après. J'imagine que ce devait être vos arbres.

Elle hocha la tête, sans un mot.

— Les dommages sont importants ? demanda-t-il.

— J'ai encore du mal à les évaluer, mais je crois que oui. La maison fuit de partout et ma cuisine ressemble aux chutes du Niagara.

Elle paraissait perdue et effrayée. Quinn savait que la propriété à côté de la sienne avait été vendue juste après la mort de Jane, mais il n'avait jamais rencontré ses nouveaux occupants et ignorait jusqu'à leur nom. À vrai dire, il ne s'intéressait pas à eux. Mais il était navré pour elle. De plus, elle semblait devoir faire face à la situation toute seule, et cela le fit penser à Jane, qui s'était toujours chargée de tous les tracas et soucis domestiques en son absence. Il supposa que son mari était comme lui autrefois, c'est-à-dire un homme obligé de voyager en permanence, y compris le 1er janvier. Lui-même avait passé plus d'un nouvel an à l'étranger, seul dans une chambre d'hôtel.

— Il me reste quelques seaux, si vous voulez, offrit-il.

Ils ne pouvaient rien faire d'autre pour le moment, surtout un jour comme celui-là, et il se doutait que tous les artisans seraient pris d'assaut et débordés le lundi matin.

— Il me faudrait plutôt un charpentier, répondit-elle. J'ai emménagé au mois d'août et les anciens propriétaires m'avaient assuré que la toiture était solide. J'aimerais beaucoup leur envoyer une photo de la cuisine pour leur montrer ce qu'il en est. C'est une piscine maintenant.

La tempête avait brisé la moitié de ses vitres. Sa maison était plus exposée que celle de Quinn, et moins bien bâtie. Il savait qu'elle avait changé de mains plusieurs fois en douze ans, mais n'avait jamais vraiment prêté attention à ses occupants, contrairement à Jane, qui leur avait à chaque fois souhaité la bienvenue. Une chose était sûre cependant : il n'avait jamais vu cette femme ni son mari. Elle essayait d'ôter les branches jonchant son allée, la mine désespérée. Il pleuvait encore à torrents et le vent soufflait toujours très fort, même s'il avait perdu en intensité depuis le lever du jour. Autour d'eux, les dégâts ressemblaient à ceux causés par les ouragans dans les Caraïbes ou les typhons en Inde. Jamais il ne se serait attendu à voir un tel spectacle à San Francisco. Tout le long de la rue, les gens s'efforçaient d'écarter les arbres déracinés, de ramasser les débris et de rafistoler ce qui pouvait l'être.

— Je vais appeler les pompiers pour qu'ils viennent bâcher mon toit. Voulez-vous que je leur demande d'examiner le vôtre ?

Cela lui semblait la moindre des choses, et elle acquiesça avec reconnaissance.

— Je doute que cela soit très utile, dit-elle cependant d'une voix lasse qui trahissait son désarroi face à la situation.

Quinn se sentait aussi démuni qu'elle. Il avait l'impression que Jane aurait été bien plus efficace à sa place, mais il n'avait pas le choix. Il devait se débrouiller seul, maintenant.

— Ils pourront au moins vous conseiller, assura-t-il. Je leur demanderai d'apporter plusieurs bâches, au cas où.

Puis il se souvint soudain de ses bonnes manières et tendit une main par-dessus la haie.

— Au fait, je m'appelle Quinn Thompson.

— Et moi, Maggie Dartman.

Sa main, quoique petite, ne manquait pas d'énergie. Vêtue d'un jean et d'une parka, elle avait de longs cheveux bruns coiffés en une natte qui lui tombait jusqu'au bas du dos, et elle était si trempée que Quinn eut pitié d'elle. Très pâle, elle avait de grands yeux verts pleins de tristesse, ce qui n'avait rien d'étonnant. Lui aussi était navré des conséquences de cette tempête.

— Quel dommage que votre mari ne soit pas là, lui dit-il avec compassion.

Maggie le regarda bizarrement en se retenant à l'évidence de dire quelque chose, mais il n'y prêta pas attention. Elle avait l'air d'avoir à peine quarante ans, et comme il ne voyait pas d'enfants autour d'elle, il se demanda si elle n'était pas plus jeune encore. Peut-être n'en avait-elle pas. Après tout, aujourd'hui, beaucoup de gens repoussaient le moment de devenir parents.

Peu après, Quinn la laissa pour aller téléphoner aux pompiers. Ils étaient submergés et lui répondirent qu'ils passeraient une heure ou deux plus tard. En retournant au garage chercher son dernier carton, Quinn l'annonça à Maggie.

— Merci beaucoup ! lança-t-elle en se débattant avec une grosse branche qui encombrait son allée.

À la voir trempée jusqu'aux os, il songea à lui offrir un vieil imperméable de Jane qu'il projetait de donner à des organisations caritatives, mais se ravisa. Il était inutile de se montrer trop amical. Le comportement poli mais très réservé de Maggie ne l'y encourageait pas, et elle aussi ne tarda pas à rentrer chez elle. Quinn n'aurait pu le jurer, mais il lui sembla qu'elle pleurait. Il se demanda alors combien de fois Jane avait craqué en affrontant seule ce genre de coups durs. Et, une fois de plus, il fut écrasé de culpabilité.

4

Les pompiers bâchèrent son toit, puis passèrent chez sa voisine. La tempête s'apaisa enfin dans la soirée, mais partout les dégâts étaient très importants et, le lundi matin, tous ceux qui en avaient subi les conséquences appelèrent les artisans pour faire effectuer les réparations les plus urgentes. C'est ce que fit Quinn, après avoir trouvé les noms d'un couvreur et d'un entrepreneur sur une liste que Jane conservait dans la cuisine. Il eut alors la mauvaise surprise d'entendre son premier interlocuteur éclater de rire en l'écoutant.

— Voyons, lui expliqua celui-ci, l'air épuisé mais de bonne humeur. Vous êtes le quarante-huitième à m'appeler ce matin. Si tout va bien, je devrais pouvoir m'occuper de votre toit en août.

— Vous plaisantez, j'espère, répliqua Quinn d'un ton sec.

La situation ne l'amusait franchement pas. Tout ce qui concernait la maison incombait d'ordinaire à Jane, et à présent qu'il devait y faire face, il réalisait à quel point c'était une corvée. Il avait composé les numéros des deux artisans une douzaine de fois au moins avant de réussir à les joindre. Tous ceux qui avaient subi des dommages étaient aussi pressés que lui.

— J'aimerais bien, dit le couvreur, mais je ne serai pas libre avant cette date.

Il indiqua à Quinn quatre collègues, auprès desquels il pouvait tenter sa chance. L'entrepreneur fit de même en lui conseillant deux entreprises réputées, ainsi qu'un jeune charpentier du nom de Jack Adams, qui s'était mis à son compte quelques mois plus tôt et qui, selon lui, travaillait bien. Sans surprise, les deux entreprises refusèrent, elles aussi. Il n'avait toujours pas trouvé de charpentier et commençait à s'énerver. Il se décida alors à appeler Jack Adams.

Il tomba sur son répondeur et lui laissa un message. Le dernier couvreur qu'il réussit ensuite à contacter accepta de venir le lendemain matin, mais le prévint qu'il ne pourrait pas commencer avant sept ou huit semaines. Pour Quinn, cela signifiait qu'il allait devoir vivre avec un trou béant dans son salon pendant une longue période, ce n'était pas ainsi qu'il avait prévu de passer ses derniers mois à San Francisco.

Jack Adams le rappela à 20 heures, s'excusant de le déranger si tard, et lui expliquant qu'il avait passé la journée à évaluer les dégâts causés par la tempête. Il s'exprimait avec simplicité, d'un ton très professionnel, et proposa de venir à 7 heures le lendemain, si cela convenait à Quinn. Celui-ci accepta aussitôt.

— Je dois faire un saut chez des amis, expliqua le charpentier. Ils viennent d'avoir un bébé et toutes les vitres de leurs chambres ont été brisées. Je veux m'en occuper avant de m'attaquer à de plus gros chantiers. Comme vous êtes sur mon chemin, j'en profiterai pour m'arrêter chez vous, si ça ne vous ennuie pas que je passe aussi tôt.

— Vous êtes déjà pris chez d'autres ? demanda Quinn.

Tous les artisans qu'il avait joints par téléphone ne pouvaient pas venir avant trois ou six mois, et il commençait à désespérer. Jamais il n'arriverait à vendre la maison dans l'état où elle était.

— Pas encore. J'ai vu plusieurs clients potentiels aujourd'hui, mais je n'ai signé aucun contrat pour le moment. Je n'aime pas avoir trop de chantiers à la fois. Par ailleurs, la plupart des gens préfèrent travailler avec de grosses entreprises parce qu'elles ont des équipes importantes. Je fais appel à trois aides quand j'en ai besoin, mais j'essaie de me débrouiller seul le plus souvent possible. Ça me permet de tout contrôler et de baisser mes frais, même si le chantier dure un peu plus longtemps. Et puis, ça m'évite aussi d'avoir à corriger les erreurs des autres. Mais attendons que je passe chez vous, monsieur Thompson. Je vous dirai alors ce que je peux faire pour vous.

— Parfait, répondit Quinn.

Même un rendez-vous à 5 heures du matin lui aurait convenu, s'il n'y avait pas eu d'autre solution. Et Jack Adams lui faisait une très bonne impression. Il semblait franc, honnête et sérieux.

— Je connais un gars très bien avec qui je travaille à San Jose, dit Jack lorsque Quinn lui eut raconté ses difficultés à trouver un couvreur. Je l'appellerai ce soir pour savoir s'il est débordé. Il pourrait peut-être vous consacrer deux ou trois semaines. Je vous tiendrai au courant, en tout cas.

Quinn le remercia vivement et raccrocha en espérant pouvoir se décharger entièrement sur lui. Peut-être lui confierait-il d'ailleurs les petits travaux qu'il comptait entreprendre avant de mettre la maison en vente.

En se couchant ce soir-là, pour une fois il ne relut ni les poèmes ni le journal de Jane. Il ne pensait qu'à ce qu'il allait donner à faire à Jack Adams et il s'endormit très vite. Le lendemain, il se réveilla frais et dispos à 6 heures. Après avoir enfilé un jean, un gros pull et des bottes, il descendit se préparer un café. Il finissait sa deuxième tasse lorsque Jack Adams sonna à sa porte. Le charpentier était pile à l'heure. Les cheveux bruns et courts, les yeux bleus, il émanait de lui une impression d'honnêteté et de gentillesse. Quinn lui proposa une tasse de café, mais il refusa, préférant se mettre au travail le plus vite possible. Tous deux commencèrent alors un tour de la maison, du salon au garage, s'arrêtant partout où la tempête avait causé des dommages. Jack Adams n'avait pas de carnet et ne notait rien, ce qui inquiéta Quinn, mais il s'aperçut rapidement que le charpentier mémorisait tout dans les moindres détails. Si ce type était aussi doué qu'il en avait l'air, songea-t-il, il n'avait plus aucun souci à se faire.

Jack Adams était grand et mince, devait avoir dans les trente-cinq ans et avait une étrange ressemblance avec Quinn. Quiconque les aurait aperçus côte à côte aurait pensé qu'ils étaient père et fils. Quinn avait à présent les cheveux grisonnants, mais autrefois il avait été aussi brun que Jack. Ils possédaient la même carrure, la même démarche et presque les mêmes attitudes. Jack avait à peu près l'âge que Doug aurait eu s'il avait vécu, et Doug lui aurait certainement beaucoup ressemblé. Mais Quinn ne pouvait pas s'en rendre compte. À ses yeux, son fils aurait toujours treize ans.

— Combien de temps faudra-t-il, à votre avis ? s'enquit-il tandis qu'ils retournaient à la cuisine pour boire un café.

Jack réfléchit un instant. Les dégâts étaient bien plus importants qu'il ne le pensait, et Quinn lui avait parlé d'autres travaux à effectuer pour remettre la maison en état avant de la vendre. Avec la tempête, il avait une douzaine d'autres propositions de chantiers, mais il préférait s'en tenir à un seul, d'autant plus qu'il semblait y avoir beaucoup de choses à faire chez Quinn, dont certaines très intéressantes. Son ami de San Jose avait accepté de s'occuper du toit et devait arriver dans deux jours. Quinn avait été soulagé en l'apprenant.

— Ça dépend, dit-il après avoir avalé une gorgée de café. Je compterais entre deux et trois mois, selon le nombre de personnes qui viendront m'aider. Il y en a deux à qui j'aimerais faire appel, au moins au début. Je me chargerai des finitions moi-même. Il faudrait que nous soyons trois durant les deux premiers mois, ou éventuellement deux, et moi tout seul à la fin. Qu'en pensez-vous ?

— Cela me semble parfait. Vous superviserez la réparation du toit aussi ?

Quinn n'avait aucune envie de jouer les contremaîtres, mais cela ne dérangeait pas du tout Jack. D'abord parce qu'il en avait l'habitude, ensuite parce qu'il était tout à fait compétent et que les hommes auxquels il prévoyait de s'adresser appréciaient de travailler avec lui.

— Je m'occuperai de tout, monsieur Thompson. C'est mon boulot. Vous n'aurez qu'à signer les chèques, et je vous tiendrai informé de tout ce que nous entreprendrons.

Quinn en fut ravi. Jack lui faisait l'effet d'un garçon intelligent, digne de confiance et capable de diriger les opérations. Il donnait une telle impression d'assurance et de sérieux que Quinn voulait pouvoir compter sur ses services au plus vite. Il avait désespérément besoin de lui.

De son côté, Jack avait le sentiment que Quinn était quelqu'un de correct. C'était un homme d'affaires jusqu'au bout des ongles, habitué à donner des ordres et qui, devina-t-il, n'aimait pas qu'on l'ennuie avec des détails. En ce qui le concernait, cela ne posait aucun problème. Il se demanda juste s'il aurait affaire aussi à une Mme Thompson. Il avait aperçu plusieurs portraits d'une jolie femme d'âge mûr dans la maison, mais Quinn ne lui en avait pas parlé. Il semblait s'occuper de tout, peut-être pour des raisons pratiques. Quelle que fût sa situation, cependant, Jack estimait que cela ne le regardait pas. Par principe, il ne posait jamais de questions personnelles et s'en tenait à des rapports strictement professionnels.

— Quand pourrez-vous me donner un devis ? l'interrogea Quinn.

Avec une grosse entreprise, il savait que ces travaux lui auraient coûté une fortune, mais Jack était jeune, à son compte depuis peu et ne devait pas pratiquer des tarifs excessifs. Il sentait que le charpentier tenait à décrocher ce chantier et que les travaux à faire lui plaisaient.

— Vous l'aurez cet après-midi, répondit Jack après avoir regardé sa montre.

Il allait essayer de terminer dans la journée les réparations chez ses amis et être ainsi disponible pour Quinn.

— Si vous voulez, je vous le déposerai ce soir, ajouta-t-il. Une de mes amies s'occupe de mes papiers, ce qui me permet de me consacrer entièrement à mes différents chantiers. Je vais l'appeler pour qu'elle le prépare et je vous l'apporterai après. D'accord ?

— Très bien. Et si cela vous arrange, elle peut me le faxer.

Quinn écrivit son numéro de fax et le donna à Jack qui le glissa dans la poche de sa veste, puis tous deux se serrèrent la main.

— J'espère que nous allons nous entendre, monsieur Thompson.

— Je l'espère aussi, répondit simplement Quinn en souriant.

Jack lui plaisait beaucoup avec son air franc, ses manières engageantes, sa rapidité d'esprit et sa façon de voir les travaux. Cette rencontre était la meilleure chose qui lui fût arrivée depuis la tempête qui avait frappé San Francisco.

Quelques minutes plus tard, le charpentier prit congé de lui et s'éloigna au volant de sa camionnette. Immensément soulagé, Quinn passa alors un coup de fil à Tem Hakker, afin de savoir où en était le bateau. Dans le même temps, et aussi étrange que cela puisse paraître, il se demanda si Jack aimait naviguer et s'il s'y connaissait en voiliers.

5

Jack Adams revint le lendemain et se mit aussitôt au travail. Comme promis, il avait faxé le devis à Quinn, et celui-ci, l'ayant trouvé très raisonnable, l'avait tout de suite accepté. Le jeune charpentier arriva avec deux compagnons qui ne perdirent pas de temps eux non plus pour se mettre à l'œuvre. Très discrets, ils se contentaient de saluer Quinn lorsqu'ils le voyaient et ne traitaient jamais directement avec lui. Le couvreur se présenta à la fin de la semaine pour s'occuper du toit. Il constata alors que l'arbre avait causé plus de dégâts qu'ils ne l'avaient supposé. Il en discuta avec Jack et Quinn, mais il n'y avait pas tellement de solutions. Il fallait que le toit soit réparé et Quinn n'avait pas envie de faire des économies de bouts de chandelle. Il voulait que le travail soit bien fait, quel qu'en soit le prix, alors même qu'il allait mettre la maison en vente. Cela renforça encore le respect que Jack avait pour lui. Celui-ci avait vite compris que Quinn Thompson était un client des plus agréables, à condition de se montrer honnête avec lui et de lui exposer les problèmes en toute franchise, en lui expliquant les solutions envisagées. Jack n'était ni un menteur ni un irresponsable, c'était un vrai professionnel, qui veillait à tenir Quinn régulièrement informé de l'avancée des travaux.

À la fin de la deuxième semaine, il s'apprêtait à faire le point avec lui, lorsqu'il le trouva à son bureau, plongé dans l'étude de plans.

— Vous vous faites construire une nouvelle maison ? s'enquit-il.

Il évitait en général les questions importunes, mais Quinn était si concentré sur ses papiers que cela l'intriguait. Sans compter qu'il semblait s'agir d'un projet d'envergure.

Quinn leva les yeux vers lui avec un sourire fatigué. Il avait passé beaucoup de temps sur des documents relatifs à la succession de Jane cette semaine-là et cela l'avait déprimé. Étudier les plans du bateau lui permettait de se détendre.

— Pas une maison, mais un voilier, répondit-il. Vous vous y connaissez en bateaux ?

— Pas du tout, avoua Jack en souriant. Je regarde souvent les régates qui ont lieu dans la baie, mais je n'ai jamais mis les pieds sur un bateau.

— Vous ratez quelque chose, vous savez, s'exclama Quinn en tournant les plans vers lui pour qu'il puisse les voir.

Jack étant très méticuleux, il était certain qu'il apprécierait la précision avec laquelle ils avaient été effectués.

— Il sera prêt cet automne, reprit-il. Je compte y vivre, après avoir vendu ma maison.

Jack hocha la tête en examinant les plans avec admiration.

— Où irez-vous ? demanda-t-il enfin avec intérêt.

— Partout. Dans le Pacifique Sud. Dans l'Antarctique. En Amérique du Sud. En Europe. En Scandinavie. En

Afrique. Je peux aller n'importe où avec un tel bateau. Je l'ai acheté en novembre, la veille de mon retour ici.

— Il a l'air magnifique, commenta Jack sans la moindre pointe d'envie dans la voix.

Il respectait beaucoup Quinn et estimait qu'il méritait tout ce qu'il possédait.

— Il le sera, lorsqu'il sera terminé.

— Où est-il ?

La question amusa Quinn. Les mots Pays-Bas s'étalaient en gros sur le haut de la feuille, mais Jack semblait si fasciné par le voilier qu'il ne l'avait pas remarqué. Il ne pouvait l'en blâmer. Lui-même était déjà fou de son ketch et n'imaginait pas que l'on puisse avoir une autre réaction en le voyant.

— En Hollande, répondit-il.

— Vous y allez souvent ?

Jack était intrigué par Quinn. Tout chez celui-ci suggérait l'élégance, le pouvoir, le style. C'était un homme hors du commun pour lui.

— Je prévois de m'y rendre régulièrement jusqu'à ce que le bateau soit fini. Je tiens à tout superviser dans les moindres détails.

— Quand mettrez-vous votre maison en vente, alors ?

Ils en avaient déjà discuté, mais Quinn n'avait donné aucune date précise. À présent qu'il voyait les plans du yacht, Jack comprenait que ce départ, loin de constituer un vague projet, était en fait bien réel. Et il se l'expliquait beaucoup mieux depuis que, la semaine précédente, Quinn lui avait confié avoir perdu sa femme. Devinant que le sujet était très sensible, il avait mesuré ce jour-là combien son client devait se sentir seul chez lui.

— Je contacterai un agent immobilier dès que vous aurez terminé les réparations, ou au plus tard à la fin du printemps, répondit Quinn. Je suppose qu'il me faudra plusieurs mois avant de trouver un acquéreur, et je compte quitter San Francisco en septembre ou en octobre. Le voilier devrait être prêt, à ce moment-là.

— J'adorerais le voir. J'espère que vous passerez par ici.

Mais c'était justement ce que Quinn voulait éviter à tout prix. Il tenait à mettre le plus de distance possible entre lui et ces lieux qui lui rappelaient de trop douloureux souvenirs. Vivre dans la maison qu'il avait partagée avec Jane, dans la ville où ils avaient habité durant près de quarante ans, était un véritable déchirement pour lui. La nuit, il dormait mal et arpentait la maison comme une âme en peine, en souffrant du silence et du vide qui y régnaient. Penser à tout ce qu'il n'avait jamais fait pour elle ou avec elle pesait lourd sur sa conscience, et il était certain que la mer lui apporterait le répit auquel il aspirait.

— Si vous venez un jour en Europe, vous n'aurez qu'à venir le voir, dit-il en rangeant les plans.

Jack éclata de rire et lui avoua qu'un tel voyage lui paraissait aussi peu probable, et même aussi peu concevable, qu'une expédition dans l'espace.

— Merci, mais je crois que j'ai largement de quoi m'occuper ici, plaisanta-t-il. Cela dit, votre voilier semble vraiment superbe.

Quinn s'approcha alors d'une étagère remplie d'ouvrages traitant de la navigation, dont certains très anciens et très rares, et en sortit un lourd volume qu'il tendit à Jack. Il s'agissait d'une introduction à la voile, qui avait été sa bible lorsqu'il avait commencé à s'y intéresser.

— Vous y trouverez tout ce qu'il faut savoir sur les voiliers, Jack. Prenez-le.

— Je ne voudrais pas risquer de le perdre ou de l'abîmer, répondit Jack, l'air ennuyé.

Le livre lui paraissait très coûteux et, à en juger par son état, il avait beaucoup servi. L'idée de l'emprunter le gênait.

— Ne vous inquiétez pas. Feuilletez-le et vous me le rendrez quand vous l'aurez fini. Qui sait, vous aurez peut-être la chance de faire de la voile avec un ami, un jour. Ce bouquin vous apprendra tous les rudiments.

Jack s'en saisit avec soin et feuilleta quelques pages au hasard. Presque toutes étaient illustrées de croquis, de photos et de diagrammes accompagnés d'explications détaillées. Quinn avait toujours beaucoup tenu à ce livre. Il l'avait donné à lire à son fils avant qu'il ne parte en camp de vacances ce terrible été, et celui-ci en avait appris des passages entiers afin de l'impressionner. Ils avaient eu une grande conversation sur ce sujet, le genre de conversation qu'ils avaient rarement eue tous les deux et dont le souvenir lui était d'autant plus précieux qu'elle avait précédé de peu la mort de Doug.

— Vous en êtes sûr ? demanda Jack, l'air soucieux.

Quinn sourit en hochant la tête et, quelques instants plus tard, Jack repartit avec l'ouvrage sous le bras. Bien qu'on fût vendredi, il avait promis de revenir le lendemain matin. Ses trois compagnons travaillaient cinq jours par semaine, mais il avait été convenu qu'il viendrait aussi une partie du week-end. Il aimait travailler seul et s'occuper lui-même de certains détails. Il était encore plus consciencieux que Quinn l'avait imaginé, et les réparations avançaient vite et bien, même s'il y avait de quoi faire pour plusieurs mois encore.

Le samedi matin, Jack était déjà là lorsque Quinn se leva. Il pleuvait de nouveau, comme presque tous les jours depuis un mois, mais cela ne semblait pas gêner le jeune charpentier. Il avait l'habitude d'être dehors par tous les temps. Le seul ennui était que la pluie les empêchait de terminer le toit. Mais il y avait suffisamment à faire par ailleurs.

Quinn lut son journal et but son café, puis alla le trouver dans le garage. Lorsqu'ils ressortirent une demi-heure plus tard en discutant tranquillement, il aperçut sa voisine qui se débattait avec une énorme caisse qu'on avait livrée devant chez elle. Comme lors de la tempête, elle paraissait n'avoir personne pour l'aider et, en la voyant ainsi, Quinn songea à Jane et son cœur se serra. Durant toutes ces années, il n'avait jamais imaginé à quel point la vie avait dû être difficile pour elle, sans lui pour l'aider. Et cette pensée le rongeait en permanence. Maggie Dartman lui rappelait tout ce que Jane avait dû surmonter pendant que lui se consacrait à sa carrière.

Tandis que Quinn était plongé dans ses pensées, Jack franchit la haie qui les séparait de la maison de Maggie pour aller l'aider. En deux minutes, il réussit à ouvrir la caisse, qui contenait un meuble, et lui proposa de le porter à l'intérieur. Lorsqu'il revint quelques instants plus tard, il avait l'air embarrassé.

— Je ne sais pas ce que vous en pensez, Quinn, commença-t-il prudemment, mais elle m'a demandé si j'accepterais de faire quelques travaux pour elle. Quand je lui ai dit que j'avais un gros chantier en cours chez vous, elle m'a proposé de venir le dimanche, si cela ne me dérangeait pas. Ça ne me pose pas de problème, surtout que j'ai l'impression qu'elle a vraiment besoin d'aide. Elle ne semble pas avoir de mari.

— C'est probablement ce que les gens croyaient de Jane, soupira Quinn. Mais il faut que vous vous reposiez un peu, Jack. Vous ne pouvez pas travailler sept jours sur sept, vous allez vous user la santé, à force.

Il avait beaucoup de sympathie pour le jeune homme et ne tenait pas tellement à ce qu'il aille chez Maggie. Jack travaillait déjà le samedi, il était important qu'il se ménage un peu le dimanche.

— Ça ira, affirma Jack en souriant. Et j'avoue qu'elle me fait pitié. J'ai parlé un peu avec le facteur l'autre jour, et il m'a appris qu'elle avait perdu son fils, l'année dernière. Lui donner un petit coup de main ne lui fera pas de mal.

Quinn acquiesça en silence. Jack avait raison, mais il se garda de tout commentaire sur le drame vécu par Maggie. Il n'avait pas parlé de Doug à Jack et il ne voyait pas pourquoi il l'aurait fait. Que celui-ci soit au courant de la mort de Jane était déjà bien suffisant. Même si sa voisine et lui avaient un point en commun, il n'avait pas envie d'en discuter.

— Faites comme vous voulez, dit-il. Simplement, ne la laissez pas abuser de votre gentillesse.

Jack le rassura. Maggie ne lui avait pas du tout forcé la main. Elle avait remarqué avec quelle rapidité il travaillait et avait pensé qu'il pourrait effectuer de petites réparations chez elle. Pour le reste, elle s'était débrouillée seule et avait réussi à dénicher quelqu'un pour s'occuper des dégâts les plus importants, comme ceux du toit.

— Elle a l'air d'une femme bien, reprit-il. Parfois, il faut savoir rendre service, même s'il vous en coûte. De toute façon, le week-end je n'ai rien d'autre à faire que suivre les matches de foot à la télé.

C'était plus que ce dont Quinn pouvait se vanter, mais il se garda bien de l'avouer.

Le lendemain, il vit Jack aller et venir entre sa camionnette et la maison de Maggie Dartman. Alors qu'elle sortait de chez elle un peu plus tard, elle s'arrêta pour le remercier d'avoir autorisé Jack à venir, mais Quinn, qui ne tenait pas à être associé à leur arrangement, lui répondit que le charpentier était maître de son temps libre. Cependant il lui assura que c'était quelqu'un de très sérieux.

Une semaine s'écoula avant que Quinn se rappelle le livre qu'il avait prêté à Jack. Il lui demanda s'il avait eu le temps de le lire, mais le jeune homme secoua la tête en s'excusant. Il n'avait pas eu une minute à lui.

— Ça ne m'étonne pas, avec tout le boulot que vous abattez ici et chez ma voisine ! remarqua Quinn.

Il s'était exprimé sur le ton de la plaisanterie, mais Jack, visiblement gêné, changea vite de sujet. Quinn supposa qu'il s'en voulait de ne pas avoir ouvert l'ouvrage et n'insista pas davantage. Il pensait juste que cela le distrairait un peu mais réalisait qu'il avait trop de travail pour se plonger dedans. Il avait pourtant le sentiment, sans savoir pourquoi, que Jack pourrait devenir un excellent marin. Il s'était montré très intéressé par les plans du ketch. Et il serait heureux de lui apprendre les rudiments de la voile. Il espéra donc qu'il finirait par lire le livre et qu'il ne prétendrait pas simplement l'avoir fait.

Un après-midi de fin janvier, Quinn dressa la liste de tout ce qu'il comptait demander en plus à Jack pour améliorer la maison, ainsi que de tout ce qui était en cours, et sortit pour la lui remettre. C'était le premier jour de grand beau temps depuis des semaines et le toit était enfin réparé. Il voulait que Jack lui donne son avis sur ce qu'il envisageait mais celui-ci plia la feuille qu'il lui tendait et la glissa dans sa poche en promettant de l'étudier dans la soirée, ce qui l'irrita. Il détestait repousser ce qui pouvait être fait sur-le-champ et tenait à en discuter avec lui. Jack lui expliqua qu'il était trop occupé pour l'instant pour se concentrer correctement, mais qu'ils en reparleraient le lendemain.

Les travaux avancèrent particulièrement bien cet après-midi-là et, à la fin de la journée, Quinn, qui détestait le silence qui envahissait sa maison une fois tout le monde parti, l'invita à boire un verre de vin avec lui et en profita pour lui reparler de la liste. Le moment était idéal pour en discuter, selon lui. Jack hésita et tenta de s'esquiver mais sans succès. Quinn insista, jusqu'au moment où il eut l'impression de voir des larmes briller dans ses yeux. Il craignit alors de l'avoir offensé. Jack ne se laissait pas facilement démonter, y compris lorsque les choses n'allaient pas comme il le voulait, mais là, il semblait franchement contrarié – tellement même que Quinn s'attendit presque à ce qu'il rompe leur contrat.

— Je suis désolé, s'excusa-t-il aussitôt, je ne cherchais pas à vous mettre la pression. Vous devez être sur les rotules, après la semaine que vous venez de passer. Vous feriez peut-être mieux de vous reposer demain, non ?

Jack secoua la tête et lui lança un regard empreint d'une infinie tristesse. Quinn ne comprenait pas ce qui se passait, mais voir Jack dans cet état le bouleversait. On aurait dit que quelque chose venait de céder chez lui. Pas un seul moment, pourtant, il n'avait voulu blesser cet homme qu'il était venu à respecter et à aimer. Ce qui suivit prit Quinn complètement au dépourvu. Posant doucement son verre,

Jack commença à lui raconter sa vie. C'était comme si un barrage s'était rompu en lui, empêchant tout retour en arrière.

— Mes parents m'ont abandonné dans un orphelinat du Wisconsin quand j'avais quatre ans, dit-il d'une voix rendue rauque par l'émotion. J'ai quelques souvenirs de ma mère, mais très peu de mon père – à part qu'il me faisait peur. Je sais aussi que j'avais un frère, et c'est tout. J'étais trop petit à l'époque pour en garder une image précise. Mes parents ne sont jamais revenus me chercher. J'étais pupille de la nation, comme on dit. On m'a placé dans plusieurs familles d'accueil, qui me renvoyaient toujours au bout d'un certain temps, parce qu'elle n'ont pas le droit d'héberger longtemps les enfants qu'on leur confie. Je ne pouvais pas être adopté, parce que mes parents étaient toujours en vie. Moi, ça ne me dérangeait pas. Je me sentais bien à l'orphelinat et tout le monde me traitait correctement là-bas. J'ai commencé à travailler le bois vers l'âge de sept ans et, à dix ans, je me débrouillais plutôt bien. Les responsables de l'établissement me laissaient faire ce que je voulais, et comme je détestais l'école, je faisais de petits travaux. J'ai compris très tôt que, si j'aidais à entretenir l'orphelinat, on ne me reprocherait pas de sauter les cours, alors c'est ce que j'ai fait. Je préférais la compagnie des adultes à celle des autres enfants. J'avais l'impression d'être indépendant et utile, et j'adorais ça. À onze ans, j'ai pratiquement arrêté d'aller en classe. Je n'y retournais que lorsqu'on m'y obligeait, et ça a duré jusqu'à mes quinze ans. À ce moment-là, sachant que je pouvais gagner ma vie en étant charpentier, j'ai passé un test d'équivalence dans un lycée. Pour être honnête, une de mes amies m'a aidé et c'est grâce à elle que j'ai obtenu mon diplôme. Je suis ensuite parti, sans un regret. J'ai pris un bus jusqu'ici grâce à l'argent que j'avais économisé sur mes petits boulots et je n'ai jamais cessé de travailler depuis. C'était il y a vingt ans. J'en ai trente-cinq aujourd'hui, je vis bien, j'aime mon métier – et je l'aime encore plus quand j'ai affaire à quelqu'un comme vous. Personne ne m'a traité avec autant de respect en vingt ans.

À ces mots, sa voix se brisa, et le cœur de Quinn se serra, mais il ne comprenait toujours pas le problème de Jack.

— Je suis un bon charpentier, reprit celui-ci. Mais c'est tout ce que je suis et tout ce que je serai jamais. Je ne sais rien faire d'autre.

— Je ne voulais pas vous brusquer, répondit Quinn. J'admire beaucoup ce que vous faites. J'en serais bien incapable. Vous trouvez des solutions à tout et travaillez remarquablement bien.

— Pas tant que ça, répliqua tristement Jack. Vous, vous maîtrisez des tas de choses qui me resteront toujours inaccessibles.

— J'ai eu de la chance et j'ai bossé dur, comme vous.

Quinn ne pouvait imaginer la vie que Jack avait menée, ni les sentiers qu'il avait suivis pour en arriver là, mais il le mettait sur un pied d'égalité avec lui et lui témoignait le respect qui naît parfois entre deux hommes, quelles que soient leurs origines ou leur réussite. Jack Adams était un charpentier doué et honnête, et c'était tout ce qu'il attendait de lui. Mais Jack, lui, voulait bien plus que ça, tout en étant persuadé qu'il ne l'obtiendrait jamais, jugeant le poids de son passé beaucoup trop lourd pour le lui permettre.

— Ce n'est pas la chance qui a joué dans votre cas, Quinn. Vous êtes intelligent, instruit. Vous valez beaucoup plus que moi. Tout ce que je sais faire, c'est travailler le bois.

— Vous pourriez aller à la fac, si vous le vouliez, non ?

Jamais Jack n'avait affiché une mine aussi abattue. Lui qui se montrait toujours si pragmatique et enthousiaste paraissait soudain méconnaissable. Touché de le voir s'ouvrir à lui et de découvrir la profonde tristesse qui l'habitait, Quinn eut envie de lui redonner espoir.

— Je ne peux pas aller à la fac, répondit Jack, l'air brisé, avant de le fixer droit dans les yeux. Je ne sais pratiquement pas lire.

Ayant avoué cette honte qui le dévorait depuis toujours, il enfouit sa tête dans ses mains et se mit à pleurer sans bruit. Ému, Quinn le contempla, impuissant, puis lui toucha l'épaule en signe d'amitié. Personne ne lui avait jamais fait une telle confidence. Ce garçon qu'il connaissait à peine, mais aimait déjà beaucoup, avait eu le courage de lui confier sa terrible lacune, et il mesurait parfaitement la valeur d'une telle confession.

— Ce n'est pas si grave, murmura-t-il, la main toujours posée sur son épaule.

— Si, ça l'est. Je suis incapable de lire le moindre livre, la moindre lettre, ou même votre liste. Je ne comprends rien à ce qui est écrit quand je vais à la poste ou à la banque, pas plus que sur les médicaments ou les panneaux indicateurs. J'ai décroché mon permis de conduire grâce à un examen oral. Comment aurais-je pu l'avoir, sinon ? J'arrive tout juste à signer mon nom ! Et je ne reste jamais plus de quelques semaines avec une femme, parce que je suis sûr qu'aucune ne voudrait de moi, si elles s'apercevaient que je suis analphabète. Je ne serai jamais rien qu'un charpentier qui ne sait pas lire, Quinn. Je ne me fais aucune illusion là-dessus.

Quinn comprit alors que Jack attendait bien plus de la vie que ce qu'elle lui avait accordé jusqu'à présent, mais qu'il ne savait pas comment faire pour l'obtenir. Son regard empli de douleur exprimait parfaitement sa conscience des barrières contre lesquelles il se heurtait depuis des années. Bouleversé, Quinn ne savait pas quoi lui répondre. Il aurait aimé le serrer dans ses bras, mais Jack n'était pas un enfant. En fait, le meilleur moyen de l'aider était de l'accepter tel qu'il était, et de lui montrer que son illettrisme ne changeait rien au respect qu'il lui vouait.

Quelques minutes plus tard, Jack se leva et lui dit qu'il devait partir. Il semblait gêné par ses aveux, et Quinn sentit qu'il était profondément secoué.

— J'ai une amie qui me lit les papiers que je reçois, avoua-t-il en attrapant son blouson. Je saurai ce qu'il y a sur votre liste d'ici demain.

Quinn hocha la tête et le regarda partir, ému par ce que Jack venait de lui dévoiler sur sa vulnérabilité, mais aussi sur son âme.

Cette nuit-là, il resta longtemps éveillé à réfléchir à tout ce que le jeune homme lui avait confié. Et lorsqu'il se leva le lendemain matin et qu'il vit sa camionnette déjà garée devant chez lui, il enfila à la hâte un pantalon et un pull et sortit le rejoindre. Tous deux échangèrent un regard qui en disait plus que tous les longs discours. Jack semblait aussi fatigué que Quinn. Lui non plus n'avait pas fermé l'œil de la nuit, tant il se demandait s'il avait bien agi en se confiant, craignant d'avoir perdu son estime.

— J'ai appris votre liste par cœur, annonça-t-il tandis qu'ils pénétraient dans la maison.

Quinn hocha la tête et le précéda dans la cuisine, où ils s'assirent.

— J'aimerais que vous fassiez quelques heures supplémentaires, déclara-t-il tranquillement, avec dans les yeux une lueur que Jack ne parvint pas à interpréter. Pour être plus précis, j'aimerais que vous restiez deux heures de plus ici tous les soirs, et aussi le samedi.

Sans qu'il en ait eu l'intention, il s'était exprimé d'un ton très solennel qui inquiéta Jack. Sa demande ne figurait nulle part sur sa liste.

— Vous trouvez que je ne vais pas assez vite ?

Il estimait pourtant que le travail avançait plus rapidement que prévu et il avait jusqu'alors supposé que Quinn était satisfait, lui aussi.

— Si, mais je voudrais vous proposer autre chose.

Le cœur de Quinn battit plus vite lorsqu'il prononça ces mots. Il espérait que le jeune homme accepterait ce qu'il allait lui proposer. C'était important pour l'un comme pour l'autre. Un lien les unissait depuis la veille au soir, et Quinn avait le sentiment d'une mission à remplir vis-à-vis de Jack.

— De quoi s'agit-il ? s'enquit celui-ci, perplexe.

— Si vous êtes d'accord, commença Quinn avec précaution, si vous le voulez bien, je souhaiterais vous apprendre à lire.

Un long silence s'ensuivit, tandis que Jack détournait la tête pour ne pas montrer ses larmes. Quinn était ému, lui aussi, et plusieurs minutes s'écoulèrent avant que leurs regards se croisent de nouveau.

— Vous êtes sérieux ? demanda Jack lorsqu'il put enfin parler. Pourquoi feriez-vous ça ?

— Parce que j'en ai envie. J'ai souvent été stupide, cruel et égoïste dans ma vie, Jack. Cela me permettrait d'accomplir quelque chose de bien, et j'espère que vous accepterez.

Quinn renversait volontairement la situation en se plaçant dans la position du demandeur. Tous deux avaient autant à gagner dans cette association.

— Alors, c'est oui ?

Jack acquiesça d'un signe de tête.

— Vous plaisantez ? dit-il avec une joie aussi grande que celle de Quinn.

Il avait toujours voulu assister à des cours pour adultes, mais avait eu trop honte pour le faire. Avec Quinn, ce serait différent. Il n'éprouvait que de la fierté à l'idée d'apprendre avec lui.

— Quand commençons-nous ?

— Tout de suite, répondit Quinn en poussant le journal vers lui. D'ici la fin du chantier, vous saurez lire aussi bien que n'importe qui. Et si cela devait prendre plus de temps, ce n'est pas un problème. Maintenant, au travail !

Jack sourit, tandis que Quinn remplissait deux tasses de café et s'asseyait près de lui. Les cours avaient débuté.

6

Dès les premières semaines, Jack fit d'énormes progrès. Il passait ses journées à réparer ce qui devait l'être dans la maison, puis, le soir, Quinn et lui s'installaient dans la cuisine pendant deux heures – et parfois plus – pour déchiffrer lentement le journal. Lorsqu'il sentit Jack plus à l'aise, Quinn décida d'utiliser son vieux livre de navigation comme manuel scolaire. Un mois s'écoula ensuite avant qu'il ne lui propose l'un des poèmes de Jane. Pour Jack, réussir à le lire à voix haute, sans buter sur aucun mot, fut une victoire.

— C'est magnifique ! s'exclama-t-il à la fin, à la fois ravi de sa performance et ému par le texte. Ta femme devait être quelqu'un d'extraordinaire.

La complicité qui les liait les avait conduits à abandonner le vouvoiement, peu après les aveux de Jack. Leur relation n'avait en effet plus rien de celle entre un client et un employé, et l'un et l'autre savaient qu'ils pouvaient se parler en toute franchise.

— En effet, dit Quinn. Je n'en ai pas toujours eu conscience, malheureusement. Je ne l'ai découvert que durant nos derniers mois ensemble.

Le plus tragique était que, pendant trente-six ans, il l'avait ignorée et n'avait pas cherché à voir plus loin que l'image qu'il avait d'elle. Et il avait honte de n'avoir appris à vraiment la connaître qu'après sa disparition.

— Elle est très belle aussi sur les photos, ajouta Jack.

Jane avait été une femme douce et délicate, dont l'apparence presque fragile masquait en réalité une force d'âme que personne n'avait jamais soupçonnée, et Quinn moins que quiconque.

— Oui, elle l'était, reconnut-il avec mélancolie. À tous points de vue, elle était extraordinaire.

La leçon s'acheva peu après. À mesure qu'il apprenait à lire, Jack se débarrassait des chaînes qui l'entravaient et avait l'impression de retrouver la liberté. Seul Quinn demeurait prisonnier de sa souffrance, condamné à jamais à la solitude et à l'amertume. Tout juste rêvait-il un peu moins souvent de Jane depuis qu'il avait commencé à aider Jack. Comme si cela atténuait un peu son sentiment de culpabilité.

Tous deux avaient pris l'habitude de dîner ensemble le vendredi soir, après avoir terminé la leçon du jour. Le premier cuisinait, le second apportait une bouteille de vin, et ils faisaient ainsi davantage connaissance. Tantôt leurs rapports étaient ceux de deux amis, tantôt ceux d'un père et de son fils. Jack était fasciné par le parcours de Quinn. Celui-ci avait grandi dans une ferme du Midwest, avant de décrocher une bourse pour faire ses études à Harvard. À partir de là, il avait rapidement gravi les échelons, au point de devenir millionnaire dès l'âge de vingt-cinq ans. La première à l'encourager avait été Jane. Elle l'avait rencontré bien avant qu'il ne fasse fortune et n'avait jamais douté de ses capacités. Pour elle, comme pour le monde de la finance un peu plus tard, Quinn avait le don de transformer en or tout ce qu'il touchait. Les non-initiés s'étonnaient qu'il n'ait jamais commis la moindre erreur, mais c'était faux. Simplement, il avait toujours réussi à en tirer parti. À sa manière, il était un génie, mais la réussite ne l'avait pas rendu heureux.

Tout ce que souhaitait Quinn, à présent, c'était vivre en solitaire sur son bateau, dès que celui-ci serait prêt. Il en parlait presque comme d'une femme dont il aurait été amoureux et qu'il aurait eu hâte de retrouver. Après avoir perdu Jane et s'être brouillé avec sa fille, le bateau serait un compagnon qui ne pourrait jamais le tourmenter ni lui reprocher quoi que ce soit, et que lui-même ne pourrait jamais décevoir ni blesser. Passer le restant de ses jours seul à son bord, loin du monde, serait un soulagement. En attendant, il donnait un sens à sa vie en aidant Jack à réaliser son rêve.

En même temps que naissait une sincère amitié entre les deux hommes, une affection grandissante se développait entre Jack et Maggie Dartman. Le charpentier travaillait toujours pour elle le dimanche, et s'employait, semaine après semaine, à rénover sa maison. Chaque fois qu'il la voyait, cependant, il était frappé par son isolement. Les tâches qu'il accomplissait auraient pu être faites par n'importe qui d'un peu bricoleur, mais il n'avait jamais noté la moindre présence masculine chez elle, en dehors des photos de son fils dont la maison était pleine. Elle avait brièvement expliqué à Jack qu'elle avait été professeur et qu'elle avait pris un congé sabbatique un an et demi plus tôt, quand son fils s'était suicidé le surlendemain de son seizième anniversaire. La douleur qui transparaissait dans son regard dès qu'elle posait les yeux sur une photo de ce dernier bouleversait d'autant plus Jack que Maggie lui semblait particulièrement douce et vulnérable, et aussi seule que Quinn. À sa connaissance, elle n'allait jamais nulle part et passait son temps chez elle à lire, écrire ou réfléchir.

— Tu devrais l'inviter à dîner un de ces jours, suggéra-t-il à Quinn un soir à la fin du mois de février. Elle est très sympa et je pense que tu l'apprécierais.

Quinn accueillit toutefois très froidement cette idée.

— Je n'ai pas envie de rencontrer une autre femme. J'ai eu la meilleure qu'il était possible d'avoir et je ne veux pas la remplacer. Ce serait insulter sa mémoire.

Il ne la trahirait jamais. Il avait fait souffrir trop de gens durant sa vie et ne voulait pas risquer d'en blesser d'autres.

Surpris par cette réaction, Jack s'empressa de clarifier les choses.

— Ce n'est pas ce que je voulais dire. C'est juste une femme charmante, qui a traversé des épreuves difficiles. Je ne suis pas au courant de tous les détails, mais perdre un fils est un drame dont on ne se relève pas. J'ai l'impression qu'elle ne voit personne. Elle ne sort pas, son téléphone ne sonne jamais, elle ne reçoit aucune visite… Je me disais que ce serait sympa de lui proposer de dîner avec nous, un vendredi soir. Elle a de l'humour, tu sais. Et puis, je ne pense pas qu'elle ait envie de faire des rencontres, elle non plus.

D'après ce qu'elle lui avait raconté, Jack devinait assez bien dans quel état d'esprit elle se trouvait. Comme Quinn, Maggie vivait avec ses souvenirs et le poids de son chagrin.

— Je croyais qu'elle était mariée, répondit Quinn, l'air surpris. Je pensais que son mari était sans cesse en voyages d'affaires.

— Moi aussi, au début. Ça n'aurait rien eu d'étonnant, d'autant plus qu'elle habite une assez grande maison. J'ignore si elle est veuve ou divorcée, mais ce qui est sûr, c'est qu'elle vit seule. Peut-être que son mari est mort lui aussi en lui laissant un peu d'argent.

Malgré le mauvais état dans lequel elle se trouvait, sa maison n'était pas à la portée de n'importe quelle bourse. Maggie devait donc disposer d'économies ou de revenus non négligeables.

— Je ne sais pas ce qui lui est arrivé, Quinn, reprit-il, mais à mon avis ce n'est pas drôle. Ce serait bien de l'inviter.

— Oui, peut-être. On verra, répondit Quinn sans enthousiasme.

Deux semaines plus tard, cependant, Jack revint à la charge lorsqu'il le vit sortir du four un énorme rôti de veau.

— Nous ne mangerons jamais tout ça ! s'exclama-t-il. Ce serait un crime de le jeter.

Contrairement à ce que Quinn imaginait, la viande n'avait pas réduit à la cuisson. Il avait voulu préparer un repas plus raffiné que d'habitude, mais le résultat ne correspondait pas exactement à ce qu'il espérait.

— Et si j'appelais Maggie pour savoir ce qu'elle fait ? proposa Jack.

Quinn hésita, puis céda à contrecœur. Jack semblait si déterminé à inviter Maggie à leur table qu'il se demanda soudain s'il n'était pas attiré par elle.

— D'accord, d'accord. Ça n'engage à rien, de toute façon. Préviens-la juste que c'est ton idée. Je ne veux pas qu'elle pense que je lui cours après et que j'ai monté ce plan pour qu'on fasse connaissance. Présente-moi comme un vieux bougon solitaire avec un énorme rôti de veau à partager.

Jack éclata de rire et décrocha le téléphone. Maggie parut surprise et aussi réticente que Quinn. Elle lui demanda sans ambages s'il s'agissait d'une rencontre arrangée – auquel cas il était hors de question qu'elle se déplace. Jack lui assura que ce n'était rien de plus qu'un dîner entre voisins. Pour finir, elle se laissa fléchir et sonna à la porte, dix minutes plus tard, l'air méfiante.

En lui ouvrant, Quinn fut étonné de la découvrir encore plus petite que dans son souvenir. Ils n'avaient échangé que quelques mots de part et d'autre de la haie séparant leurs deux maisons, mais à la voir là, devant lui, il fut frappé de constater combien elle était menue et fragile. Quelque chose de triste et d'effrayé dans son regard lui donna envie de la rassurer, et il comprit pourquoi Jack voulait l'aider. Elle avait tout d'une femme qui a besoin d'être protégée, ou du moins de pouvoir compter sur un ami.

Il s'écarta pour la laisser entrer et elle le suivit jusqu'à la cuisine, où Jack était en train de découper le rôti en tranches. En le voyant, le visage de Maggie s'illumina et elle parut soudain beaucoup plus jeune. Quinn se détendit lorsqu'ils passèrent à table et qu'il remplit les verres de vin.

— Comment se déroulent vos cours ? s'enquit Maggie après avoir remercié Quinn de l'avoir invitée.

Jack lui avait dit ce que Quinn faisait pour lui chaque soir et combien il lui en était reconnaissant.

— J'avance lentement mais sûrement, répondit-il en souriant.

En vérité, il faisait de gros progrès. Il parvenait à présent à lire correctement, même s'il butait encore sur certains mots. Les termes nautiques n'avaient plus de secrets pour lui et il était impatient d'aborder d'autres domaines. C'était Quinn qui insistait pour lui enseigner la voile. C'était sa passion et il tenait à la partager avec lui. Mais il lui avait aussi fait découvrir les poèmes de Jane, et Jack en avait été très touché.

— C'est un excellent élève, affirma Quinn fièrement, au grand embarras de Jack. À propos, il m'a dit que vous étiez professeur ?

— Je l'ai été, le corrigea-t-elle.

La soirée se révélait très agréable, bien plus qu'elle ne s'y était attendue.

— Cela fait presque deux ans que je n'ai pas enseigné, ajouta-t-elle avec une pointe de mélancolie dans la voix.

— Quelle était votre matière ? demanda Quinn avec intérêt.

Il la voyait très bien dans une maternelle, entourée de jeunes enfants, et fut donc surpris par sa réponse.

— La physique, au lycée, répondit-elle. La matière que tous les élèves détestent. Enfin, non, j'exagère. La plupart des miens étaient assez doués. On ne choisit pas cette option sans une vraie motivation. Sinon, on opte pour la biologie ou les maths. La majorité d'entre eux poursuivaient la physique à l'université.

— Cela veut dire que vous étiez un bon professeur. J'ai toujours aimé les cours de physique à la fac, alors que je les détestais au lycée. Pourquoi avez-vous quitté votre poste ?

— Mon fils est mort, avoua-t-elle franchement. Ma vie s'est arrêtée net, après ça. Il s'est suicidé, il y a dix-neuf mois.

Elle aurait pu leur dire combien de jours et de semaines cela représentait, mais ne le faisait plus désormais. Elle haïssait l'idée que cela faisait des mois maintenant et que bientôt cela ferait des années. Le temps créait une distance irrémédiable entre elle et son fils, et elle ne pouvait rien y faire, tout comme elle n'avait pas su anticiper et empêcher le drame.

— Il souffrait d'une grave dépression, expliqua-t-elle. Les gamins comme lui ne se suicident pas en général, même s'ils y pensent souvent. Ce sont plutôt les maniaco-dépressifs qui passent à l'acte. Andrew, lui, n'a jamais réussi à s'en sortir, et son entrée au lycée a achevé de lui faire perdre pied. J'enseignais dans le même établissement et je n'ai pas pu y retourner après sa mort. On m'a accordé un congé, afin que je puisse suivre une thérapie et, à la fin, je me suis rendu compte que je n'étais pas prête à assurer de nouveau mes cours. Je doute d'ailleurs d'en être capable un jour.

Mais elle savait que, tôt ou tard, il lui faudrait retravailler, même si ce n'était pas dans l'enseignement.

— Que faites-vous en ce moment ? l'interrogea doucement Quinn.

Maggie soupira.

— Je conseille d'autres parents confrontés à la même situation que moi. Je ne suis pas sûre de leur être d'un grand secours, mais au moins j'essaie. Et je travaille aussi comme bénévole trois soirs par semaine pour un centre d'écoute téléphonique destiné aux adolescents en difficulté. Les appels sont transférés sur ma ligne, ce qui me permet de faire ça de chez moi. Je ne sais pas si cela sert à quelque chose, mais au moins ça me donne l'impression d'être utile au lieu de rester sans rien faire à la maison, à m'apitoyer sur mon sort.

Quinn se demanda si cela n'avait pas plutôt pour effet de raviver en permanence ses blessures, mais à part la douleur perceptible dans son regard, Maggie paraissait très équilibrée. Sans oser la questionner, il se demandait où était son mari, lorsqu'elle aborda le sujet, quelques instants plus tard.

— J'aurais probablement repris le travail si le suicide d'Andrew n'avait pas entraîné la fin de mon mariage. Mon mari et moi nous sommes accusés de ce que nous n'avions pas pu empêcher. Notre couple battait de l'aile depuis longtemps et, après la disparition de notre fils, la situation n'a fait qu'empirer. Charles m'a quittée deux jours après le premier anniversaire de la mort d'Andrew, et notre divorce a été prononcé la semaine après Noël.

Quinn songea que sa première rencontre avec Maggie devait dater de ce moment-là, ce qu'elle ne tarda pas à lui confirmer.

— J'ai reçu les papiers la veille du nouvel an, quand la tempête a frappé la Californie. Sur le coup, cet ouragan m'est apparu comme la conclusion normale de tout ce que je venais de vivre. J'ai dû vous paraître folle, quand on s'est parlé ce jour-là, dit-elle tristement. J'étais si bouleversée que je racontais n'importe quoi.

— Pas du tout, la rassura-t-il, tout en la revoyant sous les trombes d'eau qui tombaient alors, sans un imperméable ou un parapluie pour la protéger.

Il se rappela son air hagard lorsqu'elle avait comparé sa cuisine aux chutes du Niagara et comprit pourquoi. Elle semblait incapable de cacher ses sentiments et paraissait aller mieux à présent – assez en tout cas pour avoir accepté de venir dîner. Il fut soudain heureux que Jack ait insisté pour l'inviter, car la jeune femme avait effectivement besoin d'amis pour la distraire. Tous trois ressemblaient à des naufragés embarqués dans un même canot de sauvetage et cela lui donna envie de lui raconter son drame personnel, pour qu'elle sache qu'elle n'était pas seule à souffrir et qu'elle finirait par s'en remettre.

— Mon fils est mort, il y a vingt-trois ans, dans un accident de bateau, lui confia-t-il en la regardant.

Jack le dévisagea avec stupéfaction. Quinn n'en avait jamais parlé, et il fut profondément touché qu'il se livre ainsi. Il n'avait fait allusion qu'à Alex, et Jack pensait qu'elle était son seul enfant.

— Il avait treize ans, continua Quinn, et je ne me suis aperçu que tout récemment combien cela nous avait affectés, ma femme et moi. Je me suis réfugié encore plus dans mon travail, pendant qu'elle se repliait sur elle-même. Nous étions aussi accablés l'un que l'autre, mais ce n'est qu'après la disparition de Jane, quand j'ai commencé à lire son journal intime, que j'ai compris à quel point la mort de Doug l'avait éprouvée. À l'époque, j'étais trop occupé, et sûrement trop insensible aussi, pour ouvrir les yeux, et je ne lui ai été d'aucune aide. Elle n'a pas pu compter sur moi. Je refusais de parler de ce qui s'était passé, parce que cela était trop douloureux. Elle a écrit de très belles choses sur lui.

Il avait les larmes aux yeux en parlant mais il n'avoua pas qu'il avait obligé Jane à se débarrasser des affaires de Doug, dans les semaines qui avaient suivi sa disparition. Il regrettait amèrement son geste, à présent qu'il en mesurait la cruauté. Il avait cru bien faire – pour elle, pour lui, et aussi pour Alex –, mais il n'aurait pas pu se tromper davantage.

— La perte d'un enfant est ce qui peut arriver de pire à un couple, déclara Maggie en le fixant droit dans les yeux.

Elle qui se reprochait l'échec de son mariage aurait voulu lui demander comment sa femme et lui avaient survécu à cette épreuve. Pour sa part, elle avait toujours eu le sentiment que son mari avait sous-estimé la dépression de leur fils et que, pour cette raison peut-être, il avait inconsciemment contribué à l'aggraver. C'était ce qu'elle n'avait jamais pu lui pardonner, et il le savait, même si elle s'était gardée de le lui dire. Quant à lui, il estimait qu'elle aurait dû deviner ce qu'Andrew s'apprêtait à faire. Leur dernière année ensemble n'avait été qu'une longue accusation silencieuse et ils avaient fini par ne plus se supporter. De toute façon, rien ne pourrait jamais leur rendre leur fils. Bien sûr, le départ de Charles avait profondément éprouvé Maggie, mais elle savait qu'il avait pris la bonne décision. Il avait fait son possible pour qu'elle ne manque de rien, payant la maison où elle vivait maintenant, car elle ne pouvait plus rester dans celle où était mort Andrew, et lui donnant assez d'argent pour qu'elle n'ait pas à travailler durant quelques années. Un jour viendrait où elle devrait reprendre son poste de professeur, mais pour le moment, elle avait besoin de rester chez elle, de se protéger des réalités de la vie. Il lui fallait du temps pour panser ses blessures. Quinn comprenait parfaitement son attitude et la jugeait tout à fait sensée. Pour autant, il ne pouvait s'empêcher de remarquer la tristesse qui assombrissait son regard.

— Vous avez vécu un enfer, dit-il doucement.

Elle hocha la tête, sans chercher à nier la réalité, mais sans vouloir non plus se présenter comme une victime. Malgré sa fragilité apparente, elle semblait posséder une force et un caractère peu communs.

— Beaucoup de gens traversent ce genre d'épreuve, déclara-t-elle. Je m'en rends compte avec les parents que j'essaie d'aider. Aux États-Unis, le suicide est la deuxième cause de mortalité chez les jeunes, mais il reste encore un long chemin à parcourir avant que cela soit vraiment compris. Andrew avait fait deux tentatives avant celle qui lui a été fatale.

— Il prenait des médicaments ? demanda Quinn.

— Parfois. Il ne suivait pas son traitement régulièrement, mais était très doué pour faire croire le contraire. En fait, il n'aimait pas l'état dans lequel ça le plongeait – soit anxieux, soit léthargique. C'est d'ailleurs une plainte que j'entends fréquemment chez les adolescents qui se confient à moi.

Quinn admirait ce qu'elle faisait pour les autres. Elle était simple, franche et honnête, et ne craignait pas de montrer ses failles. Discuter avec elle lui rappela qu'il n'était pas le seul à souffrir et il commença alors à lui parler de Jane, de ces années durant lesquelles il avait été trop souvent absent, se consacrant entièrement à son travail, de sa maladie, puis de sa mort si rapide.

— Tout a été fini avant même qu'on comprenne ce qui nous arrivait, conclut-il.

— Combien de temps cela a-t-il duré ?

— Neuf mois. Elle est morte en juin. Je suis aussitôt parti et j'ai voyagé. Je suis rentré en novembre pour ranger la maison et faire quelques travaux avant de la vendre au printemps.

— Que ferez-vous ensuite ? s'enquit Maggie avec intérêt.

Elle savait que partir ne servait à rien, mais ne voulait pas le lui dire. Où qu'il aille, il y aurait toujours un moment où il serait contraint d'accepter que Jane n'était plus là et qu'il ne pouvait se punir indéfiniment pour les fautes qu'il pensait avoir commises. Il faudrait qu'il se pardonne – tout comme elle-même devrait se pardonner, ainsi que Charles, la mort d'Andrew. Sinon, il ne surmonterait jamais son chagrin.

— Je me fais construire un voilier aux Pays-Bas, lui apprit-il avant de lui raconter son voyage sur la *Victoire* et sa décision d'acheter le bateau commandé au départ par Bob Ramsay.

Son projet de faire le tour du monde semblait lui procurer un réel apaisement, comme s'il était certain que, une fois à bord, il n'aurait plus à affronter ses démons. Maggie aurait pu le détromper, mais elle s'en abstint. Par expérience, elle savait que cela ne servirait à rien. À la place, elle laissa aller son imagination et sourit en se représentant le ketch.

— Il semble magnifique, dit-elle avec admiration.

— Vous faites de la voile ?

— J'en ai fait autrefois. J'ai grandi à Boston et passé tous les étés à Cape Cod à faire du bateau. J'adorais ça, mais mon mari et Andrew pas du tout, ce qui fait que je n'ai pas mis les pieds sur un bateau depuis des lustres.

— Jane et ma fille non plus, surtout après la mort de Doug. J'avais un voilier lorsque nous avons emménagé ici, mais j'avais trop de travail pour m'en occuper et j'ai fini par m'en séparer. Là, j'ai une occasion unique de m'adonner à ma passion.

Cette simple pensée le fit sourire. Jack les écoutait avec intérêt, ravi d'avoir encouragé Quinn à inviter Maggie. Tous deux avaient plus de choses en commun qu'ils ne l'imaginaient, à commencer par un grand besoin d'amitié. Ils restaient trop souvent seuls en compagnie de leurs souvenirs. Une soirée comme celle-ci ne pouvait que leur faire du bien.

— Un voilier de cinquante-quatre mètres, c'est une grosse passion, plaisanta Maggie. Naviguer avec un tel bateau doit être un pur bonheur.

— Oh oui ! répondit Quinn. J'en suis certain. Mais il me faut encore attendre septembre pour qu'il soit terminé.

Il proposa alors de lui montrer les plans du voilier, et ils passèrent un moment à les examiner. La soirée était très agréable et, à la surprise de Quinn, encore plus sympathique à trois. Malgré son passé douloureux, Maggie avait égayé le repas par sa présence, et il fut définitivement conquis lorsque, une fois qu'il lui eut décrit le ketch en détail, elle lui posa une série de questions très pertinentes. Elle s'y connaissait et l'impressionna en citant les noms des plus importants constructeurs, architectes et designers navals. Lorsqu'ils eurent fini d'examiner les plans, Jack proposa de jouer aux dés, comme lui et Quinn en avaient l'habitude le vendredi soir.

— Je n'y ai pas joué depuis des années, les prévint-elle, amusée.

Elle réussit néanmoins à les battre tous les deux, avant que Quinn ne l'emporte à son tour. Ils passèrent ainsi un excellent moment, jusqu'à ce que Maggie les abandonne peu après minuit pour rentrer chez elle. Son service pour le centre d'écoute commençait à une heure du matin et, pour une fois, elle se sentait étonnamment détendue.

Après son départ, Jack ne s'attarda que quelques instants.

— N'est-ce pas qu'elle est charmante ? lança-t-il à Quinn. Elle a vraiment beaucoup souffert, la pauvre. Andrew était son seul enfant, et d'après le gars qui s'occupe de son jardin, c'est elle qui a découvert le corps. Elle a beau ne pas le critiquer, son mari ne semble pas un type bien. La quitter après une épreuve pareille…

Jack avait du mal à imaginer tout ce que Maggie et Charles avaient traversé. Pour lui, elle était une femme d'une extrême gentillesse qui aurait dû avoir quelqu'un pour la soutenir.

— Les gens sont capables du pire dans de telles circonstances, commenta Quinn. Jane aurait dû me quitter, elle aussi. Dieu merci, elle ne l'a pas fait, et pourtant on ne peut pas dire que j'aie été très attentionné vis-à-vis d'elle à l'époque. Je ne pensais qu'à moi et j'étais persuadé que si je ne parlais pas de ma douleur, elle s'en irait. Au lieu de quoi, elle est restée tapie au fond de nous et nous a rongés tous les deux.

La lecture du journal de Jane lui avait révélé qu'elle avait compris sa réaction, et qu'elle l'avait laissé pleurer leur enfant à sa manière, supportant seule le poids de sa solitude et de sa souffrance. En cela, Maggie et elle n'étaient pas différentes.

Après le départ de Jack, Quinn resta un long moment dans sa cuisine à laver et ranger la vaisselle. Lorsque, enfin, il gagna sa chambre, il vit par la fenêtre que la cuisine de Maggie était allumée. Elle devait être au téléphone, écoutant et rassurant des adolescents désespérés, songea-t-il. Et elle l'était encore lorsqu'il se coucha un peu plus tard, avec, dans les mains, le journal de Jane. Il s'endormit en le relisant pour la énième fois mais, contrairement à d'habitude, il se sentit l'esprit plus en paix en pensant à elle. Si stupide et égoïste qu'il eût été, il savait qu'elle lui avait pardonné. Peut-être l'avait-il toujours su, d'ailleurs. Ce qu'il ignorait encore, c'était si lui arriverait à se pardonner.

7

À l'invitation de Quinn, Maggie revint le vendredi suivant. Tous trois avaient passé une bonne semaine et étaient d'excellente humeur. Ils parlèrent du bateau, jouèrent de nouveau aux dés et savourèrent le gâteau au chocolat que Maggie avait préparé. Ils recommencèrent les vendredis suivants et cela devint une tradition et, pour chacun d'eux, une agréable façon de commencer le week-end.

Les leçons de Jack se passaient bien et il progressait vite. Maggie avait apporté à Quinn des manuels de lecture pour Jack et cela l'aidait beaucoup. Quinn leur faisait part de l'avancement du ketch dès qu'il recevait des nouvelles de Hollande. Avril arriva. Jack avait pratiquement terminé toutes les réparations et Quinn fit venir un agent immobilier, qui se montra enthousiaste et lui assura qu'il n'aurait aucun mal à trouver un acquéreur pour sa maison. Malgré tout, il lui suggéra d'effectuer quelques travaux supplémentaires s'il voulait la rendre encore plus facile à vendre. Quinn décida de suivre ses conseils et d'attendre mai ou juin. Il ne voulait pas la mettre trop tôt sur le marché, car il avait besoin d'un toit pour vivre en attendant que son bateau soit prêt. Il remit donc à Jack la liste des travaux recommandés par l'agent, et échangea un sourire complice avec lui en le voyant la lire sans problème.

La semaine suivante, une forte vague de chaleur s'abattit sur San Francisco, et ils organisèrent leur dîner du vendredi soir dans le jardin de Maggie. Elle installa une table qu'elle recouvrit d'une nappe bleue et leur servit du poulet avec une salade de pommes de terre préparée par Quinn. Il faisait si bon que l'on se serait cru en été. Maggie portait une robe blanche en lin et, pour une fois, avait détaché ses cheveux, qui tombaient en cascades sur ses épaules. Ils fêtaient ce soir-là un grand événement. Jack venait de leur annoncer qu'il avait rencontré quelqu'un. Bien que Quinn l'accusât d'être une incorrigible romantique, Maggie se déclara ravie pour lui. Jack avait trente-six ans, et elle estimait qu'il était grand temps qu'il tombe amoureux. À présent qu'il savait lire, il n'avait plus rien à cacher ni de complexe à avoir. Elle espérait même qu'il ne tarderait pas à se marier et à avoir des enfants.

— Et toi ? demanda-t-il alors qu'ils en étaient à la pastèque et aux cerises.

— J'ai déjà donné, plaisanta-t-elle.

À quarante-deux ans, elle était convaincue que sa vie amoureuse était derrière elle. Elle avait été mariée durant dix-huit ans et n'éprouvait aucune envie de recommencer. Elle avait trop souffert de la mort de son fils et du départ de son mari, et était contente de vivre seule.

— Tu n'as que six ans de plus que moi, lui fit remarquer Jack tandis que Quinn éclatait de rire.

— Vous devriez sortir ensemble, suggéra-t-il.

Jack y avait déjà songé, mais il avait craint de gâcher leur belle amitié. Et la question ne se posait plus, maintenant qu'il avait rencontré quelqu'un.

— C'est cela ! répondit Maggie, amusée.

Jack, Quinn et elle s'entendaient si bien qu'ils formaient presque une famille. Elle était devenue comme une grande sœur pour le premier et une petite pour le second. Chacun puisait le réconfort dont il avait besoin auprès des deux autres, et la pensée que leurs soirées du vendredi prendraient fin dans quelques mois les attristait. Quinn s'en irait sur son bateau et Jack ne tarderait sans doute pas à fonder une famille – si ce n'était avec sa nouvelle petite amie, ce serait avec une autre. Maggie, elle, n'avait pour unique projet que de reprendre un poste au lycée en septembre. Elle n'avait rien d'autre à faire, nulle part où aller, personne avec qui vivre. Et bien que sa solitude fût pour elle un refuge sûr et confortable, elle sentait que le moment était venu de retravailler.

Le vendredi suivant, Quinn leur fit une surprise. Le temps était toujours aussi beau, même si les températures avaient un peu baissé. Les journées étaient longues et ensoleillées comme en été.

— Qu'est-ce que vous faites demain, tous les deux ? s'enquit-il d'un ton innocent.

En réalité, il connaissait la réponse, car il avait déjà tout organisé. Il avait eu une idée le mercredi, alors qu'il assistait à une course de voiliers, et avait tout arrangé.

— Je bosserai ici, répondit Jack.

Il retrouverait ensuite son amie. Dès le début, il avait prétexté des soirées poker entre copains pour justifier qu'il n'était pas libre le vendredi. Il ne lui avait pas parlé de Quinn, ni de Maggie, ni de ses leçons de lecture et il n'avait pas encore envie de le faire. Maggie l'avait rassuré en lui disant que rien ne l'y obligeait. Cela ne regardait que lui, même si elle considérait qu'il accomplissait quelque chose de formidable et qu'il devait en être fier.

— Moi, j'ai prévu de jardiner, annonça-t-elle.

Ils dînaient ce soir-là chez Quinn, comme presque tous les vendredis. Il était de loin le meilleur cuisinier des trois – et aussi le mieux équipé. Maggie, elle, se nourrissait presque exclusivement de fruits et de salades. Elle leur avait avoué un jour qu'elle avait cessé de cuisiner après la mort de son fils, car cela lui rappelait trop de douloureux souvenirs. Quinn était heureux de cuisiner pour eux trois.

— J'ai une meilleure idée, dit-il alors d'un air mystérieux. Soyez ici à 9 heures demain matin. Et pensez à prendre des baskets.

Maggie haussa un sourcil.

— Est-ce que par hasard tu comptes nous emmener faire un tour en bateau ?

— Mon voilier est en Hollande, tu le sais très bien. Ça ferait un peu loin pour une balade en mer. Prenez juste vos baskets et ne posez pas de questions.

— Et la rampe de l'escalier ? Tu ne voulais pas que je m'en occupe ? demanda Jack.

— Ce n'est pas pressé.

Quinn paraissait si content de lui que Maggie finit par s'inquiéter.

— J'espère que tu ne prévois pas une randonnée. Je suis trop paresseuse et trop rouillée pour ça. J'ai jeté mes chaussures de marche l'hiver dernier en jurant qu'on ne m'y reprendrait plus.

— Fais-moi confiance, se contenta-t-il de lui répondre.

La soirée se poursuivit comme d'habitude par quelques parties de dés. Maggie battit Quinn, avant de rentrer chez elle travailler pour le centre d'écoute.

Le lendemain, elle sonna à sa porte à l'heure dite, vêtue d'un jean, d'un vieux pull, d'une parka et de tennis en toile rouge vif. Il faisait un peu frais, mais la journée promettait d'être magnifique, sans la moindre bande de brouillard sur la baie. Jack était déjà là et buvait un café dans la cuisine.

— Tu avais dit des baskets, nota-t-elle en pointant les mocassins que Quinn portait aux pieds. Maintenant, je veux savoir où nous allons.

— Tout vient à point à qui sait attendre, ma chère, la sermonna Quinn. Ne sois pas si curieuse.

— J'ai l'impression d'être kidnappée ! se lamenta-t-elle en s'asseyant près de Jack pour boire un café.

Avec le temps, ils se sentaient de plus en plus à l'aise ensemble. Maggie ne faisait pas attention à ce qu'elle portait et ne se maquillait pas lorsqu'elle devait les retrouver. Elle restait elle-même et se contentait le plus souvent de natter ses longs cheveux bruns, comme ce jour-là. Quinn préférait lorsqu'elle les laissait libres, mais ne le lui avait jamais avoué. En la voyant à cet instant, il se demanda comment elle était avec du rouge à lèvres, mais se reprit. Cela ne lui ressemblait pas.

Peu après, ils partirent dans sa voiture et Maggie fit remarquer que c'était leur première sortie ensemble. Jusqu'à présent, ils s'étaient presque toujours vus chez Quinn, et elle trouvait amusant de rompre cette routine, surtout dans des circonstances aussi mystérieuses. À l'évidence très joyeux, Quinn longea Divisadero Street, puis tourna sur Marina Boulevard. Maggie supposa qu'ils allaient traverser le pont du Golden Gate pour se rendre à Sausalito mais, au lieu de cela, il s'engagea sur le parking du Saint Francis Yacht Club. Avait-il réservé une table au restaurant, afin qu'ils y déjeunent tout en regardant une régate ? Elle n'imaginait rien de plus excitant, à part faire de la voile, bien sûr.

— C'est génial ! s'exclama-t-elle.

Jack, assis derrière elle, lui adressa un grand sourire, avant de se tourner vers Quinn.

— J'ai rendez-vous avec mon amie à 19 heures, lui rappela-t-il. J'ai intérêt à être rentré à ce moment-là ou elle va m'étrangler.

— Tu y seras avant, je te le promets, lui assura Quinn.

Il gara sa voiture et les entraîna vers le ponton. C'est alors que Maggie l'aperçut. Un yacht splendide, bien plus grand que la plupart de ceux amarrés là. Trente-six mètres de pure beauté. Sa première intuition avait été la bonne, songea-t-elle. Quinn allait les emmener faire un tour en mer.

Et, en effet, il s'engagea sur la passerelle et leur tendit la main.

— Venez ! Il est à nous pour la journée. Ne perdons pas de temps ! Remettez-vous !

Jack était stupéfait et Maggie ravie. Quatre membres d'équipage les attendaient. Le navire comportait quatre cabines, un espace pour les repas sur le pont et une élégante cabine de commandement accessible par une échelle. À l'intérieur du bateau, le salon principal, luxueux et confortable, abritait une partie salle à manger pouvant être utilisée le soir ou en cas de mauvais temps. Le yacht avait été baptisé *Molly B.*, du nom de la fille de son propriétaire. Celui-ci l'avait fait venir de La Jolla pour l'été, et Quinn, qui le connaissait bien, le lui avait loué pour la journée autant pour distraire Maggie que pour initier Jack à la voile.

Ils explorèrent le bateau. Jack examina tout en détail, impressionné par les boiseries, tandis que Maggie, elle, attendait avec impatience le départ. Son souhait fut exaucé dix minutes plus tard. Quinn était aussi heureux que ses deux amis et s'efforçait de passer autant de temps avec Maggie qu'avec Jack, jusqu'à ce qu'il surprenne ce dernier en grande conversation avec l'hôtesse de bord, une jeune et belle Anglaise. Amusé, il les laissa et en profita pour aller discuter avec Maggie et le capitaine. Poussé par un vent parfait, le *Molly B.* passa bientôt sous le Golden Gate et prit la direction des îles Farallon. La mer devint plus agitée mais, à son grand soulagement, Quinn constata que Jack avait le pied marin.

— Tu nous as bien caché ton jeu, le taquina Maggie quelques instants plus tard en le rejoignant sur le pont.

Malgré une légère fraîcheur due au vent, il faisait très bon et elle savoura la caresse du soleil sur son visage.

— C'est une merveilleuse idée, ajouta-t-elle.

Pour un peu, elle se serait presque jetée à son cou mais, malgré l'amitié qui les liait, Quinn continuait de l'intimider. Il donnait toujours l'impression de maintenir une certaine distance entre lui et les autres, même lorsque tout allait bien. Elle se contenta donc de poser sur lui un regard empli de gratitude, ce qui était tout ce qu'il attendait.

Ils rentrèrent en fin d'après-midi, heureux mais épuisés. Ils avaient eu du mal à quitter le *Molly B.*, en particulier Jack, qui avait remercié un à un les membres d'équipage. Maggie, elle, ne savait pas comment exprimer sa reconnaissance à Quinn. Elle proposa de lui préparer à dîner, mais il refusa en expliquant qu'il avait du travail à terminer. La succession de Jane n'était toujours pas réglée et il avait l'impression de ne pas en voir la fin.

Jack les quitta peu après pour aller rejoindre sa petite amie et Maggie rentra chez elle. Elle ressemblait à une jeune fille avec sa natte, son jean blanc, son pull et ses baskets rouges, et Quinn sourit en la regardant s'éloigner. Elle adorait naviguer, cela sautait aux yeux. Mais comment aurait-il pu en être autrement, lui avait-elle dit, sur un bateau aussi somptueux ? Elle rêvait de voir un jour celui qu'il se faisait construire aux Pays-Bas, même s'il lui avait affirmé qu'il ne l'amènerait pas à San Francisco, sauf s'il s'arrêtait en faisant route vers le Pacifique Sud. Mais il tenait d'abord à voyager en Afrique et en Europe.

Quinn lisait un magazine dans son salon, une tasse de thé à la main, quand Maggie sonna à sa porte. Elle ne s'était pas encore changée, sa natte était à moitié défaite, et elle semblait embarrassée.

— Je ne veux surtout pas te déranger, s'excusa-t-elle. Je t'ai juste apporté ça, pour te remercier.

Et elle lui tendit une miche de pain et un grand bol rempli de pâtes à la tomate, au basilic, aux champignons et au jambon. Elle lui en avait déjà préparé, l'un des rares vendredis où Jack et lui avaient dîné chez elle, et elle s'était souvenue qu'il s'était régalé. Quinn lui en fut reconnaissant, car il se demandait quoi faire pour dîner et n'avait pas encore eu le courage de se lever de son canapé.

— Je me suis dit que tu aurais peut-être faim après une journée pareille, ajouta-t-elle. Je ne me suis pas autant amusée depuis des années. Merci mille fois, Quinn. Tu n'étais pas obligé de m'inviter, mais je suis heureuse que tu l'aies fait. Et je suis sûre que Jack aussi.

Ils sourirent tous les deux en repensant à Jack et à sa joie en montant sur le bateau. Il s'était vite senti dans son élément et n'avait pas du tout souffert du tangage. Difficile de rêver plus belle introduction à la navigation…

— Tu te débrouilles bien sur un bateau, la complimenta Quinn en posant le bol de pâtes sur la table de la cuisine.

— Je n'ai pas eu grand-chose à faire, répliqua-t-elle en souriant.

Mais aux quelques remarques qu'elle avait adressées à l'équipage, il s'était rendu compte qu'elle s'y connaissait. Sans compter l'excitation qu'il avait lue dans son regard et qui se retrouvait chez tous les passionnés de voile dès qu'ils étaient sur un bateau.

— Il faudra qu'on recommence, dit-il. L'ami qui m'a loué le *Molly B.* est parti quelque temps en Europe.

Puis, humant la bonne odeur des pâtes dans leur bol, il invita Maggie à se joindre à lui.

— Ce n'était pas mon but en venant ici, protesta-t-elle. Je voulais juste te remercier pour cette journée. J'ai passé un excellent moment.

— Comme nous tous. Pourquoi ne pas dîner avec moi ? On jouera aux dés après. D'ailleurs, j'ai besoin de me renflouer, plaisanta-t-il.

Elle hésita un instant puis, devant son insistance, accepta de rester. Quinn sortit deux assiettes et ils s'assirent. Durant tout le repas, ils ne discutèrent que de bateaux. Il était facile de voir la place que cette passion occupait dans la vie de Quinn. Il semblait transformé dès qu'il en parlait. Aucun autre sujet, que ce soit les affaires, les amis ou les voyages, ne suscitait une telle réaction chez lui. Évoquer Jane le rendait mélancolique, et Alex tendu, mais aussitôt qu'il s'agissait de navigation, il n'était plus le même et paraissait plus ouvert.

Le temps fila si vite que, lorsqu'ils arrêtèrent de jouer, Maggie constata avec surprise qu'il était déjà 22 heures. Elle s'en voulut d'avoir empêché Quinn de faire ce qu'il avait prévu ce soir-là et se dépêcha de partir.

— Merci encore, dit-elle tandis qu'il la raccompagnait chez elle.

— De rien. Merci à toi pour les pâtes. Et n'oublie pas que tu me dois dix dollars !

Elle n'avait pas réussi à le battre, mais ne s'en formalisait pas. Cette journée était de très loin la meilleure qu'elle eût passée depuis la mort d'Andrew, et même plus longtemps encore.

Quant à Quinn, la soirée lui avait permis de prendre une décision dont il comptait lui faire part, si tout allait bien, dès qu'ils se reverraient – probablement le vendredi suivant. Ils se croisaient rarement dans la rue, car aucun d'eux ne sortait beaucoup, mais ils profitaient des allées et venues de Jack entre leurs deux maisons pour se transmettre nouvelles et salutations.

— Tu travailles, cette nuit ? s'enquit-il.

— Je serai au téléphone à partir de minuit, répondit Maggie. Il y a un jeune de quatorze ans qui m'appelle régulièrement, quand je suis de service. Il a perdu sa mère l'année dernière et traverse une période difficile. C'est vraiment un gentil gamin, tu sais. D'ailleurs, je me rends compte que le contact avec les jeunes me manque de plus en plus.

Elle avait décidé de retourner au lycée en septembre. Le directeur de l'établissement lui avait assuré qu'elle récupérerait son poste au moins pour trois mois – le temps de remplacer le professeur qui avait pris en charge ses classes et qui devait partir en congé maternité à la rentrée. Après ça, il avait promis de l'aider à retrouver quelque chose. À défaut de mieux, c'était déjà un début, et Quinn était d'accord avec elle : reprendre une activité lui ferait du bien.

— Bon courage pour cette nuit, dit-il gentiment.

Il était facile de comprendre pourquoi cela se passait si bien entre elle et les enfants. Elle était chaleureuse, et dénuée de tout artifice. À mesure que le temps passait, il la voyait redevenir la femme qu'elle avait été, et ce en partie grâce à leurs rendez-vous du vendredi soir.

— Encore merci, Quinn.

Et, oubliant sa réserve, elle le serra soudain fort dans ses bras, puis lui sourit avant de disparaître chez elle. Quinn rebroussa alors chemin, encore sous le coup de la surprise. En effleurant sa joue, les cheveux de Maggie lui avaient fait respirer son parfum, une odeur fraîche et légère qui lui ressemblait. Elle était comme une brise d'été qui aurait soufflé sur sa vie, emportant avec elle la tristesse qui l'accablait depuis de si longs mois. Et il agissait sur elle de la même manière car, sans qu'il s'en doutât, il était devenu pour elle le roc auquel elle s'était accrochée pour ne pas sombrer. Et tout cela était arrivé grâce à Jack. Quinn savait qu'il regretterait la compagnie de ses deux amis, une fois qu'il serait parti. Dans cinq mois, son bateau serait terminé, et chacun reprendrait son chemin, plus fort qu'avant, et surtout plus riche de tout ce que leur rencontre leur avait offert. En les rapprochant, la tempête qui s'était abattue la veille du nouvel an avait finalement été une bénédiction pour eux.

8

Quinn annonça la nouvelle à Jack et Maggie le vendredi suivant : il avait loué le *Molly B.* pour tout l'été jusqu'au mois de septembre et les invitait tous les deux à passer le week-end avec lui. Cette fois, Jack refusa, car il s'était déjà engagé à aller pique-niquer avec son amie, mais Maggie accepta avec enthousiasme.

— Tu es sérieux, Quinn ? Je ne voudrais surtout pas être un boulet pour toi.

— Je ne te le proposerais pas si je n'en avais pas envie. Ça te dit de venir demain, alors ?

Avec un sourire timide, elle répondit qu'elle ne demandait pas mieux.

Elle le retrouva devant chez lui le lendemain, vêtue d'un gros pull blanc, d'un jean et de ses baskets rouges qui lui donnaient un petit air enfantin. Il faisait frais et un vent fort soufflait sur la baie, si bien qu'ils quittèrent le port rapidement. La mer était houleuse mais Maggie adorait ça. L'hôtesse étant malade, l'un des hommes d'équipage leur prépara un déjeuner composé de sandwiches et de thé qu'ils prirent assis sur le pont. En fin d'après-midi, le soleil fit enfin son apparition, et ils restèrent dîner à bord, avant de rentrer chez eux, détendus et heureux.

— C'est tellement sympa de ta part de me faire profiter de ton bateau, dit Maggie sur le chemin du retour. Je ne sais pas ce que j'ai fait pour mériter ça.

Quinn avait changé sa vie par sa gentillesse et sa générosité, et elle ne savait comment le remercier. Lorsqu'elle le lui avoua, il lui répondit qu'il appréciait beaucoup sa compagnie. Tellement même qu'il l'invitait à l'accompagner de nouveau sur le *Molly B.* le lendemain.

— Ce serait abuser, non ?

Il éclata de rire. Quelque chose avait changé en lui depuis quelque temps, il semblait plus gai, plus insouciant. Comme si son amitié avec Jack et Maggie avait allégé son fardeau.

— Pas du tout, la rassura-t-il. Je peux naviguer seul chaque fois que j'en ai envie. Je vais d'ailleurs partir quelques jours, cette semaine. Et je serai heureux que tu viennes demain. Alors, c'est d'accord ?

Voyant dans ses yeux qu'il était sincère, elle accepta volontiers.

Le temps était plus doux le dimanche, si bien qu'ils purent prendre le soleil sur le pont, lui en short et elle en maillot de bain. Ils discutèrent toute la journée, et lorsqu'ils quittèrent le *Molly B.*, ce soir-là, Maggie avait l'impression de connaître Quinn depuis toujours. Quant à lui, encouragé par leur complicité grandissante, il profita du trajet en voiture jusque chez eux pour lui parler un peu plus de Jane et de ses poèmes, et, pour la première fois, il en éprouva plus de fierté que de tristesse.

— C'est étonnant de découvrir que quelqu'un que vous croyez connaître est en fait très différent de ce que vous imaginiez, dit-il d'un air pensif.

— J'ai ressenti la même chose avec Charles, soupira Maggie, mais pas dans le bon sens. Après son départ, je me suis même demandé si j'avais jamais su qui il était en dix-huit ans de mariage. J'avoue que ce n'est pas très agréable comme sensation. Je crois qu'il m'a détestée après la mort d'Andrew. Il avait besoin de s'en prendre à quelqu'un, et c'est tombé sur moi.

Maggie avait subi une rude épreuve en perdant à la fois son fils et son mari, et Quinn ne pouvait qu'imaginer les souffrances qu'elle avait endurées. Il l'avait senti lors de leur première rencontre. Même si elle n'avait pas été surprise de recevoir les papiers officialisant son divorce, elle avait accusé le coup. Aujourd'hui pourtant, elle semblait reprendre peu à peu goût à la vie, grâce à l'amitié de ses deux nouveaux amis. Quinn était le pilier, Jack le lien qui les unissait, et elle leur rayon de soleil – en particulier pour Quinn, qui aimait son dynamisme, son bon caractère, son humour et son esprit. Mais plus que tout, il appréciait sa tendresse et sa compassion. Maggie était la présence féminine qui leur manquait tant, à Jack et à lui, même s'ils ne s'en rendaient pas vraiment compte. Un peu comme une bonne fée qui les aurait aidés à retrouver leur chemin.

Cette semaine-là, Quinn partit longer la côte pendant deux jours. Il revint le vendredi matin, enchanté, et raconta sa sortie à ses amis le soir même. Il avait également reçu des nouvelles du ketch. La construction avançait comme prévu et il était donc d'excellente humeur. Maggie était heureuse pour lui, tout en commençant à redouter le moment où il quitterait définitivement San Francisco. Certes, elle pourrait toujours compter sur Jack, mais celui-ci semblait engagé dans une relation de plus en plus sérieuse avec sa petite amie, et elle savait qu'un jour viendrait où il n'aurait plus de temps à lui consacrer. Chacun devrait vivre sa vie. Mais, en attendant, elle profitait au maximum de chaque instant.

Ce week-end-là, Quinn l'invita sur le *Molly B.* et, lorsqu'il la déposa devant chez elle le dimanche soir, il lui proposa une nouvelle sortie, en semaine cette fois. L'agence immobilière à laquelle il avait confié la vente de sa maison prévoyait d'organiser des visites et il préférait ne pas être présent. N'ayant rien d'autre à faire, Maggie accepta, mais elle l'accusa en riant de la rendre complètement accro à son bateau.

Lorsqu'ils repartirent, l'équipage les laissa seuls la plupart du temps, sauf lorsque Quinn et Maggie souhaitaient discuter avec eux. Après le déjeuner, tous deux s'installèrent confortablement sur le pont et s'endormirent paisiblement, tandis que le bateau faisait route vers le sud. Maggie se réveilla la première. Elle se tourna vers Quinn et songea avec amusement que cela faisait bien longtemps qu'elle ne s'était pas retrouvée allongée à côté d'un homme, fût-il un ami. C'était un peu comme si elle avait été au lit avec lui, mais tout habillée. Ils étaient seuls à l'avant du bateau, sur des matelas au soleil, à l'abri du vent.

— Qu'est-ce qui te fait sourire ? lui demanda-t-il d'une voix douce et grave.

— Comment sais-tu que je souris ? Tu as les yeux fermés.

Elle aurait aimé se blottir contre lui, mais n'osa pas, de peur qu'il ne la juge bizarre. Il y avait longtemps qu'elle était privée d'affection et de contact humain, et la présence de Quinn tout près d'elle le lui rappelait très agréablement.

— Je sais tout, répliqua-t-il en roulant vers elle et en appuyant sa tête sur sa main. Alors, à quoi pensais-tu ?

— Que tu es un ange avec moi… et que j'adore être ici avec toi. Tu vas me manquer l'hiver prochain, quand tu seras parti.

— Tu auras beaucoup à faire à ce moment-là. Tu auras repris ton poste de professeur.

Il s'interrompit soudain et la dévisagea longuement.

— Tu vas me manquer, toi aussi, murmura-t-il, étonné d'en prendre soudain conscience.

— Tu ne te sentiras pas trop seul, sur ton bateau ? s'enquit-elle en se rapprochant imperceptiblement de lui.

Elle ne s'était même pas rendu compte de son geste. Simplement, il lui paraissait plus simple – plus naturel, presque – de lui parler ainsi.

— C'est ce dont j'ai besoin, justement. Je n'ai plus ma place ici. Ni nulle part ailleurs, du reste. Je n'ai plus de racines… Comme ces arbres arrachés par la tempête, l'hiver dernier… Je suis tombé, et maintenant je dérive vers le large.

Ces paroles attristèrent Maggie. Elle voulut lui tendre la main, mais se dit que cela ne changerait pas grand-chose pour lui. Elle n'avait aucun moyen et aucun droit de le retenir. Il ne lui restait qu'à le regarder partir en lui souhaitant bon voyage. Leur temps ensemble était compté et ne tarderait pas à prendre fin.

— J'ai toujours été très indépendant, y compris durant mon mariage, poursuivit-il. J'allais et venais en permanence, sans jamais avoir le sentiment d'être chez moi où que ce soit. J'ai toujours tenu à vivre sans attaches. Ma famille l'a payé très cher, mais je n'aurais pas pu faire autrement. Jane l'a très bien compris, à mon avis, même si elle en a beaucoup souffert.

C'était le sujet de presque tous ses poèmes : la nécessité pour elle de le laisser s'en aller, en sachant que sa liberté lui était plus indispensable qu'elle, sa propre femme.

— Je n'ai jamais supporté d'avoir l'impression d'être tenu en laisse, conclut-il.

— Mais si ce n'était pas le cas ?

— Je m'en irais au loin, et je finirais probablement par rentrer un jour. Comme une bouteille jetée à la mer et qui reviendrait avec un message à l'intérieur, répondit-il en souriant.

— Et quel serait ce message ? murmura-t-elle.

Sans réfléchir, Quinn passa un bras autour de ses épaules et l'attira contre lui. Allongés, le regard tourné vers les voiles et le ciel au-dessus d'eux, pour rien au monde ils n'auraient voulu être ailleurs. Ils ne s'étaient pas sentis aussi heureux depuis très longtemps.

— Ce message… commença-t-il d'un air songeur, serait que je ne peux être différent de ce que je suis aujourd'hui… même si je le voulais. Il serait que je t'aime, mais que je dois rester libre. Sinon, je mourrais aussi sûrement qu'un poisson meurt quand on le sort de l'eau. J'ai besoin de l'océan, du ciel, de l'horizon… C'est tout ce que je veux, Maggie. Un espace ouvert, vide et infini. Peut-être que je n'ai jamais rien souhaité d'autre de ma vie et que je n'ai pas eu le courage de le reconnaître plus tôt. Mais maintenant, il faut que je sois honnête avec moi-même.

Il baissa alors la tête vers elle, en souriant.

— As-tu déjà vu le rayon vert, quand le soleil va disparaître ? Il n'est visible qu'une fraction de seconde, et c'est le plus beau spectacle qui soit… Eh bien, c'est ça que je recherche… Cet instant parfait, cette lumière verte quand le soleil se couche et que la nuit tombe… Et je le chercherai partout, quel que soit le chemin à suivre…

— Mais peut-être que cette lumière est en toi, objecta Maggie. Peut-être que tu n'as pas à courir le monde pour l'apercevoir.

Elle savait qu'il fuyait son passé au moins autant qu'il courait vers son but, mais ça, il fallait qu'il le découvre lui-même. Elle aussi avait lutté contre ses propres démons, lorsqu'elle s'était demandé si vraiment elle était responsable de la mort d'Andrew, ainsi que le lui avait affirmé Charles. Et puis un jour, elle avait compris qu'elle n'aurait pas pu changer le cours des choses. Cette vérité s'était imposée à elle petit à petit, morceau par morceau, comme les éclats d'une vitre qui se serait lentement reconstituée sous ses yeux jusqu'à lui permettre de voir à travers. Pour cela, elle avait dû parler à d'autres adolescents aussi fragiles que son fils, passer de longues nuits à faire son autocritique, prier, pleurer… Et au bout du compte, ce qu'elle avait découvert au plus profond d'elle-même l'avait apaisée. Personne n'aurait pu empêcher Andrew de se suicider. Elle devait accepter son choix. Tout était question d'acceptation et d'amour, en réalité, car il fallait aimer profondément quelqu'un pour le laisser partir à jamais. Cette prise de conscience avait été son rayon vert à elle, et elle espérait que Quinn finirait par trouver le sien lui aussi. Pour l'heure, il était encore trop tourmenté. Tant qu'il n'admettrait pas que rien, pas même lui, n'aurait pu être différent de ce qui avait été, alors il continuerait de fuir. Sortir de cette spirale supposait de faire une pause dans sa vie et de prendre le temps de réfléchir, mais comment l'expliquer à quelqu'un ?

C'était à Quinn et à lui seul de trouver les réponses s'il voulait être libre.

Le visage de Maggie exprimait tout ce qu'elle ressentait pour lui. Sa peine. Sa compassion. Sa gratitude, aussi. Elle levait les yeux vers Quinn, lorsqu'il se pencha pour l'embrasser. Le temps s'arrêta alors, leur donnant un sentiment de plénitude parfaite. Ce fut comme si deux mondes se fondaient doucement l'un dans l'autre. Il se passa un long moment avant qu'il n'ouvre les yeux pour la regarder. Il désirait Maggie de toute son âme, mais devait se montrer franc envers elle.

— J'ignore où cela va nous mener, murmura-t-il.

Elle hocha la tête en silence, devinant déjà ce qu'il allait lui dire. Elle avait appris à bien le connaître au fil des mois.

— Je suis un homme sans passé ni avenir, reprit-il. Je n'ai que mon présent à t'offrir. Mon passé ne vaut rien, et tu ne peux entrer dans mon avenir, si jamais j'en ai un, ce dont je doute. Il ne pourra s'agir entre nous que d'une parenthèse avant mon départ. Cela te suffit-il, Maggie ?

Il espérait que c'était le cas. Tout en la regardant, il se souvint de toutes ces années où Jane l'avait fixé avec un regard empli de déception et de douleur. Malgré son amour pour elle, il n'avait pas répondu à ses espoirs et il ne voulait pas infliger cette souffrance à une autre. Mais Maggie était différente, et peut-être que, pendant une heure ou pendant quelques mois, ils pourraient partager le peu qu'il avait encore à donner.

— Oui, Quinn. Cela me suffit… Nous sommes pareils, toi et moi.

Son passé à elle aussi était douloureux, et son avenir incertain. Ils avaient tous les deux tiré les enseignements de leurs expériences et ne voulaient plus souffrir ni faire souffrir.

— Je m'en irai en septembre, quoi qu'il advienne entre nous. Tu le comprends ? dit-il, sûr de lui.

Elle acquiesça d'un signe de tête, l'air serein.

— Je sais.

Quel que soit l'amour qu'elle lui portait, songea-t-elle, elle devrait le laisser partir. Ne surtout pas chercher à le retenir. C'était la seule façon de lui prouver son amour.

Quinn parut alors se détendre. Il la serra tout contre lui et ils restèrent ainsi, immobiles et silencieux, à contempler les voiles se détachant dans l'immensité du ciel. Il n'y avait rien à ajouter. Ils avaient tout ce qu'ils désiraient et ne demandaient rien de plus.

9

Lorsque Jack les retrouva le vendredi suivant, il sentit que quelque chose avait changé entre ses deux amis, mais sans parvenir à déterminer quoi. Quinn semblait plus heureux et détendu. Et quand Maggie les rejoignit pour le dîner, il vit qu'elle portait ses cheveux détachés, contrairement à son habitude. Quinn et elle avaient en fait passé la nuit ensemble sur le *Molly B*. N'étant pas tenus par le moindre engagement, leurs journées n'appartenaient qu'à eux. Et depuis quelques jours, ils passaient de plus en plus de temps ensemble sur le bateau.

Ils jouèrent aux dés, comme toujours, et Quinn remporta la plupart des parties. Vers minuit, Jack se leva pour prendre congé et Maggie en fit autant. Quinn et elle ne passaient jamais la nuit l'un chez l'autre. Quinn était gêné à l'idée que Maggie dorme dans le lit qu'il avait partagé avec Jane. Le voilier leur fournissait un terrain neutre qui leur convenait parfaitement, devenant peu à peu leur deuxième maison. Au fil des jours, ils découvraient avec surprise la force de leur passion. Quinn n'avait rien éprouvé de tel depuis des années, et bien qu'il ne l'eût pas avoué à Maggie, il avait l'impression d'avoir retrouvé sa jeunesse avec elle. De son côté, elle vivait avec lui quelque chose qu'elle n'avait jamais connu auparavant. Mais plus que tout, cet amour leur apportait la paix. Plus tôt, ils n'auraient pas été prêts à l'accepter.

Il fallut un mois à Jack pour deviner ce qui se passait. Alors qu'il les regardait un soir préparer le dîner l'un à côté de l'autre, il se demanda soudain comment il avait pu être aussi aveugle. Quelques jours plus tard, il se risqua à en toucher un mot à Quinn.

— Est-ce que par hasard j'ai raté quelque chose ? s'enquit-il gauchement, ne sachant pas de quelle manière formuler la question.

— C'est-à-dire ? répondit celui-ci, amusé, tout en comprenant parfaitement où Jack voulait en venir.

— Maggie et toi, c'est bien ce que je crois ?

— Peut-être.

Quinn sourit et lui tendit un verre de vin. Ils avaient terminé leur leçon et il était fier du travail accompli par son élève. Jack se débrouillait si bien désormais qu'ils étaient passés à la lecture de Robert Frost, de Shakespeare et de tous les poètes préférés de Jane.

— Je ne sais pas exactement ce qui nous lie, ajouta-t-il, mais nous sommes bien comme ça et ça nous suffit.

Ce qu'il adorait chez Maggie, c'était qu'elle le comprenait d'instinct et qu'elle le laissait être ce qu'il était, sans pour autant cesser de se respecter elle-même. Et contrairement à Jane, cela ne représentait pas un sacrifice pour elle, si bien qu'il n'éprouvait aucun sentiment de culpabilité. De plus, Maggie avait tellement souffert qu'elle n'attendait pas trop de lui. Elle était tendre, aimante, et en même temps indépendante, et c'était exactement ce qu'il voulait.

— Tu l'aimes ? demanda Jack, curieux.

Il était ravi pour eux. Il avait remarqué combien Maggie paraissait heureuse depuis quelques semaines. Elle chantait, riait et s'épanouissait comme une fleur au soleil. De son point de vue, elle était ce qui pouvait arriver de mieux à Quinn, et réciproquement.

— Je ne suis plus très sûr de ce que ça veut dire, répliqua Quinn. L'amour est une flèche empoisonnée qui vous perce le cœur et qu'on retourne ensuite contre une autre personne. Je ne veux plus blesser qui que ce soit.

Un an s'était écoulé depuis la mort de Jane, et il avait pleinement pris conscience de ce qu'il lui avait infligé. Elle lui avait pardonné mais lui ne se le pardonnerait jamais. Et il ne voulait pas faire souffrir à nouveau quelqu'un.

— De véritables crimes sont commis au nom de l'amour, continua-t-il. Il n'y a rien de pire.

— Ne sois pas si dur avec toi-même.

— Si, Jack. Sinon, je recommencerai et je ne le veux pas. Maggie a suffisamment souffert comme cela.

— Tu l'emmèneras avec toi, en septembre ?

— Non, répondit Quinn sans hésiter. On vit l'instant présent et on ne demande pas plus. Nous n'avons pas d'avenir ensemble.

Cela attrista Jack, mais il se dit que Quinn changerait sûrement d'avis. Le lendemain, il fit discrètement comprendre à Maggie qu'il était au courant de leur liaison. Elle sourit, l'embrassa sur la joue et ne fit pas de commentaire. Cela faisait un moment qu'elle voulait lui en parler, sans savoir comment aborder le sujet, et, tout en souhaitant rester discrète, elle était contente que cela ne soit plus un secret.

La semaine suivante correspondit à la date anniversaire de la mort de Jane. Ayant déjà vécu la même chose avec Andrew, Maggie savait combien cette période était difficile. Aussi, ce jour-là, après être allée se promener avec Quinn, elle respecta son besoin de solitude et le laissa dormir seul sur le *Molly B*. Lorsqu'il revint le lendemain, il semblait rasséréné. Le hasard voulut qu'il apprît juste à ce moment que sa maison était vendue au prix qu'il souhaitait. Les acheteurs venaient de la Côte Est et acceptaient d'attendre le 1er octobre pour emménager. Tout se déroulait donc au mieux pour lui. Pour Maggie, en revanche, cela rendit le départ de Quinn bien réel. Même si elle s'était fait une raison – ou du moins le prétendait –, cela fut un coup dur pour elle.

Fin juin, Quinn l'invita à l'accompagner aux Pays-Bas pour voir son bateau. Il avait déjà fait trois fois le déplacement au cours du printemps, mais, cette fois, il voulait le lui montrer et lui offrit son billet d'avion. Gênée, Maggie hésita d'abord, mais le coût du voyage aurait pesé sur son budget et Quinn le savait. Il insista donc jusqu'à ce qu'elle cède. Elle était tout excitée lorsqu'ils s'envolèrent pour Londres. De là, ils prirent une correspondance pour Amsterdam, où Quinn avait réservé une superbe suite à l'hôtel Amstel. Maggie avait l'impression d'être sur un petit nuage. Après avoir étudié les plans du ketch durant des mois, elle allait enfin le découvrir. De son côté, Quinn avait hâte de le lui montrer. C'était comme s'il l'emmenait visiter sa nouvelle maison.

Ils dormirent quelques heures à l'hôtel puis, aussitôt après le déjeuner, se rendirent au chantier naval sous un soleil magnifique – ce qui n'était pas si fréquent à Amsterdam, expliqua Quinn. Dès l'instant où elle posa les yeux sur le bateau, Maggie eut le souffle coupé. Elle demeura silencieuse, les larmes aux yeux, bouleversée par tant de beauté – et aussi par le désir de Quinn de l'en faire profiter. Cela signifiait beaucoup pour elle.

— Oh, mon Dieu, c'est une merveille ! s'exclama-t-elle enfin.

Le ketch se trouvant encore en cale sèche, il lui apparaissait dans toute sa hauteur et lui faisait davantage l'effet d'un paquebot que d'un voilier. Il était si grand que des ascenseurs hydrauliques avaient été installés autour pour y accéder. En visitant l'intérieur, elle fut étonnée de voir combien les ouvriers avaient avancé. Cela lui rappela que Quinn partirait bientôt, mais elle chassa cette pensée, préférant lui faire part de son admiration pour le bateau. Il était heureux qu'elle se montre si enthousiaste, car il n'imaginait pas une réaction si positive de sa part. Maggie partageait pleinement son bonheur et affichait une joie sans bornes qui le comblait.

Ils passèrent l'après-midi sur le chantier à discuter en compagnie de Tem Hakker et de ses fils. L'entrepreneur attendait toujours ses visites avec impatience, afin de lui montrer l'avancement des travaux et lui proposer de nouvelles améliorations.

Ce soir-là, Quinn et Maggie dînèrent à l'hôtel et retournèrent au chantier le lendemain, dès l'aube. Maggie appréciait tout ce que ce séjour lui faisait découvrir et était très reconnaissante à Quinn de l'avoir invitée. Elle savait que c'était sa manière à lui de lui prouver combien il tenait à elle. Émue, elle le regarda parcourir le bateau avec les Hakker, et les suivit tranquillement en les écoutant discuter et en admirant ce qui avait été fait.

Le salon principal et les cabines étaient lambrissés, les salles de bains étaient en marbre d'Italie, les ponts en teck. La suite de Quinn ressemblait à un palace. À l'extérieur, les ouvriers travaillaient encore sur la superstructure, qui serait de couleur argentée, de façon à s'harmoniser avec la coque bleu marine. Quinn avait songé à une centaine de noms différents pour son ketch, avant de se décider pour *Vol-de-Nuit*. Il adorait le roman de Saint-Exupéry et trouvait que ce nom collait parfaitement à l'élégance de son bateau et au but qu'il s'était fixé. Maggie l'imaginait la nuit, voguant d'une contrée lointaine à une autre, tel un aventurier solitaire au milieu de l'océan et des étoiles. D'ailleurs, même les couleurs du ketch, bleu marine et gris argenté, rappelaient un ciel étoilé.

À la fin de la journée, les Hakker avaient des réponses à toutes leurs questions les plus pressantes. Quinn et Maggie reprirent alors leurs affaires à l'hôtel et filèrent à l'aéroport pour s'envoler vers Paris. Au départ, ils avaient envisagé d'y passer une journée mais y avaient renoncé. Ils étaient venus voir le ketch, cela leur suffisait. Une heure après avoir atterri à Charles-de-Gaulle, ils repartirent donc pour San Francisco, où ils devaient atterrir à minuit. Leur voyage avait été bref, mais riche de signification pour tous les deux. Dès qu'ils furent installés, Maggie lui sourit et se pencha vers lui pour l'embrasser.

— Pourquoi ce baiser ? demanda-t-il, surpris et ravi.

— Pour te remercier de m'avoir emmenée. Ton voilier est encore plus beau que je ne m'y attendais.

Il lui avait également montré le linge, et la vaisselle, tout en cristal et porcelaine, qu'il avait choisis et qui témoignaient de son goût très sûr. Maggie était persuadée que le bateau n'aurait pas été aussi exceptionnel si Bob Ramsay l'avait conservé.

— Merci à toi de m'avoir accompagné, répondit-il.

Il était heureux de lui avoir fait découvrir le ketch. Jamais il n'avait rencontré une femme éprouvant une telle passion pour les bateaux. Et comme celui-là surpassait tous les autres, il était important que Maggie soit capable de l'apprécier à sa juste valeur. Personne ne pourrait oublier le *Vol-de-Nuit* après l'avoir vu. Quinn aurait adoré le montrer à Jane mais, au plus profond de lui, il savait qu'elle n'aurait pas été aussi sensible à la beauté du ketch que Maggie. Sa femme ne s'était jamais intéressée aux bateaux. En fait, si elle avait vécu, il ne se serait certainement jamais lancé dans un tel projet. Jane n'aimait pas les voiliers, et la mort de Doug n'avait fait que renforcer cette aversion. L'amour des bateaux ne s'acquérait pas avec le temps. On le possédait ou pas, et Quinn et Maggie l'avaient dans le sang.

Ils dînèrent en discutant tranquillement, puis Maggie abaissa le dossier de son siège pour regarder un film sur son écran individuel avant de s'endormir. Lorsqu'il se tourna vers elle un peu plus tard et qu'il la vit assoupie, Quinn sourit et la couvrit doucement d'une couverture. Il avait réglé de nombreux points durant ce voyage express mais, surtout, il avait appris à mieux connaître Maggie. Plus que sa passion pour la voile ou sa compréhension des mille et un détails qui restaient à régler sur le bateau, il avait découvert sa générosité. Elle s'était réjouie pour lui et l'avait félicité d'avoir acheté le voilier alors même qu'il allait bientôt les séparer. Elle avait affronté son rival sans ciller, l'avait admiré, acceptant qu'il lui prenne celui qu'elle aimait. Aucune femme n'avait jamais fait ça pour lui, pas même Jane, et c'est ce qui lui fit soudain prendre conscience qu'il aimait Maggie.

10

L'avion atterrit à San Francisco avec un léger retard, à une heure du matin. Maggie avait dormi durant presque tout le vol, si bien qu'elle se sentit reposée lorsque Quinn la réveilla. Elle le regarda en souriant, encore un peu ensommeillée. Elle regrettait d'être déjà de retour et qu'ils ne se soient pas arrêtés à Paris. Leur voyage avait été si bref qu'elle avait l'impression d'avoir rêvé. Mais elle savait aussi que Quinn était très occupé. Il avait encore beaucoup de choses à faire avant son départ, dont la succession de Jane à régler pour le mois de septembre, ce qui serait loin d'être agréable. Maggie, soumise à son emploi du temps, était heureuse qu'il l'ait emmenée voir son bateau.

Ils franchirent rapidement la douane et prirent un taxi pour rentrer. En chemin, Quinn se tourna soudain vers elle. Ils n'avaient aucune raison de dormir chacun chez eux, cette nuit-là. Lui, en tout cas, n'en avait pas envie. Il aimait avoir Maggie à ses côtés, mais répugnait toujours à l'inviter chez lui. Sa maison était celle de Jane et elle le resterait jusqu'à ce qu'il en parte.

— Tu ne voudrais pas qu'on aille plutôt sur le *Molly B. ?* demanda-t-il en enroulant un bras autour de ses épaules.

Elle hocha la tête. Elle non plus ne voulait pas dormir seule, cette nuit-là. Elle s'habituait de plus en plus à la présence de Quinn auprès d'elle et devait reconnaître qu'il lui manquait les soirs où il n'était pas là. Pourtant, elle savait qu'il lui faudrait bientôt s'y faire. Qu'elle aimât être avec lui ne changeait rien au fait que bientôt il partirait.

— J'adorerais ! répondit-elle en songeant que jamais elle ne pourrait oublier tous les bons moments passés à bord du voilier.

— On ira faire un tour en mer demain matin, si tu veux. Je n'ai rendez-vous avec mon avocat qu'à 16 h 30.

En arrivant, ils trouvèrent le bateau fermé, mais Quinn avait les clés ainsi que le code de l'alarme. Tout l'équipage était couché, à l'exception du second, de quart cette nuit-là. L'homme porta leurs bagages dans leur cabine et proposa de leur préparer quelque chose à manger, mais ni l'un ni l'autre n'avaient faim. Ils se couchèrent sans tarder après une douche rapide, et Maggie se blottit aussitôt contre Quinn.

— Merci pour ce merveilleux voyage, murmura-t-elle. Je pense que le *Vol-de-Nuit* et toi serez très heureux ensemble.

Il aurait voulu lui dire combien il appréciait sa générosité, mais il ne le pouvait pas. Il craignait qu'elle ne se fasse des illusions. Il l'aimait, mais cela ne changeait en rien sa décision. Lui avouer ses sentiments risquerait de lui faire croire qu'il était prêt à renoncer à partir, ou bien qu'il reviendrait un jour, ce qui n'était pas le cas. Il estimait devoir à Jane de rester seul. Après tout ce qu'il avait fait, ou plutôt n'avait pas fait durant tant d'années, il ne méritait pas de seconde chance. Maggie, en revanche, était encore assez jeune pour espérer rencontrer quelqu'un et entamer une deuxième vie. Il fallait qu'elle l'oublie.

Et puis, même s'il ne lui en avait pas parlé, il était gêné par leur différence d'âge. Il avait vingt ans de plus qu'elle et aurait pu être son père. Il ne ressentait pas cet écart au quotidien, mais il avait déjà une longue existence derrière lui. Il s'était marié, avait eu des enfants, avait fait carrière. Désormais, l'heure était venue pour lui de payer pour ses erreurs passées. Avoir une liaison avec une femme beaucoup plus jeune et l'entraîner aux quatre coins du monde lui paraissait un comportement aussi égoïste que celui qu'il avait eu envers Jane et Alex. Il était donc persuadé d'agir pour le mieux en ne promettant rien à Maggie et en lui rendant sa liberté, lorsqu'il partirait. C'est pourquoi, alors même qu'elle occupait la moindre de ses pensées et qu'il adorait qu'elle soit à ses côtés, il garda le silence.

Le lendemain, le *Molly B.* avait déjà largué les amarres lorsqu'elle s'éveilla. C'était une belle journée de juin, et Quinn s'était levé et habillé bien avant elle. Elle avait du mal à imaginer que la veille seulement, ils étaient encore à Amsterdam. Cela la fit sourire, et elle s'empressa d'enfiler une robe de chambre par-dessus sa chemise de nuit, pour rejoindre Quinn sur le pont.

— Mince, quelle heure est-il ? Où suis-je ? lui lança-t-elle, rieuse, en clignant des yeux face au soleil.

Ses cheveux lui tombaient librement dans le dos, exactement comme il aimait. Elle avait l'air ainsi à peine plus âgée qu'Alex, ce qui était le cas puisqu'elles n'avaient que huit ans de différence. Et pourtant, il aurait pu y avoir une génération d'écart entre elles. Maggie avait tant souffert que cela l'avait rendue plus mûre, plus sage et bien plus compatissante que sa fille.

— Il est 10 heures, madame, répondit-il. Nous sommes dans la baie de San Francisco et vous remarquerez le pont du Golden Gate devant vous. Ah, au fait, je m'appelle Quinn Thompson.

— Bonjour ! dit-elle en entrant dans son jeu. Moi, c'est Maggie Dartman. Ne s'est-on pas croisés à Amsterdam ? Vous êtes le propriétaire de ce fabuleux yacht, le *Vol-de-Nuit*, n'est-ce pas ? À moins que j'aie rêvé ?

— Je le crois, oui.

L'hôtesse de bord s'approcha alors d'elle, pour lui demander ce qu'elle souhaitait pour son petit déjeuner. Amusée d'être si gâtée, Maggie se tourna vers Quinn.

— Quand je pense qu'avant, le matin, je ne mangeais que des barres au chocolat !

— Ne m'invite jamais à prendre le petit déjeuner chez toi ! s'écria-t-il, horrifié. Je préfère m'en tenir aux dîners.

— Sage décision, répliqua-t-elle.

L'hôtesse revint peu après avec un cappuccino. Le personnel du *Molly B.* était parfait et Maggie songea qu'il lui faudrait aussi reprendre ses anciennes habitudes, lorsque Quinn serait parti.

Celui-ci avait commencé à recruter son équipage pour le *Vol-de-Nuit*. L'un des hommes était italien, deux autres français et les sept derniers britanniques. Il avait également engagé Sean Mackenzie, le capitaine de la *Victoire*, après avoir reçu une lettre de lui au mois d'avril lui demandant s'il recherchait quelqu'un. Quinn lui avait aussitôt répondu par fax, avant de l'appeler. Mackenzie se rendrait à Amsterdam avec les autres marins, juste avant les essais en mer, en septembre. Pour le moment, tout se déroulait donc comme prévu.

Maggie resta avec Quinn jusqu'à ce qu'ils rentrent, à 15 heures. Avant de quitter le bateau, ils décidèrent de passer de nouveau la nuit à bord. Quinn et le *Molly B.* devenaient une drogue pour Maggie et elle savait que la séparation serait douloureuse en octobre, si elle continuait à le voir aussi souvent. Il reviendrait une dernière fois à San Francisco après les essais en mer. Après, tout serait terminé. Elle se força cependant à ne pas y penser. Elle avait promis de le laisser partir sans protester et tiendrait parole, quel qu'en soit le prix. Quinn avait été un cadeau inattendu du destin. Et lorsque celui-ci le lui reprendrait, il lui faudrait l'accepter avec reconnaissance. C'était la seule chose que Quinn exigeait d'elle, et elle estimait lui devoir ça, même si elle avait l'impression que la vie s'obstinait à lui ôter tous ceux qu'elle aimait.

— Ça va ? demanda-t-il alors que l'un des membres d'équipage les ramenait chez eux. Tu ne dis rien.

Il devinait que son silence masquait quelque chose, mais elle n'avait pas l'intention de lui faire part des réflexions que lui inspirait son départ.

— C'est le décalage horaire, prétendit-elle. Et toi, tu n'es pas fatigué ?

— Non, pas du tout.

En fait, il avait été si content de voir le *Vol-de-Nuit* qu'il se sentait tout revigoré.

— Si seulement je n'avais pas ce rendez-vous avec mon avocat, pesta-t-il. J'essaierai d'être à la maison à 19 heures.

Ils avaient laissé leurs bagages sur le bateau, de sorte qu'elle n'avait presque rien à faire en attendant qu'il revienne la chercher. Elle serait beaucoup plus occupée à la rentrée, une fois qu'elle aurait repris son travail.

Jack se trouvait chez Quinn lorsque celui-ci arriva. Il finissait de bricoler dans la cuisine et le regarda d'un air triste en le voyant.

— Il y a un problème ? s'inquiéta Quinn en posant son attaché-case.

Jack secoua la tête, mais il semblait complètement déprimé.

— J'ai terminé, annonça-t-il.

— Terminé quoi ?

— Tout.

Quinn se figea.

— Tout ? répéta-t-il.

Ils avaient fait traîner les travaux le plus longtemps possible, mais Jack venait depuis six mois et il n'y avait plus rien à faire.

— Tout, confirma-t-il. On a fini.

— Non, le corrigea Quinn en fixant avec bienveillance celui qui était devenu son ami et pour qui il avait fait office de professeur et de mentor. *Tu* as fini. Il faut qu'on fête ça ! décréta-t-il.

— Je peux quand même continuer à venir le vendredi soir ? s'enquit Jack.

— J'ai une meilleure idée. Si on prenait le petit déjeuner ensemble, demain ? Il y a quelque chose dont j'aimerais discuter avec toi… Ah, non, je serai avec Maggie sur le *Molly B.* Pourquoi ne viendrais-tu pas dîner avec nous sur le bateau, vendredi soir ?

— Je pourrai venir avec Michelle ?

Son histoire avec elle semblait de plus en plus sérieuse, au point que tous deux étaient désormais inséparables, mais Quinn espérait que la jeune fille n'était qu'une passade, car il avait une proposition importante à faire à Jack.

— Bien sûr ! Elle est au courant de la nature de certains de nos travaux ici ? l'interrogea-t-il afin de ne pas commettre d'impair au cas où Jack le lui aurait caché.

— Tu veux dire nos séances de lecture ? Oui, elle le sait. J'avais peur qu'elle ne me méprise, mais en fait elle a trouvé ça génial.

— Alors, je l'aime déjà, lui assura Quinn.

— Et Amsterdam, c'était comment ?

— Parfait. Tout avance très vite et le voilier est superbe.

Puis, comme s'il venait juste de s'en souvenir, il ajouta :

— J'ai emmené Maggie avec moi.

— Je me disais aussi… Je ne l'ai pas vue de toute la semaine, mais je n'étais pas sûr que vous étiez partis ensemble.

Les deux hommes échangèrent un long regard, et Quinn devina la question que Jack n'osait lui poser.

— Non, rien n'a changé. Elle comprend et sait que je vais partir.

Jack soupira. Il avait beaucoup appris de Quinn durant ces six mois, mais il jugeait à présent que c'était lui qui avait besoin d'une leçon.

— Tu ne rencontreras pas une femme comme elle tous les jours, Quinn… Quoi que tu fasses, ne la perds pas.

— Elle ne m'appartient pas, répliqua Quinn. De même que je ne lui appartiens pas. Les gens ne sont pas des biens que l'on possède, Jack.

Jane ne l'avait jamais eu à elle, ou du moins pas avant sa maladie. Et aujourd'hui, il était prêt à renoncer à Maggie et à n'emporter avec lui que le souvenir des moments qu'ils avaient vécus ensemble. Il n'aurait pas besoin de plus, il en était persuadé.

— De toute façon, reprit-il comme pour se convaincre, je suis trop vieux pour être romantique ou pour rester dans les jupes d'une femme. Elle le sait très bien.

— Moi, je pense que tu fiches en l'air quelque chose de précieux, s'entêta Jack.

— Non, je vais juste la rendre à elle-même. C'est différent.

Navré, Jack secoua la tête.

— À vendredi ! lança Quinn.

Il avait hâte de revoir son ami. Il comptait bien poursuivre leur rituel du vendredi soir et se demanda soudain si Jack amènerait désormais Michelle chaque semaine. Bien qu'il fût tout à fait disposé à accueillir la jeune femme, il tenait beaucoup au trio qu'ils formaient avec Maggie.

— Réfléchis à ce que je t'ai dit ! lui cria Jack.

Mais Quinn l'ignora et ferma la porte.

11

Michelle et Jack arrivèrent à 19 heures précises le vendredi suivant. Des lanternes étaient allumées sur le pont, où Maggie et Quinn les attendaient. Aussitôt l'équipage leur servit du champagne. Il régnait une atmosphère de fête sur le bateau, car Quinn avait prévu de célébrer, ce soir-là, la fin des cours de Jack. Il lui avait préparé un diplôme en y inscrivant son nom et la date, ainsi que la mention « très bien ». Il fallut un moment à Jack pour comprendre ce qui se passait lorsque, à la fin du repas, Quinn le lui tendit. Très émus, tous deux s'étreignirent.

— Félicitations, mon garçon, tu peux être fier de toi, murmura Quinn.

Jack était si touché qu'aucun son ne pouvait sortir de sa bouche. Personne n'avait jamais fait preuve d'autant de gentillesse envers lui dans sa vie, à l'exception de Maggie. C'était à Quinn qu'il devait tous les nouveaux horizons qui s'ouvraient maintenant à lui, et il ne l'oublierait jamais. Maggie et Quinn étaient devenus ses meilleurs amis.

Assise à côté de lui, Michelle observait la scène en silence, et elle l'embrassa lorsqu'il se rassit. Maggie, qui avait eu l'occasion de discuter avec elle au cours de la soirée, avait découvert avec plaisir une jeune fille charmante, mais très jeune et visiblement impressionnée par ses hôtes. À vingt-quatre ans, Michelle aurait presque pu être sa fille. Elle venait de terminer ses études d'infirmière et, à l'évidence, aimait et admirait profondément Jack.

Après avoir à nouveau rempli les flûtes, Quinn emmena celui-ci à l'écart, pendant que les deux femmes bavardaient. Ils montèrent sur le pont supérieur et s'installèrent confortablement.

— J'ai un projet dont je voudrais te parler, commença Quinn en allumant un cigare. Pour être plus précis, il s'agit d'une offre et j'espère que tu accepteras.

Jack sentit que le moment était très important. La confiance que Quinn plaçait en lui était le plus beau cadeau qu'il pût lui faire.

— J'ai recruté le capitaine et l'équipage pour mon nouveau bateau. Ils doivent tous me rejoindre en septembre aux Pays-Bas, afin d'effectuer les essais en mer. Ce que je veux te demander… ou te proposer, plutôt… c'est de venir avec nous.

— Pour les essais ?

Jack n'avait pu masquer sa surprise et Quinn éclata de rire.

— Non. En tant que membre d'équipage. Tu débuterais comme simple matelot, mais si tu apprends à naviguer aussi vite que tu as appris à lire, tu seras capitaine avant longtemps.

— Tu es sérieux ?

L'espace d'un instant, Jack eut envie de courir faire ses valises. Mais la réalité se rappela rapidement à lui et la déception remplaça la joie sur son visage.

— Tu en es capable, je t'assure, dit Quinn, interprétant sa réaction comme une peur de l'échec. Je le sais. Ce sera une expérience unique pour toi.

— Je n'en doute pas. Mais je ne peux pas accepter.

— Pourquoi ?

Quinn était choqué, et surtout très déçu. Il avait espéré que Jack réfléchirait à son offre et qu'il se montrerait au moins tenté par la perspective de partir avec lui. En réalité, c'était le cas, mais Quinn avait bouleversé la vie du jeune homme bien plus qu'il ne l'imaginait. Peut-être même au-delà de ses espérances.

— Je vais m'inscrire à la fac, expliqua Jack, pour devenir architecte. Je comptais t'annoncer ça ce soir, mais j'ai été si touché par le diplôme que tu m'as remis que je n'y ai plus pensé. C'est ce que je veux être. Et comme je m'y mets un peu tard et que les études sont assez longues, je peux difficilement m'accorder une année sabbatique pour faire le tour du monde avec toi, même si ce n'est pas l'envie qui me manque.

— Je savais que je n'aurais pas dû t'apprendre à lire, plaisanta Quinn, partagé entre la fierté et la tristesse.

Plus que tout, il aurait voulu que Jack vienne avec lui. Autant il était persuadé qu'emmener Maggie n'aurait pas été une bonne idée, autant il aurait adoré prendre le jeune homme sous son aile pour en faire un marin. Il aurait eu l'impression d'avoir un fils à bord. Mais il n'en demeurait pas moins impressionné par sa décision, qu'il respectait totalement. Jack avait bien le droit de poursuivre son rêve, lui aussi.

— Cela me prendra beaucoup de temps d'obtenir mon diplôme, dit celui-ci, mais je veux tenter ma chance. Comme il faut que je travaille pour vivre, je suivrai des cours du soir en essayant de préparer le maximum de matières à la fois. Et puis… Michelle et moi venons de nous fiancer. On va se marier à Noël.

— Seigneur, je vois que tu as été très occupé ces dernières semaines ! À quand cela remonte-t-il ?

— On s'est décidés pendant que tu étais aux Pays-Bas.

— Eh bien, toutes mes félicitations !

Mais pour lui, c'était comme s'il venait à nouveau de perdre son fils. Non seulement Jack partait à l'université, mais en plus il allait se marier. Il n'y avait donc pas le moindre espoir qu'il change d'avis. Faisant contre mauvaise fortune bon cœur, Quinn lui sourit. Puis ils se levèrent pour retourner auprès de Maggie et Michelle. Bien qu'il ne l'eût pas mise au courant de son projet, Maggie avait senti que Quinn avait quelque chose à demander à Jack, et en le voyant elle comprit tout de suite que leur conversation ne s'était pas déroulée comme prévu.

— Notre troisième mousquetaire ici présent a une nouvelle importante à nous communiquer, déclara Quinn avec une certaine grandiloquence, masquant ainsi son désarroi derrière une attitude faussement joviale. Non seulement il entrera à l'université cet automne, mais Michelle et lui vont se marier à Noël.

À ces mots, la jeune fille rougit tandis que Maggie poussait un cri de joie et se levait pour les embrasser, ravie pour eux. Après une nouvelle coupe de champagne et un cognac, Quinn retrouva sa gaieté, mais il ne put dissimuler sa tristesse lorsque, après le départ de Jack et Michelle à une heure du matin, Maggie et lui allèrent se coucher.

— Tu voulais l'engager dans ton équipage, n'est-ce pas ? dit Maggie alors qu'il était allongé dans le lit.

— Comment le sais-tu ? s'étonna-t-il.

— Je te connais, c'est tout. Je me demandais même quand tu lui en parlerais. Jack aurait certainement fait un bon marin, mais tu lui as offert d'autres possibilités, Quinn. Je trouve ça génial qu'il ait décidé d'entamer des études. Grâce à toi, il peut envisager un avenir meilleur que celui qu'il imaginait avant de te rencontrer, meilleur même que celui de marin.

Tout en disant cela, Maggie sourit et songea qu'elle n'avait jamais autant aimé Quinn qu'à cet instant. Elle adorait sa vulnérabilité, sa générosité et son entêtement à vouloir faire le bien. Beaucoup ne l'auraient jamais décrit en ces termes, mais c'est ainsi qu'elle le voyait et pourquoi elle en était tombée amoureuse. Il n'avait plus rien à voir avec le requin de la finance qu'avaient connu ses anciens associés ou le père égoïste qu'avait détesté Alex. Quinn se laissait guider à présent par son cœur. Malgré sa richesse et sa force, il était devenu humble, ce qui le grandissait encore aux yeux de Maggie.

— Tu es déçu ? s'enquit-elle.

— Malheureusement oui. Mais je suis aussi content pour Jack. Il a raison d'aller à l'université. Et Michelle, comment la trouves-tu ?

— Elle est charmante et elle l'adore.

Simplement elle avait paru très jeune à Maggie, mais Jack l'était aussi à sa façon. L'un et l'autre partageaient une certaine innocence, et elle était prête à parier qu'ils seraient heureux ensemble.

— Ça ne suffit pas pour se marier, poursuivit Quinn.

Pour lui, le mariage ne devait pas être pris à la légère, surtout à présent qu'il avait pleinement conscience de ses manquements dans ce domaine.

— Peut-être pas, répliqua Maggie. Mais parfois, il faut simplement avoir confiance en soi et croire en l'autre.

— Moi, je me connais trop bien pour me faire de nouveau confiance, affirma-t-il, toujours aussi dur envers lui-même. Mais j'ai confiance en toi, par contre.

— Et tu as raison, murmura-t-elle, émue par la manière dont il la regardait. C'est réciproque, tu sais.

— Je ne pense pas que ce soit une bonne chose. Et si je te fais souffrir ?

Il savait que ce serait le cas lorsqu'il partirait, même si elle avait accepté leur liaison en connaissant les règles et en sachant comment cela se terminerait.

— Je ne pense pas que tu me feras souffrir. Pas volontairement, du moins. Je pleurerai sûrement quand tu t'en iras, ça j'en suis certaine. Mais tu ne m'as jamais menti, tu n'as jamais prétendu être différent de ce que tu étais. Ce sont ces choses-là qui blessent, Quinn. Pour le reste, ce sont les accidents de la vie que personne ne peut prévoir ni empêcher. Tout ce qui compte, c'est la façon dont on réagit alors. Rien n'est jamais garanti dans un couple. Ce qui est important, c'est faire du mieux possible.

Et c'était bien là le problème justement, car Quinn savait qu'il n'avait pas donné le meilleur de lui-même à ses proches – contrairement à Jane, et contrairement aussi à Maggie, d'après ce qu'il connaissait d'elle. Et aujourd'hui, il devait vivre avec ce remords permanent. Il ne pouvait effacer tous les torts qu'il avait causés et surtout il ne voulait pas blesser Maggie. Il était hors de question qu'il la fasse souffrir, même si elle était consentante. Et si cela supposait de la protéger contre son gré, il n'hésiterait pas. Il ne méritait pas plus son amour qu'il n'avait mérité celui de Jane. Le journal de celle-ci et la souffrance qu'il y avait découvert l'en avaient totalement convaincu.

— Ne sois pas si dur avec toi-même, murmura Maggie en se blottissant contre lui dans le noir.

— Pourquoi ? Tu es trop bonne avec moi, répondit-il avec tristesse.

Il avait le cœur lourd à l'idée de la quitter bientôt et de ne pas emmener Jack. Malgré la joie que lui procurait son bateau, il savait que le jour où il s'en irait ne serait pas une victoire pour lui, mais une défaite. Il n'avait pas réussi à se montrer digne de Jane et, d'une certaine manière, il recommençait avec Maggie. Elle avait accepté tout ce qu'il avait exigé d'elle et était prête à le laisser partir par amour pour lui. Ce geste prouvait plus que tout la force de ses sentiments, et en toute honnêteté, il savait qu'il lui demandait trop.

— Je t'aime, Quinn, chuchota-t-elle en levant les yeux vers lui.

Le clair de lune faisait régner une douce pénombre dans leur chambre, si bien qu'elle distinguait nettement son visage. Il la serra contre lui sans répondre. Il aurait voulu lui dire qu'il l'aimait lui aussi, parce que c'était la vérité, mais les mots restèrent bloqués dans sa gorge. Et tout en la tenant dans ses bras, la tête dans ses cheveux, une larme roula lentement sur sa joue.

12

Juillet et août furent des mois idylliques pour eux. Ils passèrent presque toutes leurs journées sur le bateau. Jack continuait de les rejoindre chaque vendredi soir car il tenait à ces soirées à trois. Comme il aimait voir Maggie et Quinn seuls, il venait sans Michelle. Cela ne remettait nullement en cause sa relation avec elle, sa fiancée le comprenait très bien et ne lui reprochait jamais de l'abandonner une fois par semaine.

C'est à cette période que la succession de Jane fut réglée. Quinn avait commencé à vider la maison et il triait et emballait toutes les affaires qu'elle contenait. Il avait envoyé plusieurs pièces chez Sotheby's à New York pour les mettre en vente et appelé Alex à Genève, afin de savoir quels meubles elle souhaitait conserver. Elle ne lui en demanda que quelques-uns, ainsi qu'un portrait de sa mère, et lui conseilla de mettre les autres dans un garde-meubles, car elle n'avait pas assez de place chez elle pour tout prendre. Mais chaque fois qu'ils se parlaient, elle s'arrangeait pour que cela dure le moins longtemps possible. Quinn ne l'avait pas vue depuis l'enterrement de Jane et il fit part de son désarroi à Maggie, un jour qu'ils prenaient le soleil sur le pont du *Molly B*.

— Qu'est-ce que je peux faire ? lui demanda-t-il. Il n'y a pas moyen de discuter avec elle. Elle m'a complètement rayé de sa vie.

Il lui raconta ses coups de fil concernant les meubles et la manière dont Alex écourtait ses appels, dès qu'ils en avaient terminé avec les questions pratiques.

— Elle finira par changer d'avis, le rassura Maggie. Attends qu'elle soit confrontée à un coup dur et tu verras. Elle reviendra vers toi, Quinn. C'est ta fille. Elle a besoin de toi autant que toi d'elle.

— Non, ça m'étonnerait beaucoup, répondit-il avec tristesse, songeant combien Jane aurait souffert de les voir si distants, Alex et lui. Elle a son mari et ses fils. Elle se débrouille très bien sans moi.

— C'est sa façon à elle de te punir, mais elle n'agira pas ainsi éternellement. Un jour, elle comprendra quel homme tu es vraiment et pourquoi tu n'as pas toujours été là pour elle.

— Je ne suis pas sûr de le comprendre moi-même. À l'époque, je n'arrêtais pas de courir. Je croyais construire quelque chose d'important – de plus important encore que mes enfants ou que Jane. En fait, je me suis trompé dans mes priorités. Mon seul but dans la vie était l'empire que je bâtissais, l'argent que je gagnais et les contrats que je signais. Je suis passé à côté de l'essentiel, sans même m'en rendre compte.

Il repensa à Doug et à Jane, et à la rapidité avec laquelle l'existence basculait parfois, emportant avec elle toute chance de se racheter. Il s'en était aperçu trop tard.

— Beaucoup d'hommes font ça, Quinn…

Maggie se montrait si compréhensive que, durant un bref instant, il regretta presque de ne pas l'avoir épousée, elle, au lieu de Jane. Il se le reprocha aussitôt, mais en fait, Jane lui apparaissait plus comme une victime désormais ; alors que Maggie, après tout ce qu'elle avait traversé, le comprenait mieux.

— Tu n'es pas le seul à avoir agi ainsi, ajouta Maggie. Il arrive que des femmes quittent leur mari pour cette raison et que des enfants en veuillent à leur père parce qu'ils se sentent floués. La plupart des gens ne voient que ce qui leur a manqué, pas ce qu'ils ont eu et qui était souvent ce qu'ils pouvaient recevoir de mieux. Il est impossible d'être parfait. Et puis, on trouve aussi des femmes qui font la même chose et qui se consacrent à leur carrière en négligeant leur famille. Il est difficile de gagner sur tous les tableaux. Il y a forcément de la casse.

Mais Quinn savait qu'il avait fait souffrir ceux qu'il aimait. Il en était parfaitement conscient et se reprochait de ne pas avoir ouvert les yeux plus tôt.

— Pourquoi n'inviterais-tu pas Alex à venir en Hollande voir le bateau ?

— Elle déteste les bateaux, répondit-il avec tristesse en caressant les cheveux de Maggie.

— Et ses fils ?

— Ils sont trop jeunes. Ils ont sept et dix ans, et elle n'acceptera jamais de me les confier. Je n'ai déjà pas été fichu de m'occuper de Doug et elle quand ils étaient petits, comment veux-tu que je sache me débrouiller avec ses enfants ? Et sur un voilier, en plus !

— Je suis prête à parier que tu adorerais ça. Ils ont l'âge idéal pour apprendre à naviguer et ils ne risqueraient pas grand-chose sur le ketch. Même Alex n'y trouverait rien à redire. De plus, l'équipage t'aiderait. Je suis certaine qu'ils s'amuseraient comme des fous.

Pourquoi ne proposerais-tu pas de les emmener pour les essais en mer ?

Il demeura songeur, mais n'imagina pas un instant qu'Alex puisse donner son accord, surtout après ce qui était arrivé à Doug. Sa fille haïssait les voiliers. Cela dit, Maggie avait raison, bien sûr. Les garçons ne courraient aucun risque sur le *Vol-de-Nuit*, à moins de sauter par-dessus bord, ce qui était peu probable. Ils étaient tous les deux trop raisonnables pour ça.

— Je vais y réfléchir, dit-il avant de se tourner vers Maggie pour l'embrasser. Tu es merveilleuse, lui murmura-t-il, sentant le désir monter en lui.

Leur relation était harmonieuse, douce et aussi pleine d'imprévu, à l'image de Maggie. Elle possédait tout ce qu'il recherchait et elle lui inspirait une passion comme il n'en avait jamais connu auparavant. Il était de plus en plus amoureux d'elle, et pourtant il ne parvenait toujours pas à le lui avouer.

Ils invitèrent Jack et Michelle à passer le week-end avec eux sur le bateau et partirent en direction de Santa Barbara. La mer était forte, comme Maggie l'aimait. Son bonheur aurait été parfait si Michelle n'avait pas eu le mal de mer. Lorsqu'ils rentrèrent et se quittèrent, Jack s'en excusa et Michelle paraissait toute gênée.

— La pauvre, compatit Maggie lorsqu'ils se retrouvèrent seuls ce soir-là. Elle est adorable.

Quinn, lui, craignait qu'elle ne soit pas assez intelligente pour Jack. « C'est la femme qu'il lui faut », ne cessait pourtant de répéter Maggie, plus sensible que lui aux qualités de la jeune fille. En fait, il regrettait encore que Jack ne l'accompagne pas. Il était persuadé que son ami se privait d'une expérience formidable et n'arrivait pas à comprendre que Jack ne rêvait que d'une vie stable, avec une famille et des racines, tout ce qu'il n'avait jamais eu et qu'il découvrait soudain.

— Tu lui as offert bien mieux qu'un périple autour du monde, lui assura Maggie. Grâce à toi, il va enfin réaliser son rêve. Personne d'autre n'aurait pu lui apporter un tel soutien.

— Je lui ai juste appris à lire. N'importe qui aurait pu en faire autant, protesta modestement Quinn.

— Oui, mais tu es le seul à t'en être donné la peine.

Quinn secoua la tête, heureux que ses leçons de lecture aient trouvé un si bel épilogue. Il savait que le lien qui l'unissait maintenant à Jack était indéfectible. Et il n'oubliait pas non plus que c'était le jeune homme qui avait fait entrer Maggie dans son existence. Elle semblait si timide, si triste et si effrayée la première fois qu'elle avait sonné à sa porte ! Et aujourd'hui elle était épanouie, et avait recouvré sa joie de vivre. Il savait qu'elle pleurait toujours la mort de son fils, mais elle avait perdu ce regard désespéré qu'elle avait au début.

— La tempête de l'année dernière a été une chance pour moi, lui avoua-t-il un jour. En éventrant mon toit, elle t'a fait entrer dans ma vie.

— C'est surtout moi qui ai eu de la chance, répliqua-t-elle en l'embrassant.

Maggie lui témoignait plus d'amour qu'il n'avait jamais espéré en recevoir. Leur relation était très différente de celle qu'il avait eue avec Jane. Sa femme et lui avaient été liés par le respect, la loyauté, une grande affection, et surtout la patience infinie de Jane. Ce qu'il partageait avec Maggie était plus vivant, plus joyeux, et beaucoup plus passionné.

Les derniers jours d'août furent particulièrement agréables pour eux. Ils naviguèrent presque en permanence et se rapprochèrent de plus en plus l'un de l'autre – peut-être parce qu'ils savaient que cette belle parenthèse se refermerait bientôt. Loin de chercher à se détacher de lui, Maggie semblait l'aimer chaque jour davantage. Quant à Quinn, il avait renoncé à lutter contre ses sentiments et s'abandonnait totalement à son amour pour elle. Il ne s'était jamais senti aussi bien avec une femme et avait enfin baissé la garde. Et curieusement, le rêve dans lequel Jane le suppliait avait cessé de hanter ses nuits depuis près de deux mois. Elle lui manquait toujours, mais différemment. Désormais, il était plus serein.

Il ne voulut être seul que lorsque les déménageurs vinrent vider sa maison. Une partie du mobilier devait être entreposée dans un garde-meubles. Il avait déjà envoyé à Alex ce qu'elle souhaitait conserver et mis de côté ce qu'il emporterait aux Pays-Bas en septembre. Une fois que tout serait terminé, il s'installerait sur le *Molly B.* jusqu'à son départ. Regarder les déménageurs emporter tous les objets qui avaient jalonné sa vie ne fut pas chose facile. Chaque fois qu'on en chargeait dans le camion, il éprouvait un pincement au cœur. C'était en quelque sorte des morceaux de sa vie qui disparaissaient sous ses yeux.

— Au revoir, Jane, dit-il à la fin en contemplant sa chambre.

Sa voix résonna dans la pièce. Il avait le sentiment d'abandonner sa femme. Et c'est la mine sombre qu'il rejoignit Maggie sur le bateau, ce soir-là.

— Ça va ? s'inquiéta-t-elle.

Il opina de la tête, mais parla à peine. Ce n'est qu'après le dîner, lorsqu'ils allèrent se coucher, qu'il lui raconta combien cela lui avait paru étrange de voir toutes ses affaires emportées dans un camion et de se retrouver seul dans sa maison vide.

— J'ai ressenti la même chose, quand je suis partie de chez moi, dit-elle. J'ai eu moi aussi l'impression d'abandonner mon fils et j'ai pleuré devant les déménageurs. Mais je n'ai pas regretté mon choix. Je n'aurais jamais pu me remettre de sa disparition si j'étais restée là-bas. Charles et moi avions vécu dans cette maison, et Andrew y était mort. Cela faisait trop de souvenirs à affronter. Toi aussi, tu verras, tu te sentiras mieux, une fois sur ton bateau.

Maggie demeurait fidèle à sa parole en ne cherchant pas à le retenir, et Quinn lui en était reconnaissant. Il regrettait de ne pouvoir l'emmener assister aux essais du *Vol-de-Nuit*, mais il devait partir juste après la fête du Travail[1], au moment où elle reprendrait son poste de professeur. Ensuite, il reviendrait deux petites semaines à San Francisco.

Le temps fila très vite et la veille de son départ arriva, sans qu'il ait pris la moindre résolution en ce qui concernait Alex. Les encouragements de Maggie n'avaient pas suffi à lui faire décrocher son téléphone, tant sa crainte d'être de nouveau rejeté était grande. Ce soir-là, pourtant, il se décida enfin et s'installa à son bureau pour appeler sa fille.

— J'ai bien reçu les meubles, l'informa-t-elle dès qu'elle entendit sa voix. Merci beaucoup. Tout est arrivé en bon état. Ça a dû te coûter une fortune de les envoyer par avion.

1. La fête du Travail (Labor Day) est célébrée le premier lundi du mois de septembre aux États-Unis. *(N.d.T.)*

— Ta mère aurait fait la même chose, lui assura-t-il, sentant Alex se raidir à cette évocation de Jane.

— Je suis contente d'avoir son portrait, reprit-elle. Où habites-tu maintenant ?

Quinn lui avait dit que tout était stocké dans un entrepôt. Il avait tenu à le faire avant de partir pour les Pays-Bas, afin d'avoir l'esprit tranquille et de pouvoir passer ses deux dernières semaines avec Maggie, sans plus avoir à se soucier de ce genre de détails.

— J'ai loué un voilier pour l'été et j'y resterai jusqu'à ce que mon bateau soit définitivement prêt. Et d'ailleurs, c'est la raison de mon appel.

— Quoi, le voilier que tu as loué ? dit-elle d'un ton perplexe, mais un peu moins glacial que lors de leurs précédentes conversations.

— Non, je voulais te parler des essais en mer de mon bateau, aux Pays-Bas. Je prends l'avion demain pour Amsterdam et je me demandais si je pouvais faire un détour par Genève.

— Ce n'est pas à moi de décider où tu vas, répliqua-t-elle sèchement.

— Ce serait pour te rendre visite, Alex. Je n'ai pas vu les enfants depuis l'été dernier. Ils ne connaîtront jamais leur grand-père à ce rythme-là.

Elle faillit rétorquer qu'elle non plus ne l'avait pas connu et que cela n'avait jamais eu d'importance pour lui, mais, pour une fois, elle résista à l'envie de le blesser.

— En fait, ajouta-t-il, j'ai une idée. Je me disais que peut-être… si tu es d'accord… enfin, si ça ne te dérange pas, je pourrais les emmener assister aux essais en mer. Horst et toi pourriez venir aussi, évidemment, mais je sais que tu ne raffoles pas des bateaux. Ce serait une expérience formidable pour Christian et

Robert, et je serais ravi de passer quelques jours avec eux.

Un long silence accueillit cette proposition. Alex était si surprise qu'elle ne sut d'abord quoi répondre.

— Les emmener assister aux essais en mer ? répéta-t-elle. Tu ne penses pas qu'ils sont un peu jeunes pour ça ? Il faudrait que tu les aies à l'œil en permanence. Et est-ce que le bateau est sûr, au moins ?

Mais sous ce déluge de questions, sa voix avait perdu de sa dureté habituelle. Malgré elle, elle était touchée que Quinn s'intéresse à ses enfants. Jamais il n'aurait été capable d'un tel geste quelques années plus tôt.

— Évidemment qu'il l'est ! rétorqua Quinn. Sinon, c'est moi qui aurai des problèmes quand je prendrai la mer en octobre. Je t'assure que c'est sans danger, Alex. Les garçons seront emballés. Et encore une fois, tu peux venir, toi aussi.

Il voulait qu'elle comprenne qu'il serait ravi de la voir, même s'il savait qu'elle détestait les bateaux et que cette aversion était si profonde qu'elle ne risquait pas de disparaître en un jour. Seul Doug avait hérité de sa passion pour la voile.

— Il faut que j'en discute avec Horst, répondit-elle.

Elle semblait indécise, mais au moins n'avait-elle pas refusé d'emblée. Comme par miracle, il sentait que quelque chose avait changé dans son attitude envers lui.

— Je te rappellerai demain, avant de prendre l'avion, lui proposa-t-il. Je fais escale à Londres et, de là, Genève n'est qu'à deux pas.

Il se surprenait soudain à espérer, tout en craignant que son désir de consulter Horst ne soit qu'un prétexte pour retarder le moment de dire non. Maggie avait eu raison, cela ne coûtait rien de demander, mais Alex le laisserait-elle emmener ses enfants aux Pays-Bas ?

Lorsqu'il raccrocha et qu'il se tourna vers Maggie, celle-ci le fixait en souriant. Il n'avait pas parlé d'elle à sa fille, pour ne pas s'entendre reprocher de trahir la mémoire de Jane. De toute façon, cela n'aurait servi à rien. Dans cinq semaines, Maggie et lui se sépareraient. Alex n'avait pas besoin de savoir qu'il avait eu une liaison de plusieurs mois avant de quitter San Francisco.

— Alors ?

— Elle va en parler à son mari. Mais elle ne m'a pas raccroché au nez et ne m'a pas dit que j'avais perdu la tête ni qu'elle préférerait mourir plutôt que de me confier ses fils. C'est déjà ça.

— Croisons les doigts, alors !

Pendant tout le restant de la soirée, Quinn chassa Alex et ses petits-fils de son esprit pour ne se consacrer qu'à Maggie. L'idée de la quitter lui était de plus en plus pénible. Si seulement elle avait pu venir avec lui ! Les essais dureraient trois semaines et il lui avait dit de profiter du *Molly B.* aussi souvent qu'elle le voudrait en son absence. Mais elle lui avait répondu que cela la déprimerait trop de s'y trouver sans lui, ce qui l'avait beaucoup touché.

Cette nuit-là, ils s'aimèrent passionnément et restèrent dans les bras l'un de l'autre, sans que Maggie puisse oublier que c'étaient ses derniers moments avec Quinn, même si elle savait qu'il reviendrait pour deux semaines. Peu après s'être levé, Quinn rappela Alex, la gorge sèche. Avec le décalage horaire, l'après-midi tirait déjà à sa fin à Genève et il entendit les garçons chahuter en arrière-fond.

— Qu'en pense Horst ? s'enquit-il, lui donnant ainsi la possibilité de mettre son refus sur le compte de son mari.

— Je… Il… J'ai posé la question à Christian et Robert, lui avoua-t-elle en toute franchise. Ils ont envie de partir avec toi.

À ces mots, Quinn fut submergé d'émotion. Il ne s'était pas rendu compte jusqu'alors à quel point il était vulnérable face à sa fille. Car, même s'il s'y était préparé, il savait qu'un nouveau refus l'aurait blessé.

— Et toi, tu es d'accord ? demanda-t-il, priant pour qu'elle accepte.

Elle n'avait pas explicitement dit oui, et il n'était pas certain de sa réponse.

— Oui, papa.

C'était la première fois qu'elle lui faisait confiance. Elle qui, jusqu'alors, n'avait eu que colère et ressentiment envers lui acceptait de lui confier ses fils. Il n'aurait pu espérer plus grande preuve d'amour de sa part. La guerre entre eux n'était peut-être pas encore terminée, mais au moins était-elle suspendue.

— Tu as intérêt à ne pas les quitter des yeux, l'avertit-elle. Chris est encore bébé, mais Robert est déjà très indépendant. Ne le laisse pas grimper aux mâts ou faire des choses dangereuses.

— Tu veux venir avec eux ? lui proposa-t-il aussitôt.

— Je ne peux pas. Je suis enceinte de six mois.

Il accusa le coup, tant cette nouvelle lui rappelait combien ils étaient devenus distants l'un de l'autre. Mais un premier geste de rapprochement venait de se produire et il espérait que ce ne serait pas le dernier.

— Je prendrai soin d'eux, je te le promets.

Il était prêt à tout pour qu'Alex ne vive pas le même cauchemar que Jane et lui autrefois. Ou plutôt ne revive pas. Car la mort de Doug avait été une tragédie pour elle aussi, et cela l'avait tant traumatisée qu'elle avait tendance désormais à surprotéger ses enfants. Sa décision de les lui confier revêtait donc une importance particulière. C'était presque un pardon.

— Merci, Alex. Tu ne peux pas imaginer tout ce que cela signifie pour moi.

— Je crois que c'est ce que maman aurait voulu que je fasse, répliqua-t-elle d'une voix bourrue sans lui avouer qu'elle avait hésité jusqu'au dernier moment.

Connaissant l'aversion de Jane pour les bateaux, Quinn en doutait, mais elle aurait sûrement été ravie de voir sa fille et son mari se réconcilier.

— Dès que j'aurai les billets d'avion, je te téléphonerai pour te dire à quelle heure j'arriverai et quand décollera l'avion pour les Pays-Bas. Il faudra peut-être que tu me retrouves directement à l'aéroport de Genève avec les garçons. Je m'arrêterai plus longuement à notre retour – si tu es d'accord, bien sûr.

— Oui, ça me va très bien.

L'offre de Quinn était une sorte de cadeau du ciel pour elle ; le signe d'un rapprochement avec son père car, en dehors de son mari et de ses enfants, elle n'avait plus que lui.

— Combien de temps dureront les essais ? demanda-t-elle.

— Trois semaines ; mais je pourrai revenir plus tôt s'ils doivent retourner à l'école. Je les ramènerai moi-même ou je demanderai à un membre de l'équipage de les accompagner. Mais j'aimerais te voir.

— Garde-les avec toi aussi longtemps que tu voudras, papa.

Ses enfants n'auraient peut-être plus jamais l'occasion de vivre une telle expérience, et même s'ils rataient quelques jours de classe, à leur âge ce n'était pas grave. De plus, elle savait qu'ils seraient ravis de faire de la voile avec leur grand-père, car, contrairement à elle, ils adoraient les bateaux.

— Merci, Alex, répéta-t-il. Je te rappellerai plus tard.

Son avion devait partir à 18 heures ce soir-là, et il avait encore une foule de choses à régler, dont des papiers à signer chez son avocat.

— Qu'a-t-elle dit ? l'interrogea Maggie dès qu'il eut raccroché.

— Ils viennent avec moi, répondit-il avec émotion.

Aussitôt, elle se jeta à son cou en poussant un cri de joie. Elle était aussi heureuse que Quinn et savait à quel point le pardon de sa fille était important pour lui. Alex n'aurait pu lui faire de plus beau cadeau.

Quinn fit sa valise et, une demi-heure plus tard, fila chez son avocat. Il devait retrouver ensuite Maggie chez elle à 15 heures pour qu'elle le conduise à l'aéroport. Il arriva en costume et cravate, avec son attaché-case à la main. De son côté, elle avait mis une petite robe noire et des talons, et était particulièrement ravissante.

— J'aurais tant aimé que tu m'accompagnes, soupira-t-il en la voyant si belle.

— Moi aussi, murmura-t-elle en se rappelant leur bref séjour aux Pays-Bas, trois mois plus tôt.

Le *Vol-de-Nuit* était un formidable rival, contre lequel elle ne pouvait lutter. Elle savait qu'il remporterait la victoire, car il correspondait au besoin de liberté de Quinn, et elle ne pouvait rien contre cela. De plus, elle l'aimait trop pour ne pas accepter son choix.

À l'aéroport, Quinn l'embrassa une dernière fois en lui promettant de l'appeler dès qu'il serait sur le bateau. Il espérait que le système de communication fonctionnerait sans problème.

— Sinon, je me rabattrai sur une cabine téléphonique, plaisanta-t-il.

— Amuse-toi bien, lui murmura-t-elle en l'embrassant avant qu'il ne s'éloigne. Et profite de tes petits-enfants !

Il plongea alors son regard dans le sien en lui souriant et lui déclara :

— Je t'aime, Maggie.

Jamais il ne le lui avait dit auparavant, mais il ne voulait plus répéter ses erreurs passées en taisant ses sentiments. Il lui devait tant. Sans elle, il n'aurait jamais contacté Alex.

13

Quinn appela Alex de l'aéroport et elle lui répondit d'une voix ensommeillée. Il était une heure du matin en Suisse, et il lui donna vite son heure d'arrivée et le numéro de son vol avant de lui conseiller de se rendormir rapidement. Il avait hâte de la revoir et était heureux qu'elle attende un troisième enfant. Il savait que Jane aurait été ravie elle aussi mais, pour une fois, ce ne fut pas vers elle que ses pensées se tournèrent, tandis qu'il patientait, mais vers Maggie, et elle seule. Il commençait à réaliser à quel point il aurait du mal à se séparer d'elle. Alors qu'elle l'avait aidé à panser ses blessures et à se sentir mieux, il allait rouvrir ses plaies et souffrir à nouveau, mais il n'avait pas le choix. Retarder son voyage ne ferait qu'aggraver la situation, et emmener Maggie n'était pas envisageable. Il s'était juré, en mémoire de Jane et pour expier ses fautes, de rester seul jusqu'à la fin de ses jours. Sinon, il en était persuadé, la culpabilité le rongerait à jamais. La preuve n'en était-elle pas qu'il avait cessé de faire des cauchemars depuis qu'il avait conclu ce pacte avec sa conscience ? Ainsi qu'il l'avait expliqué à Maggie, il avait besoin de solitude et, plus que tout, de liberté. Pour cela, il devait partir. Renoncer à toute vie à deux.

La jeune femme devait retourner vers ses amis, ses connaissances, son travail. Il le fallait absolument. Pourtant, pour la première fois depuis la mort de Jane, il commençait à douter de tenir autant à son indépendance.

C'est une fois que l'avion eut décollé qu'il se sentit mieux et retrouva toute sa détermination. Son attachement à Maggie n'était probablement qu'un effet de l'âge, pensa-t-il. C'était une forme de faiblesse qu'il ne pouvait tolérer.

Chose très rare, il réussit à dormir durant le vol. Il prit sa correspondance à Londres et arriva à Genève à 17 heures. Dès qu'il sortit de l'avion, il repéra Alex. La vue de son ventre rond le toucha. Il ne l'avait jamais vue enceinte lorsqu'elle attendait Christian et Robert. Ceux-ci la suivaient avec leurs sacs à dos. Portraits crachés de leur mère, ils renvoyaient l'image de deux blondinets pleins de vie, qui chahutaient en riant.

— Tu as fait bon voyage ? demanda Alex, l'air sérieux.

Elle ne l'embrassa pas, ne lui tendit pas les bras, ne fit pas le moindre geste vers lui. Ils ne s'étaient pas vus depuis l'enterrement de Jane et ce jour-là elle était partie sans lui dire un mot.

— Tu es resplendissante, déclara-t-il en souriant.

Il aurait voulu abolir cette distance entre eux, mais se retint en songeant que c'était à elle de le faire quand elle y serait disposée.

— Merci, papa…

Ses yeux s'embuèrent soudain et elle se jeta dans ses bras. Il la serra fort contre lui, comme il le faisait quand elle était enfant, ce dont elle ne se souvenait plus.

— Tu m'as manqué, balbutia-t-elle d'une voix entrecoupée de sanglots.

— Toi aussi, ma chérie. Toi aussi…

Indifférents à la scène qui se jouait entre leur mère et leur grand-père, Christian et Robert ne cessaient de tourner autour d'eux en essayant d'attirer leur attention. Dès que Quinn laissa Alex, ils se ruèrent sur lui pour lui poser mille questions dans un anglais à l'accent suisse très prononcé. Il leur proposa alors d'aller manger une glace dans un restaurant à proximité en attendant de prendre l'avion – offre qui leur arracha des cris de joie. Ils n'arrêtaient pas de parler et Alex souriait de les voir si contents. À côté d'elle, Quinn songeait avec émotion que sa fille n'avait jamais été aussi belle, et aussi qu'il aurait aimé que Maggie soit là. Il était sûr qu'elles se seraient très bien entendues.

— Tu as l'air en forme, papa, le complimenta Alex lorsqu'ils se retrouvèrent assis devant leurs glaces.

Quinn n'avait commandé qu'un café et il commençait à ressentir la fatigue du voyage et du décalage horaire. Mais elle disparaissait dès qu'il regardait Alex. Toute la rancœur qu'elle avait nourrie contre lui semblait s'être envolée comme par magie, et il n'en revenait toujours pas.

Une demi-heure plus tard, les enfants et lui embarquèrent pour Amsterdam. Ils arriveraient à 19 h 30 et seraient sur le bateau deux heures plus tard. Quinn avait averti l'équipage de la venue de ses petits-fils et demandé à l'une des deux hôtesses de l'aider à s'en occuper. Il rassura encore une fois Alex avant de la quitter : il veillerait sur eux comme sur la prunelle de ses yeux et les ramènerait aussitôt si jamais ils voulaient rentrer plus tôt que prévu. En attendant, il lui conseillait de profiter de ses trois semaines de tranquillité avec son mari. En partant, il se retourna à plusieurs reprises vers sa fille, tandis qu'elle agitait la main en signe d'au revoir et s'essuyait les yeux.

Quinn fut ensuite très occupé avec les enfants. Ils ne s'étaient pas vus depuis plus d'un an, mais rien ne l'aurait laissé deviner. Christian et Robert étaient tout à fait à l'aise avec lui et le bombardèrent de questions sur son bateau. Ils le faisaient rire et l'amusaient, et le temps passa très vite. Quinn fut tout de même reconnaissant aux membres du personnel navigant d'avoir apporté des albums de coloriage et des crayons pour les distraire.

À Amsterdam, ils furent accueillis par le capitaine, son premier second et Tem Hakker, qui les conduisit jusqu'au chantier naval. Impressionnés par la taille du *Vol-de-Nuit*, Christian et Robert ne firent aucune difficulté pour suivre sagement l'hôtesse, qui les emmena dîner.

Quinn entama alors un rapide tour du bateau avec Tem Hakker. Il fut satisfait par tout ce qu'il vit, ainsi que par les réponses apportées à ses nombreuses questions. Tem, qui devait participer aux essais avec ses fils, avait veillé à ce que tout fût prêt pour le départ. Leur itinéraire était déjà tracé et il avait établi une liste des différentes manœuvres à effectuer pour tester le voilier.

Il était minuit lorsque Quinn gagna enfin sa cabine. Poussant un soupir de soulagement, il se laissa tomber sur un siège et s'empressa de téléphoner à Maggie.

— Tout va bien avec les garçons ?

— Super. Ils se conduisent comme si on s'était vus la semaine dernière et ils adorent le bateau.

Il était allé vérifier qu'ils étaient bien installés dans leur cabine, mais Christian et Robert dormaient déjà à poings fermés. Ils semblaient sages comme des images et ressemblaient à de petits anges, mais Quinn se doutait qu'ils seraient debout à l'aube le lendemain, ayant refait le plein d'énergie durant la nuit.

— Et le *Vol-de-Nuit* ? demanda Maggie.

— Il est plus beau que jamais.

Pendant une demi-heure, il lui décrivit tous les changements opérés sur le bateau depuis qu'elle l'avait vu. Il était plus extraordinaire encore, maintenant qu'il était à l'eau. Tem Hakker avait prévu une petite cérémonie en octobre pour le baptiser, et Quinn aurait aimé qu'Alex soit la marraine, si elle avait pu voyager. À défaut, ce serait la femme de Tem.

— Comment s'est comportée ta fille avec toi ?

— Elle est métamorphosée. Comme je ne l'ai jamais vue. Et je crois qu'elle m'a pardonné. En tout cas, elle s'est montrée adorable. Si tu savais comme je suis content ! Et pourtant, on ne peut pas dire que je le mérite.

Il était infiniment reconnaissant à Maggie d'avoir été à l'origine de cette réconciliation. Elle avait transformé sa vie par mille petits gestes, et celui qui l'avait rapproché de sa fille était assurément le plus important pour lui. Il ne s'était pas rendu compte jusqu'alors combien Alex lui avait manqué. La revoir avait été comme revoir Jane. Bien qu'un peu plus grande qu'elle, Alex lui ressemblait comme deux gouttes d'eau.

— Si, tu le mérites, objecta Maggie avant de se souvenir des derniers mots qu'il lui avait adressés à l'aéroport. Et merci pour ce que tu m'as dit en partant.

C'était le plus beau cadeau qu'il pouvait lui faire, et le seul qu'elle attendait de lui.

— Qu'ai-je dit ? la taquina-t-il.

Déjà, il avait hâte de la retrouver. Les trois semaines à venir allaient être décisives à tous points de vue. Non seulement il allait tester son bateau, mais aussi son désir d'indépendance et sa volonté de respecter le pacte qu'il avait conclu avec lui-même, à savoir se sacrifier et sacrifier l'amour qu'il portait à Maggie, pour honorer sa dette envers Jane.

— Tu as dit que tu m'aimais, lui rappela-t-elle. Tu ne peux pas le retirer, maintenant.

— Et je n'en ai pas l'intention.

Mais cela ne changeait rien, puisqu'il était sur le point de la quitter. Il n'avait pas voulu être cruel en lui révélant qu'il l'aimait. Son but n'était pas de renforcer le lien qui les unissait et de le briser au moment de partir. Mais, connaissant la valeur qu'elle attachait à cet aveu, il avait tenu à le lui dire. Il l'aimait et elle devait le savoir.

Ils discutèrent encore quelques instants, puis raccrochèrent après que Quinn eut promis à Maggie de lui rapporter plein de photos du voilier. Dix minutes plus tard, épuisé mais heureux, il sombra dans un profond sommeil. Dorénavant, sa place était sur le *Vol-de-Nuit*.

14

Les essais en mer donnèrent entière satisfaction à Quinn. Tous les systèmes de navigation fonctionnaient parfaitement, ses petits-fils s'amusaient comme des fous et l'équipage se révéla encore plus professionnel qu'il ne le pensait. Les semaines passèrent ainsi à la vitesse de l'éclair. Il appela plusieurs fois Maggie, qui lui raconta sa reprise du travail au lycée. Elle était fatiguée, débordée, et avait oublié combien enseigner pouvait être difficile lorsqu'on avait affaire à des élèves agités, mais dans l'ensemble elle lui parut contente et surtout impatiente de le revoir. Sentant cela, il se força à lui téléphoner moins souvent qu'il n'en avait envie. L'heure était venue de commencer à se détacher d'elle, s'il ne voulait pas que la séparation définitive soit trop douloureuse. Il ne souhaitait pas une rupture complète et espérait la revoir de temps en temps, mais il était déterminé à ne pas la faire entrer dans sa nouvelle vie. Pourtant il avait hâte de la revoir. Les deux semaines qu'il passerait à San Francisco seraient leur cadeau d'adieu.

Quand les essais furent terminés, quitter le bateau fut un déchirement. Les enfants pleuraient en disant au revoir aux membres d'équipage, mais Quinn leur promit qu'ils pourraient revenir si leurs parents les y autorisaient. Lui-même ne demandait pas mieux. Ils étaient gentils, bien élevés, affectueux et intelligents et avaient ensoleillé son voyage. De plus, ils lui avaient fait découvrir la continuité de la vie, car excepté la couleur des cheveux, Robert lui rappelait en effet beaucoup Doug au même âge. Jane avait toujours affirmé que son fils tenait davantage de lui, mais il se rendait compte aujourd'hui que son fils et son petit-fils avaient hérité de ses traits à elle. En y repensant ce jour-là, Quinn réalisa combien Doug lui manquait. C'était la première fois en vingt-quatre ans qu'il s'autorisait à se l'avouer. Tout son être semblait s'ouvrir à des émotions trop longtemps enfouies, au point qu'il faillit pleurer en apercevant Alex à l'aéroport.

Ce soir-là, ce fut à qui, de Robert et de Christian, épaterait le plus leurs parents avec le récit de leurs exploits. Ils avaient l'impression d'avoir vécu de fabuleuses aventures et, à l'évidence, conserveraient un souvenir impérissable de leurs vacances. Le lendemain, avant qu'il ne parte, Alex remercia de nouveau Quinn et lui avoua combien elle était heureuse qu'il soit venu. Toute sa colère s'était envolée, comme une maladie dont elle aurait fini par guérir miraculeusement. Elle lui confia d'ailleurs ce matin-là qu'elle avait prié pour se libérer de cette rage qui l'avait habitée si longtemps.

— Et toi, papa, ça ira ? s'enquit-elle.

La vie solitaire qu'il projetait de mener sur son bateau l'inquiétait un peu, même s'il lui avait assuré la veille qu'il n'aspirait à rien d'autre.

— Ça ira très bien, affirma-t-il. Une fois en mer, je serai un homme comblé.

Il en était même certain, désormais. Il avait apprécié chaque instant passé à bord du *Vol-de-Nuit* et cela l'avait conforté dans sa décision – malgré Maggie, ou peut-être justement à cause d'elle. Il ne se donnait pas le droit de vivre avec une autre femme que Jane. Maggie avait été un rayon de soleil au milieu de la tempête qu'il traversait, mais il était temps pour lui de poursuivre son chemin.

Il promit à Alex de revenir la voir après son accouchement, quel que soit l'endroit où il se trouverait alors. Selon ses calculs, il serait en Afrique à ce moment-là, mais il pourrait prendre un avion pour la rejoindre plus rapidement. Sean Mackenzie et lui avaient déjà discuté longuement de leur itinéraire, et le capitaine lui avait fait d'excellentes suggestions. Quinn était maintenant complètement tourné vers sa nouvelle existence et commençait déjà à oublier la vie qu'il avait menée à San Francisco jusqu'à très récemment.

Maggie le ressentit dès son retour. En apparence, Quinn semblait le même que lorsqu'il l'avait quittée trois semaines plus tôt, et pourtant il était différent. Elle ne parvenait pas à savoir en quoi, mais elle s'en rendit compte dès la première nuit. Il ne l'aimait plus avec la même passion, il semblait déjà ailleurs.

Elle essaya de passer le plus de temps possible avec lui, mais bien qu'elle eût prévu de donner peu de devoirs à ses élèves durant ces deux semaines, elle dut consacrer plusieurs heures chaque soir à corriger des copies et à préparer ses cours. De son côté, Quinn avait encore des formalités administratives à régler, si bien qu'ils ne se retrouvaient qu'au moment de se coucher. C'est là que, allongée contre lui dans leur cabine du *Molly B.*, Maggie éprouvait de nouveau toute la force de leur amour, et il en allait de même pour lui. Le reste du temps, Quinn s'efforçait d'être plus distant, afin de rendre leur séparation moins difficile pour elle. Il n'était plus l'égoïste qu'il avait été et ne voulait plus blesser qui que ce soit, Maggie encore moins que les autres.

Jack vint dîner avec eux le vendredi soir. Il adorait ses études et Michelle préparait leur mariage. Quinn proposa de louer un bateau pour leur lune de miel, mais le jeune homme refusa à regret. Michelle souffrait trop du mal de mer pour apprécier un tel cadeau.

Le lendemain, Quinn et Maggie partirent faire une promenade en mer. Le temps était chaud et ensoleillé et le vent parfait pour naviguer. La première semaine s'acheva ainsi, calme et sans souci. Tous deux s'étaient arrangés pour passer plus de temps ensemble. Ils discutaient longtemps le soir, comme pour emmagasiner un maximum de souvenirs. Mais Maggie voyait approcher l'heure de la séparation avec angoisse. C'était comme si elle se préparait à la mort d'un être cher ou à un enterrement. Elle avait le sentiment d'être bientôt privée d'oxygène. Bien qu'elle eût su depuis le début à quoi s'attendre, elle n'imaginait pas que cela la ferait autant souffrir.

Durant la deuxième semaine, le fait de sentir la fin approcher fit apparaître des tensions entre eux. Il ne pouvait en être autrement. Maggie recommença à rêver d'Andrew et une nuit elle fit un cauchemar si horrible qu'elle se réveilla en hurlant. Quinn ne pouvait rien pour elle. Il aurait fallu pour cela qu'il change ses plans et décide de rester, mais Maggie ne l'aurait jamais accepté. Simplement, plus les jours passaient et plus elle se sentait mal, au point d'étouffer et d'avoir du mal à respirer. Lorsque leur dernier week-end arriva, elle était dans un tel état que Quinn comprit ce qu'il lui faisait endurer, même si aucune plainte ne sortit de ses lèvres. L'espace d'un instant, il faillit lui proposer de venir avec lui, mais il se reprit en se rappelant ce qu'il devait à Jane. Il tenta de le lui expliquer une nouvelle fois, mais la souffrance de Maggie était devenue telle qu'elle ne chercha plus à lui cacher ce qu'elle pensait de son raisonnement.

— J'ai du mal à croire que Jane aurait exigé ça de toi, dit-elle. J'ai lu ses poèmes, Quinn. Elle t'aimait. Elle n'aurait pas voulu que tu sois malheureux.

Le plus curieux était qu'il ne l'était pas, en fait. Certes, il détestait l'idée de la quitter, mais il éprouvait aussi un sentiment de paix, comme un moine se préparant à une retraite spirituelle. Son âme tourmentée avait besoin du repos que lui procureraient ses voyages. Il n'avait plus l'énergie de refaire sa vie, et l'aurait-il eue qu'il estimait de toute façon ne pas mériter de seconde chance. Il s'était montré si peu à la hauteur durant son premier mariage… Il tenait trop à Maggie pour courir le risque de répéter les mêmes erreurs avec elle. Il souhaitait partir en sachant qu'il l'avait rendue heureuse. C'était tout ce qu'il avait à lui offrir. Ils s'étaient aimés passionnément, mais le moment était venu de mettre un terme à leur liaison. Jack et lui s'étaient fait leurs adieux la veille au soir, et il ne lui restait plus que ce dernier week-end à partager avec Maggie, avant de prendre l'avion.

Le dimanche, elle put à peine parler. Il n'y avait plus rien à dire. Elle avait épuisé tous les arguments possibles. Si seulement elle avait eu le talent de Jane pour écrire des poèmes, songea-t-elle. Peut-être aurait-elle su mieux exprimer sa douleur de perdre encore une fois un être cher.

Allongé sur le pont à côté d'elle, Quinn lui tint longuement la main cet après-midi-là. Quand vint le soir, il lui offrit un somptueux dîner avec caviar et champagne, mais Maggie y toucha à peine. Lorsqu'ils se retirèrent dans leur cabine, elle éclata en sanglots et le regarda avec tant de désespoir qu'il en vint presque à regretter d'être revenu après les essais du bateau. C'était lui infliger trop de souffrance.

Debout près du lit, en larmes, elle prononça alors les mots qu'il redoutait d'entendre.

— Quinn, s'il te plaît, emmène-moi avec toi.

— Je ne peux pas, Maggie. Tu le sais.

— Non, justement. Je ne vois pas pourquoi il faut qu'on s'impose ça.

— On s'était mis d'accord dès le début, lui rappela-t-il.

— La situation est différente, aujourd'hui. À l'époque, on ignorait qu'on tomberait amoureux l'un de l'autre. Je t'aime, Quinn.

— Je t'aime aussi, mais tôt ou tard je finirais par te faire du mal si on restait ensemble.

Alex lui avait pardonné. Jane l'aurait fait aussi, Maggie en était certaine. Mais lui ne parvenait pas à se pardonner. Et tant qu'il en serait ainsi, il ne pourrait jamais être heureux. La solitude était le prix à payer et il voulait que Maggie le comprenne.

— J'ai fait du mal à tous ceux que j'aimais, affirma-t-il. Ma fille, mon fils, Jane… Comment pourrais-je l'oublier ?

Aux yeux de Maggie, il était comme Charles, incapable de se pardonner ce qui était arrivé. Pour son ex-mari, elle avait été aussi coupable que lui, alors que Quinn, lui, ne s'en prenait qu'à lui-même. Mais dans les deux cas elle était la grande perdante.

— Tu ne pourras pas fuir éternellement, Quinn.

— Si. C'est ce que j'ai fait dans le passé, alors que je n'aurais pas dû. Aujourd'hui, je sais que j'agis pour le mieux. Ta vie sera meilleure sans moi, Maggie.

Il était impossible de le raisonner. Rien ne pourrait le faire changer d'avis, tant il était persuadé du bien-fondé de sa décision.

— Je ne veux pas d'une vie meilleure, protesta-t-elle néanmoins. Je veux être avec toi. Je ne te demande pas de m'épouser ni de trahir Jane. Tu peux rester son mari à jamais. L'essentiel pour moi, c'est qu'on soit ensemble. Comment peux-tu tirer un trait sur tout ce qu'on a vécu ? C'est insensé !

Et cela l'était d'autant plus qu'elle savait que lui aussi l'aimait. Mais pour Quinn c'était au contraire une raison supplémentaire de partir. Il devait ce sacrifice à tous ceux qu'il avait fait souffrir autrefois.

Elle finit par s'allonger et pleura dans ses bras une grande partie de la nuit. Tous deux avaient l'air accablés en se levant le lendemain. Maggie dut faire appel à toute sa volonté pour s'habiller et suivre Quinn jusqu'à la table du petit déjeuner. Elle s'assit et le regarda en silence, sans pouvoir retenir ses larmes. Elle ne s'était pas sentie aussi mal depuis la mort d'Andrew. La situation présente lui paraissait tout aussi cruelle et absurde qu'à l'époque. Comment Quinn pouvait-il la quitter parce qu'il l'aimait ?

— Je fais ce que je crois être juste, lui répéta-t-il. S'il te plaît, ne rends pas les choses encore plus difficiles qu'elles ne le sont.

Par amour pour lui, elle hocha la tête en tentant de se ressaisir. Il lui avait déjà dit qu'il ne voulait pas qu'elle l'accompagne à l'aéroport et elle n'avait pas insisté. De toute façon, elle se savait incapable de l'emmener là-bas. Il la prit une dernière fois dans ses bras et l'embrassa en s'efforçant de graver cet instant dans sa mémoire. Maggie lui caressa le visage avant de monter, la mort dans l'âme, dans son taxi. Celui de Quinn devait arriver peu après.

Il resta sur le pont du bateau à la regarder partir. Jusqu'au bout, ils ne se quittèrent pas des yeux. Il lui fit un dernier signe de la main et Maggie lui souffla un baiser, juste avant qu'il ne disparaisse de sa vue. Elle éclata alors en sanglots, indifférente au chauffeur qui la dévisageait en silence dans son rétroviseur. Il la conduisit chez elle et ce jour-là elle n'alla pas travailler. C'était au-dessus de ses forces. Prostrée dans sa cuisine, elle regarda l'horloge marquer les minutes, puis les heures. Et lorsqu'elle sut que l'avion de Quinn avait décollé, elle se cacha la tête dans les bras en pleurant de plus belle. Elle resta longtemps ainsi, effondrée sur la table, sans bouger. Après tous les mois merveilleux passés avec lui, il lui fallait maintenant tenir sa promesse, quel qu'en soit le prix. Elle devait laisser partir Quinn, le laisser faire ce qu'il avait décidé, même si cela lui paraissait insensé. Si elle l'aimait autant qu'elle le prétendait, elle devait lui offrir la seule chose qu'il exigeait d'elle. Son indépendance. Les yeux fermés, elle lui souhaita alors d'être aussi libre qu'il le désirait.

Au même instant, un avion survolait la baie de San Francisco avant de prendre la direction de l'Europe. Assis près du hublot, Quinn contemplait le Golden Gate. Des larmes roulaient sur ses joues.

15

Durant les semaines qui suivirent, Maggie se retrouva dans le même état qu'après la mort d'Andrew. Les jours se succédaient, tristement pareils, lui donnant l'impression d'évoluer en permanence dans le brouillard. Elle n'avait plus d'énergie, ne souriait plus, dormait à peine, et n'entendait pas ce qu'on lui disait. Elle vivait ainsi coupée du monde, comme quelqu'un débarqué d'une autre planète qui n'aurait compris ni les usages ni le langage des gens qui l'entouraient. Au travail, elle était ailleurs et arrivait difficilement à corriger les devoirs de ses élèves. En fait, elle ne voulait qu'une chose : s'enfermer chez elle pour penser à Quinn et faire ressurgir tout ce qu'ils avaient partagé comme autant de trésors inestimables.

Sa seule réaction positive fut de se porter de nouveau volontaire auprès du centre d'écoute pour adolescents. Elle avait cessé de le faire durant l'été, mais comme elle n'arrivait plus à trouver le sommeil, il lui semblait plus intelligent de profiter de ses insomnies pour se rendre utile. Parler à des adolescents en détresse d'une voix normale fut loin d'être facile, tant elle était déprimée, mais elle prit sur elle pour y parvenir. Excepté cela, plus rien dans sa vie n'avait le moindre sens. Le départ de Quinn avait rouvert de vieilles blessures, en faisant ressurgir dans son esprit tous ceux qu'elle avait aimés et perdus, et elle avait parfois l'impression d'être morte le jour où il l'avait quittée.

Jack et elle dînèrent ensemble un vendredi soir. Elle avait d'abord décliné son invitation, craignant que le voir ne lui rappelle trop Quinn, mais il avait insisté jusqu'à ce qu'elle cède. Lui aussi regrettait son ami et il semblait aussi déprimé qu'elle, lorsqu'ils se retrouvèrent. Quinn leur avait tant donné à tous les deux qu'il leur était difficile d'accepter qu'un homme si généreux se montrât si dur envers lui-même en refusant de se pardonner ses erreurs passées.

Maggie avait un numéro de téléphone satellite où le joindre en cas d'urgence, mais elle s'était juré de ne pas l'appeler. Il avait droit à cette liberté à laquelle il aspirait tant, même s'il fallait pour cela que sa vie à elle se transforme en désert. Quant à Jack, il lui avoua qu'il était encore tellement bouleversé par le départ de Quinn qu'il s'était disputé la veille avec Michelle au sujet de leur mariage. Il s'en voulait presque de ne pas être parti avec lui.

— Toi au moins, il t'a proposé de l'accompagner, lui fit remarquer Maggie.

— C'est vrai. Mais je n'imaginais pas que ce serait si dur de ne plus le voir. Chaque fois que je lis, je pense à lui.

Il lui expliqua ensuite que ses études étaient difficiles, mais qu'il était heureux de les suivre et qu'il voulait toujours entrer dans une école d'architecture à la fin de son cursus. Il semblait suffisamment déterminé pour y arriver et réussit même à la faire sourire en lui prédisant qu'il serait sûrement le plus vieil architecte de San Francisco.

En décembre, Maggie commença enfin à reprendre le dessus. Jack et elle continuaient de se voir le vendredi soir, mais avaient arrêté de jouer aux dés tant l'absence de Quinn se faisait alors cruellement sentir. À la place, ils préféraient parler de lui. Il n'y avait qu'avec Jack qu'elle pouvait le faire, car à l'école personne n'était au courant de l'existence de Quinn. Et il en allait de même pour Jack. Il avait tant rebattu les oreilles de Michelle avec son ami qu'elle ne voulait plus en entendre parler.

Peu de temps avant Noël, Jack lui apprit qu'il avait reçu une carte de Quinn disant qu'il avait pris un avion au Cap pour aller voir Alex et ses enfants. Jack l'avait apportée avec lui mais Maggie refusa de la lire. Elle savait que cela ne ferait que la déprimer davantage, et elle avait déjà assez pleuré comme ça au cours des deux mois précédents.

L'approche du mariage de Jack et Michelle, auquel elle avait promis d'assister, lui changea les idées, même si elle n'avait pas le cœur à la fête. Elle avait été incapable d'acheter une robe et, le jour dit, y alla dans une petite robe noire qu'elle possédait déjà.

La cérémonie la fit à nouveau pleurer et la réception fut un calvaire pour elle. Elle n'avait envie de danser avec personne et ne pensait qu'à s'éclipser. Elle avait beau vouloir tourner la page, la mort d'Andrew l'avait rendue si sensible à la moindre perte qu'elle n'arrivait pas à surmonter le départ de Quinn. Il le faudrait pourtant, se répétait-elle. Elle n'avait pas d'autre choix que de survivre. Elle le devait à Quinn.

Elle rentra chez elle dès que cela lui fut possible. Échapper au bruit et à la fête fut un soulagement. Jack était radieux, Michelle magnifique, et elle ne doutait pas qu'ils seraient très heureux ensemble, mais elle n'en pouvait vraiment plus.

Ce n'est que la veille de Noël qu'elle éprouva un certain apaisement. Au lieu de songer aux années qu'elle ne passerait pas au côté de Quinn, elle se mit à penser à ce qu'ils avaient vécu, aux quelques mois de bonheur qu'ils avaient partagés. Elle avait eu de la chance de le rencontrer. Comme pour Andrew, la gratitude l'emporta alors sur la tristesse. Le matin de Noël, elle faillit appeler Quinn, mais après avoir hésité pendant deux heures, elle renonça. Après tout, s'il avait eu envie de lui parler, il l'aurait déjà fait. Tout ce qu'elle pouvait faire désormais, c'était lui souhaiter beaucoup de bonheur et conserver précieusement les souvenirs qu'elle gardait de lui. Et il y en avait beaucoup. De toute façon, elle n'avait pas d'autre possibilité. Avec ou sans lui, elle devait aller de l'avant.

Ce jour-là, à la messe, elle alluma un cierge pour lui.

16

Le 24 décembre, Quinn se trouvait à Genève auprès d'Alex. Celle-ci avait accouché deux semaines plus tôt d'une petite fille, et comme promis il avait aussitôt pris l'avion pour venir la voir. Jane n'aurait pas manqué de le faire. Le soir venu, ils allèrent tous à la messe de minuit. Et lorsqu'il alluma un cierge, suivant en cela une tradition de sa jeunesse qu'il avait depuis longtemps oubliée, ce fut pour Maggie qu'il le fit.

Son séjour en Suisse fut des plus agréables. Christian et Robert étaient en extase devant leur petite sœur et ne cessaient de la prendre dans leurs bras, de la câliner, de l'embrasser. Ils faillirent même un jour la laisser tomber, mais Alex garda son calme. Elle était heureuse de discuter tranquillement avec son père. Elle appréciait de pouvoir enfin passer du temps avec lui. Il s'excusa des nombreuses fois où il les avait abandonnées, Jane et elle, durant les fêtes de fin d'année. Ce Noël en famille lui rappelait en effet qu'il avait plus souvent été parti pour affaires à l'autre bout du monde que présent chez lui durant ces moments, et il s'en voulait énormément. Alex le rassura en lui disant qu'elle le comprenait. Et puis elle était très touchée qu'il ait fait le déplacement depuis l'Afrique du Sud pour venir la voir. Cela signifiait beaucoup pour elle.

Quinn passa une semaine chez eux. Il fut tenté de lui parler de Maggie, mais y renonça. Tout en restant persuadé d'avoir bien agi, il était surpris de constater combien elle lui avait manqué durant ces deux premiers mois. Leur amour avait été encore plus grand qu'il ne l'avait cru et il se demandait ce qu'Alex en aurait pensé. Au fond de lui, il craignait sa réaction, certain qu'elle aurait estimé qu'il avait trahi Jane.

Il était toujours très attaché à sa femme et songeait souvent à elle, mais c'était invariablement l'image de Maggie qui s'imposait à lui lorsqu'il s'installait sur le pont de son bateau le soir pour contempler l'océan. Jane faisait partie du passé, alors que Maggie était solidement ancrée dans son présent. Mais seulement dans son présent. Son avenir, lui, était sa vie à bord, seul avec le souvenir de ses échecs, de ses succès, et des gens qu'il avait aimés et qui n'étaient plus avec lui.

Il partit tôt le matin de Noël, après avoir embrassé tout le monde et déposé de nombreux cadeaux sous le sapin. Il était heureux d'être réconcilié avec sa fille, mais préférait la laisser seule ce jour-là avec son mari et ses enfants. Du reste, il n'avait jamais raffolé de cette période de l'année. Elle lui pesait même de plus en plus.

Il regagna donc l'Afrique du Sud en avion et arriva tard le soir sur son bateau, heureux d'y revenir. C'était là qu'il se sentait chez lui désormais.

Le *Vol-de-Nuit* mouilla encore trois jours au Cap, le temps pour Quinn de procéder au ravitaillement et d'établir la route avec le capitaine. Il voulait franchir le cap de Bonne-Espérance et remonter la côte est de l'Afrique, tout en évitant les endroits où un voilier de cette taille risquait de leur attirer des ennuis. Il n'avait pas envie d'exposer l'équipage en s'aventurant dans des zones dangereuses.

Lorsque, enfin, ils levèrent l'ancre, ce fut pour lui un vrai plaisir de retrouver la haute mer et de partir vers de nouvelles destinations. Les conditions météo n'étaient pourtant pas bonnes, et elles ne cessèrent de se dégrader. Vers la mi-janvier, ils essuyèrent de très grosses pluies et la mer devint très mauvaise, rappelant à Quinn la tempête qui avait frappé San Francisco un an plus tôt. C'était à ce moment-là qu'il avait vu Maggie pour la première fois, debout sous la pluie battante, trempée jusqu'aux os. Y repenser lui donna envie de lui téléphoner, mais il s'en abstint. Entendre sa voix et lui parler n'aurait fait que raviver leur douleur. Il devait la laisser. Elle méritait un avenir plus radieux que celui qu'elle aurait pu connaître avec lui.

Après une semaine de pluie ininterrompue, épuisés par ce déluge incessant, ils décidèrent de changer de cap dans l'espoir de trouver un ciel plus clément, mais ce fut pire. Soulevé par d'énormes vagues, le *Vol-de-Nuit* roulait et tanguait si fort que Quinn fit remarquer en plaisantant qu'il faudrait bientôt que chacun s'attache à son lit, si la situation ne s'améliorait pas. Il ne pensait pas si bien dire, car cette nuit-là il fut réveillé par un énorme fracas. La mer était si démontée qu'un meuble était tombé et s'était brisé dans l'une des cabines. Jetant un œil à l'anémomètre à côté de lui, il constata que les vents avaient atteint la force 9. Il s'habilla rapidement pour rejoindre la passerelle de commandement. Le nouvel itinéraire semblait les avoir conduits tout droit au cœur de la tempête, et il fut impressionné par la hauteur des vagues qui se fracassaient sur le pont lorsqu'il retrouva le capitaine, le second et le mécanicien. Tous trois étudiaient les derniers rapports météorologiques tout en surveillant le radar. À l'extérieur, des paquets de mer s'abattaient de plus en plus violemment sur le bateau. Chaque fois que celui-ci s'enfonçait dans un creux puis se redressait, tous redoutaient que les mâts ne cèdent. Seul Quinn était sûr qu'ils tiendraient bon.

— Eh bien, ça c'est du sport ! lança-t-il d'un ton joyeux avant de se reprendre en voyant la mine inquiète du capitaine. Vous vous en sortez ?

Il restait persuadé que tout allait s'arranger. Le *Vol-de-Nuit* était un bateau solide, capable d'affronter toutes les tempêtes, et lui-même n'avait jamais eu peur du gros temps. Ce n'était qu'un mauvais moment à passer.

— Il y a des récifs dans le coin, lui apprit Sean Mackenzie après avoir consulté leur radar et le sonar. Et un pétrolier est en difficulté pas très loin d'ici. Les garde-côtes lui ont répondu il y a quelques instants, mais on dirait que les choses ne vont pas s'arranger.

— Ça ressemble à un ouragan, non ? commenta Quinn avec détachement, comme s'ils n'étaient pas concernés.

Un peu plus tard cependant, il se tourna vers le capitaine.

— Je veux que chacun mette son harnais de sécurité. Les lignes de vie ont été installées ?

— Il y a une heure déjà, le rassura Mackenzie.

Les harnais comportaient plusieurs petites lampes et étaient accrochés avec des mousquetons à des câbles courant sur le pont, au cas où l'un d'entre eux aurait basculé par-dessus bord. Mais Quinn savait qu'avec de telles conditions météo il serait impossible de repêcher quiconque tomberait à l'eau.

— Et surtout, pas d'imprudence, dit Quinn au second avant de se diriger vers le pont pour vérifier que tout allait bien du côté de l'équipage.

Comme tout le monde, il avait enfilé un ciré jaune, mais le capitaine lui rappela d'un air grave qu'il devait se harnacher lui aussi, avant de s'aventurer hors de la passerelle.

— Oui, chef, répondit Quinn en souriant.

Une fois prêt, il sortit. Des bruits de verre brisé lui parvinrent de la cuisine, mais ce n'était pas tant cela qui le tracassait que le risque de démâtage. À ce stade, malheureusement, il n'y avait rien d'autre à faire qu'attendre. Quinn commença néanmoins à ressentir une pointe d'appréhension devant la mer en furie. Jamais il n'avait vu de tels rouleaux. Les vagues, hautes de vingt mètres au moins, représentaient un défi pour n'importe quel navire, y compris le *Vol-de-Nuit*. Alors qu'il tentait de sonder l'obscurité environnante, il entendit un cri à quelques mètres de lui. L'un des plus jeunes membres d'équipage avait failli être emporté par une lame. Deux de ses compagnons l'avaient retenu à temps et s'agrippaient à présent à leur ligne de vie, mais le bateau piqua du nez au même instant et une énorme lame s'abattit sur eux. Au bout de ce qui parut une éternité à Quinn, les trois hommes se relevèrent.

— Venez ! cria-t-il en leur faisant de grands gestes pour qu'ils rentrent se mettre à l'abri.

Lentement, les marins rampèrent vers la passerelle. Dans l'intervalle, le pont s'était presque redressé à la verticale et Quinn crut qu'ils n'y arriveraient jamais. Ils le rejoignirent enfin. C'était la première fois de sa vie qu'il éprouvait une telle frayeur sur un bateau. Tout ce qui pouvait être attaché l'avait été, mais des objets ne cessaient de tomber et de se briser dans les cabines.

C'était sans importance. Seule leur survie le préoccupait dorénavant.

— Eh bien, on s'en souviendra, de celle-là, dit-il pour détendre l'atmosphère.

La plupart des hommes paraissaient anxieux tant le bateau craquait et vibrait sous la pression des vagues. Quinn ne voulait pas leur montrer qu'il s'inquiétait tout autant qu'eux, mais il regrettait amèrement de les avoir emmenés là. Il avait mal calculé les risques et en payait le prix. Ils étaient impuissants face à une telle situation. Ils ne pouvaient plus que prier pour s'en sortir.

L'aube se leva enfin, grise et lugubre. Le vent avait gagné en intensité, rendant la mer plus dangereuse encore. Les deux hôtesses s'étaient elles aussi réfugiées dans la cabine de commandement, de sorte que l'équipage au complet s'y trouvait. Le capitaine ordonna alors à tout le monde d'enfiler un gilet de sauvetage. L'hypothèse d'un naufrage n'était plus à exclure, et il ne voulait négliger aucune mesure de sécurité.

Il lança ensuite un appel radio au navire le plus proche et apprit que le pétrolier avait coulé sans que personne ait eu le temps d'embarquer sur l'un des canots de sauvetage. Cela n'aurait servi à rien de toute façon. Ils n'auraient eu aucune chance de survie avec une mer si démontée.

Peu après 9 heures, ils reçurent un appel de détresse. Cette fois, plusieurs bateaux de pêche étaient portés disparus. Quinn échangea un regard soucieux avec le capitaine. À côté de lui, l'un des marins se mit à prier à voix haute et il eut l'impression que les autres faisaient de même, en silence. Il leur aurait bien offert un remontant, surtout après la nuit qu'ils venaient de passer, mais il était important qu'ils gardent les idées claires.

Il regarda à nouveau dehors les vagues déchaînées et la pluie qui tombait toujours en rafales. C'est alors qu'il eut l'impression de voir une femme. Une femme qui n'était autre que Maggie. En se rappelant tout ce qu'ils avaient partagé, il eut l'envie soudaine de l'appeler et se jura de le faire si jamais ils survivaient à ce cauchemar, ce qui semblait de moins en moins probable. Le *Vol-de-Nuit* ne résisterait pas longtemps aux assauts des vagues, d'autant qu'elles étaient de plus en plus grosses. Un silence de mort régnait à présent dans la cabine, brisé seulement par le bruit des meubles et des objets projetés à terre dans les cabines et la cuisine.

— Eh bien, les gars, dit-il doucement, on est dans le pétrin. Mais j'aimerais bien ramener le bateau. Il m'a coûté la peau des fesses.

Le mécanicien éclata de rire et, l'instant d'après, plusieurs personnes se mirent à parler en même temps. Les récits de tempête se succédèrent alors, plus terribles les uns que les autres, et Quinn fit tout son possible pour que la conversation continue. La peur se lisait cependant sur les visages, et la vue de ces hommes et de ces femmes en gilet de sauvetage n'avait rien de rassurant. Certains avaient allumé une cigarette, tandis que d'autres se taisaient toujours – sans doute priaient-ils, songea Quinn. Tout en tentant de réconforter l'équipage, il ne cessait de penser à Maggie. Il voyait la mort s'approcher. Il ne l'attendait pas si tôt, mais en même temps elle était telle qu'il l'avait souhaitée, car il avait toujours répété qu'il voulait finir sa vie en mer. La seule chose qui le réconfortait était que Maggie ne soit pas venue. Il n'aurait pas supporté qu'elle meure par sa faute.

À ce moment-là, le bateau plongea vers l'avant. Les hôtesses hurlèrent, mais deux hommes se mirent à chanter, suivis peu à peu par les autres. S'ils devaient mourir, autant que ce soit avec élégance et courage. Tous unis, ils affrontaient les flots déchaînés. Le temps leur parut s'écouler interminablement, mais vers midi ils constatèrent enfin une légère accalmie. Si la tempête faisait toujours rage, les vagues n'étaient plus aussi gigantesques et le bateau n'était plus secoué aussi violemment. Il leur fallut patienter jusqu'au soir pour que la pluie et le vent perdent en intensité. À minuit, malgré des dégâts considérables, la situation était presque sous contrôle. Le voilier tanguait toujours fortement, mais pour Quinn et le capitaine ils ne couraient plus de vrai danger. Ils en eurent la certitude à l'aube. Ils mirent alors les moteurs et arrivèrent à Durban dans l'après-midi, poussant des cris de joie et pleurant lorsque le bateau entra au port.

— On s'en souviendra longtemps… déclara Mackenzie.

Quinn hocha la tête. Ces quarante-huit heures l'avaient fait réfléchir sur sa vie. Plus de cinquante personnes avaient péri en mer cette nuit-là, et il remerciait le ciel qu'aucun de ses hommes ne comptât parmi les victimes. Jamais il ne pourrait oublier ce qu'ils venaient de vivre. Tandis que le *Vol-de-Nuit* s'engageait lentement dans le port, il se tourna vers le capitaine pour le remercier. Ils étaient convenus de ramener le voilier aux Pays-Bas pour le réparer, mais l'essentiel pour l'instant était que tout le monde soit sain et sauf. Tous deux avaient vraiment cru qu'ils n'en réchapperaient pas et ils se demandaient encore comment ils y étaient parvenus. Seul un miracle avait pu les sauver. Oui, un miracle. Quinn en était certain.

17

Maggie s'éveilla au son de la pluie qui tambourinait sur ses carreaux. Elle n'avait pratiquement pas fermé l'œil de la nuit, l'esprit occupé à tout ce qu'elle devait accomplir ce jour-là, dont une pile de copies à corriger pour le lendemain. Elle reprenait enfin goût à son métier. De plus, deux jours plus tôt, elle avait sauvé une adolescente de quatorze ans qui l'avait appelée sur la ligne du centre d'écoute. Elle n'avait pas retrouvé sa joie de vivre mais elle reconnaissait que son existence avait de nouveau un sens et qu'elle n'avait plus le cœur si lourd ni les idées si noires, sauf quand elle pensait à Quinn. Mais elle savait que cela passerait un jour. Elle avait déjà vécu cela. N'avait-elle pas appris grâce à Andrew que le temps guérissait tout ? Même si les cicatrices et les blessures demeuraient à jamais présentes, on s'habituait à vivre avec elles – ou plutôt malgré elles. Elle ne laisserait pas Quinn la détruire. Il fallait qu'elle redresse la tête, sinon tout ce qu'elle conseillait aux adolescents pour les aider ne serait qu'un tissu de mensonges. Et elle ne pouvait accepter cela. Si elle était capable de leur donner des raisons d'espérer, elle pouvait en trouver pour elle aussi.

Elle se leva, se doucha et s'habilla avant d'avaler une tasse de café, un toast et la moitié d'un pamplemousse. La pluie tombant toujours, elle enfila ensuite son imperméable et, la tête baissée pour se protéger du vent, courut vers sa voiture pour aller à l'école. Elle l'atteignait presque lorsqu'elle aperçut un homme qui avançait dans sa direction. La présence de cet inconnu près de chez elle à une heure si matinale la terrifia, et elle cria lorsqu'il tendit le bras vers elle. Jamais elle ne se serait attendue à être attaquée à ce moment de la journée. Mais l'homme se contenta cependant de la serrer contre lui, tandis qu'elle se débattait. Elle avait le souffle court et essayait de reprendre sa respiration. Tout en essayant de se libérer, elle leva les yeux vers lui et c'est alors qu'elle le reconnut. Il avait les cheveux courts, les traits amaigris, et il était aussi trempé qu'elle, mais c'était bien lui. Quinn. Ou alors son sosie.

— Qu'est-ce que tu fais là ? s'exclama-t-elle, stupéfaite.

Il était censé être en Afrique, et voilà qu'il réapparaissait devant elle, de la façon la plus incongrue.

— Le bateau a failli sombrer pendant une tempête au large de l'Afrique du Sud, répondit-il. Je viens de le ramener aux Pays-Bas pour le faire réparer.

Elle s'écarta de lui afin de mieux l'observer. Il avait l'air hagard et épuisé. Sans doute descendait-il tout juste de l'avion, pensa-t-elle. Il semblait n'avoir pas dormi depuis plusieurs jours – ce qui était le cas.

— Au moment où je croyais qu'on allait tous mourir, tu m'es apparue et je me suis juré de t'appeler, si jamais on s'en sortait.

Elle le fixa avec circonspection. Elle avait souffert le martyre depuis son départ et ne voulait pas se réjouir trop vite.

— Tu ne l'as pas fait pourtant, objecta-t-elle.

Elle ne comprenait pas pourquoi il était ici ni ce qu'il disait. C'était comme s'il lui parlait dans une langue étrangère. Tout se bousculait dans sa tête.

— C'est vrai, reconnut-il.

Dans ses yeux brillait une lueur qu'elle n'avait jamais vue auparavant. Il dégageait une impression de force et de certitude, comme s'il était revenu d'entre les morts, plus puissant et plus libre qu'avant.

— Je préférais te parler de vive voix, ajouta-t-il. Ça va ?

Elle hocha la tête en constatant à quel point elle s'était sentie en sécurité entre ses bras. Elle avait cru ne jamais se remettre de son départ, mais, comme lui, elle avait affronté la tourmente et en avait réchappé. Debout sous la pluie, ils se regardaient en se demandant s'il restait quelque chose de leur amour. Ils avaient été emportés par des courants contre lesquels ils n'avaient pu résister et ignoraient si un retour était possible.

— J'ai rêvé de Jane en rentrant aux Pays-Bas, lui avoua-t-il alors. Elle avait l'air sereine. Elle me disait qu'elle allait bien et qu'elle m'aimait. Et à la fin, elle m'a souri avant de disparaître.

Maggie l'écouta avec attention. Ils savaient l'un et l'autre ce que cela signifiait. Il avait enfin cessé de se reprocher ses erreurs passées.

— Je vais être en retard au lycée, balbutia-t-elle faute d'une meilleure remarque à faire.

Mais Quinn sembla ne pas l'entendre.

— Veux-tu venir avec moi ? demanda-t-il.

Il avait parcouru près de dix mille kilomètres pour lui poser cette question. Il avait vu défiler toute sa vie et était descendu en enfer. Mais ce qu'il avait trouvé au cœur de la tempête était tout ce dont il avait besoin. Aux portes de la mort, il avait découvert le pardon. Sortir d'une telle épreuve voulait dire qu'il méritait de vivre avec Maggie. C'était le sens qu'il donnait à la vision qu'il avait eue d'elle cette nuit-là. Pour lui, elle représentait l'avenir. Il avait fini de racheter ses fautes, et le dernier rêve dans lequel Jane lui était apparue avait achevé de le libérer de son fardeau.

— Tu es sérieux ? répliqua-t-elle, prudente.

— Oui. Tu acceptes ?

Un long moment s'écoula avant qu'elle acquiesce d'un signe de tête.

— Tu veux bien de moi, alors ? murmura-t-elle.

Il éclata de rire.

— J'ai failli couler avec mon bateau, et Dieu seul sait pourquoi je m'en suis tiré. Je suis allé d'Afrique en Hollande, puis de là jusqu'à San Francisco en passant par New York, tout ça pour toi, et tu doutes de ma proposition ? Oui, Maggie, je te veux avec moi. Je suis le plus grand imbécile qui ait jamais existé, mais je te promets que je ne te quitterai plus jamais. En tout cas, pas comme je l'ai fait en octobre. Dire qu'il a fallu que je manque mourir pour comprendre ce que je voulais vraiment !

Il mit soudain un genou à terre.

— Veux-tu bien me suivre ?

— Oui, répondit-elle en riant. Mais il faut que je démissionne du lycée, que j'effectue mon préavis… et aussi que je corrige mes copies. Quand repars-tu ?

— Pas tant que tu ne pourras pas venir. Le bateau en a pour deux, peut-être trois mois avant d'être réparé. Je peux rester chez toi en attendant ?

Elle sourit. Si trempé fût-il, jamais il n'avait été aussi beau à ses yeux.

— Tu veux que je te conduise à l'école ? proposa-t-il.

— Volontiers.

— Quand pourras-tu donner ta démission ? poursuivit-il tandis qu'elle lui tendait ses clés de voiture.

Tout cela était merveilleux et fou à la fois, songea-t-elle. Exactement comme lui. Il avait parcouru la moitié du globe pour lui demander de partir avec lui. Certes, il avait fallu qu'il frôle la mort pour se décider, mais il l'avait fait.

— Je rédigerai ma lettre aujourd'hui. Ça t'ira ?

Il mit le contact et passa une vitesse, avant de s'arrêter et de se tourner vers elle.

— Est-ce que je t'ai dit que je t'aimais ?

— Je ne m'en souviens pas. Mais je l'avais deviné. Ça me semblait très probable après tout le chemin que tu as fait pour venir me chercher. Je t'aime, moi aussi. Maintenant, avance, je suis en retard. Tu m'as fait une de ces peurs, tout à l'heure ! J'ai cru qu'on m'agressait.

— J'étais juste content de te retrouver.

Il sourit et s'engagea dans Vallejo Street. En chemin, il lui raconta la tempête qu'il avait traversée et elle fut d'accord avec lui pour convenir que seul un miracle avait pu le sauver. Décidément, lui fit-elle remarquer en l'embrassant, leur histoire était placée sous le signe des éléments déchaînés. C'était une tempête qui les avait fait se rencontrer un an plus tôt, et c'en était une deuxième qui les réunissait à présent.

Quinn la déposa devant le lycée et la regarda lui faire un dernier signe de la main, avant qu'elle ne coure se mettre à l'abri. Maggie avait illuminé sa vie et l'avait aidé à guérir de ses blessures en lui apportant le pardon. Là encore, seul un miracle pouvait l'expliquer. Et ce miracle avait pour nom l'amour.

SECONDE CHANCE

Traduit de l'anglais (États-Unis)
par Émilie Rofas

Aux heureux élus qui ont une seconde chance
Et savent la saisir.
Et à mes merveilleux, mes fabuleux enfants,
Trevor, Todd, Beatrix, Nick, Samantha,
Victoria, Vanessa, Maxx et Zara,
Qui sont ma raison d'être
Et ma joie.

Avec tout mon amour,

d.s.

Nous sommes tous à la recherche de l'être unique qui est fait pour nous.

Mais lorsque l'on a eu un certain nombre de liaisons, on commence à se douter que la personne idéale n'existe pas, mais qu'il existe plutôt de multiples variétés d'imperfection.

Pourquoi ? Parce que nous-mêmes ne sommes pas parfaits et que nous recherchons celui ou celle qui nous sera complémentaire dans l'imperfection. Mais accepter sa propre imperfection prend du temps. Et ce n'est que lorsque l'on domine ses démons, que l'on surmonte ses problèmes – ceux qui font de nous ce que nous sommes –, que l'on est prêt enfin à trouver le compagnon de toute une vie. À ce moment-là seulement nous savons qui nous recherchons.

Nous recherchons la mauvaise personne. Mais pas n'importe quelle mauvaise personne, la mauvaise personne « idéale », celle que nous regardons avec amour en pensant : « Voici le problème que je veux avoir. »

Je finirai par trouver cette personne unique qui est mauvaise pour moi de façon idéale.

Andrew Boyd, *Daily Afflictions*

1

C'était une journée de juin caniculaire à New York, et l'air conditionné venait de tomber en panne dans les bureaux du magazine *Chic*. C'était la deuxième fois depuis le matin, et tandis qu'elle entrait dans son bureau, après être restée coincée vingt minutes dans l'ascenseur – la même chose lui était arrivée la veille –, Fiona Monaghan, qui avait déjà cru mourir de chaleur en sortant du taxi à son retour de déjeuner, semblait prête à tuer quelqu'un. Elle devait être à Paris dans deux semaines, mais encore fallait-il qu'elle survive jusque-là. Des journées comme celle-ci pouvaient faire détester New York à n'importe qui mais, en dépit de la chaleur et de son agacement, Fiona adorait y vivre. Les gens, l'ambiance, les restaurants, le théâtre, les musées et l'effervescence permanente – jusqu'à sa maison, à l'est de la 74e Rue, dont l'achat, dix ans plus tôt, l'avait presque ruinée. Elle avait dépensé jusqu'à son dernier sou pour en faire un lieu raffiné et élégant, symbole de tout ce qu'elle était devenue.

À quarante-deux ans, elle avait passé sa vie à devenir Fiona Monaghan, une femme admirée des hommes et enviée des femmes, dont elle devenait l'amie dès qu'elles la connaissaient. Mais elle pouvait aussi se révéler une adversaire redoutable, et même ses détracteurs étaient forcés d'admettre qu'ils la respectaient. C'était une femme de pouvoir, passionnée et intègre, prête à se battre jusqu'au bout pour ses convictions ou pour quelqu'un à qui elle aurait promis son soutien. Elle tenait toujours parole. Elle faisait penser à Katharine Hepburn avec un soupçon de Rita Hayworth ; elle était grande et mince, avait de magnifiques cheveux roux et d'immenses yeux verts qui pouvaient étinceler de plaisir autant que de rage ; ceux qui rencontraient Fiona Monaghan ne l'oubliaient jamais. Dans son domaine, elle savait tout, voyait tout, dirigeait et s'occupait de tout. Elle aimait son métier plus que tout et s'était durement battue pour en arriver là. Elle ne s'était jamais mariée et n'en avait pas l'intention. Bien qu'elle aimât les enfants, elle n'en désirait pas ; elle avait suffisamment de travail comme cela. Après six ans comme rédactrice en chef de *Chic*, elle était devenue une figure emblématique de la mode.

Elle ne négligeait pas sa vie personnelle pour autant. Elle avait eu une liaison avec un homme marié, un architecte anglais qui vivait entre Londres, Hong Kong et New York, et avait vécu huit ans avec un chef d'orchestre qui l'avait quittée pour se marier et fonder une famille. Il vivait à présent à Chicago, ce qui, pour Fiona, était pire que la mort. Elle aurait pu vivre à Londres ou à Paris, mais nulle part ailleurs. Ils étaient restés en bons termes. Elle l'avait rencontré avant l'architecte, avec qui elle avait rompu lorsque leur liaison était devenue trop compliquée et qu'il avait voulu quitter sa femme pour elle. Fiona ne voulait se marier ni avec lui ni avec personne d'autre. Elle avait de la même façon refusé d'épouser le chef d'orchestre, bien qu'il le lui ait demandé à plusieurs reprises. Le mariage lui avait toujours semblé une entreprise à hauts risques. Plutôt tenter un numéro de funambule dans un cirque que se marier. Avant ces deux histoires, elle avait eu des aventures passagères avec des artistes ou des écrivains, mais depuis un an et demi, elle était seule.

Elle avait eu une enfance difficile et s'était juré que jamais un homme ne la ferait souffrir. Son père avait abandonné sa mère quand celle-ci avait vingt-cinq ans et elle, trois. Sa mère s'était ensuite remariée deux fois avec des hommes que Fiona détestait, des ivrognes comme l'avait été son père. Après qu'il les eut quittées, elle n'avait plus jamais revu son père ; la seule chose qu'elle savait était qu'il était mort quand elle avait quatorze ans. Elle avait perdu sa mère lorsqu'elle était au lycée. Elle n'avait ni frères ni sœurs, et était seule au monde. Lorsqu'à vingt ans, elle était sortie diplômée de l'université, elle avait dû se débrouiller toute seule, gravissant les échelons dans des petits magazines de mode jusqu'à son arrivée à *Chic* à vingt-neuf ans, où elle avait été nommée rédactrice en chef six ans plus tard. À trente-cinq ans, Fiona était devenue une légende. À quarante ans, dans son domaine, la mode, elle était la femme la plus puissante du pays.

Elle faisait preuve d'un jugement quasi infaillible, savait ce qui allait marcher, devançait les tendances et possédait un don pour les affaires qui faisait l'admiration de ses collaborateurs. Mais plus que tout, elle était audacieuse ; elle n'avait pas peur de prendre des risques. Sauf dans sa vie amoureuse. Là, elle n'en prenait aucun, mais n'avait pas besoin d'en prendre. Elle ne redoutait pas la solitude, et durant cette dernière année, elle l'avait même savourée, quand c'était possible. Car, en fait, elle ne se retrouvait jamais véritablement seule. Elle était toujours entourée de photographes, d'assistants, de stylistes, de mannequins et de toutes sortes de parasites. Son agenda était plein, elle sortait beaucoup et avait une foule d'amis passionnants. Elle avait coutume de dire qu'elle ne serait pas malheureuse si elle ne devait plus jamais vivre avec quelqu'un. De toute façon, elle n'avait plus de place dans ses placards et elle n'avait pas l'intention d'en faire pour qui que ce soit. Elle estimait avoir suffisamment de responsabilités avec le magazine pour ne pas se charger en plus d'un homme. Elle adorait la vie qu'elle menait. Être débordée, avoir mille choses à faire et une multitude de projets, cela lui convenait parfaitement.

Ce jour-là, en sortant de l'ascenseur, Fiona portait une longue jupe en soie noire, plissée à la taille, avec un chemisier blanc qui laissait ses épaules dénudées ; ses longs cheveux roux étaient ramassés en un chignon lâche. Sa tenue était égayée par un seul bijou, un gros bracelet en turquoise, créé pour elle par David Webb, qui faisait l'envie de tous. Ses sandales noires à talons hauts étaient signées Manolo Blahnik, et son sac rouge en crocodile venait de chez Fendi. L'ensemble, mis en valeur par sa silhouette mince et élancée, conférait à Fiona une élégance et un style inimitables, lui permettant de rivaliser avec n'importe lequel des mannequins du magazine, même si elle était plus âgée qu'elles. Pourtant son apparence n'était pas le plus important à ses yeux. Ce n'était pas le sex-appeal ni les artifices qui comptaient pour elle, mais l'âme et l'esprit, et cela se voyait dans ses grands yeux verts. Tandis qu'elle s'asseyait à son bureau en réfléchissant à la couverture du numéro de septembre, elle ôta ses sandales et s'empara du téléphone. Elle avait repéré un jeune styliste parisien et voulait que l'un de ses assistants le contacte. Elle avait toujours une idée en tête ou un projet à concrétiser qu'il fallait aussitôt réaliser. Ceux qui travaillaient pour elle devaient avoir l'esprit rapide. Elle ne supportait pas les paresseux ou les tire-au-flanc. On l'admirait autant qu'on la craignait, et il valait mieux être à la hauteur lorsqu'elle demandait quelque chose.

Dix minutes plus tard, sa secrétaire l'appela pour lui rappeler que John Anderson arrivait dans une demi-heure. Fiona grommela. Entre la chaleur, l'absence d'air conditionné et la panne d'ascenseur, elle avait complètement oublié son rendez-vous. John Anderson était le directeur de leur nouvelle agence de publicité. C'était une maison à la réputation solide qui, grâce à John, avait apporté à *Chic* d'excellentes idées. C'était Fiona qui avait choisi cette agence et elle en avait déjà rencontré presque tous les collaborateurs, sauf lui. Leur travail et leurs résultats parlaient pour eux, et ce rendez-vous n'était qu'une formalité. Quand Fiona avait signé avec eux, John Anderson réorganisait ses bureaux de Londres, mais à présent qu'il était revenu à New York, ils étaient convenus de se rencontrer. Il avait proposé qu'ils déjeunent ensemble, mais Fiona n'avait pas le temps et l'avait invité à passer à son bureau, persuadée que leur entretien serait bref.

Avant qu'il n'arrive, elle rappela la demi-douzaine de personnes qui lui avaient laissé des messages, et Adrian Wicks, son rédacteur adjoint, passa cinq minutes pour discuter avec elle des défilés haute couture de Paris. Adrian était un bel homme noir, grand et mince, distingué et un peu efféminé. Il était aussi talentueux qu'elle, et c'était ce qu'elle aimait chez lui. Après avoir étudié à Yale et obtenu une maîtrise de journalisme à l'université Columbia, il avait travaillé comme styliste pendant quelques années, avant d'entrer à *Chic*. Depuis cinq ans, il était son bras droit et ils se complétaient parfaitement. Adrian était aussi passionné qu'elle par la mode et s'investissait autant qu'elle dans son métier et dans le magazine. En plus, il était son meilleur ami. Elle lui avait proposé d'assister à sa rencontre avec John Anderson, mais il avait un autre rendez-vous avec un styliste à 15 heures. Et juste au moment où il sortit du bureau, la secrétaire avertit Fiona que John Anderson venait d'arriver.

Tandis qu'elle lui répondait de le faire entrer, Fiona fixa la porte et regarda John Anderson la franchir, avant de se lever pour venir le saluer. Elle esquissa un sourire lorsque leurs regards se croisèrent, chacun prenant la mesure de l'autre. Les cheveux blancs, les yeux bleu clair, John Anderson était grand, de carrure imposante, avec un visage et une allure de jeune homme, et était impeccablement habillé. Il était aussi réservé qu'elle était extravertie. Elle savait par les journaux et par des amis communs qu'il venait d'avoir cinquante ans, qu'il était diplômé de Harvard et veuf. Elle savait également qu'il avait deux filles à l'université, l'une à Brown et l'autre à Princeton. Elle se rappelait toujours ce genre de détails, qu'elle trouvait intéressants et souvent utiles pour savoir à qui elle avait affaire.

— Merci de vous être déplacé, dit-elle avec sympathie tandis qu'ils s'observaient mutuellement.

Avec ses hauts talons, elle était presque aussi grande que lui. Elle avait remis ses sandales avant qu'il n'arrive, mais le reste du temps elle préférait marcher pieds nus dans son bureau, disant que ça l'aidait à réfléchir.

— Veuillez m'excuser pour l'air conditionné. Nous avons eu des coupures toute la semaine, ajouta-t-elle avec un charmant sourire.

— Nous aussi. Mais vous, au moins, vous pouvez ouvrir les fenêtres. Mon bureau est un véritable four, c'est une bonne chose que nous ayons décidé de nous rencontrer ici, remarqua-t-il en souriant, tout en parcourant la pièce du regard.

Le bureau de Fiona était décoré d'un mélange éclectique de tableaux de jeunes artistes prometteurs, de deux photographies signées Richard Avedon que le magazine lui avait offertes et de maquettes des numéros à paraître posées contre les murs. Le canapé disparaissait sous une montagne de bijoux, d'accessoires, de vêtements et d'échantillons de tissu que Fiona posa sans cérémonie par terre, tandis que son assistante apportait des rafraîchissements et des biscuits. Fiona invita John Anderson à s'asseoir et lui tendit, quelques secondes plus tard, un verre de citronnade glacée, avant de s'asseoir en face de lui.

— Merci, dit-il en prenant le verre. Je suis heureux de vous rencontrer enfin.

Fiona acquiesça d'un hochement de tête, tout en l'examinant d'un air sérieux. Elle ne s'était pas attendue à quelqu'un d'aussi réservé ni d'aussi séduisant. Il semblait calme et posé, et en même temps il dégageait une sorte d'énergie électrique, comme s'il était traversé par un courant invisible. En dépit de son aspect sérieux, il émanait de lui quelque chose de très excitant.

Fiona non plus ne ressemblait pas à ce que John Anderson avait imaginé. Elle était plus sexy, plus jeune, plus attirante et plus décontractée qu'il le croyait. Il s'attendait à ce qu'elle soit plus vieille et plus rigide. Elle avait la réputation d'être redoutable ; non pas qu'elle fût acariâtre, mais elle était implacable en affaires. Il ne fallait pas la sous-estimer. À sa grande surprise cependant, en la voyant lui sourire par-dessus son verre de citronnade glacée, il lui trouva presque un air enfantin. Toutefois, en dépit de son apparence amicale, Fiona aborda rapidement le motif de leur rencontre et lui exposa clairement et dans les grandes lignes ce qu'elle attendait de lui. Ils voulaient des campagnes publicitaires efficaces, ni trop tendance ni trop extravagantes. *Chic* était le magazine le plus reconnu et le plus sérieux du marché et elle attendait que leurs campagnes le reflètent, refusant toute excentricité. John fut soulagé de l'entendre. *Chic* était un gros client, et il avait hâte de se mettre au travail, bien plus qu'avant leur rencontre. En fait, tandis qu'il buvait son deuxième verre de citronnade et que l'air conditionné se remettait enfin en marche, il constata qu'il appréciait Fiona. Il aimait son style et la simplicité avec laquelle elle exposait les besoins et les problèmes du magazine. Elle avait des idées claires et précises sur la publicité, tout comme sur son travail. Lorsqu'il se leva pour partir, il regretta presque que leur entrevue soit terminée, car il avait aimé parler avec elle. Elle était dure mais franche, féminine et forte en même temps. Il comprenait qu'on la craigne et qu'on l'admire.

Elle le raccompagna jusqu'à l'ascenseur – ce qu'elle faisait rarement, tant elle était toujours pressée de se remettre au travail – et resta à discuter quelques minutes avec lui, avant de regagner son bureau, ravie. John Anderson était un homme bien, intelligent, vif, drôle et moins guindé qu'il ne le paraissait dans son costume gris, sa chemise blanche et son austère cravate bleu marine. Il donnait plus l'image d'un banquier que d'un directeur d'agence de publicité, mais Fiona avait aimé ses chaussures élégantes et coûteuses – qu'elle le soupçonnait, à juste titre, d'avoir achetées à Londres – ainsi que la coupe impeccable de son costume. Il y avait quelque chose de rigide dans son apparence, contrairement à son style à elle. Dans ses goûts comme dans son allure, Fiona était bien plus audacieuse. Elle pouvait porter n'importe quoi, elle avait toujours de la classe.

Cet après-midi-là, elle quitta le bureau assez tard, pressée comme d'habitude. Elle héla un taxi sur Park Avenue pour rentrer chez elle. Il était plus de 18 heures lorsqu'elle arriva, liquéfiée par la chaleur du taxi. À l'inverse, il faisait presque froid chez elle, elle aimait cela, autant pour son propre confort que pour celui de son vieux bouledogue anglais. Sir Winston, en référence à Winston Churchill, avait quatorze ans, ce qui était exceptionnel pour cette race, et était aimé de tous. Fiona avait à peine passé la porte d'entrée qu'elle perçut du bruit venant de la cuisine, tandis que Sir Winston l'accueillait avec enthousiasme. Elle attendait des invités pour 19 h 30 et se précipita dans la cuisine pour vérifier l'avancée des préparatifs. Elle fut ravie de voir que les traiteurs s'affairaient autour du repas indien qu'elle avait commandé.

Son homme de maison, Jamal, portait une chemise en soie jaune et un pantalon rouge dans le même tissu. Jamal affectionnait les tenues exotiques, et chaque fois qu'elle le pouvait, Fiona lui rapportait de belles étoffes de ses voyages, toujours surprise par l'usage qu'il en faisait. Jamal était pakistanais, et bien qu'il fût parfois étourdi, la plupart du temps il était très efficace, compensant son manque d'expérience dans l'art de tenir une maison par sa créativité et sa disponibilité, ce qui convenait parfaitement à Fiona. Elle pouvait arriver avec une douzaine d'amis ou plus, pour dîner au débotté, il réussissait toujours à préparer quelque chose de fin. Mais ce soir-là c'étaient les traiteurs qui s'en chargeaient. Jamal s'était occupé de décorer le centre de table avec de la mousse, des fleurs et des bougies. La salle à manger avait été entièrement transformée en jardin indien, et il avait choisi des sets de table en soie fuchsia et des serviettes de table turquoise. L'ensemble était somptueux et correspondait parfaitement aux réceptions légendaires de Fiona.

— Superbe ! approuva-t-elle avec un large sourire avant de s'élancer dans l'escalier pour aller se préparer.

Sir Winston la suivit péniblement, et, le temps qu'il arrive en haut, Fiona s'était déjà débarrassée de ses vêtements et se douchait.

À 19 heures, elle était prête, vêtue d'un merveilleux sari vert et, une heure plus tard, plus d'une vingtaine de convives discutaient avec animation dans le salon. Parmi eux se trouvaient le groupe habituel de jeunes photographes, des écrivains de son âge, un artiste célèbre et sa femme, une ancienne rédactrice en chef de *Vogue* qui avait été son mentor, un sénateur, des banquiers et autres hommes d'affaires, et plusieurs mannequins célèbres – bref, c'était une soirée chez Fiona. Tout le monde était content. Jamal circulait avec des coupes de champagne et des canapés préparés par les traiteurs, et quand arriva l'heure de passer à table, tous conversaient comme de vieux amis. Avant même d'avoir commencé, la soirée était un succès. Fiona adorait recevoir ainsi et si ses dîners semblaient toujours informels, ils étaient en fait bien plus recherchés qu'elle ne voulait le reconnaître, même s'ils étaient préparés à la dernière minute. C'était une perfectionniste, qui faisait preuve en même temps d'un grand éclectisme dans ses relations, lesquelles venaient des domaines artistiques les plus divers. En outre, ses invités étaient bien souvent extraordinairement beaux. Mais la plus fascinante, la plus branchée, la plus saisissante était Fiona. Elle possédait une grâce, un style, un piquant uniques, attirant les gens exceptionnels comme un aimant.

Lorsque les derniers invités partirent à 2 heures du matin, elle remercia Jamal pour son travail et monta se coucher. Elle savait qu'il allait tout remettre en parfait état. Sir Winston ronflait depuis longtemps dans sa chambre, ce qui ne la dérangeait pas, car elle adorait son chien. Elle laissa tomber son sari sur une chaise, se glissa dans les draps après avoir enfilé la chemise de nuit que Jamal lui avait préparée, et s'endormit aussitôt. Elle se leva à 7 heures, dès que le réveil sonna, car une grosse journée l'attendait. Ils devaient boucler le numéro d'août, et elle avait une réunion pour celui de septembre.

Elle était submergée de travail lorsque l'Interphone sonna et que sa secrétaire la prévint que John Anderson était en ligne. Elle était sur le point de lui répondre qu'elle était trop occupée pour prendre l'appel, quand elle se ravisa. C'était peut-être important. Lors de leur réunion, elle lui avait posé un certain nombre de questions, surtout concernant le budget de la campagne.

— Bonjour, dit John d'une voix agréable. Je ne vous dérange pas, j'espère ? demanda-t-il d'un ton innocent.

Fiona se mit à rire. Il y avait peu de bons moments pour l'appeler. Elle était toujours occupée et souvent débordée.

— Non, ça va. C'est juste le branle-bas habituel. On est en train de boucler le numéro d'août et d'attaquer celui de septembre.

— Pardon, je ne voulais pas vous déranger. J'appelais simplement pour vous dire que j'ai beaucoup apprécié notre entretien d'hier.

Sa voix était plus grave que dans son souvenir, et elle s'aperçut en l'écoutant qu'elle la trouvait sexy. Ce n'était pas le terme qu'elle aurait employé pour le décrire, mais sa voix avait au téléphone un timbre très masculin. D'autre part, il avait les réponses à certaines de ses questions, et cela lui plut. Elle aimait travailler avec des gens efficaces, et il avait fait le nécessaire pour répondre à son attente. Elle prit des notes, et il lui précisa qu'il lui faxerait plus d'informations dans la journée. Elle le remercia et s'apprêtait à raccrocher, quand il changea radicalement de ton. Elle eut l'impression de le voir sourire, tandis que, d'homme d'affaires, sa voix passait à celle d'un ami.

— Fiona, j'ai conscience de m'y prendre un peu tard, et vous semblez complètement débordée, mais seriez-vous libre pour le déjeuner aujourd'hui ? Le mien vient d'être annulé.

En fait, il prévoyait de l'annuler, si elle acceptait son invitation. Il avait pensé à elle toute la matinée et désirait la revoir. Tout chez elle le fascinait.

— Je… C'est-à-dire…

Sa demande la surprit, et il lui fallut une minute de réflexion. Ils avaient déjà tout passé en revue la veille, mais peut-être n'était-ce pas une mauvaise idée d'établir une relation de travail avec lui et d'apprendre à le connaître.

— Je pensais déjeuner ici, on a une journée folle… Mais… pourrait-on aller dans un endroit où on est servi rapidement ? Je serai libre vers 13 h 15, et je dois être de retour à 14 h 30 pour la réunion éditoriale du numéro de septembre.

— Ça ira. Je connais un bistro près de votre bureau où on fait de très bons sandwichs. Ça vous va ?

Il parlait simplement, et Fiona apprécia son absence de prétention et d'artifice. Il y avait beaucoup de choses qu'elle aimait chez lui, et elle sentait qu'ils allaient s'entendre, tous les deux. Il était charmant et avait beaucoup d'allure, elle pourrait l'inviter à l'un de ses dîners, à son retour de Paris.

— Ça m'a l'air très bien. Où nous retrouvons-nous ?

— Je vous attendrai en bas, à 13 h 10. Et ne vous inquiétez pas si vous êtes en retard, ajouta-t-il, rassurant.

C'était une bonne chose, car elle était presque invariablement en retard à ses rendez-vous. Elle avait toujours trop à faire et arrivait systématiquement avec vingt à trente minutes de retard.

— C'est parfait. À tout à l'heure.

Elle raccrocha sans y penser davantage et retourna en réunion. Adrian était en train de faire une présentation, et il était presque 13 h 15 quand il termina. Fiona jeta aussitôt un coup d'œil à sa montre, rassembla ses papiers, attrapa son sac à main et se dirigea vers la sortie.

— Où vas-tu comme ça ? Tu veux qu'on déjeune ensemble ? proposa Adrian en lui souriant.

La réunion s'était bien passée, et ils étaient satisfaits du numéro d'août qui allait paraître.

— Non, je suis déjà prise. Je déjeune avec le directeur de notre agence publicitaire.

Elle était sur le point de l'inviter à se joindre à eux, mais s'abstint.

— Je croyais que vous vous étiez vus hier, fit remarquer Adrian, surpris.

Il savait que Fiona ne sortait déjeuner qu'en cas de nécessité et en conclut que cette sortie n'avait rien de professionnel.

— J'assure le suivi, répondit-elle.

En partant, elle se demandait si c'était à Adrian ou bien à elle-même qu'elle mentait, car quelque chose lui disait que son déjeuner avec John Anderson n'était pas uniquement un déjeuner de travail. Anderson l'attendait devant l'immeuble dans une Lincoln noire avec chauffeur, et il eut un large sourire en la voyant. Fiona portait un pantalon en lin rose, un chemisier blanc sans manches et des sandales, et avec son sac en paille, on aurait dit qu'elle allait à la plage. C'était encore une journée torride, mais la voiture climatisée offrait une fraîcheur divine. Elle lui sourit en montant dans le véhicule.

— Vous êtes superbe, dit John, admiratif, tandis qu'elle se glissait à ses côtés et que la voiture démarrait.

La sandwicherie dont il lui avait parlé n'était pas loin, mais par plus de quarante-cinq degrés, il faisait bien trop chaud pour marcher. John Anderson portait un costume beige, une chemise bleue et une de ses tristes cravates sombres. Son allure professionnelle tranchait avec le look estival de Fiona, dont les cheveux étaient relevés en un chignon piqué de deux baguettes en ivoire. Il se demanda soudain ce qui se passerait s'il les lui retirait, et tandis qu'il tentait de se concentrer sur ce que Fiona lui disait, il imaginait avec plaisir sa chevelure rousse se répandre en cascade sur ses épaules.

Fiona parlait de la réunion qu'elle venait de quitter, mais John se rendit compte en la regardant qu'il n'avait pas entendu un seul mot de ce qu'elle avait dit. C'est alors que la voiture s'arrêta devant la sandwicherie, et le chauffeur ouvrit la portière pour aider Fiona à descendre. La salle était pleine et animée, tout semblait propre, et la nourriture sentait délicieusement bon. Fiona commanda une salade et un thé glacé, et John un sandwich au rosbif et une tasse de café. Tandis qu'il l'observait, il se surprit à se demander quel âge elle pouvait bien avoir. Fiona avait quarante-deux ans, mais elle en faisait dix de moins.

— Ça ne va pas ? demanda-t-elle en remarquant son air étrange, comme s'il venait d'être frappé par quelque chose.

— Si, répondit-il alors que le serveur lui apportait son café.

Il aurait voulu lui dire qu'il aimait son parfum, mais craignit qu'elle ne le trouve idiot. Elle ne semblait pas du genre à mêler plaisir et travail, et, en temps normal, lui non plus. Mais il y avait chez elle quelque chose de troublant, de fascinant. En tout cas, lui se sentait fasciné. Sans le vouloir, elle l'attirait comme un aimant, et, assis en face d'elle, les yeux plongés dans ses grands yeux verts qui le regardaient avec sérieux, il avait toutes les peines du monde à se concentrer sur le travail. De son côté, Fiona ne se doutait en rien des pensées qui troublaient son interlocuteur. Elle n'avait jamais fait attention à l'effet qu'elle produisait sur les hommes, trop occupée qu'elle était à réfléchir et à leur parler de toutes sortes de sujets. John, lui, était sous le charme.

— Les premiers chiffres que vous m'avez présentés ce matin m'ont plu, observa-t-elle tandis qu'on leur apportait leur commande.

Elle se mit à picorer sa salade. Elle était d'une telle minceur qu'il était difficile d'imaginer qu'elle mangeait beaucoup, mais elle ne semblait pas anorexique pour autant. Elle avait juste assez de formes pour lui plaire. Elle était musclée et avait les bras fins et fermes, si bien qu'il se demanda si elle jouait au tennis ou faisait de la natation. Alors qu'il rêvait en la regardant, le budget de la campagne pour *Chic* était le cadet de ses soucis.

— Que faites-vous cet été ? s'enquit-il une fois qu'ils eurent rapidement parlé du budget.

Il voulait en apprendre plus sur elle, et pas seulement sur son travail.

— Vous partez quelque part ?

— Je vais à Paris dans deux semaines pour les collections de haute couture. Après ça, je passerai comme d'habitude une semaine à Saint-Tropez. Ensuite je rentrerai, sinon je me retrouverai au chômage, répondit-elle avec un grand sourire.

— C'est bizarre, mais j'ai du mal à vous croire ! fit John en riant. Partez-vous en week-end, parfois ?

— Ça m'arrive, mais la plupart du temps, je travaille. Tout dépend de ce que j'ai à faire, en fait. Mais j'essaie quand même de me libérer. En général, je passe le jour du Labor Day à Martha's Vineyard. Et, cette année, je serai en France le 4 Juillet.

— À quoi ressemble un défilé de haute couture ?

Il était incapable d'en imaginer un, mais cela l'intéressait. Il n'avait jamais assisté à un défilé, encore moins à Paris, mais il se représentait parfaitement Fiona dans ce cadre. Elle dégageait quelque chose de glamour et d'excitant.

— Les défilés sont complètement fous. C'est magnifique, surréaliste, sublime, extraordinaire. Des mannequins fabuleux portent des vêtements somptueux. Il y a moins de maisons de couture aujourd'hui qu'autrefois, mais ça reste un spectacle inoubliable. Maintenant que vous représentez le magazine, il faudra que vous veniez au moins une fois. Vous tomberez sous le charme des mannequins, comme tous les hommes. Je peux vous obtenir des places, si vous voulez. Vos filles seraient-elles intéressées ?

— C'est possible.

Il ne se souvenait pas de lui avoir parlé d'Hilary ou de Courtenay, mais peut-être l'avait-il fait.

— Aucune des deux ne s'intéresse à la mode, mais un voyage à Paris ne se refuse pas. En règle générale, nous passons l'été dans un ranch du Montana. Mes filles adorent faire du cheval. Mais je ne suis pas sûr que ce sera possible cette année, car elles ont toutes les deux trouvé un job d'été. Hilary va travailler à Los Angeles et Courtenay dans un camp de vacances à Cape Cod. Maintenant qu'elles sont à la fac, on a de plus en plus de mal à prendre nos vacances ensemble.

Il détestait devoir l'admettre, mais depuis la mort de sa femme ils se voyaient moins souvent qu'il ne l'aurait voulu. Désormais, même s'ils se téléphonaient régulièrement, chacun vivait sa vie de son côté. Le fait qu'ils ne se retrouvent pas au ranch cet été lui était moins pénible qu'il ne le pensait. Cela lui rappelait trop sa femme et les moments heureux qu'ils y avaient passés, quand leurs filles étaient petites.

— Avez-vous des enfants, Fiona ?

En dehors du travail, il savait très peu de chose sur elle.

— Non, je n'ai jamais été mariée, même si ce n'est plus une raison de nos jours pour ne pas en avoir.

D'ailleurs, la plupart de mes amis qui ont des enfants ne sont pas mariés.

Ne pas être mère ne semblait pourtant pas l'affecter.

— Je suis désolé, fit John avec compassion.

Mais Fiona sourit.

— Pas moi. Je sais que ça peut paraître choquant, mais je n'en ai jamais voulu. Beaucoup de gens font de bons parents, mais je n'ai jamais été convaincue d'en faire partie. Alors je n'ai pas voulu courir le risque.

Il aurait aimé lui dire qu'il n'était pas trop tard, mais il réalisa que ç'aurait été présomptueux de sa part.

— Vous seriez peut-être surprise. Ce n'est pas facile d'être enthousiaste à l'idée d'avoir des enfants, tant qu'on n'en a pas eu soi-même. Ça a été mon cas jusqu'à la naissance d'Hilary. C'était tellement mieux que je l'imaginais ! J'adore mes filles. Et elles sont très gentilles avec moi, confia-t-il avant de poursuivre, après un bref instant d'hésitation : Nous sommes beaucoup plus proches depuis la mort de leur mère, même si elles vivent leur vie maintenant. Nous nous appelons souvent et nous nous voyons dès que nous le pouvons.

Elles se confiaient aussi beaucoup plus à lui, à présent que leur mère n'était plus là.

— Quand est-ce arrivé ? Je veux dire, pour votre femme, demanda Fiona avec douceur.

Elle se demandait s'il était encore en deuil ou s'il avait accepté sa disparition. Il ne parlait pas de son épouse avec vénération, mais avec tendresse et chaleur, ce qui lui laissait penser qu'il était en paix avec sa mort.

— Cela fera deux ans en août. Cela me semble une éternité à certains moments, et à peine quelques semaines à d'autres. Elle a été longtemps malade. Pendant presque trois ans. Les filles et moi avons eu le temps de nous y préparer, mais ce fut tout de même un choc. Elle n'avait que quarante-cinq ans.

— Je suis navrée.

Fiona ne savait pas quoi ajouter, et penser à ce qui lui était arrivé la rendit triste pour lui.

— Moi aussi, fit John en souriant avec mélancolie. C'était quelqu'un de bien. Elle a fait tout ce qu'elle a pu pour nous préparer à prendre soin les uns des autres après sa mort. Elle m'a beaucoup appris. Je ne crois pas que j'aurais été aussi fort qu'elle à sa place. Je l'admirerai toujours pour ça. Elle m'a même appris à cuisiner, ajouta-t-il en riant.

Son rire apporta un peu de gaieté, et Fiona lui sourit. Elle l'appréciait beaucoup plus qu'elle ne l'aurait cru. Leur déjeuner n'avait soudain plus rien à voir avec *Chic* ou l'agence de publicité.

— Elle semblait merveilleuse, murmura-t-elle.

Et elle aurait voulu lui dire qu'elle le trouvait merveilleux lui aussi. L'image de sa femme mourante en train de lui apprendre à cuisiner l'avait touchée, et si ses filles étaient comme lui, elle était sûre qu'elles devaient être adorables.

— Elle était fabuleuse. Tout comme vous, Fiona. Je suis extrêmement impressionné par ce que vous faites et par l'empire que vous dirigez. Ce n'est pas une mince affaire. J'imagine que vous devez être constamment sous pression, pour respecter les délais tous les mois. Je suis certain que j'aurais déjà un ulcère à votre place.

— On s'habitue. C'est ma drogue. Je crois que j'adore les montées d'adrénaline. Sans ça, je n'y arriverais pas, et avoir des délais à respecter est un bon stimulant. Mais vous aussi, vous dirigez un empire.

Son agence de publicité était la troisième du monde, et il en avait dirigé une encore plus importante avant cela. Mais être à la tête de celle-ci était une bonne chose pour lui. Elle avait une excellente réputation et avait reçu de nombreux prix pour sa créativité. Et même si elle était plus petite que celle qu'il dirigeait auparavant, elle jouissait d'un prestige bien plus grand.

— J'aime beaucoup notre bureau de Londres. Cela ne m'aurait pas déplu d'en prendre la tête. D'ailleurs, c'est ce qu'on m'avait proposé en premier, il y a plusieurs années, mais je ne pouvais pas demander à Ann de déménager, elle était déjà trop malade. Et puis les filles ne voulaient pas quitter leurs écoles, et je ne voulais pas les laisser ici. Finalement, cela m'a permis d'obtenir un poste plus important par la suite. Et ce changement est arrivé pile au bon moment. Je me sentais prêt à aller de l'avant et à prendre un nouveau départ. Et vous, Fiona ? Vous voyez-vous finir votre carrière à *Chic* ou bien y a-t-il quelque chose que vous souhaiteriez faire après ?

— Personne ne finit sa carrière dans un magazine de mode, répondit Fiona en souriant, sauf quelques exceptions, comme celle à qui j'ai succédé et qui a été mon mentor, et qui est restée jusqu'à soixante-dix ans, mais c'est rare. En général, on n'occupe ce genre de poste que pour une durée limitée, et je n'ai absolument aucune idée de ce que je ferais si je partais. Mais ce n'est pas à l'ordre du jour, j'espère avoir encore quelques années à *Chic*, et même beaucoup, si j'ai de la chance. Par contre, j'ai toujours désiré écrire un livre.

— Un roman ou un document ? s'enquit John avec intérêt.

Ils avaient terminé leur repas, mais ni l'un ni l'autre n'avait envie de retourner travailler.

— Les deux, peut-être. Un livre sur le monde de la mode tel qu'il est en réalité, et après ça, pourquoi pas un roman sur le même sujet. J'adorais écrire des nouvelles quand j'étais jeune, et j'ai toujours rêvé de les rassembler dans un livre. Ce serait amusant d'essayer d'écrire, mais je ne suis pas certaine d'en être capable.

John avait du mal à croire que quoi que ce soit lui fût impossible, si elle le voulait vraiment. Et il la voyait très bien écrire un livre. Elle était intelligente et vive et racontait des histoires très drôles sur son milieu. Il l'imaginait sans peine publier un ouvrage passionnant.

— Vous voyez-vous faire autre chose après la publicité, ou à la place ?

Elle s'intéressait à lui autant que John à elle. Il était clair qu'ils étaient en train de construire les bases d'une relation qui allait au-delà du travail. Peut-être que s'ils se connaissaient mieux, cela donnerait plus de profondeur et de force à leurs rapports pour *Chic*.

— Honnêtement, non. Je n'ai jamais rien fait d'autre que de la publicité. Peut-être du golf ? Je n'en sais rien. Je ne suis pas sûr qu'il y ait une vie en dehors du travail.

— C'est ce que nous ressentons tous. La plupart du temps, je me dis que je mourrai assise à mon bureau. Mais pas tout de suite, j'espère, ajouta-t-elle, un peu mal à l'aise en se rappelant la mort prématurée de sa femme. Je n'ai pas le temps de faire autre chose que travailler.

— Certes, mais dans des endroits agréables. Paris et Saint-Tropez ne me semblent pas des lieux de torture !

— C'est vrai, dit Fiona en affichant un large sourire. D'ailleurs, je viens d'être invitée à passer quelques jours sur le bateau d'un ami, durant mon séjour à Saint-Tropez.

— Là, je suis vraiment jaloux, fit John en réglant l'addition.

Il savait qu'elle devait retourner au bureau, et lui aussi.

— Peut-être pourriez-vous venir voir ça par vous-même. Tenez-moi au courant, si vous voulez des places pour les défilés.

— Quand est-ce ? demanda-t-il, curieux.

Il n'avait jamais imaginé se rendre un jour à Paris pour les collections de haute couture, et ce serait réellement une première pour lui s'il y allait. Mais cela était peu probable, car il était très pris.

— La dernière semaine de juin et les premiers jours de juillet. C'est vraiment formidable, surtout si vous connaissez du monde. Mais même sans cela, cela vaut la peine d'y assister.

— J'ai une réunion à Londres le 1er juillet, mais si je peux me libérer un jour ou deux après, je vous le dirai.

Dès qu'ils sortirent, ils se sentirent comme aspirés par la chaleur extérieure et se dépêchèrent de gagner la voiture.

— Au fait, merci pour le déjeuner, dit Fiona en se glissant à ses côtés.

Cinq minutes plus tard, ils étaient devant son bureau. Avant de le quitter, elle lui sourit.

— C'était très agréable. Merci, John. Je me sens à nouveau comme un être humain qui retourne au travail. Mes collaborateurs vous en seront reconnaissants. D'habitude, je saute le déjeuner.

— Il va falloir remédier à cela, ce n'est pas sain. Mais je fais pareil, admit-il dans un sourire. J'ai moi aussi passé un bon moment. Recommençons bientôt.

Elle ouvrit la portière et se précipita vers l'entrée de l'immeuble tandis qu'il repartait. Fiona Monaghan était une femme remarquable, belle, intelligente, excitante, élégante et, à sa façon inimitable, très intimidante. Mais en pensant à elle, John n'était pas intimidé, juste très intrigué. De toutes les femmes qu'il avait rencontrées depuis deux ans, elle était la première pour qui il éprouvait un réel intérêt.

2

La semaine suivant sa rencontre avec John Anderson, Fiona assista pendant deux jours à d'importantes séances photo mises en scène par le célèbre photographe Henryk Zeff, avec six des mannequins les plus en vogue du moment, présentant les modèles de quatre grands couturiers. Henryk Zeff était venu de Londres, accompagné de quatre assistants, de sa femme de dix-neuf ans et de leurs jumeaux de six mois. Les séances furent extraordinaires, Fiona était convaincue que les photos seraient sensationnelles ; mais la semaine entière fut un véritable enfer. Les mannequins étaient difficiles et exigeants ; l'une d'entre elles prit de la cocaïne presque en permanence, deux autres avaient une liaison et se disputèrent violemment en pleine séance, et la plus connue mangeait si peu qu'elle s'évanouit au bout du troisième jour. Elle affirmait qu'elle était « au régime », mais les médecins qui vinrent la soigner craignaient qu'elle n'ait une mononucléose. La plupart des prises de vue eurent lieu sur la plage, et avec leurs manteaux de fourrure, le soleil brûlant et la chaleur torride, elles faillirent toutes mourir de chaud. Dans l'eau jusqu'à la taille, ce qui était la seule manière de se rafraîchir, Fiona les regardait en s'éventant à l'aide d'un grand chapeau de paille. Cet après-midi-là, son portable se mit à sonner pour la énième fois de la journée. À chaque fois, c'était le bureau qui l'appelait pour un nouveau problème, car ils étaient en pleine préparation du numéro de septembre. Les photos étaient pour celui d'octobre, mais Zeff n'avait pas pu leur proposer d'autre créneau, son agenda étant complet pour le reste de l'été. Cette fois-ci pourtant, ce n'était pas le bureau qui l'appelait, mais John Anderson.

— Bonjour, Fiona, comment allez-vous ?

Il semblait détendu et de bonne humeur, en dépit de la longue et pénible journée qu'il avait derrière lui, mais il n'était pas du genre à se plaindre, surtout auprès de quelqu'un qu'il ne connaissait pas bien. Il avait bataillé tout l'après-midi pour garder un client important qui menaçait de partir et avait finalement réussi à le convaincre de rester. À présent, il se sentait vidé.

— Est-ce que je vous dérange ?

Fiona étouffa un petit rire. L'une des filles venait de défaillir, et une autre avait lancé une bouteille d'Évian sur Henryk Zeff, parce qu'il l'avait exclue d'une prise de vue.

— Non, pas du tout. C'est le moment idéal pour appeler, dit-elle en riant. Mes mannequins tombent comme des mouches et piquent des crises de nerfs, l'une d'entre elles vient de lancer quelque chose à la tête du photographe, on est tous au bord de l'évanouissement à cause de la chaleur, et la femme du photographe a des jumeaux qui ont trop chaud et n'arrêtent pas de hurler. Bref, une journée ordinaire à *Chic*.

John éclata de rire, persuadé qu'elle exagérait, mais tout cela était vrai. C'était le lot quotidien de Fiona.

— Et vous, comment s'est passée votre journée ?

— Pas si mal finalement, en comparaison de la vôtre. J'essaie d'obtenir un accord depuis 7 heures ce matin, et je crois que nous avons gagné. Et puis j'ai eu envie de vous appeler. Je me demandais si vous accepteriez d'avaler un hamburger avec moi, avant de rentrer chez vous.

— Ce serait avec grand plaisir, mais, avec cette chaleur, je suis dans l'eau jusqu'à la taille, quelque part près de Long Island, dans un trou perdu où il n'y a rien d'autre qu'un bowling et un snack, et au rythme où l'on va, nous serons encore ici demain matin. Sinon, j'aurais été ravie. Merci de me l'avoir proposé.

— Ce sera pour une autre fois. À quelle heure pensez-vous avoir fini ?

— Dès que le soleil sera couché, mais allez donc savoir quand ! Je crois que c'est le jour le plus long de l'année. Je l'ai compris à midi, lorsque deux des mannequins se sont giflés, et que l'une d'entre elles a été malade.

— Je suis heureux de ne pas être à votre place. Est-ce toujours ainsi ?

— Non, d'habitude c'est pire. Zeff n'est pas très tolérant et ne supporte pas grand-chose. Il n'arrête pas de menacer de partir et attend de moi que j'arrange les choses.

— Assistez-vous toujours aux séances photo ?

Il ne savait pas bien en quoi consistait son métier et avait plutôt imaginé qu'elle passait son temps à son bureau, à écrire sur la mode. C'était en fait bien plus compliqué que cela, même si elle rédigeait beaucoup d'articles et vérifiait ceux de ses collaborateurs. Elle dirigeait *Chic* d'une main de fer. Elle s'inquiétait constamment pour le budget et était la rédactrice en chef la plus responsable, financièrement parlant, que le magazine ait jamais eue. Malgré de grosses dépenses, *Chic* était à l'équilibre depuis des années et réalisait de beaux bénéfices, en grande partie grâce à elle et à son exigence.

— Je n'y assiste que lorsque c'est nécessaire. En règle générale, ce sont les jeunes rédacteurs qui s'en occupent. Mais pour les séances à risques, je m'en charge, et celle-ci en est une. Zeff est une grande star, et les modèles aussi.

— Est-ce qu'elles posent en bikini ? demanda John innocemment, ce qui fit rire Fiona.

— Non, en manteaux de fourrure.

— Ah, mince !

Il n'avait pas idée de l'enfer dans lequel ils travaillaient.

— Comme vous dites. On doit rafraîchir les filles à chaque fois qu'elles ôtent les fourrures. Jusque-là, personne n'est encore mort de chaleur, donc ça va.

— J'espère que vous ne portez pas de fourrure, plaisanta-t-il.

— Non. Je suis dans l'eau, en bikini. Et la femme du photographe s'est baladée nue toute la journée, avec ses bébés dans les bras.

— Tout cela m'a l'air très exotique.

De belles femmes nues ou vêtues de fourrure sur la plage, c'était une vision délicieuse, surtout quand il imaginait Fiona en train de lui parler au téléphone, en bikini dans l'océan.

— C'est très différent de mes journées de travail, et cela me semble beaucoup plus amusant aussi.

— Ça l'est, parfois, admit-elle tandis que Zeff lui faisait de grands signes paniqués.

Il désirait changer de lieu pour la dernière prise de vue, mais une des filles refusait, disant qu'elle n'en pouvait plus, et il voulait que Fiona la convainque – ce que, bien sûr, elle allait faire.

— On dirait qu'il faut que j'y aille, sinon il va y avoir des morts. Je vous appellerai bientôt. Probablement demain.

Elle s'aperçut alors, en consultant sa montre, qu'il était déjà 19 h 30 et fut surprise qu'il soit encore au bureau.

— Non, c'est moi qui vous rappellerai, répondit-il, mais Fiona avait déjà raccroché.

Il resta à son bureau, l'air songeur. La vie de Fiona lui semblait à des années-lumière de la sienne, même si le département de création de l'agence devait certainement y ressembler. Mais il était rarement en contact avec eux et n'assistait jamais aux séances photo. Il était bien trop occupé à démarcher de nouveaux clients, à satisfaire ceux qu'il avait sous contrat et à surveiller les budgets des grosses campagnes publicitaires, même si leur déroulement n'était pas sous sa responsabilité mais sous celle de quelqu'un d'autre. Il n'en restait pas moins que l'univers de Fiona l'intriguait. C'était, à ses yeux, un monde fascinant et exotique – une image que Fiona n'aurait pas approuvée, alors qu'elle était en train d'aider les assistants de Henryk à remballer l'équipement, pendant que ce dernier se disputait avec sa femme et que les bébés pleuraient. Les mannequins étaient mollement allongés sous des parasols en sirotant de la citronnade tiède, essayant de négocier au téléphone une prime avec leurs agents en menaçant de quitter la séance. Les jeunes femmes affirmaient que personne ne les avait prévenues que ce serait aussi long ni qu'il faudrait porter des fourrures. L'une d'elles avait déjà menacé de partir et de les dénoncer à l'Association de défense des animaux, qui manifesterait sûrement devant les bureaux du magazine, comme elle l'avait déjà fait auparavant, s'ils mettaient les fourrures trop en avant.

Il fallut une heure avant qu'ils ne soient complètement installés sur le nouveau site, à huit cents mètres de la plage. Le soleil allait se coucher et ils avaient juste assez de temps pour une dernière prise de vue. Henryk hurlait pour que chacun s'active. Sa femme s'était endormie dans la voiture avec les jumeaux, et tandis qu'elle observait la fin de la séance, Fiona s'aperçut qu'elle était épuisée. Il était plus de 21 heures quand ils quittèrent la plage, après avoir rangé le matériel et fait monter les mannequins dans les limousines que *Chic* avait louées pour la journée. Henryk, sa femme et les jumeaux partirent en premier, et Fiona fut la dernière. Elle avait loué une voiture pour elle toute seule, et tandis que le chauffeur démarrait, elle ferma les yeux et se renversa sur son siège. Il était presque 23 heures lorsqu'elle arriva chez elle. D'un point de vue technique, la journée avait été parfaite. Elle savait que les photos seraient sensationnelles et qu'aucun des problèmes rencontrés ne se verrait.

En montant à sa chambre, elle eut l'impression d'avoir cent ans. Elle sourit en voyant Sir Winston ronfler bruyamment sur son lit. Comme elle l'enviait ! Elle était trop fatiguée pour manger et n'avait même pas la force de redescendre à la cuisine pour boire quelque chose ; de toute façon, elle avait très mal à l'estomac, après avoir bu de la citronnade toute la journée. Quand son portable se mit à sonner, elle le fixa un long moment, trop fatiguée pour tendre le bras, et le sortit de son sac. Elle savait que la messagerie vocale allait se déclencher et s'en moquait. Pourtant, à la dernière seconde, elle pensa que cela pouvait être Henryk qui appelait pour une urgence. Peut-être avait-il eu un accident sur le trajet du retour, ou perdu toutes ses pellicules.

— Allô ? fit-elle d'une voix épuisée, presque méconnaissable.

— Bon sang, vous avez l'air exténuée. Ça va ?

C'était John, mais Fiona ne le reconnut pas.

— Je le suis, c'est exactement ça. Qui est à l'appareil, et pourquoi m'appelez-vous ?

Au moins, ce n'était pas Henryk ; l'accent était américain, pas britannique, mais, en général, personne ne se souciait de savoir si elle était exténuée ou non – en tout cas, personne depuis longtemps.

— C'est John. Pardon, Fiona, vous dormiez ?

— Oh non, excusez-moi. C'est parce que j'avais peur que ce ne soit à propos de la séance. Je craignais qu'ils n'aient perdu les pellicules. Je viens de rentrer.

— Vous travaillez trop, fit-il avec compassion.

Il se sentait navré pour elle. Sa voix reflétait sa lassitude.

— Je sais, mais je suppose que c'est pour ça qu'on me paie. Et vous, comment allez-vous ? demanda Fiona en s'étirant sur son lit, avant de fermer les yeux.

Sir Winston ouvrit alors un œil et, en la voyant allongée, roula sur le dos et se mit à ronfler de plus belle. Fiona sourit en entendant ce bruit si familier. On aurait dit qu'un 747 se posait sur le toit de la maison. John l'entendit aussi.

— C'est quoi, ce bruit ?

Il avait l'impression qu'elle avait une scie électrique dans les mains.

— C'est Sir Winston.

— Qui ? s'enquit John, un peu décontenancé.

— Ne lui dites pas que je l'appelle comme ça. C'est mon chien.

— C'est votre chien qui fait tout ce raffut ? Quel est son problème ? On dirait *Massacre à la tronçonneuse* en Dolby stéréo.

— Ça fait partie de son charme. C'est un bouledogue anglais. Quand je vivais en appartement, mes voisins du dessous n'arrêtaient pas de se plaindre, ils l'entendaient à travers le plancher. Ils pensaient que je faisais marcher de grosses machines et refusaient de croire que c'était un chien, jusqu'au jour où je les ai invités à monter, pendant qu'il dormait.

— Vous ne dormez pas avec lui, quand même ?

Pour lui, il était évident que non. Comment aurait-elle pu ?

— Bien sûr que si. C'est mon meilleur ami. Nous vivons ensemble depuis quatorze ans, et c'est la plus longue relation que j'aie jamais eue, et la meilleure aussi, déclara Fiona avec fierté.

— Bon, voici une affirmation à méditer. En fait, j'appelais pour savoir comment vous alliez et si vous vouliez dîner avec moi demain soir.

Il voulait la revoir avant son départ pour Paris. Il pensait constamment à elle depuis leur première rencontre.

— Quel jour serons-nous demain ? demanda-t-elle en rouvrant les yeux, l'esprit complètement vide – décidément, elle était vraiment épuisée.

— Le 22. Je sais que je m'y prends à la dernière minute, mais j'ai eu une semaine de folie et j'avais un dîner professionnel demain qui vient juste d'être annulé, pour ma plus grande joie.

Il passait la plupart de ses soirées à sortir avec des clients, et il était toujours ravi d'avoir une soirée libre.

— Zut ! s'exclama Fiona. Je ne peux pas, désolée.

Puis elle décida soudain de l'inviter. Il détonnerait peut-être un peu, mais elle aimait cela, à condition que ça ne le gêne pas.

— J'organise un dîner demain soir, mais c'est toujours très décontracté chez moi, et assez improvisé. Je l'ai décidé la semaine dernière. J'ai des amis musiciens qui viennent de Prague et une foule d'artistes que je n'ai pas vus depuis des siècles. L'un des rédacteurs du magazine sera là également, et je ne me souviens plus qui d'autre. Ce sera juste pâtes et salade.

— Ne me dites pas qu'en plus vous cuisinez.

Il avait l'air sincèrement impressionné, ce qui la fit rire.

— Pas si je peux m'en passer. J'ai quelqu'un qui vient à la maison s'en occuper.

Cette fois-ci, ce serait Jamal, et non les traiteurs, qui préparerait le dîner. Elle avait annoncé à tout le monde que si la chaleur était supportable, ils mangeraient dans le jardin ; c'était très agréable en été. Quant à Jamal, il faisait des pâtes fabuleuses. Il avait voulu préparer une paella, mais elle se méfiait des fruits de mer par cette chaleur et lui avait donc demandé des pâtes. En outre, après quelques verres, personne ne se soucierait vraiment de la nourriture.

— Voudriez-vous venir ? Mettez juste un jean et une chemise, pas besoin de cravate.

Elle avait toutefois du mal à l'imaginer sans.

— Ça m'a l'air très sympathique. Vous recevez souvent ?

— Oui, quand j'ai le temps. Et même parfois quand je ne l'ai pas. J'aime voir mes amis, et il y a toujours quelqu'un de passage en ville. Et vous, John ?

Elle ne savait pas encore très bien à quoi ressemblait sa vie, si ce n'est qu'il aimait voyager avec ses filles. Il n'en avait pas beaucoup parlé, du reste.

— Seulement pour le travail, au restaurant. Mais c'est plus une obligation qu'un plaisir. Je n'ai pas donné de dîner depuis la mort de ma femme. Elle adorait avoir du monde à la maison.

Sur ce point, elle ressemblait à Fiona, même si elles étaient très différentes. Ann avait donné de petites réceptions pour leurs amis quand ils habitaient encore Greenwich. Ils avaient emménagé en centre-ville lorsqu'elle était tombée malade, car il était plus simple pour elle d'être près de l'hôpital pour ses traitements. Mais elle allait alors trop mal pour recevoir. Elle avait passé les deux dernières années de sa vie dans l'appartement où il vivait encore et qui était devenu un lieu rempli de tristesse à ses yeux, ce qu'il se garda de dire à Fiona.

— C'est dur de recevoir, quand on est célibataire, ajouta-t-il d'une voix malheureuse.

Soudain, il se sentit idiot. Fiona aussi était célibataire, l'avait toujours été, et cela ne l'arrêtait pas. Rien ne l'arrêtait quand elle avait décidé quelque chose, c'était ce qu'il aimait chez elle.

— Il faut être plus décontracté. Les gens sont moins exigeants avec les célibataires, si bien que quoi que vous fassiez, ils trouvent ça génial. Parfois même, moins vous en faites, plus ils aiment.

Fiona en faisait toutefois plus qu'elle ne voulait l'admettre, tout en donnant l'impression que tout était facile et naturel, ce qui contribuait à la magie de ses soirées.

— Alors, viendrez-vous dîner demain ?

Elle espérait qu'il allait accepter. Les gens qu'elle avait invités étaient d'horizons encore plus divers qu'à l'accoutumée, et elle se demanda s'il n'allait pas les trouver trop bizarres ou trop extravagants.

— J'en serai ravi. À quelle heure dois-je arriver ? s'enquit-il, enthousiaste.

— À 20 heures. J'ai des réunions jusqu'à 19 heures, et je vais devoir courir pour être là avant les invités.

Mais ce genre de situation faisait partie intégrante de sa vie.

— Puis-je apporter quelque chose ? offrit-il, tout en se doutant qu'elle devait avoir tout prévu.

Fiona n'était pas du genre à laisser le moindre détail au hasard. Ce n'était pas en se montrant désinvolte ou étourdie qu'elle était arrivée là où elle était.

— Vous-même, cela suffira. À demain soir, alors.

— Bonne nuit, fit John d'une voix douce.

Après avoir raccroché, Fiona enfila sa chemise de nuit en pensant à John. Elle l'appréciait beaucoup et était très attirée par lui, bien qu'il fût à l'opposé des hommes qui lui plaisaient d'ordinaire. Jeune, elle avait fréquenté des jeunes gens BCBG, mais ces dernières années, elle avait été séduite par des artistes, et cela avait toujours tourné au désastre. Peut-être était-il temps de changer. Fiona pensait encore à lui lorsqu'elle se coucha aux côtés de Sir Winston, qui roula en grognant et se mit à ronfler plus fort que jamais. C'était le bruit familier qui la berçait toujours pour s'endormir, et comme d'habitude, elle dormit d'un sommeil profond jusqu'à ce que le réveil sonne à 7 heures.

Après s'être levée, elle sortit Sir Winston quelques minutes dans le jardin, se doucha, lut le journal, prit son café, s'habilla et partit au travail pour une autre interminable journée à *Chic*. Elle passa la plupart du temps avec Adrian à résoudre des problèmes et à visionner les photos de la semaine précédente. Elle brûlait d'impatience de voir celles de Henryk Zeff, même si elle savait d'ores et déjà qu'elles seraient fabuleuses. Ce soir-là, Adrian serait présent à son dîner, mais elle ne lui dit pas que John Anderson viendrait également, certaine qu'il ferait des commentaires et se demanderait pourquoi elle l'avait invité. Elle-même n'était pas sûre de le savoir et avait encore besoin de temps pour y voir plus clair. De plus, elle ne voulait pas en faire tout un plat ; cela pouvait fort bien n'être qu'une de ces attirances qui ne mènent nulle part. D'ailleurs, ils deviendraient vraisemblablement de simples amis. Ils étaient si différents l'un de l'autre que les chances que quelque chose naquît entre eux lui paraissaient plus que faibles. À coup sûr, ils ne pourraient pas se supporter. Mieux valait qu'ils soient amis. Fiona en était là de ses considérations lorsqu'elle arriva chez elle et trouva Jamal dans la cuisine en train de mélanger une imposante salade et de préparer du pain à l'ail ; il avait également confectionné des canapés que Fiona goûta. Il était torse nu, portait un pantalon corsaire rose vif et des sandales indiennes dorées. La plupart des amis de Fiona étaient habitués aux tenues exotiques de Jamal, et Fiona trouvait qu'elles donnaient un air de fête à ses soirées. Mais l'absence de chemise la laissait perplexe, et elle le lui fit remarquer.

— Tu ne crois pas que ça fait un peu trop décontracté ? demanda-t-elle en avalant un deuxième canapé absolument délicieux.

— Il fait trop chaud pour porter quoi que ce soit, répondit Jamal, enfournant le pain à l'ail sous le gril du four.

En voyant l'heure à l'horloge de la cuisine, Fiona s'aperçut qu'il lui restait quarante minutes pour se préparer.

— En tout cas, garde le pantalon, Jamal. Il est super.

Une fois il avait mis un pagne doré incrusté de strass qu'elle avait tout de même trouvé un peu trop excentrique.

— Au fait, j'adore tes sandales. Où les as-tu trouvées ?

Elle en avait déjà vu de semblables, mais ne se souvenait plus où.

— Ce sont les tiennes. Elles étaient au fond de ton placard, tu ne les mets jamais. J'ai pensé que je pouvais les emprunter pour la soirée. Ça t'ennuie ? demanda-t-il d'un air innocent et dénué de malice.

Fiona regarda les chaussures et éclata de rire.

— Je savais bien qu'elles me disaient quelque chose ! Et maintenant que j'y pense, je crois qu'elles me faisaient mal. Garde-les, si elles te plaisent. Elles te vont mieux qu'à moi.

C'étaient des Manolo Blahnik, créées spécialement pour une séance photo, quelques années auparavant.

— Merci, fit Jamal en goûtant l'assaisonnement de la salade pendant que Fiona se précipitait à l'étage.

Elle en redescendit une demi-heure plus tard, vêtue d'un pantalon de soie blanc et d'un haut doré très léger. Elle portait de gros anneaux en diamant aux oreilles, des sandales dorées à talons hauts, et elle avait tressé ses cheveux en une natte épaisse. Jamal avait disposé les assiettes, les couverts et les serviettes sur la table du jardin, et il y avait partout des fleurs et des bougies.

Fiona dispersa sur le sol de gros coussins moelleux, au cas où certains voudraient s'asseoir par terre, puis elle mit de la musique juste au moment où les premiers convives arrivaient. Ayant presque oublié qui elle avait invité, elle avait dû jeter un coup d'œil sur sa liste. Comme d'habitude, elle réunissait des gens de tous bords : des artistes, des écrivains, des photographes, des mannequins, des avocats et des médecins, plus ses amis musiciens de Prague. Il y avait aussi quelques Brésiliens qu'elle avait rencontrés récemment, ainsi que deux Italiens, et une femme qui accompagnait l'un d'eux et qui parlait français et tchèque comme le découvrit incidemment l'un des musiciens. Sa mère était tchèque et son père français. Ses invités formaient un ensemble parfait. Tandis qu'elle les observait, Fiona vit soudain John Anderson traverser le salon, vêtu d'un jean impeccablement repassé et d'une chemise blanche, avec des mocassins Hermès portés sans chaussettes. Il était aussi parfait qu'en costume, et pas un cheveu ne dépassait. Malgré le manque d'imagination dont il faisait preuve en matière d'habillement, Fiona aimait son allure masculine, élégante et soignée, et le trouvait extrêmement séduisant. Lorsqu'il l'embrassa sur la joue, son eau de Cologne lui plut tout autant. Lui-même la complimenta sur son parfum ; elle le portait depuis vingt ans. Il avait été spécialement créé pour elle à Paris. Tous ses amis le connaissaient, c'était sa marque de reconnaissance en quelque sorte et il lui valait toujours des compliments. Il offrait un juste équilibre entre douceur et fraîcheur, avec une pointe d'épices. Elle aimait savoir qu'elle était la seule à le porter et qu'il n'avait pas de nom – même si Adrian l'appelait *Fiona Numéro Un*. Lorsque John parut dans le jardin, Adrian était là et regardait Fiona. Elle les présenta, alors que Jamal offrait du champagne, et indiqua à John qu'Adrian était le rédacteur le plus important de *Chic*.

— Elle préfère me flatter plutôt que de me donner une augmentation, plaisanta Adrian en invitant John à se joindre aux autres.

Comme à Fiona, John lui plut, il appréciait comme elle son style, son assurance, son élégance tranquille. Elle lui fit faire le tour des invités, le présentant à tous.

— Que d'originaux ! remarqua John dans un moment d'accalmie, alors qu'Adrian était parti discuter avec un des musiciens tchèques.

— Plus que d'habitude, mais je me suis dit que ce serait amusant. Je donne des dîners moins fous en hiver, mais en été, c'est agréable d'en profiter.

John approuva d'un signe de tête, bien qu'il n'eût encore jamais assisté à ce genre de dîner. La maison était magnifique, chaleureuse et accueillante, et semblait regorger de mille trésors – pour la plupart, des objets que Fiona avait rapportés de ses voyages. Soudain, il se tourna vers elle, paraissant chercher quelque chose.

— Où est la scie électrique ?

— Quelle scie électrique ?

— Le type qui ronflait dans votre lit, hier soir.

— Sir Winston ? Il est en haut. Il déteste les étrangers, il estime que c'est sa maison. Vous voulez le voir ?

Elle était heureuse qu'il en ait parlé. C'était un très bon point pour lui.

— Y verra-t-il une objection ? demanda John, légèrement inquiet.

— Non, il sera très honoré.

C'était aussi pour elle un bon prétexte pour lui faire visiter la maison. Le salon, la salle à manger et la cuisine étaient au rez-de-chaussée, et au premier étage se trouvait une bibliothèque avec une chambre d'amis attenante. Elle avait choisi des tons chauds, caramel et chocolat, rehaussés de touches de blanc et de rouge. Elle semblait avoir une préférence pour le daim, la soie et la fourrure et avait de magnifiques rideaux de soie beige et rouge. Sa chambre et son cabinet de toilette étaient au second étage, ainsi qu'un petit bureau qu'elle utilisait lorsqu'elle travaillait à la maison, c'est-à-dire rarement. Il y avait eu autrefois une deuxième chambre qu'elle avait transformée en placard. Pour elle, c'était la maison idéale.

À mi-chemin de l'escalier, John entendit déjà les ronflements sonores de Sir Winston, et lorsque Fiona et lui pénétrèrent dans la chambre toute en soie beige, y compris les murs, il l'aperçut sur le lit. Le chien dormait et ne bougea pas à leur arrivée. Fiona le caressa doucement, et Sir Winston finit par lever la tête dans un grognement et au prix d'un effort considérable. Il les regarda et, au bout de quelques instants, laissa retomber sa tête sur le lit et ferma les yeux, sans faire le moindre effort pour se présenter à John. Ce dernier lui était totalement indifférent, et cela le fit sourire.

— Voilà un parfait gentleman qui ne semble pas du tout s'inquiéter de la présence d'un étranger dans votre chambre, observa John d'un air amusé en se disant que c'était vraiment un drôle de vieux chien.

Tandis qu'ils l'examinaient, Sir Winston se remit à ronfler bruyamment, sa tête sur l'oreiller de Fiona, son jouet préféré à ses côtés.

— Il sait qu'il est le maître des lieux et qu'il n'a rien à craindre. La maison est son royaume, et je suis son esclave.

— Le veinard ! fit remarquer John en souriant et en regardant autour de lui.

Il y avait des photos de Fiona en compagnie d'hommes politiques et de célébrités, de quelques acteurs célèbres et de deux présidents, ainsi qu'une autre qu'elle lui désigna comme sa préférée, où on la voyait avec Jackie Kennedy, à ses débuts à *Chic*. En dépit de la simplicité de la décoration, la pièce dégageait beaucoup d'élégance et de féminité. Elle possédait indéniablement son propre style mais prouvait qu'aucun homme ne vivait là – Fiona n'avait jamais partagé sa maison avec quelqu'un d'autre que Sir Winston.

— J'aime votre maison, Fiona. Elle est chaleureuse, confortable et raffinée, naturelle et élégante, comme vous. On sent partout votre présence.

— Je l'adore, répondit Fiona tandis qu'ils quittaient la chambre pour descendre rejoindre les autres invités.

Les murs de son petit bureau étaient recouverts de laque rouge ; il y avait des chaises Louis XV garnies de peau de zèbre véritable, assorties au magnifique tapis, en peau de zèbre également, qui couvrait le sol. Sur l'un des murs était accroché un petit portrait de Fiona, réalisé par un artiste connu. Rien dans la maison ne montrait une présence masculine. Lorsqu'ils redescendirent, Adrian les regarda, un sourire aux lèvres. Il portait un jean et un tee-shirt blancs, ainsi que des sandales rouges en crocodile, conçues pour lui par Manolo Blahnik.

— Vous a-t-elle fait faire le tour du propriétaire ? s'enquit-il avec curiosité.

— J'ai présenté John à Sir Winston, expliqua Fiona alors que Jamal annonçait l'heure de passer à table en frappant sur un petit gong tibétain au son mélodieux.

Tout chez Fiona était exotique, de son homme de maison pakistanais jusqu'à ses amis, sa maison et même son chien. Elle-même était hors du commun et surprenante, et aimait qu'il en soit ainsi. John également. En quelques jours, elle était devenue pour lui la femme la plus captivante et la plus exceptionnelle qu'il ait jamais rencontrée. C'était d'ailleurs l'opinion d'Adrian et de la plupart des gens.

— Et qu'a-t-il pensé de lui ? demanda Adrian d'un air sérieux tandis que John les écoutait avec amusement.

John aimait bien cet homme. Même s'il était excentrique et fantasque, et avait des goûts particuliers en matière de chaussures, il était intelligent et intéressant.

— Il l'a trouvé adorable, bien sûr ! répondit Fiona à la place de John en lui adressant un sourire.

— Je ne parlais pas de John, Fiona. Bien sûr qu'il a trouvé Sir Winston adorable ! Il n'allait pas te dire que c'est un vieux toutou gâté et malodorant, même si c'est ce qu'il pense vraiment ! Ce que je voulais savoir, c'est ce qu'a pensé Sir Winston de lui.

— Je ne crois pas qu'il ait été très impressionné, intervint John avec un large sourire. Il n'a pas arrêté de ronfler. Et très fort !

— C'est bon signe, fit Adrian en leur souriant, avant de se diriger vers la table.

Il y avait quatre sortes de pâtes dans de gigantesques saladiers en terre cuite, trois salades différentes et le pain à l'ail qui sentait divinement bon et dont il ne restait presque plus rien lorsque John et Fiona arrivèrent. Les gardénias qui ornaient la table libéraient un parfum lourd et romantique, et John en prit un pour le piquer dans la tresse de Fiona.

— Merci de m'avoir invité. On se sent bien chez vous.

Il avait l'impression d'être entré dans un monde merveilleux, dont Fiona était la princesse qui les envoûtait tous d'un charme – de son charme – qui lui donnait le sentiment de renaître et d'être prêt à profiter de tout. Il se sentait de plus en plus attiré par elle et il en était de même pour elle vis-à-vis de lui. Ils s'assirent sur un petit banc en fer et discutèrent durant tout le repas, sous l'œil intéressé d'Adrian qui les observait du salon. Adrian connaissait suffisamment Fiona pour se rendre compte qu'elle était subjuguée par John, et c'était réciproque. Il semblait envoûté, comme le fit remarquer Adrian à un photographe qui s'en était aperçu lui aussi, trouvant qu'ils formaient un très beau couple. Tous les deux savaient que Fiona n'avait personne dans sa vie depuis deux ans, et si John lui plaisait, ils en étaient ravis pour elle. Fiona n'avait encore rien dit à Adrian, mais il savait que s'il y avait réellement quelque chose entre elle et John, il l'apprendrait bientôt. Son intuition lui disait qu'ils allaient beaucoup voir John Anderson dans les semaines à venir. Et il le souhaitait à Fiona, si c'était réellement ce qu'elle voulait, quel que soit le temps que cela durerait. Ils savaient que « pour la vie » ne faisait pas partie de son vocabulaire, mais qu'une liaison d'un an ou deux lui conviendrait parfaitement.

Adrian trouvait dommage que Fiona soit seule, même si elle affirmait que c'était son choix. Pour sa part, il ne l'avait jamais vraiment crue et était persuadé que sa solitude lui pesait quelquefois, ce qui expliquait à ses yeux son attachement excessif à son vieux chien ridicule. Car, lorsqu'elle rentrait chez elle le soir, Fiona n'avait personne d'autre que lui, à part Jamal. Certes, elle donnait des fêtes, avait beaucoup d'amis et pouvait compter sur certains, mais elle n'avait personne avec qui partager sa vie. Pour Adrian, qu'une femme aussi exceptionnelle que Fiona n'ait jamais trouvé l'homme qu'il lui fallait était du gâchis, et il se mit à espérer que John soit cet homme.

Celui-ci fut l'un des derniers, sans être le tout dernier, à partir. Il était presque 1 heure du matin lorsqu'il remercia Fiona pour la soirée et l'embrassa.

— J'ai passé une merveilleuse soirée, Fiona. Merci encore de votre invitation. Saluez Sir Winston de ma part. Je serais bien monté, mais je ne voudrais pas le déranger. Transmettez-lui mes salutations et remerciez-le pour son hospitalité, dit-il en lui serrant légèrement la main.

Fiona lui sourit. Elle était heureuse qu'il comprenne l'importance qu'avait Sir Winston pour elle. La plupart de ses amis, à l'instar d'Adrian, le considéraient comme un vieil animal stupide, mais elle tenait énormément à lui. Il était son seul amour, d'une certaine façon.

— Je n'y manquerai pas, répondit-elle sérieusement.

John déposa à nouveau un léger baiser sur sa joue, avant de s'en aller.

Il sentit alors l'odeur du gardénia qu'il avait piqué dans ses cheveux avant le dîner. Mélangée à son parfum, cela provoquait un effet stupéfiant qui l'attirait irrésistiblement. Mais il devait pourtant partir et retrouver le monde réel, alors que le seul univers qui lui semblait réel à présent était celui de Fiona, celui où il voulait vivre.

— Je vous téléphonerai demain, dit-il dans un murmure afin que personne ne l'entende.

Fiona hocha la tête en souriant et retourna auprès de ses invités, l'air rêveur, en pensant à lui. Elle se sentait partagée à son sujet, il l'attirait et en même temps l'effrayait. Finalement, comme toujours, ce fut Adrian qui prit congé le dernier, et il ne put s'empêcher de la taquiner à propos de John.

— Vous semblez drôlement accrochée, mademoiselle Monaghan ! Mais, pour une fois, j'approuve. Il est intelligent, gentil, séduisant et fou amoureux de vous, ou en tout cas, il le sera très bientôt.

Adrian était content pour elle.

— N'importe quoi ! On ne se connaît même pas, on ne s'est rencontrés que la semaine dernière.

Fiona s'efforçait d'avoir l'air plus indifférente qu'elle ne l'était en réalité, car elle ne voulait pas qu'Adrian sache ce qu'elle ressentait pour John. Où cela les mènerait-il ? Probablement nulle part, se disait-elle en essayant de garder la tête froide.

— Depuis quand a-t-on besoin de temps pour ce genre de choses ? Quand l'homme de ses rêves se présente, on le sait tout de suite, Fiona. Ce sont les autres qui demandent du temps pour savoir. Les bons, eux, vous mettent sens dessus dessous sans qu'on s'y attende. Ou peut-être est-ce le contraire ? Bref, quoi qu'il en soit, j'ai un bon pressentiment, alors ne commence pas à paniquer et ne lui dis pas que tu préfères être seule. Donne-lui une chance, au moins.

— On verra, répondit Fiona d'un air sibyllin tandis que Jamal soufflait une à une les bougies et ramassait les assiettes et les verres sur les tables du jardin.

Comme d'habitude, la soirée avait été un succès, mais plus encore que d'habitude pour Fiona. Avoir

John à ses côtés avait été étrangement agréable. Il s'était montré ouvert, aimable et très à l'aise avec tout le monde, malgré la grande diversité de ses invités.

— Tu sais, tu ne pourras pas vivre dans cette maison avec un homme, avança Adrian avec bon sens. C'est trop « toi », ici. John ne s'y sentira jamais à l'aise, si d'aventure il venait à emménager.

— Je ne l'y ai pas invité. Et de toute façon, jamais je ne vivrai ailleurs. C'est chez moi ici. Mais tout cela est un peu prématuré, non ? ajouta-t-elle, faussement en colère. Sir Winston et moi sommes parfaitement heureux tous les deux.

— Foutaises ! La solitude te pèse, comme à n'importe qui. C'est pareil pour tout le monde. Vous êtes peut-être parfaite, Fiona Monaghan, mais vous n'en restez pas moins humaine. Vivre avec quelqu'un te ferait du bien. Moi, je vote pour John. Je le trouve parfait.

Cette idée affola Fiona, car c'était ce qu'elle pensait, mais elle n'en dit rien à Adrian.

— Sir Winston ne le supporterait pas. Il considérerait ça comme une infidélité. D'autre part, je refuse de céder mon dressing. Je n'ai jamais rencontré d'homme qui mérite qu'on abandonne son dressing pour lui, insista Fiona avec entêtement.

Mais tous les deux savaient que ce n'était pas vrai. Elle avait été très amoureuse du chef d'orchestre, qui avait rompu parce qu'elle refusait de l'épouser, et aussi de l'architecte qui voulait quitter sa femme pour elle. Le problème de Fiona, c'était que le mariage la terrifiait et qu'elle avait peur de trop s'attacher. Elle redoutait d'être abandonnée et ne pensait pas qu'il puisse en être autrement. C'était sa pire angoisse. Au souvenir de son père qui l'avait abandonnée et de ses beaux-pères lamentables, elle avait décidé, bien des années plus tôt, de ne jamais faire confiance à un homme. Et Adrian savait que si Fiona ne brisait pas un jour ce mur de protection qui l'entourait, elle finirait toute seule. Pour elle, cela semblait sa destinée, mais pas pour lui, et elle insistait sur le fait qu'elle était plus heureuse toute seule.

— Ne gâche pas tout, lui conseilla Adrian en partant. Mets un peu d'eau dans ton vin, Fiona. Donne-lui une chance.

— Je suis trop vieille pour les compromis, répondit-elle, semblant sincère en disant cela.

— Alors, vends la maison et emménage chez lui, ou bien achetez-en une ensemble. Mais ne passe pas à côté d'un homme bien pour une maison, une carrière, ou même un chien.

— Certaines ont laissé des hommes pour moins que ça, Adrian, dit Fiona avec gravité. D'ailleurs, je n'ai même pas de rendez-vous avec lui. Et peut-être n'en aurai-je jamais.

— Mais si, répondit Adrian. Je te le garantis, tu en auras un. Et ce type-là est quelqu'un de bien.

Il espérait qu'elle ne raterait pas sa chance, cette fois-ci. Tandis qu'il était dans le taxi qui l'emmenait dans le centre-ville, il pria pour que, cette fois, le chien perde en faveur de l'homme. Et que cet homme soit John.

3

Le lendemain matin, John appela Fiona pour la remercier à nouveau de l'avoir invité, mais celle-ci n'avait pas beaucoup de temps à lui consacrer ; elle était débordée. Elle devait partir dans l'après-midi rejoindre des amis pour le week-end et s'envolait pour Paris en début de semaine. Il lui restait une foule de choses à faire, et lorsque John lui proposa de dîner, elle lui répondit qu'elle n'aurait pas le temps de le voir avant son départ, ce qui était en partie vrai. En fait, elle aurait pu modifier son agenda pour le voir, mais ne pensait pas que ce fût judicieux. Elle faisait de son mieux pour résister à son attirance pour lui, et souhaitait que les choses avancent à son rythme à elle. De plus, elle n'était pas vraiment sûre de vouloir succomber à son charme. À ses yeux, tout emballement sentimental représentait un danger. Si quoi que ce soit devait arriver, elle voulait que cela se passe doucement, pour lui laisser le temps de réfléchir. Aussi séduisant que fût John – et Dieu sait s'il l'était, peut-être même trop –, elle ne voulait pas brusquer les choses. Elle se méfiait de ses propres sentiments à son égard. Il l'attirait si fort et si irrésistiblement qu'elle avait envie de s'enfuir en courant.

— Dans ce cas, vous ne me laissez pas le choix, répondit-il.

— À propos de quoi ? demanda-t-elle, sans comprendre.

Il avait le don de lui faire perdre ses moyens, et cela l'effrayait.

— Pour nous voir. Je crois que je vais accepter votre invitation à assister à l'un des défilés de haute couture. J'ai des réunions à Londres toute la journée du 1er, mais je pourrai prendre un vol pour Paris en début de soirée. Y en a-t-il un où je pourrais aller, ce soir-là ? À condition que cela ne vous pose pas de problème.

Il ne voulait pas être un poids, mais souhaitait absolument la revoir ; en outre, Paris l'attirait beaucoup.

— Vous parlez sérieusement ? s'étonna Fiona.

— Mais oui. Cela pourrait-il convenir à votre emploi du temps ?

— Oui, et cela devrait vous plaire.

Pour se rassurer, elle essaya de prendre un ton professionnel, car penser à lui autrement lui faisait peur ; sa trop grande attirance pour lui l'effrayait. En même temps, elle savait qu'il était absolument charmant. Il ne semblait pas avoir de gros défauts, ni être caractériel, ni avoir mauvaise réputation. C'était un homme bien, et elle savait à quel point ce type d'hommes était rare. Pour le moment, donc, elle n'avait pas trop peur, mais elle n'était pas du tout prête à partager son dressing avec lui, comme le lui avait laissé entendre Adrian. Tout ce qu'elle ferait, s'il comptait vraiment venir à Paris, c'était proposer de lui réserver une chambre au Ritz ; il aurait alors une foule de placards pour lui tout seul.

— Le défilé Dior a lieu le soir du 1er, reprit-elle, c'est le plus grandiose et le plus fabuleux de tous. Je suis sûre que vous adorerez, même si ce qui est montré n'est pas facile à porter. Galliano choisit toujours des endroits hors du commun pour ses défilés, et ses créations sont inouïes. Si vous voulez, on pourra aussi aller à celui de Lacroix, le lendemain. C'est toujours splendide, et les mannequins ressemblent à des sculptures vivantes. Je prendrai des places pour les deux soirs. Il y a une grande réception après le défilé Dior. Voudrez-vous y assister ?

— Je serai ravi d'aller partout où vous m'emmènerez. Je ne veux pas être une gêne, Fiona, je sais que vous aurez du travail. Mais je serai très heureux de vous accompagner. Je prends quelques jours de congé autour du 4 juillet, et rien ne m'oblige à rentrer. Mes filles sont toutes les deux prises pour les vacances, donc je pourrai rester autant de temps que vous voudrez, ou partir aussitôt après le défilé Dior, si vous préférez.

— Attendons de voir si vous aimez ou non. Si ça se trouve, vous détesterez cette ambiance. Mais en général, c'est très amusant. Et pour quelqu'un qui n'a jamais vu de défilé, c'est un vrai spectacle. De plus, les réceptions qui suivent sont fabuleuses. En France, la haute couture est considérée comme un art, tout le monde en parle, et les Parisiens en sont très fiers. C'est formidable que vous puissiez venir. Voulez-vous que je vous réserve une chambre à l'hôtel ? Nous descendons au Ritz. Il n'y a peut-être plus de chambres libres, mais je peux appeler, ils me connaissent bien.

— Ce serait parfait, Fiona. Dites-moi quand et où vous retrouver.

Il était ravi de la tournure des événements. La perspective de quitter son univers familier et rassurant pour celui beaucoup plus exotique de Fiona l'excitait. Cela allait être une véritable aventure pour lui, et peut-être aussi pour elle, même si elle se montrait tour à tour chaleureuse et distante vis-à-vis de lui, ce qui trahissait son incertitude à son égard.

— Je demanderai à mon assistante de vous envoyer un plan.

Fiona parlait comme s'ils étaient de simples amis, ce qui inquiéta John. Elle s'était montrée bien plus amicale la veille, mais elle s'était réveillée en se demandant si finalement elle ne l'avait pas été trop – puisque Adrian lui avait même parlé de partage de dressing –, et elle craignait d'avoir donné à John une fausse image de ses intentions. Elle ne voulait pas qu'il croie qu'elle lui courait après ou qu'elle était disponible. Ils avaient besoin de réfléchir avant d'entreprendre quoi que ce soit, aussi tentant que cela fût. Elle ne devait donc pas agir sur un coup de tête, surtout s'il venait à Paris. Mais elle n'en était pas moins ravie de sa décision, et elle lui confia qu'ils allaient bien s'amuser. De son côté, John avait hâte d'y être. Une heure plus tard, elle le rappela pour lui confirmer qu'il avait une chambre au Ritz, près de la suite qu'elle réservait toujours et qui donnait sur la rue Cambon. Il n'en restait que très peu, et Fiona était soulagée d'avoir pu lui en obtenir une. Elle imaginait qu'il aurait sans doute préféré une chambre située sur la place Vendôme, mais il n'y en avait plus.

— Merci infiniment, Fiona, ce sera parfait.

Il demanderait à sa secrétaire d'appeler l'hôtel pour qu'une voiture vienne le chercher à Roissy. Il se réjouissait d'avoir moins d'une semaine à attendre, et Fiona était tout aussi ravie, alors qu'elle roulait vers East Hampton, regrettant même un peu de ne pas le revoir avant son départ. Peut-être cela aurait-il été plus simple que de le revoir à Paris pour la première fois depuis sa soirée ; cela risquait d'être bizarre de le retrouver ainsi là-bas. Elle allait être très occupée, mais Adrian serait là, et si jamais elle ne pouvait se libérer, John et lui pourraient se voir. Mais elle essaierait de passer le plus de temps possible avec lui ; ce serait l'occasion idéale et l'endroit rêvé pour apprendre à se connaître.

Plongée dans ses pensées, elle faillit avoir un accident sur l'autoroute et n'arriva à East Hampton qu'à la nuit. La route avait été très chargée, et elle était heureuse de retrouver ses amis, l'une des rédactrices du magazine, son mari et ses enfants. Elle passa un week-end paisible et reposant avec eux et quand elle rentra chez elle le dimanche, elle reçut un appel de John.

— Comment va mon rival ?

— Qui est-ce donc ?

Elle était guillerette et détendue après ce petit séjour à la plage et se sentait plus à l'aise avec lui.

— Sir Winston, bien sûr ! L'avez-vous emmené avec vous à East Hampton ?

— Non, il déteste la plage. Il y fait trop chaud pour lui et il a du mal à nager. Il est resté avec Jamal. Il m'en veut quand je m'en vais. La semaine prochaine, quand je serai à Paris, il partira en camp d'été.

C'était vraiment la belle vie pour Sir Winston, pensait John. N'importe quel homme la lui aurait enviée, surtout lui. Il aimait particulièrement l'idée de s'allonger à côté de Fiona, et de s'endormir dans son lit, les ronflements en moins.

— En voilà un qui a de la chance ! fit-il remarquer.

Ils discutèrent ensuite des derniers détails pour le voyage à Paris et des vêtements qu'il devrait emporter. Fiona lui indiqua qu'il n'avait pas besoin de prendre un smoking, mais un ou deux costumes sombres. La réception de Dior était toujours habillée, et il y en aurait sûrement une chez Givenchy. *Chic* donnait également un cocktail, tout comme la majorité des grands couturiers, Valentino, Versace, Gaultier. Celui de Chanel était toujours organisé dans l'appartement de Coco Chanel, rue Cambon. Il était clair qu'ils n'allaient pas s'ennuyer, d'autant que la réception de *Chic* au Ritz était un régal. C'était Adrian qui se chargeait de l'organisation et des invitations, et il conviait chanteurs, couturiers, stars de cinéma, célébrités et têtes couronnées. L'événement était très prisé.

Fiona nota de prévenir Adrian le lendemain pour qu'il ajoute John sur la liste des invités. Ce dernier semblait se faire une réelle joie de venir à Paris. En dépit de ses sentiments contradictoires à son sujet, elle trouvait toujours aussi difficile de lui résister et se sentait aussi heureuse que lui. Ce serait agréable d'avoir quelqu'un avec qui partager ses impressions, quelqu'un d'autre qu'Adrian ou l'un des rédacteurs, et d'être à nouveau avec un homme, quelle qu'en soit la raison, quelle qu'en soit l'issue – une amitié ou autre chose – et quelle qu'en soit la durée. Alors qu'elle réfléchissait, tout en se hâtant d'aller en réunion, Fiona décida de donner sa chance à John et d'aller de l'avant. Qui sait, peut-être en valait-il la peine ? Et que serait la vie sans un peu de piment et de romance ?

4

Le vol de nuit New York-Paris passait toujours trop vite pour Fiona. Elle travaillait un peu, dînait, puis inclinait son siège et dormait quelques heures avant que l'avion n'atterrisse.

Elle arriva au Ritz vers 10 heures du matin, et après s'être douchée, changée et avoir avalé une tasse de café, elle se trouva avec mille choses à faire. Elle devait rencontrer les attachés de presse des maisons de couture ainsi que certains couturiers et découvrir en avant-première quelques-uns des modèles des défilés, ce qui montrait bien la haute estime dans laquelle ils la tenaient. Peu de rédacteurs, aussi importants fussent-ils, étaient admis dans les ateliers – le cœur des maisons de couture – avant les défilés, mais c'était le cas de Fiona. Après avoir fait le tour des grandes maisons – le décalage horaire n'avait pas encore fait son effet –, Fiona retrouva Adrian et leurs assistants dans l'après-midi. Ce dernier était occupé à régler les détails du cocktail de *Chic*.

Ce soir-là, Adrian et elle dînèrent au Vaudeville, un petit bistrot près de la Bourse qu'ils aimaient tous les deux et où ils avaient peu de chances de trouver des gens de connaissance. Ils appréciaient également l'Avenue, mais Fiona n'avait aucune envie de rencontrer les rédacteurs des autres magazines et les mannequins qui avaient tous l'habitude de dîner là-bas ou au restaurant de l'hôtel Costes. Son restaurant parisien préféré était le Voltaire, sur la rive gauche, mais ils étaient fatigués après cette première journée et simplement heureux de partager des huîtres et une salade, avant de rentrer à l'hôtel ; ils savaient que le lendemain la frénésie s'emparerait de tout le monde. Le premier défilé aurait lieu ce soir-là, et John arriverait de Londres en fin d'après-midi. Adrian avait taquiné Fiona à ce sujet, mais elle l'avait rabroué, lui faisant remarquer qu'il y avait beaucoup d'autres sujets plus intéressants, comme les modèles de la collection automne-hiver, qu'elle avait eu le privilège de découvrir en avant-première et qui semblaient fabuleux. La robe de mariée de Chanel était extraordinaire, avec sa jupe cloche en velours blanc bordé d'hermine, sa traîne en hermine assortie et son voile sur lequel semblaient scintiller des flocons de neige. Elle était magique.

Une fois qu'Adrian et elle se furent dit bonne nuit, Fiona referma la porte de sa chambre, ôta ses vêtements et se glissa dans son lit en moins de dix minutes. Elle dormit profondément jusqu'à ce que son réveil sonne le lendemain matin. C'était une très belle journée d'été ensoleillée, et les rayons du soleil pénétraient à flots dans sa chambre. Elle dormait toujours les rideaux ouverts quand elle était à Paris, car elle en aimait la lumière et le ciel. La nuit parisienne dégageait une luminosité qui la fascinait, on aurait dit une énorme perle noire. Elle aimait la regarder, allongée dans son lit, jusqu'à ce que le sommeil la prenne.

Son deuxième jour à Paris fut beaucoup plus chargé que la veille, et lorsqu'elle regagna l'hôtel en fin d'après-midi, John était déjà là. Il l'appela au moment où elle entrait dans sa chambre.

— Vous devez être devin, plaisanta-t-elle. J'arrive tout juste.

— Je sais, confessa John, le concierge me l'a dit. J'étais en train de discuter avec lui du choix des restaurants. Où aimeriez-vous aller ?

— J'adore le Voltaire.

C'était un endroit chic et cosy, où se retrouvaient les personnalités les plus élégantes de Paris, qui s'entassaient autour de petites tables ou se serraient dans les deux minuscules salons. C'était le lieu de rendez-vous des gens connus. Il ne pouvait contenir qu'une trentaine de personnes.

— Mais il y a la soirée Dior, ce soir, et je crois que Givenchy organise quelque chose demain. Nous pourrons aller au cocktail Versace, avant ou après celui de Dior. Peut-être pourrions-nous dîner au Voltaire après la soirée de *Chic*, si vous êtes toujours à Paris ?

Elle ne savait pas combien de temps il restait ni jusqu'à quel point il supporterait les défilés. La plupart des hommes en avaient assez au bout d'un jour ou deux, et John semblait de ce genre. C'était différent pour elle, c'était son métier, et elle n'en avait jamais assez. Mais John, lui, était là en touriste.

— Je compte rester jusqu'au bout, si vous voulez bien de moi, annonça-t-il.

C'était une surprise pour elle, car, au départ, ils avaient parlé d'un jour ou deux.

— Je ne voudrais pas vous empêcher de travailler. En fait, je n'ai plus besoin de retourner à Londres. Nous avons tout bouclé aujourd'hui et tout est en ordre à New York. Donc je peux rester avec vous, si vous le voulez. Sinon, dites-le-moi et je rentrerai.

John essayait d'avoir l'air plus dégagé qu'il ne l'était en réalité. Il avait senti chez Fiona l'ambivalence de son attirance pour lui et ne voulait pas l'effrayer.

— Attendez de voir si ça vous plaît ou non, répondit-elle. Vous en aurez peut-être plus qu'assez dans un jour ou deux.

Mais il savait qu'il lui en faudrait bien plus que ça pour ne plus la supporter, du moins il l'espérait.

— Alors, quel est le programme ? Quand dois-je vous retrouver ?

— Le défilé Dior est à 19 heures. En tout cas, c'est ce qui est écrit sur l'invitation, mais nous aurons de la chance si cela commence à 21 heures. Avec Dior, c'est toujours le cirque, ils ne sont jamais à l'heure. À 19 heures, ils seront sûrement encore en train de coudre des perles sur les robes et de finir les ourlets. Mais leur défilé est toujours génial. En plus, cela se passe dans des endroits insolites, qu'ils dévoilent à la dernière minute. On vient juste d'apprendre que ce sera à la gare d'Austerlitz. Ce n'est pas trop loin. En partant d'ici à 19 h 30, ce sera suffisant. Je n'ai pas envie d'attendre là-bas pendant deux heures. Et si, par miracle, ils commencent plus tôt que d'habitude, nous serons toujours dans les temps.

— Veste et cravate, j'imagine ?

Il n'avait aucune idée de ce qu'il devait porter, et Fiona rit de sa question.

— Vous pouvez même y aller tout nu, si ça vous chante. Chez Dior, personne ne le remarquera.

— Je ne suis pas sûr de savoir si c'est rassurant ou insultant.

Il espérait en tout cas que Fiona, elle, l'aurait remarqué. Mais il n'arrivait pas à deviner si elle avait envie d'aller plus loin avec lui. Au départ, il avait senti l'attirance qui les poussait l'un vers l'autre, mais il y avait des moments où elle se montrait très froide. Et malgré le décor romantique que leur offrait la plus belle ville du monde, elle semblait totalement absorbée par son travail, ce qui, en même temps, était normal, puisque c'était la raison de sa présence à Paris. Mais il se demandait s'ils pourraient être seuls ensemble avant qu'il ne reparte. De toute manière, quoi qu'il se passe, il apprécierait d'être tout simplement avec elle, et il trouvait amusant de découvrir un monde si opposé au sien. C'était une expérience unique et qu'il avait hâte de partager avec elle. Il sentait aussi que cela lui permettrait de la connaître un peu mieux et de voir comment elle était au quotidien, au cœur de son univers.

— Je vous rejoindrai dans le hall à 19 h 15, annonça-t-elle, presque brusquement, car elle avait des coups de téléphone à passer et d'autres choses à faire avant de le retrouver. Merci d'être venu, John, ajouta-t-elle avec plus de douceur. J'espère que vous allez vous amuser. Et si jamais vous en avez assez, revenez à l'hôtel et faites quelques longueurs dans la piscine.

— Ne vous inquiétez pas, Fiona, j'ai hâte d'y être.

— Tant mieux. Alors on se voit tout à l'heure.

Comme c'était à prévoir, il était plus de 19 h 30 lorsque John la vit traverser le hall de l'hôtel grouillant de monde. Il y avait les estivants habituels, venus des quatre coins du monde, et ceux qui étaient là pour les défilés : des mannequins, des photographes, des rédacteurs en chef, des journalistes et des clientes qui portaient ce qu'elles avaient acheté lors des collections de janvier – des Européennes, des Américaines, des Arabes et des Asiatiques, suivies par leurs maris –, et une foule de badauds qui observait tout ce petit monde.

Les paparazzi se tenaient à l'extérieur de l'hôtel, prêts à mitrailler la moindre célébrité. D'après la rumeur qui circulait dans la foule, Madonna était entrée quelques instants plus tôt ; comme la plupart des autres stars descendues au Ritz, elle se rendait au défilé Dior. Peu de temps après, Fiona et John montèrent dans la voiture avec chauffeur qu'elle avait louée le temps de son séjour, et le véhicule prit la direction de la gare d'Austerlitz. Adrian et son assistant, ainsi que celui de Fiona, les suivaient dans une autre voiture. Leurs photographes étaient déjà sur place depuis des heures, prêts à agir.

Les défilés parisiens étaient le top de la mode.

Dans la voiture, Fiona jeta un rapide coup d'œil à John et esquissa un sourire amusé.

— Je n'arrive pas à croire que vous soyez là. Vous êtes très courageux, John.

— Ou simplement candide. Je n'ai aucune idée de ce qui m'attend.

Malgré tout, il s'amusait déjà. L'atmosphère, la tension, l'impatience qu'il sentait lui plaisaient.

— Comment font-ils pour organiser ça dans une gare ?

— Je n'en ai aucune idée. Nous verrons bien. Si jamais nous nous perdons après le défilé, regagnez la voiture ou bien retrouvez-moi à l'hôtel.

Elle savait quelle pagaille régnerait, la même pour presque tous les défilés.

— Voulez-vous épingler mon nom et mon adresse sur ma chemise ? Ma mère a fait ça une fois, quand nous sommes allés à Disneyland. Elle n'avait absolument aucune confiance en ma capacité à me rappeler mon propre nom. Elle avait bien sûr raison, car je me suis perdu à peine arrivé.

— Essayez surtout de ne pas oublier le mien, lui recommanda Fiona avec un petit sourire avant qu'ils sortent de la voiture et se fraient un chemin dans la foule.

Leurs invitations étaient de grands cartons argentés faciles à repérer, mais malgré cela, il leur fallut vingt minutes pour atteindre l'entrée. Il était plus de 20 heures lorsqu'ils purent enfin pénétrer dans la gare et atteindre leurs places, des chaises de metteur en scène en imprimé léopard, installées sur les quais et qui s'étendaient à perte de vue. Le thème, cette année, était la jungle africaine. Fiona le savait déjà.

Il était 20 h 30 quand le défilé commença enfin. La gare fut plongée dans le noir et un vieux train arriva lentement en même temps que le son des tam-tams retentissait et qu'une centaine d'hommes habillés en guerriers massais sortaient de nulle part et fixaient le public. Quand la lumière revint, la scène qui s'offrait à leurs yeux était impressionnante. John était fasciné. Il avait déjà repéré dans l'assistance Catherine Deneuve, Madonna, ainsi que la reine de Jordanie, assise près d'eux. Ils étaient dans un environnement exceptionnel et John regardait ce qui se passait, tout en observant Fiona. Calme et tranquille, elle était concentrée sur ce qui allait se passer. Quelques instants plus tard, le spectacle commença ; la musique s'intensifia, et trois hommes accompagnés de deux tigres et d'une panthère des neiges traversèrent lentement l'assistance. En les voyant, Fiona ne put réprimer un sourire.

— C'est du Dior typique, murmura-t-elle à John.

Il ne manquait plus qu'un éléphant. Ce fut chose faite quelques minutes plus tard : un éléphant arriva, tenu par deux hommes et harnaché de strass. John ne put s'empêcher de se demander si les animaux n'allaient pas s'affoler devant toute cette foule, mais personne ne semblait s'en soucier. L'assistance retenait son souffle en attendant de voir les modèles, qui ne tardèrent pas à arriver.

Chaque mannequin était précédé et suivi d'un guerrier massai en tenue traditionnelle, avec sa lance. Les jeunes femmes étaient ravissantes, descendant du train une par une, portant de longues jupes à traîne en taffetas peint, des bustiers perlés d'une complexité extraordinaire, des jambières en dentelle couvertes de perles. Certaines avaient la poitrine entièrement nue. John essayait de ne pas regarder, mais l'une d'elles se dirigea vers lui enveloppée d'un immense manteau brodé qu'elle ouvrit lentement, révélant un corps parfait, uniquement vêtu d'un string. Fiona observait la scène, amusée. Les mannequins aimaient jouer avec le public, et tandis que la jeune femme s'éloignait, John s'efforça de ne pas montrer son embarras. Durant tout le défilé, Fiona conserva une expression indéchiffrable, qui faisait partie de son personnage. Son air impassible était un masque empêchant de deviner ce qu'elle pensait. Elle donnerait son avis quand elle l'aurait décidé, pas avant. D'ailleurs, John ne lui posa aucune question. Il était heureux de l'observer et de voir sa façon de faire.

Les robes de soirée qui apparurent à la fin du défilé étaient tout aussi sublimes et uniques. John ne pouvait imaginer les femmes qu'il connaissait porter ces créations aux réceptions auxquelles il avait l'habitude d'assister, mais il appréciait le spectacle ainsi que la mise en scène théâtrale qui entourait les mannequins. Lorsque la mariée fit son entrée, elle portait sur la tête une version géante d'une coiffure massaï, une jupe blanche en taffetas peint, si large qu'elle eut du mal à sortir du train, et un corselet en or entièrement incrusté de diamants. Et à l'instant même où elle descendit du train, John Galliano apparut sur un éléphant blanc, vêtu d'un pagne et d'un corselet identique. Une demi-douzaine de guerriers grimés soulevèrent alors la mariée à sa hauteur et l'installèrent derrière lui sur l'animal, tandis que tous les deux saluaient la foule en s'éloignant. Les tigres et la panthère des neiges avaient entre-temps disparu, au grand soulagement de John, tandis que les top-modèles quittaient la scène et que les tam-tams se faisaient assourdissants. Quelques instants plus tard, les guerriers et les mannequins montèrent dans le train, qui quitta la gare.

— Alors ? demanda Fiona en se tournant vers John, qui semblait subjugué.

La représentation l'avait fasciné. Même pour un habitué des défilés, c'était extraordinaire. Alors pour lui, c'était vertigineux. Mais il avait adoré.

— J'imagine que pour vous, ce n'est qu'une journée comme les autres, répondit-il en souriant. Mais moi, je n'en reviens pas. C'était absolument incroyable. Du début à la fin. Les vêtements, les femmes, les guerriers, la musique, les animaux. Je ne savais plus où donner de la tête. Est-ce toujours ainsi ?

Dans un genre beaucoup plus glamour, cela lui avait rappelé la première fois qu'il était allé au cirque.

— Avec Dior, oui. Ils se surpassent à chaque nouvelle collection. Avant, les vieilles maisons de couture ne faisaient jamais rien de tel, elles se contentaient de défilés élégants et traditionnels. Mais depuis l'arrivée de Galliano, Dior est comme ça. C'est plus du théâtre que de la mode, et ça relève davantage de la campagne publicitaire que d'une réelle volonté d'habiller les femmes. Mais c'est ce qui plaît, et la presse en raffole.

— Est-ce que certaines femmes portent ses créations ?

John avait du mal à l'imaginer, même si une mariée portant la robe de Galliano et son corselet en or et diamants eût certainement été fabuleuse.

— Pas beaucoup, non. Et puis cela nécessite énormément de modifications et d'ajustements. Il n'y a que trente ou quarante femmes dans le monde qui s'habillent en haute couture, si bien que de nombreuses maisons ferment. La réalisation de chaque modèle demande tant de temps, le prix des matériaux utilisés et la main-d'œuvre sont si élevés qu'elles perdent de l'argent. C'est pour cette raison que certaines maisons continuent pour la publicité et le prestige et non pour le profit. Mais la haute couture influence le prêt-à-porter, et il est donc indispensable de couvrir l'événement. Car plus ou moins rapidement, des modèles inspirés de la haute couture seront dans les magasins et portés par une majorité de femmes.

— J'ai hâte de voir ça, observa John en riant. Je serais ravi d'en voir au bureau.

— Ce sera peut-être le cas, mais dans des versions très édulcorées. Les créations sont très souvent adaptées sous des formes et à des prix correspondant aux goûts et aux moyens du plus grand nombre. Mais c'est ici que tout commence, dans sa forme la plus pure.

C'était une façon de voir les choses. John savait à quel point Fiona connaissait son métier, et maintenant qu'il la voyait à Paris, elle l'impressionnait et l'attirait encore plus. De son côté, elle semblait grandement apprécier sa compagnie.

Tandis que la foule se dispersait, John et Fiona gagnèrent la sortie. Ils rentraient à l'hôtel prendre un verre, avant de se rendre à la soirée Dior, qui se déroulait dans une piscine. Mais Fiona précisa qu'il était inutile d'y arriver avant minuit. Ils quittèrent la gare à 22 heures, arrivèrent une demi-heure plus tard à l'hôtel et s'installèrent à une table près du bar, où ils commandèrent cocktails et amuse-gueule. John était affamé. Adrian les rejoignit pour leur dire qu'il avait trouvé le défilé grandiose ; ensuite de nombreuses connaissances de Fiona s'arrêtèrent à leur table pour la saluer, ce qui renforça son importance aux yeux de John.

— N'avez-vous donc jamais de répit ? s'enquit-il avec curiosité.

— Pas ici, en tout cas, répondit Fiona en dégustant un verre de vin blanc.

John avait commandé un Martini. En regardant Fiona, il voyait combien qu'elle appréciait cette situation ; pas seulement l'attention qu'on lui portait, mais surtout l'ambiance qui se dégageait. Entourée de sa cour, elle était parfaitement dans son élément. Tous désiraient avoir son avis sur le défilé, savoir ce qu'elle en avait pensé, ce qu'elle finit par leur révéler, en leur avouant qu'elle avait aimé la plupart des modèles.

— Qu'est-ce qui vous a plu ? demanda John, intrigué.

— Le travail réalisé, les détails, l'imagination, les couleurs, le ton général. Les jupes peintes étaient fabuleuses, de vrais chefs-d'œuvre. Galliano est réellement un génie. Savez-vous que, en haute couture, tout est cousu à la main, qu'il n'y a pas un seul vêtement cousu à la machine ?

Ce monde était totalement étranger à John, c'était celui de Fiona, et il ne l'en admirait que plus.

— Vous intéressez-vous aux vêtements ? demanda-t-elle tandis qu'ils grignotaient quelques cacahuètes et amuse-gueule et continuaient d'être interrompus par des connaissances de Fiona au look excentrique, qui venaient lui présenter leurs hommages.

Certains semblèrent intrigués par John lorsqu'elle le leur présenta, mais la plupart l'ignorèrent ; c'était Fiona qui les intéressait et à qui ils voulaient parler.

— J'aime les femmes bien habillées. Ce que j'ai vu ce soir me dépasse un peu, mais c'est amusant à regarder. Et très différent, confia-t-il alors qu'un énième importun s'arrêtait à leur table. Vous n'avez pas souvent la paix ici, n'est-ce pas ?

En fait, elle ne l'avait jamais. Mais elle n'était pas venue à Paris pour cela.

— Ce n'est pas ce que je recherche, répondit-elle.

En réalité, elle n'était jamais tranquille nulle part, mais ça ne la dérangeait pas. C'était ainsi qu'elle remplissait sa vie en lieu et place d'un mari et d'enfants. Les seules constantes dans son existence étaient son travail, Adrian et Sir Winston. Le reste n'était qu'un décor de théâtre, où les gens entraient et sortaient.

— Je crois que trop de tranquillité me rend nerveuse. J'ai besoin de bruit.

— Comment faites-vous en vacances ? demanda John, curieux.

Il avait du mal à se la représenter inactive ou seule. Elle semblait tellement faire partie de l'agitation dans laquelle elle évoluait qu'il ne pouvait pas l'imaginer dans un monde calme. Un tel rythme le rendrait vite fou, mais pour l'heure, il était fasciné.

— Je suis angoissée la première semaine, répondit Fiona avec sincérité. Et je m'ennuie la deuxième.

Tous les deux éclatèrent de rire.

— Et la troisième ?

— La troisième, je reprends le travail.

— C'est bien ce que je pensais. Donc, pas question de partir un mois sur une île déserte, j'imagine ? Dommage.

— Une fois, j'ai passé un mois en convalescence à Tahiti. Le médecin avait insisté pour que j'aille me reposer au soleil. J'ai failli devenir hystérique. Mes vacances, je les prends à Paris, Londres ou New York.

— Et à Saint-Tropez, ajouta John en souriant.

— Oui, c'est un peu comme ici, la mer et les maillots en plus. Ce n'est pas vraiment reposant, mais j'adore.

John savait que cela lui plairait aussi, surtout en sa compagnie. Fiona était une sorte d'oiseau exotique, lumineux et coloré, un peu comme le défilé Dior – rien n'était petit, mesquin ou prévisible chez elle. Absolument rien. Et il adorait cela.

— Prêt pour une nouvelle aventure chez Dior ? demanda-t-elle d'un air espiègle.

— Encore des tigres, des éléphants et des guerriers ?

— Non, cette fois, le thème est l'eau, répondit-elle.

Mais lorsqu'ils arrivèrent, John fut sidéré de voir comment ils avaient réussi à transformer une simple piscine. Une piste de danse avait été installée au-dessus du bassin, d'énormes poissons tropicaux nageaient dans l'eau et des filles grimées et maquillées de la tête aux pieds en poissons de toutes les couleurs se déplaçaient dans la foule, seulement vêtues des peintures qui leur couvraient le corps. Des apollons ne portant que de minuscules maillots dorés faisaient le service. Toute la décoration était faite pour donner l'impression d'une fête sous-marine, et l'on servait des sushis et des fruits de mer exotiques. Les gens dansaient sur la piste au son d'une musique techno assourdissante. Vedettes du grand écran, photographes, aristocrates, têtes couronnées, mannequins, toute l'élite du monde de la mode se trouvait là. Et une fois encore, Fiona fut très entourée. C'était une réception incroyable, pourtant John lui fut reconnaissant lorsqu'ils s'en allèrent moins d'une heure plus tard. Fiona avait rempli ses obligations et était heureuse de partir. Et c'est avec bonheur qu'ils montèrent dans la limousine, soulagés d'échapper au bruit.

— Eh bien ! C'était un sacré spectacle ! fit remarquer John, incapable de dire quoi que ce soit d'autre.

Il se sentait groggy et s'imaginait difficilement faire cela deux fois par an pendant toute une semaine, mais Fiona semblait ne pas souffrir de l'agitation et de la frénésie ambiantes. Elle lui souriait tranquillement, tandis qu'ils roulaient vers le Ritz, dans la magnifique nuit parisienne.

— Les autres réceptions de la semaine ne seront pas aussi originales. Dior a sorti le grand jeu.

Elle savait qu'ils avaient dépensé trois millions d'euros pour la soirée qu'ils venaient de quitter et beaucoup plus pour le défilé. Les autres maisons de couture étaient plus raisonnables, tant dans leurs budgets que dans leurs thèmes. Avec Dior, John avait démarré fort. Lorsqu'ils approchèrent de la place Vendôme, Fiona demanda au chauffeur de s'arrêter, puis se tourna vers John.

— Seriez-vous partant pour une petite promenade ou êtes-vous trop fatigué ?

Elle aimait marcher dans Paris avant d'aller se coucher, même si la journée avait été longue et si le décalage horaire commençait à la rattraper.

— Non, au contraire, répondit-il tandis qu'elle donnait congé au chauffeur.

Ils remontèrent lentement la rue de Castiglione en direction de la place Vendôme, redevenus soudain des gens normaux dans un monde normal, se promenant dans la plus belle ville du monde. John était ravi de marcher un peu et de prendre l'air. Après tout ce qu'ils avaient vu ce soir-là, cela leur permettait de reprendre pied sur terre.

— Je commençais à me sentir un peu K-O, admit-il tandis qu'ils arrivaient sur la place.

Ils s'arrêtèrent devant quelques vitrines de magasins, et John se sentit mieux, avec juste une certaine fatigue.

— Avez-vous eu votre compte ? demanda Fiona, curieuse de savoir jusqu'où il pouvait supporter son milieu.

— Pas encore. Je suis fasciné, même si je pense qu'il sera difficile de dépasser ce que j'ai vu aujourd'hui. Je crois que je serai déçu, si les autres défilés sont moins bien.

— Pas moins bien, mais moins délirants. Peut-être les apprécierez-vous davantage. Il y aura moins d'extravagance que chez Dior, dont c'est le fonds de commerce.

— Et le vôtre ? demanda John en lui prenant le bras.

— Peut-être, en effet. J'aime tout ce qui est beau et hors du commun, et les gens qui ont du talent et l'esprit créatif. J'ai la chance d'en connaître beaucoup, si bien que parfois je ne sais plus vraiment ce qu'est la normalité. Pour moi, ce sont eux qui sont normaux, et j'en arrive à oublier que c'est faux.

— Vous vous ennuierez terriblement si vous quittez tout cela un jour, Fiona. Mais peut-être que cela vous permettra d'écrire un livre passionnant.

Toutefois, même s'il la connaissait depuis peu, John ne pouvait l'imaginer vivre autrement qu'entourée de ses admirateurs. C'était son univers, le royaume sur lequel elle régnait, souveraine. Et il devinait à quel point il lui était difficile de le partager avec un homme. Peu d'entre eux accepteraient de n'exister qu'en marge de son monde, et moins encore en seraient capables. Il était certain qu'elle le savait. Pour la plupart, elle était un tourbillon qui les emportait sur une autre planète, et il ne faisait pas exception. Mais il était heureux d'être avec elle et savourait ce moment unique, tout en étant conscient qu'il ne le supporterait pas longtemps si c'était son quotidien. Sa propre vie paraissait morne et fade par rapport à celle de Fiona, bien qu'il fût à la tête d'une des plus grandes agences de publicité de la planète. Il n'arrivait pas à imaginer Fiona mariée. Tandis qu'ils approchaient de l'hôtel, il ne résista pas à l'envie de lui poser la question et lui demanda si elle trouvait le mariage trop ennuyeux et la vie de célibataire trop divertissante pour y renoncer. Il était certain que personne ne pouvait rester longtemps marié avec quelqu'un vivant dans ce milieu.

— Ce n'est pas vraiment ça, répondit-elle d'un air songeur. Simplement, je n'ai jamais ressenti le besoin de me marier. On souffre trop, quand ça ne marche pas, alors je n'ai pas voulu courir le risque. Pour moi, c'est comme sauter d'un immeuble en flammes. Si vous avez de la chance, vous atterrissez sur la toile qu'on a déployée pour vous en bas, mais plus vraisemblablement, vous vous écrasez sur le béton, c'est ainsi que je vois les choses.

Elle posa sur lui de grands yeux remplis de franchise, et John se mit à rire, tandis qu'ils pénétraient tranquillement dans l'hôtel.

— Effectivement, c'est une façon de voir les choses. Mais quand un mariage fonctionne, c'est fabuleux. J'ai adoré être marié. Il faut choisir la bonne personne, et peut-être avoir beaucoup de chance.

Tous les deux pensèrent alors à sa femme défunte, mais Fiona ne voulait pas s'engager sur ce terrain.

— Je n'ai jamais été très joueuse, répondit-elle avec sincérité. Je préfère, par exemple, dépenser mon argent dans ce qui me plaît plutôt que risquer de tout perdre sur un pari. Par ailleurs, je n'ai jamais rencontré un homme qui accepte la vie que je mène. Je voyage énormément, je suis très occupée, je suis entourée de gens complètement fous, et mon chien ronfle. Et je ne voudrais changer ça pour rien au monde.

John avait pourtant du mal à la croire. Selon lui, chacun réalisait tôt ou tard qu'il ne voulait pas être seul. Pourtant, il devait bien admettre que Fiona semblait extrêmement satisfaite de sa vie.

— Et que se passera-t-il quand vous serez vieille ?

— Je m'arrangerai. J'ai toujours trouvé particulièrement ridicule de se marier pour ça. Pourquoi passer trente ans avec un homme qui ne me rendrait pas heureuse, simplement pour ne pas vieillir seule ? Et si j'avais la maladie d'Alzheimer et que je ne me souvenais même plus de lui ? Pensez alors à tout ce temps que j'aurais passé à être malheureuse, juste pour ne pas l'être davantage plus tard. Ça ressemble plus à une assurance-vie qu'à autre chose. En outre, je pourrais très bien m'écraser en avion la semaine prochaine et bouleverser la personne qui partagerait ma vie. Alors que, dans l'état actuel des choses, le seul qui serait perturbé serait mon chien.

John trouvait cette façon de voir étrange, mais Fiona semblait sûre d'elle.

Sa vie était l'antithèse de la sienne. Il avait été longtemps marié à la femme qu'il avait aimée et avec qui il avait eu deux enfants. Et même s'il avait été fou de douleur à la mort d'Ann, il ne regrettait pas les années qu'ils avaient vécues ensemble. Contrairement à Fiona, il ne voulait pas que seul un chien le pleure lorsqu'il s'en irait. Mais celle-ci avait vu la douleur de sa mère chaque fois qu'un homme l'avait quittée, et avait souffert elle-même lorsque ses deux liaisons avaient pris fin. Aussi, pour elle, le mariage et la perte d'un conjoint étaient la pire des choses, et il était plus simple de ne pas en avoir du tout. Elle remplissait donc sa vie autrement, avec des passe-temps, des projets et des gens.

— De plus, poursuivit-elle d'un air pensif, je n'aime pas être encombrée. Peut-être suis-je trop attachée à ma liberté, ajouta-elle en haussant les épaules avec un sourire espiègle, sans aucune trace de regret. Ma vie me convient telle qu'elle est.

En dépit de sa conception différente des choses, John ne put que l'approuver. Fiona semblait parfaitement satisfaite de son existence et ne s'en cachait pas.

De retour au Ritz, ils passèrent devant les vitrines regorgeant de bijoux et de vêtements coûteux, avant d'atteindre l'ascenseur situé du côté de la rue Cambon. Leurs chambres étaient dans le même couloir au troisième étage, à l'opposé l'une de l'autre. John attendit devant sa porte qu'elle trouve le passe en plastique bleu dans son sac. Une fois qu'elle l'eut inséré dans la serrure magnétique, elle entra dans sa chambre et se retourna pour le remercier de l'avoir rejointe à Paris. Elle avait beaucoup aimé la soirée avec lui, du début à la fin.

— Aurez-vous le temps pour un petit déjeuner demain matin ou serez-vous trop occupée ? demanda-t-il.

Fiona remarqua qu'il était aussi impeccable qu'en début de soirée, et qu'il semblait en pleine forme. Il était pourtant 2 heures du matin. Ils avaient passé un bon moment ensemble, il était amusant, facile à vivre et de compagnie agréable, et il ne la laissait pas indifférente. Simplement, elle n'était pas prête. Du moins pour le moment.

— J'aurai quelques coups de fil à donner et une réunion avec notre photographe pour voir les photos du défilé Dior, mais je ne pense pas qu'il les ait avant le début de l'après-midi. Et puis, il y aura le défilé Lacroix à 11 heures, et nous devrons partir vers 10 h 30… Je voudrais me préparer vers 9 heures… Je pourrai prendre le petit déjeuner avec vous à 8 h 30.

On aurait dit qu'elle planifiait sa journée de travail, et cela fit sourire John.

— Ça m'ira.

De son côté, il devait aussi téléphoner, mais pas avant l'après-midi en raison du décalage horaire avec New York.

— Que prenez-vous le matin ? Je passerai commande pour nous deux, si vous voulez.

Elle était si indépendante qu'il ne voulait pas lui donner l'impression d'envahir son territoire ou lui faire penser qu'elle ne maîtrisait pas la situation. Il sentait que cela n'aurait pas été très judicieux.

— Pamplemousse et café pour moi, répondit-elle simplement, avec un petit bâillement.

Elle commençait à tomber de sommeil, et la voir ainsi lui plut. Elle paraissait plus fragile et plus douce, moins intimidante et moins sûre d'elle.

— Allons, ne pouvez-vous pas faire mieux que ça ? Vous ne pouvez pas courir toute la matinée avec seulement un demi-pamplemousse et une tasse de café dans l'estomac. Vous allez vous écrouler, Fiona. Que diriez-vous d'une omelette ?

Elle eut une brève hésitation, puis acquiesça de la tête.

— Aux girolles, alors, répondit-elle en lui souriant.

— Cela me va aussi. Je commanderai donc le petit déjeuner pour 8 h 30. Dans ma chambre ou dans la vôtre ?

Il avait déjà deviné la réponse, car il commençait à la connaître.

— La mienne, si vous voulez bien.

— Aucun problème. Alors, à demain, Fiona. Et merci de m'avoir invité. J'ai passé une soirée magnifique, que je ne suis pas près d'oublier. Je crois que ce sont les guerriers massaïs que j'ai préférés par-dessus tout.

— Évidemment, dit Fiona en souriant. C'est un truc de garçons.

— Et vous, qu'avez-vous aimé le plus ?

Elle eut soudain l'envie irrésistible de lui répondre « être avec vous » mais se retint, paniquée d'y avoir seulement songé.

— La mariée, peut-être, ou les jupes peintes.

Elle comptait en parler dans son article et espérait que les clichés du photographe seraient bons.

— Les tigres et la panthère étaient géniaux, eux aussi, ajouta John d'une voix presque enfantine.

Il brûlait d'impatience de raconter à ses filles ce qu'il avait vu. Elles savaient qu'il était à Paris, mais ignoraient pourquoi et avec qui. Depuis la mort d'Ann, John leur disait toujours où il se trouvait.

— J'aurais mieux fait de vous emmener au musée d'Histoire naturelle ou au zoo, le taquina Fiona.

Tous deux se mirent à rire, tandis qu'elle le grondait pour son manque d'intérêt pour la mode – mais elle savait qu'il avait passé un bon moment, et c'était tout ce qui comptait.

Ils s'attardèrent encore un moment, simplement heureux d'être ensemble, puis John posa un léger baiser sur le front de Fiona, et gagna sa chambre. En entrant dans la sienne, Fiona réalisa à quel point il lui plaisait. Il avait un charme fou, était attirant, équilibré et terriblement viril. Dans un bref instant d'égarement, elle faillit courir le retrouver, mais qu'aurait-elle fait ensuite ? Elle s'efforça donc de se calmer malgré la proximité, mais cela lui sembla bien dur tant elle se sentait irrésistiblement attirée par lui. Heureusement, entre-temps, John avait refermé sa porte, et elle se félicita de s'être retenue. Entamer une liaison avec lui ne mènerait nulle part, elle s'en était rendu compte au cours de la soirée et avait pris sa décision. John était extrêmement séduisant, mais elle avait suffisamment de bon sens pour se rendre compte qu'ils étaient tous deux trop différents, pour que cela les mène quelque part. Elle devait donc, les prochains jours, s'obliger à garder la tête froide, tout en sachant qu'il lui serait très difficile de ne pas succomber au charme de John. Heureusement, elle savait conserver son sang-froid.

5

Le lendemain matin, John frappa à la porte de Fiona et constata lorsqu'elle lui ouvrit, vêtue d'un peignoir rose et de pantoufles assorties, qu'elle semblait réveillée depuis longtemps. Elle était déjà maquillée et coiffée et lui annonça qu'elle avait téléphoné à Adrian dès 7 heures du matin. Ils avaient reparlé du défilé Dior de la veille et des modèles de la collection qui leur semblaient les plus importants, et avaient le même point de vue. Ils se rendraient au défilé Lacroix dans la matinée. Adrian était allé dans les ateliers la veille et était enthousiasmé par ce qu'il y avait vu. Aussi, lorsque John arriva pour le petit déjeuner, Fiona avait déjà l'esprit au travail.

— Avez-vous bien dormi ? s'enquit-il avec sollicitude.

Il portait un pantalon gris, une chemise bleue avec le col ouvert et des mocassins noirs Gucci. En le voyant, elle se rendit compte une fois de plus à quel point elle le trouvait attirant et sexy.

— Oui, je vous remercie.

Elle lui adressa un sourire pendant que le garçon d'étage, qui était arrivé sur les talons de John, disposait le petit déjeuner sur une desserte et leur approchait deux chaises. Il y avait un journal plié pour chacun et un petit vase de roses rouges décorait la table.

— Je dors toujours bien, mais je dois reconnaître qu'au bout de quelque temps, les ronflements de Sir Winston finissent par me manquer. Pour moi, c'est comme le bruit de l'océan, ajouta-t-elle alors qu'ils s'asseyaient.

Pendant un moment, ils mangèrent en silence, chacun perdu dans ses pensées.

— Alors, que vais-je voir aujourd'hui ? Encore des panthères et des tigres ?

— Aujourd'hui, vous allez voir de l'art vivant, répondit Fiona en souriant. De la poésie en mouvement, de la sculpture animée. Les créations de Lacroix sont de véritables tableaux qui intègrent différentes matières et d'extraordinaires accessoires, dans de merveilleuses couleurs. Je crois que vous allez adorer.

— Rien à voir avec hier, donc ? demanda John avec curiosité en l'observant.

Elle paraissait très jeune, avec ses cheveux descendant en cascades sur ses épaules. De son côté, elle le trouvait très beau et très distingué.

— Non. Ce sera plus calme, mais inoubliable, élégant et d'une très haute tenue. Galliano est un homme de spectacle qui crée des représentations, Lacroix un génie qui crée de l'art.

— Merci de faire mon éducation. Je découvre beaucoup de choses avec vous.

Il ne voyait pas très bien ce qu'il pourrait faire de ce savoir, mais il était heureux de partager cette expérience avec elle, et prenait plaisir à la voir évoluer dans son univers, apprenant ainsi à la connaître.

Fiona mangea toute son omelette, la moitié du pamplemousse puis, après réflexion, un pain au chocolat, et but deux tasses de café.

— Nous ne devons plus nous voir, John, annonça-t-elle brutalement en reposant sa tasse.

John la regarda.

— Voilà qui est soudain.

Il se demanda tout à coup s'il y avait quelqu'un d'autre dans sa vie, ce qui expliquerait la distance qu'il sentait parfois chez elle. Il avait d'abord pensé à un réflexe d'autoprotection mais se demandait à présent si elle n'avait pas plutôt une liaison. Il détestait l'admettre, mais il était déçu.

— À quoi doit-on attribuer cela ?

— Au petit déjeuner. Si je continue à vous fréquenter, je vais devenir obèse. Je mange trop, quand vous êtes là.

John la regarda, stupéfait et soulagé, puis un large sourire s'épanouit sur ses lèvres.

— J'ai cru que vous parliez sérieusement, fit-il l'air penaud. L'espace d'une minute, vous m'avez fait peur.

Il se sentit soudain très vulnérable.

— Mais je parlais sérieusement. Avec mon métier, je ne peux pas me permettre de grossir. J'aurais l'air ridicule. Que dirait-on si la rédactrice en chef du magazine de mode le plus important pesait quatre-vingt-dix kilos ? On me renverrait aussitôt, et ce serait votre faute.

— Fort bien. Dans ce cas, il faut agir. Jamais plus je ne veux vous voir manger, et si jamais je vous vois toucher à votre déjeuner à midi, j'appellerai le médecin pour vous faire poser un anneau gastrique. Personnellement, je pense que quelques kilos de plus ne vous feraient pas de mal, mais qui suis-je pour vous demander de risquer votre travail pour une omelette ?

— Ce n'est pas l'omelette. C'est le pain au chocolat, je ne peux pas y résister.

Elle lui souriait, et le simple fait de la regarder lui serra le cœur.

— D'accord, on vous fera suivre une cure de désintoxication à votre retour. Mais je reste convaincu que vous devez prendre de vrais petits déjeuners.

En fait, alors qu'en général elle n'aimait parler à personne le matin – pas même à Sir Winston –, elle appréciait d'être avec lui en ce moment, trouvant sa compagnie très agréable. Mais peut-être était-ce dû à Paris, et au souffle de légèreté, de bonheur et de romantisme qu'il y avait dans l'air, en particulier au Ritz, l'un de ses hôtels préférés. D'ordinaire, quand il venait, John descendait au Crillon, mais il était heureux d'être au Ritz avec elle.

— Il faut que j'aille me préparer, déclara soudain Fiona en se levant.

En la voyant dans son peignoir rose, les pieds nus, John eut l'impression fugitive qu'ils étaient mariés.

— Vous êtes très jolie.

— Comme ça ?

Il trouvait que le rose lui allait particulièrement bien, mais elle le regarda comme s'il avait dit quelque chose de particulièrement idiot, puis se passa une main dans les cheveux et arrangea son peignoir.

— Ne dites pas de bêtises, répondit-elle pour balayer le compliment avant de partir s'enfermer dans sa chambre.

John avait dit qu'il lirait le journal en l'attendant, mais lorsqu'elle réapparut, Fiona le trouva en train de regarder par la fenêtre. Il était perdu dans ses pensées, à tel point qu'il sursauta lorsqu'elle lui toucha l'épaule ; il était à des milliers de kilomètres, songeant à elle.

— Quelle élégance ! dit-il, admiratif.

Elle avait revêtu un tailleur-pantalon blanc et noir en lin très seyant, un cadeau de la maison Balmain, qui lui avait été offert l'année précédente, portait des sandales Blahnik noires à talons hauts, en lézard, et tenait à la main un sac Hermès noir. Ses cheveux étaient relevés en un chignon soigné et elle avait mis de grosses boucles d'oreilles noires en coquillage de Seaman Schepps. Sa tenue était sobre et élégante, la seule touche de couleur étant son gros bracelet en turquoise.

— Prête ? lança John alors qu'ils s'apprêtaient à quitter la suite.

On aurait dit un couple se rendant à un rendez-vous, et tandis qu'ils sortaient, ils tombèrent sur Adrian qui quittait sa chambre précipitamment. Ce dernier haussa un sourcil en les voyant, puis sourit.

— Eh bien ! Voyez-vous ça ! Je rêvais que quelque chose de la sorte se produise. Une lune de miel au Ritz ! lança-t-il avec audace.

— Oh, arrête, Adrian ! rétorqua Fiona, l'air embarrassé, tandis que John les observait, amusé.

— Nous avons simplement pris le petit déjeuner ensemble. Rien de plus.

— Je suis navré de l'apprendre, répondit Adrian.

Ils montèrent tous les trois dans l'ascenseur, sans que John attache d'importance aux sous-entendus d'Adrian. Les deux hommes étaient en pleine conversation en sortant de l'ascenseur, précédés de Fiona. La voiture d'Adrian n'étant pas là, ils prirent celle de Fiona pour aller à l'Académie des beaux-arts.

Comme l'avait annoncé la jeune femme, le défilé Lacroix fut magnifique, très élégant et d'une beauté à couper le souffle, totalement différent de celui auquel ils avaient assisté la veille. John fut subjugué. Après le défilé, Adrian retourna à l'hôtel pour parler au photographe, alors que John et Fiona allaient déjeuner au Voltaire. Avec John, elle avait l'impression de devenir paresseuse, ayant plus envie d'être avec lui que de travailler.

Ils restèrent trois heures au Voltaire, déjeunant et bavardant tranquillement. Le restaurant était plein et Fiona connaissait plus de la moitié des clients. Hubert de Givenchy était là, de même que la baronne de Ludinghausen, une ancienne de chez Saint Laurent ; il y avait également des couturiers, des banquiers, et tandis qu'ils commandaient le café, Fiona discuta quelques instants avec un prince russe assis à côté de leur table. Elle connaissait tout le monde, mais, surtout, tout le monde la connaissait.

Après le déjeuner, ils rentrèrent à l'hôtel pour téléphoner à New York, et se retrouvèrent à 16 h 30. Ils étaient convenus de se promener Faubourg Saint-Honoré, où John accompagna Fiona chez Hermès. Ils regagnèrent l'hôtel à 18 heures, après avoir passé la journée ensemble, et Fiona fut surprise de constater à quel point elle se sentait à l'aise avec lui. Elle monta se changer pour la soirée pendant qu'il envoyait quelques e-mails, et lorsqu'ils se retrouvèrent une heure plus tard, elle avait mis un ensemble bleu vif en soie. Ils partirent pour le défilé Givenchy, qu'elle trouva un peu trop outrancier, même si certains modèles lui plurent.

Après cela, ils retournèrent au Ritz pour la soirée de *Chic*, parfaitement réussie grâce à Adrian. Toutes les personnalités étaient présentes et Fiona alla saluer les uns et les autres, s'arrêtant pour discuter et prendre un verre. Ensuite, John et elle se rendirent à la soirée Givenchy, qui avait lieu sous une immense tente dressée dans le jardin du Luxembourg. À minuit, ils firent une brève halte au Buddha Bar, car Fiona avait promis à des amis de les y retrouver, puis ils prirent un dernier verre au bar de l'hôtel, John un brandy et elle une eau minérale. En montant à leurs chambres, elle s'aperçut avec étonnement qu'il était 2 heures du matin – les soirées débutaient tard à Paris, et par conséquent les nuits finissaient tard elles aussi.

— Est-ce toujours ainsi, quand vous venez pour les collections haute couture ? demanda John dans l'ascenseur.

Il refusait de l'admettre, mais il était épuisé. Fiona vivait à un rythme qui l'aurait tué au bout d'une semaine. Il était bien plus facile, comprit-il, de travailler dans un bureau et de sortir tranquillement une ou deux fois par semaine. Il n'en revenait pas de tout ce qu'ils avaient vu et fait en deux jours. Pourtant, tandis qu'elle fouillait dans son sac pour trouver sa clé, Fiona ne semblait pas du tout fatiguée.

— Oui, c'est toujours assez chargé, répondit-elle en souriant. Voulez-vous vous reposer demain ? J'irai au défilé Chanel le matin et Gaultier l'après-midi.

Comme si cela lui disait quelque chose ! Pour lui, c'était du chinois.

— Je ne raterais ça pour rien au monde ! Je fais mon éducation, si l'on peut dire.

Soudain, il se demanda s'il n'était pas gênant pour elle d'être vue partout avec lui. Cette idée ne lui avait même pas effleuré l'esprit jusque-là, mais après tout, pour elle, ce n'étaient pas des vacances. Elle était là pour travailler.

— Préférez-vous y aller seule, Fiona ? lui demanda-t-il d'un air soucieux.

Fiona lui sourit, adossée à la porte de sa suite.

Ils étaient comme de vieux amis à présent, et elle se comportait avec lui avec un naturel qui la surprenait.

— Je préfère que vous m'accompagniez, répondit-elle franchement. Je m'amuse plus quand vous êtes là. C'est comme si je faisais quelque chose de nouveau.

Cela lui fit plaisir, et sans dire un mot, il lui effleura doucement la joue.

— J'aime être avec vous, moi aussi.

Plus qu'il ne l'aurait cru. Il avait passé deux jours inoubliables avec elle et, sans réfléchir, il se pencha vers elle, la prit dans ses bras et l'embrassa. Ils demeurèrent ainsi un long moment, et l'idée traversa John qu'Adrian pourrait rentrer et les trouver ainsi. Mais il ne voulait pas l'obliger à lui ouvrir sa porte, et ils restèrent donc à s'embrasser dans le couloir, jusqu'à ce qu'elle lui murmure à l'oreille :

— Veux-tu entrer ?

— J'ai cru que tu ne me le demanderais jamais, répondit-il.

Fiona étouffa un petit rire, et ils poussèrent la porte de la suite en la refermant doucement derrière eux.

— Veux-tu boire quelque chose ? demanda-t-elle en ôtant ses chaussures.

Elle avait retiré sa veste lorsqu'ils étaient au bar, lui laissant admirer un petit débardeur en soie couleur pêche qui glissait avec charme d'une de ses épaules. John ne pensait qu'à elle et n'avait envie que d'elle, et pas d'un verre.

— Non, Fiona, je ne veux rien boire, répondit-il en la prenant à nouveau dans ses bras.

Quelques instants plus tard, le petit débardeur glissa complètement, et John caressa amoureusement sa peau veloutée.

Fiona lui prit alors la main, et il la suivit dans la chambre. Le lit était ouvert, et tout en l'embrassant passionnément, John éteignit la lumière. Dans l'obscurité, il perdit ses vêtements aussi vite que les siens. Dans les bras l'un de l'autre, leurs lèvres s'unirent fiévreusement et soudain, la passion les submergea. Ce fut une nuit longue et magnifique, plus belle et plus exceptionnelle que tout ce qu'ils auraient jamais pu rêver.

6

Lorsqu'ils partirent pour le défilé Chanel le lendemain matin, John portait un costume gris avec une chemise blanche et une cravate bleu nuit, et Fiona, un tailleur Chanel noir classique, comme pour compenser les folies de la nuit. Elle paraissait encore plus sexy que d'habitude, du moins aux yeux de John, qui l'enlaça et la serra contre lui pendant que l'ascenseur descendait. Fiona étouffa un petit rire.

— Tu m'as l'air de bonne humeur, ce matin, la taquina John.

Tous les deux l'étaient, et à juste titre, car ils avaient passé une nuit merveilleuse.

— Je pensais juste aux caméras de l'ascenseur. On pourrait leur donner quelque chose d'intéressant à regarder, si on le voulait, dit-elle en riant à nouveau.

Mais à cet instant les portes s'ouvrirent sur une famille japonaise. John sortit de l'ascenseur derrière Fiona, en arrangeant sa cravate. Tous les deux avaient l'impression que le monde entier voyait ce qui s'était passé pendant la nuit.

— Crois-tu que ma jupe est trop courte ? demanda Fiona d'un air inquiet tandis qu'un agent de la sécurité leur ouvrait la porte de la rue Cambon, d'ordinaire fermée aux clients.

On ne l'ouvrait que pour Fiona. Chanel n'était qu'à quelques mètres de là et sans cela, il leur aurait fallu faire le tour par la place Vendôme.

— Je crois surtout qu'elle devrait l'être encore plus, répondit John à voix basse alors qu'ils arrivaient chez Chanel.

Il y avait dehors une foule de gens qui attendaient de pouvoir entrer, ainsi que la horde habituelle des paparazzi et des photographes de mode. La maison Chanel n'était pas grande, si bien que les invités étaient triés sur le volet. En apercevant Fiona, les vigiles firent écarter la foule pour la laisser passer. Elle saisit alors John par le bras, et celui-ci entra à ses côtés, sous les flashs des photographes.

— Ça ne pose pas de problème qu'ils nous voient ensemble ? murmura-t-il.

Il ne voulait pas lui créer d'ennuis. Après tout, elle était connue, et il ignorait si elle souhaitait être vue en sa compagnie. Mais Fiona sourit aux objectifs et se tourna vers lui.

— Tout va bien. Tu es superbe, répondit-elle alors qu'ils gravissaient les marches.

Quelques instants plus tard, ils étaient à leurs places. Contrairement aux autres défilés, celui de Chanel commença à l'heure. Les modèles étaient à la fois magnifiques et distingués. Les mannequins défilèrent sur du Mozart. Tout n'était que tradition et élégance, c'était comme rendre visite à une grande dame. Karl Lagerfeld avait imaginé une collection époustouflante. La mariée était aussi extraordinaire qu'Adrian l'avait annoncé ; sa robe en velours avec sa traîne en hermine était belle à couper le souffle, et lorsque Lagerfeld apparut, tous se levèrent pour l'applaudir. Fiona savait que les photos seraient dans toute la presse et avait hâte qu'elles paraissent dans *Chic*. La robe de mariée était absolument somptueuse, comme toute la collection.

Fiona alla saluer Karl Lagerfeld, à qui elle présenta John.

— Quel dommage que ce soit une robe de mariée, observa John tandis qu'ils s'acheminaient vers la sortie au milieu de la foule. Elle serait fabuleuse sur toi.

Fiona ne put s'empêcher de rire.

— Merci pour le compliment. Je n'ai pas encore vu le prix, mais elle doit probablement valoir l'équivalent d'une petite maison de campagne. Et malheureusement, je ne pense pas qu'ils me l'offriront.

— Dommage, elle aurait été superbe sur toi, répondit-il avec sincérité.

Ils continuèrent à bavarder gaiement tout en revenant à l'hôtel, où ils déjeunèrent sur la terrasse. Ensuite, ils se dépêchèrent d'aller chez Gaultier, avec Adrian. Sa collection fut celle que John préféra. Elle était entièrement rouge, y compris les manteaux de fourrure, et était placée sous le thème de la Chine. Tout était très théâtral, mais Fiona fut moins emballée que lui.

Le dernier défilé auquel ils assistèrent, tard dans l'après-midi, fut celui de Valentino. Sa collection rivalisait d'élégance avec celle de Chanel, et comme toujours, Valentino avait lui aussi choisi le rouge. En retournant à l'hôtel, même Fiona était fatiguée. Elle avait encore mille choses à voir, mais comptait s'en occuper le lendemain matin, après le départ de John. Pour leur dernière soirée, ils avaient décidé de dîner sur un bateau-mouche, puis de faire une promenade le long de la Seine. Le surlendemain, Fiona devait partir pour

Saint-Tropez, et Adrian retourner à New York, où beaucoup de travail l'attendait. Fait rare chez elle, Fiona avait décidé de prendre deux semaines de vacances. Elle n'avait pas pris autant de congés depuis des années, mais elle sentait qu'elle en avait besoin.

— Tu as l'air fatiguée, tu veux un thé ? demanda John, plein de sollicitude.

Elle hocha la tête avec gratitude, heureuse de s'effondrer sur le canapé et d'avoir un moment pour consulter ses messages. La nuit précédente avait été courte. John commanda un thé pour lui aussi, et ils discutèrent des trois défilés de la journée. Fiona lui fit remarquer qu'il avait assisté aux collections les plus importantes de la semaine.

— Mais c'est grâce à toi. Je ne saurais même pas comment les décrire. C'était sensationnel, Fiona. Tout comme toi, lui murmura-t-il en l'embrassant.

Il n'avait pas été aussi heureux depuis des années et n'avait jamais rencontré quelqu'un comme elle. Elle était à la fois étonnante et attirante, fascinante et mystérieuse. Elle lui faisait penser à un magnifique animal sauvage, à la beauté et au charme inoubliables. Bien qu'il ne la connût que depuis quelques semaines, il était éperdument amoureux d'elle. Il en était de même pour Fiona et ils ne comprenaient pas comment cela avait pu leur arriver. Fiona mettait cela sur le compte de la magie parisienne et de l'euphorie du séjour, et craignait que le charme ne soit rompu, une fois rentrés à New York. Elle lui confia ses craintes, tandis qu'ils prenaient leur thé.

— Ne sois pas aussi cynique, Fiona, la gronda-t-il. Ne crois-tu pas qu'il soit possible de tomber amoureux à notre âge ? Cela se produit tous les jours. Pour des gens bien plus âgés que nous, même. Pourquoi cela ne pourrait-il nous arriver ?

— Et si ce n'était qu'une passade ? insista-t-elle, anxieuse.

Elle désirait que cela dure, plus que n'importe quoi d'autre. Elle non plus n'avait jamais rencontré quelqu'un comme lui, solide, chaleureux, attentionné, intelligent, gentil et qui semblait capable d'accepter les moments de folie de sa carrière, comme la semaine qu'elle venait de lui faire vivre. En plus, il appréciait Adrian, un des piliers de sa vie ; elle n'était pas encore sûre de ce que cela donnerait avec Sir Winston, mais cela devrait pouvoir s'arranger. Tout le reste semblait parfait – même si elle savait que jamais rien ne l'était, surtout pas une relation amoureuse. Mais la leur en avait l'air. John paraissait incarner tout ce qu'elle avait toujours désiré chez un homme. Il était son prince charmant. Non seulement il était beau, séduisant et distingué, mais aussi très brillant. Ils semblaient faits l'un pour l'autre.

— Ne sois pas si froussarde, déclara John d'un air confiant.

Il voulait qu'elle rencontre ses filles. Elles allaient sûrement l'adorer, ne serait-ce que parce que lui l'aimait.

— Tu me manqueras quand je serai à Saint-Tropez, dit Fiona en grignotant un biscuit.

Elle regrettait à présent de devoir partir, car sans lui elle allait s'ennuyer et se sentir bien seule. De plus, la veille, elle avait reçu un message de ses amis l'informant qu'ils étaient bloqués en Sardaigne à cause du mauvais temps et d'une mer déchaînée, et qu'ils ne pourraient venir la retrouver. Elle serait donc seule à l'hôtel Byblos.

— On peut arranger ça, si tu veux. Mais je ne veux pas m'imposer dans tes vacances, Fiona. Tu en as besoin. Et puis, tu ne seras absente que deux semaines.

Mais pour lui aussi, cela semblait une éternité.

— À quoi penses-tu exactement ? s'enquit-elle avec curiosité.

— Si tu veux, je peux annuler mes réunions et partir avec toi. À cette époque de l'année, presque tout le monde est en vacances. Quant à mes filles, elles travaillent. Mais si tu refuses, je comprendrai parfaitement. Je trouverai de quoi m'occuper pendant les deux prochaines semaines.

— Tu ferais ça ? C'est possible ?

C'était de la folie, elle le savait, mais elle s'en moquait. Elle avait envie d'être avec lui et qu'il l'accompagne à Saint-Tropez, s'il le pouvait.

— Oui, bien sûr, cela me ferait très plaisir. Qu'en dis-tu ?

— Je dis que c'est fantastique ! s'exclama-t-elle.

Une demi-heure plus tard, John appela sa secrétaire, pendant que Fiona prenait sa douche et s'habillait pour la soirée. Elle réapparut vêtue d'un pantalon de soie beige et d'un petit pull assorti assez transparent ; elle était toujours élégante et sexy. Elle portait aux pieds de jolies ballerines en soie rouge.

— Alors, elle a pu arranger les choses ? demanda-t-elle comme une enfant attendant son cadeau, ce qui fit rire John.

— Je ne lui ai pas donné le choix. Je sais que c'est fou, mais qu'importe, on ne vit qu'une fois. Qui sait quand une telle occasion se reproduira ? Nous sommes si occupés tous les deux. Tu avais réussi à te libérer, alors le moins que je pouvais faire, c'était modifier mon emploi du temps en conséquence.

Assis sur le lit, John la regardait en souriant, et Fiona se blottit dans ses bras, heureuse de l'avoir trouvé et d'être avec lui.

— Tu es vraiment formidable.

Mais lui pensait que c'était elle qui l'était.

Une heure plus tard, ils étaient sur le bateau-mouche en train de déguster un steak et des frites, tout en admirant les lumières et les monuments de Paris qui défilaient sous leurs yeux. C'était peut-être assez banal, mais l'idée leur avait plu à tous les deux, et ils étaient ravis de l'avoir mise à exécution. Ils discutèrent de ce qu'ils feraient à Saint-Tropez. John voulait louer un bateau pour un jour ou deux, ce que Fiona trouvait très romantique. De toute manière, ils avaient une chambre au Byblos, et allaient bien s'amuser. Chaque fois qu'elle le regardait, elle avait l'impression de vivre un rêve.

Après le dîner, ils se promenèrent sur la rive gauche, prirent un verre à la terrasse des Deux Magots, et John lui offrit un tableau, acheté à un peintre sur le trottoir, en souvenir de leur séjour à Paris. À minuit, ils rentrèrent à l'hôtel, se précipitèrent dans leur chambre et s'aimèrent toute la nuit, à tel point que Fiona ne se réveilla le lendemain matin que lorsque Adrian frappa à la porte pour lui dire au revoir. Il partait pour l'aéroport, son travail à Paris était terminé.

— Je croyais que tu devais travailler ? constata-t-il d'un ton faussement accusateur.

— C'est vrai… Je veux dire, je vais m'y mettre… J'étais épuisée hier, répondit-elle d'un air contrit.

— Moi aussi, sauf que je suis sur le pied de guerre depuis 6 heures ce matin et que toi, tu dors encore à 10 h 30. Plus tard, je veux avoir ton poste.

C'est alors qu'il remarqua une paire de chaussures d'homme soigneusement rangée sous la table du salon. Un large sourire s'épanouit sur ses lèvres.

— À moins que tes pieds n'aient grandi ou que tu n'aies envie de te déguiser, je suppose que ceci veut dire que tu n'es pas seule.

— Occupe-toi de tes affaires, rétorqua gentiment Fiona.

Elle avait tiré la porte de la chambre derrière elle, car John dormait encore. Ils ne s'étaient pas endormis avant 4 heures du matin.

— Combien me donnes-tu pour ne rien raconter à Sir Winston ? dit Adrian d'un air entendu.

— Toute ma fortune.

— Ton bracelet en turquoise aussi ? Je pourrais le faire mettre à ma taille, ajouta-t-il, malicieux.

— Tu peux toujours rêver ! Vas-y, raconte-lui tout.

— C'est ce que je vais faire. Tu vas toujours à Saint-Tropez ?

Il ne l'avait jamais vue comme ça, et il en était ravi car il ne souhaitait que son bonheur. John lui avait tout de suite plu ; il était fait pour elle. C'était une chance qu'ils se soient rencontrés, Fiona le méritait. Depuis le temps qu'il la connaissait, il n'avait jamais approuvé ses liaisons, en particulier celle avec l'architecte londonien, qu'il détestait. Quant au chef d'orchestre qui voulait l'épouser, il le trouvait idiot. John était le premier qu'il estimait digne d'elle.

— Oui, je vais toujours à Saint-Tropez, répondit Fiona d'une voix innocente.

Mais Adrian la connaissait bien.

— Il t'accompagne ?

— Mhmm, mhmm, admit-elle avec un sourire espiègle.

— Petites canailles ! Amusez-vous bien alors, ajouta-t-il en la serrant dans ses bras. Appelle-moi si tu as besoin de quoi que ce soit et envoie-moi tes instructions avant de partir.

Elle avait énormément de choses à régler avant son départ en vacances et voulait y arriver. Amoureuse ou pas, elle respecterait les délais.

— C'est promis. Fais un bon voyage… Je t'adore, dit-elle en le serrant encore une fois dans ses bras.

— Moi aussi, je t'adore. Dis à John que je me charge de Sir Winston.

Adrian prit alors tous ses bagages, son chapeau de paille et sa mallette rouge en crocodile assortie à ses sandales et, après un dernier geste de la main, disparut dans l'ascenseur. Fiona resta un moment à la porte avant de la refermer doucement derrière elle. Elle ne voulait pas réveiller John, mais celui-ci remua lorsqu'elle se glissa près de lui.

— Qui était-ce ? demanda-t-il d'une voix endormie en se tournant vers elle pour l'enlacer.

Elle adorait le voir au réveil.

— Adrian. Il vient de partir. Il a dit qu'il allait tout révéler à Sir Winston et a essayé de me faire chanter. Il veut mon bracelet en turquoise, mais je lui ai répondu qu'il pouvait toujours courir.

— Il est au courant ? fit John en ouvrant un œil, surpris. C'est toi qui lui as dit ?

— Il a vu tes chaussures sous la table.

— Oh ! Combien veut-il pour ne rien dire au chien ?

— Ce n'est pas un chien.

— Pardon, j'avais oublié… Approchez, belle demoiselle… murmura-t-il en l'attirant vers lui.

Et la journée commença de la même façon que la nuit s'était achevée.

7

Fiona termina son travail et l'envoya à Adrian avant de partir pour Saint-Tropez. Quant à John, il trouva un voilier de quarante mètres à louer, de toute beauté, semblait-il. Ils partirent donc pour le Sud dans de très bonnes dispositions. John avait laissé un message à ses filles, les prévenant qu'il prolongeait son séjour en France de deux semaines.

En arrivant à Nice, une limousine les attendait pour les conduire à Saint-Tropez, où une très belle suite était réservée à l'hôtel Byblos. Quant au bateau, il serait prêt le lendemain matin.

Cet après-midi-là, après avoir passé une heure sur la plage, ils firent les magasins, puis s'arrêtèrent à la terrasse d'un café. Le soir, Fiona emmena John dans son bistrot préféré, qui s'avéra aussi bruyant et fréquenté qu'elle le lui avait annoncé. Après une petite promenade, ils rentrèrent à l'hôtel, heureux de pouvoir s'allonger dans les bras l'un de l'autre, et ils s'endormirent aussitôt. La semaine avait été fatigante, pleine de rencontres, de moments exaltants et passionnés, et ils n'aspiraient qu'à se reposer, enfin seuls.

Le lendemain matin, en découvrant le bateau, ils furent subjugués par sa beauté. Ils passèrent la journée à naviguer, avec un équipage de neuf hommes, et jetèrent l'ancre pour la nuit dans le port de Monte-Carlo, où ils s'offrirent un dîner romantique au champagne sur le pont arrière, savourant le plaisir d'être ensemble dans un cadre aussi magnifique.

— Comment est-ce arrivé ? demanda Fiona, l'air émerveillé. J'ai l'impression d'être au paradis. Comment puis-je avoir autant de chance ?

Elle n'avait jamais osé rêver rencontrer quelqu'un comme lui. Et John ressentait exactement la même chose : Fiona était un ange.

— Peut-être la méritons-nous, cette chance, répondit-il simplement, convaincu de ce qu'il disait.

— C'est trop facile. C'est comme si j'avais gagné à la loterie.

— *Nous* avons gagné à la loterie, rectifia-t-il.

Les deux semaines qui suivirent furent idylliques, au-delà de tout ce qu'ils avaient pu imaginer.

Ils n'avaient loué le bateau que pour la première semaine et en profitèrent au maximum. Après cela, ils se contentèrent d'aller à la plage et de découvrir de nouveaux restaurants, mais n'en furent pas moins heureux. Les vacances touchèrent trop vite à leur fin. Ils eurent le sentiment d'être arrivés la veille lorsqu'ils se retrouvèrent à l'aéroport de Nice pour s'envoler vers Paris, d'où ils repartiraient pour New York. Pour une fois, Fiona n'était pas impatiente de revoir Sir Winston. Dans l'avion, ils discutèrent de ce qu'ils feraient d'ici à la fin de l'été.

John avait déjà expliqué à Fiona que ses filles seraient absentes jusqu'au Labor Day, le premier lundi de septembre, que sa gouvernante était dans sa famille, et sa chienne en pension pour l'été. Cette dernière requérait beaucoup de soins et il n'avait pas le temps de s'en occuper lorsque la gouvernante n'était pas là. Après avoir passé le long week-end du Labor Day avec lui, ses filles repartiraient à l'université. Il les voyait tout de même régulièrement durant l'année. Courtenay était étudiante à Princeton et venait souvent le week-end. Quant à Hilary, elle faisait de son mieux pour venir de Brown une fois par mois, sauf en période d'examens. C'était une jeune fille sérieuse qui voulait devenir océanographe et faisait un stage d'été dans un laboratoire de Long Beach, en Californie. John n'avait cessé de répéter à Fiona qu'elle allait les adorer, et il ne faisait aucun doute pour lui qu'il en serait de même pour elles. C'était évident. En revanche, il était un peu moins sûr de la réaction de Fiona, qui n'avait jamais eu d'enfants. Mais ses filles n'étaient plus des bébés et Fiona se sentirait parfaitement à l'aise avec elles, pensait-il. Elles deviendraient vite de grandes amies. Leur mère leur manquait énormément, et il était certain qu'elles avaient besoin d'une présence féminine. Fiona lui avait dit qu'elle irait faire du shopping avec elles. Elle ne connaissait pas grand-chose aux jeunes, mais le shopping était son rayon, et elle s'imaginait que ce serait un moyen facile pour apprendre à les connaître.

— Alors, comment allons-nous faire quand nous serons à New York ? demanda Fiona tandis qu'ils attendaient dans le salon des premières classes à Roissy.

— Comment ça ? Je me disais que nous pourrions chercher une petite maison à louer à Cape Cod pour les week-ends.

Avec de la chance, ils en trouveraient peut-être une, car tous deux adoraient la plage et quitter la ville. Et si ça ne marchait pas, ils pourraient toujours louer un bateau, ce qui leur plaisait tout autant. Mais Fiona avait d'autres projets en tête. Ils étaient passés directement des premiers émois et des premiers rendez-vous à une vie commune vingt-quatre heures sur vingt-quatre. John lui-même le lui avait fait remarquer à Saint-Tropez.

— Veux-tu t'installer chez moi jusqu'au retour de ta gouvernante ? proposa-t-elle.

Il y avait pensé également, mais n'avait pas osé le lui suggérer.

— Comment crois-tu que Sir Winston va réagir ? Ne devrait-on pas lui demander d'abord ?

— Ne t'inquiète pas, je négocierai avec lui. Sinon, que penses-tu de l'idée ?

— Je la trouve excellente. Mon appartement est difficile à entretenir sans Mrs Westerman. Et je n'ai personne d'autre pour faire le ménage. Il y a bien une entreprise qui passe une fois par semaine, mais c'est tout. Avec Jamal, tu n'as pas de problème et c'est plus facile pour le chien… pardon… pour ton fils… je veux dire, Sir Winston.

— Je préfère ça, dit-elle en souriant.

L'idée lui plaisait beaucoup, mais soudain elle paniqua en pensant à ses placards. Il n'y avait pas un seul centimètre de libre, et elle allait devoir faire rapidement de la place. Elle se demanda si cela le dérangerait de descendre quelques marches pour mettre ses affaires dans la chambre d'amis. Ses manteaux de fourrure et ses tenues de ski y étaient rangés, mais elle pourrait libérer un peu d'espace. Ou bien alors… Peut-être dans le placard du bureau, mais il n'y avait pas de penderie à l'intérieur… Ou dans celui de la salle de bains… Non, il était rempli de chemises de nuit, de peignoirs et de ses vêtements de plage, ainsi que de vieilles robes de soirée. Elle allait devoir trouver une solution. John était vraiment très accommodant ; il était venu à Paris, n'avait rien dit quand quelque chose n'allait pas, même si cela s'était rarement produit, il était toujours de bonne humeur et facile à vivre, et semblait avoir bon caractère.

Ce soir-là, en arrivant, ils allèrent directement chez Fiona. La maison était impeccable et pleine de fleurs, et Jamal avait rempli le réfrigérateur de tout ce qu'elle aimait. Il y avait même une bouteille de champagne au frais qu'elle ouvrit aussitôt, et qu'ils burent dans le salon. Jamais de sa vie elle n'avait été aussi heureuse. Sir Winston rentrait le lendemain et elle avait hâte de le revoir.

Le lendemain matin, John lui prépara son petit déjeuner – omelette au fromage et bagels –, et ils partirent en même temps au travail. Jamal arriva au moment où ils sortaient et regarda Fiona d'un air surpris. Durant toutes ces années, il était arrivé que des hommes passent la nuit chez elle, et le chef d'orchestre avait habité là, mais il n'avait vu personne chez elle le matin depuis fort longtemps. Il ignorait s'il s'agissait d'une aventure ou de quelque chose de plus sérieux, mais Fiona le renseigna vite.

— Jamal, je te présente John Anderson. J'ai besoin d'une clé de la maison pour lui, annonça-t-elle sans façon. Fais-en un double et laisse-le sur mon bureau.

Elle était pressée, une réunion importante l'attendait. Elle lui rappela qu'il devait être à la maison quand on ramènerait Sir Winston à 16 heures. Sur ce, John et elle hélèrent chacun un taxi, s'embrassèrent au milieu de la rue et partirent travailler.

Il était convenu qu'ils se retrouvent le soir chez Fiona, une fois que John serait passé dans son appartement pour récupérer quelques affaires. C'était aussi simple que cela : un coup de baguette magique, et voilà qu'elle vivait avec un homme ! Pour l'été, du moins, jusqu'à ce que sa gouvernante et ses filles reviennent. Une fois que celles-ci seraient reparties pour l'université, John réemménagerait sûrement chez elle, si cela continuait de leur aller à tous les deux, ce qu'elle espérait de tout son cœur. Elle souhaitait que ça marche, comme jamais de sa vie. Elle était profondément amoureuse et trouvait que John était extraordinaire. Et elle savait qu'il ressentait la même chose vis-à-vis d'elle.

— Comment c'était, Saint-Tropez ? demanda Adrian avec un sourire entendu quand Fiona, les bras chargés de dossiers et de magazines rapportés de Paris, poussa la porte du bureau.

Ils avaient beaucoup à se raconter.

— Fabuleux.

Son visage et ses yeux rayonnaient. Elle ne lui avait jamais semblé aussi détendue.

— Et où est ce monsieur maintenant ?

— À son bureau.

— Et où a-t-il passé la nuit ? fit Adrian pour la taquiner.

Adrian était comme un grand frère pour elle, et elle lui cachait peu de choses, voire rien du tout.

— Ça ne te regarde pas.

— C'est bien ce que je pensais. Sir Winston est-il au courant ?

— Nous lui annoncerons la nouvelle ce soir.

— Appelle le vétérinaire et demande-lui du Valium. Ça va lui faire un choc.

— Je sais. J'ai un gros problème et je ne sais pas quoi faire, dit-elle soudain en baissant la voix.

— Rien de grave, j'espère, lui demanda Adrian d'un air inquiet.

— Ça pourrait le devenir. Adrian, j'ai besoin de faire de la place dans mes placards. On ne peut même pas y mettre un mouchoir.

— Il emménage ?

Adrian était impressionné : c'était rapide. Mais les choses se passaient ainsi parfois, et c'était visiblement le cas pour eux.

— En quelque sorte. Pour l'été. Jusqu'à ce que sa gouvernante rentre de vacances. Je t'assure que s'il apporte ne serait-ce qu'un pyjama, je suis fichue. J'ai regardé dans tous mes placards, hier soir. Mes manteaux de fourrure sont dans la chambre d'amis, mes affaires d'été en haut. Mes robes du soir, mes chemises de nuit, mes tenues de bureau… Je te jure, Adrian, j'ai plus de vêtements qu'une boutique ! Il n'y a pas de place pour un homme chez moi.

— Pourtant, tu ferais mieux d'en faire rapidement. Les hommes n'aiment pas chercher leurs caleçons au milieu des collants ou fourrager parmi les robes de soirée pour s'habiller le matin. À moins qu'il n'aime se travestir, tu as un sérieux problème.

— Il ne se travestit pas.

— Alors, tu es fichue. Vends tes vêtements.

— Ne dis pas de bêtises ! Tu dois trouver une solution.

— *Je* dois trouver une solution ? Est-ce que j'ai l'air d'un intendant des placards ? Ce n'est pas avec moi qu'il emménage, mais avec toi.

— Que ferais-tu à ma place ? Tu as autant de fringues que moi.

— Pourquoi ne louerais-tu pas une de ces jolies remorques et ne la garerais-tu pas sur ton trottoir ?

Son problème l'amusait énormément, d'autant plus qu'ils étaient parfaitement conscients que ce n'en était pas un.

— Tu n'es pas drôle.

— Non, mais toi, si. Vide tout simplement un de tes placards et mets le contenu dans ta chambre d'amis, par exemple, ou prends un portant à roulettes, comme ça tu pourras le déplacer.

— Bonne idée, dit Fiona, soulagée. Rends-moi service, va m'en acheter à midi et fais-les livrer à la maison. Je dirai à Jamal de les monter et de les mettre dans la chambre d'amis. Et je viderai un placard ce soir.

— Parfait. Tu vois, on se trompe lourdement. On pense que les difficultés dans un couple viennent du sexe ou de l'argent, mais c'est totalement faux. Elles viennent des placards. Moi, par exemple, j'ai dû demander à mon dernier amant de vider les lieux. C'était lui ou mes Blahnik. Je m'en suis voulu au départ, mais en fait, je tenais plus à mes chaussures.

Mais Fiona connaissait bien Adrian et savait que sa dernière conquête l'avait trompé. Cela lui avait brisé le cœur et il l'avait jeté dehors. Il avait ensuite pleuré durant des semaines, car Adrian était quelqu'un de bien, et il avait beaucoup souffert.

— Tu es un génie. Va chercher les portants. J'essaierai de rentrer tôt et je commencerai à vider un placard. Je me sens tellement bête d'avoir autant d'affaires !

— Soyons réalistes. Avec notre métier, tu te sentirais encore plus bête d'être mal habillée.

— C'est vrai. Donc nous sommes des êtres creux et superficiels. Et tu as raison, je vais peut-être louer un appartement pour mes affaires et ne garder chez moi que les vêtements de chaque saison. De cette façon, je n'aurai plus besoin que de la moitié de mes placards.

— Attends d'abord de voir si ça marche entre vous. Comment cela se passe-t-il, d'ailleurs ? Bien, je suppose, si tu le laisses emménager chez toi.

— Il n'emménage pas, rectifia Fiona. Il reste seulement pour l'été.

— Pardon. S'il « reste » chez toi, c'est que les choses vont bien. Personne n'est « resté » chez toi depuis des années.

Adrian lui rappelait ce qu'elle savait déjà.

— Je pensais que plus personne n'y resterait. Que ce serait Sir Winston et moi pour l'éternité, ou du moins aussi longtemps que nous serions en vie tous les deux.

— Dans ce couple, il y en a un des deux qui va vivre plus longtemps que l'autre. Et étant donné l'âge de Sir Winston et ses problèmes de cœur, j'espère bien que ce sera toi.

Fiona acquiesça d'un hochement de tête, refroidie par la remarque d'Adrian. Elle aimait penser que Sir Winston était éternel. Adrian, pour sa part, estimait qu'elle aurait de la chance s'il vivait encore un an ou deux. Il espérait simplement, pour le bien de Fiona, que devoir la partager avec un admirateur à deux pattes ne le ferait pas passer de vie à trépas.

Ayant résolu le problème le plus urgent, Adrian et Fiona se mirent au travail. Il lui fit part de tout ce qui s'était passé après Paris. Ensuite elle eut une réunion avec le comité de rédaction qui, au lieu de s'achever à 11 heures, se prolongea jusqu'à 14 heures. Elle passa le reste de l'après-midi à rattraper son retard, examinant les clichés des défilés et programmant les prochaines séances photo. Ils étaient débordés. À peine le numéro d'octobre venait-il d'être bouclé qu'ils attaquaient déjà celui de novembre ; et dans un mois, ils prépareraient celui de Noël, qui était toujours très important. De plus, elle venait d'apprendre que deux de ses jeunes rédacteurs préférés avaient démissionné pendant son absence ; même si Adrian leur avait déjà trouvé des remplaçants, cette nouvelle l'avait déçue.

Elle était impressionnée de voir qu'une importante séance photo avec la photographe Brigitte Lacombe était prévue pour la fin de la semaine, et qu'une autre aurait lieu avec Mario Testino durant le week-end. Elle allait avoir une semaine de folie.

Malgré l'effervescence ambiante, elle parvint à quitter le bureau à 18 heures et se dépêcha de rentrer chez elle. Adrian avait fait livrer les portants, et Jamal les avait installés dans la chambre d'amis. Ils s'écroulèrent deux fois sous le poids de ses robes du soir ; c'est alors qu'elle se rendit compte qu'il les avait montés à l'envers. Heureusement, il réussit à les remonter correctement.

— Tu dois vraiment bien l'aimer, ce type, fit-il remarquer tandis qu'elle ramassait ses robes pour la troisième fois.

Elle n'avait pris que deux minutes pour faire un câlin à Sir Winston, qui l'avait boudée. Il détestait aller en « camp d'été », et chaque fois qu'il en revenait, il faisait la tête durant des semaines. C'était lui le maître des lieux, et pour l'heure il ronflait bruyamment, étendu sur son lit.

— C'est quelqu'un de bien, répondit Fiona en ajoutant sur la barre quelques-uns de ses vêtements de plage ainsi qu'une dizaine de tenues de nuit.

Quand elle eut terminé, le tiers d'une de ses penderies était libre pour que John puisse y suspendre ses costumes, et il y avait de la place au sol pour quatre ou cinq paires de chaussures. Elle avait aussi vidé deux tiroirs. Cela ne faisait pas beaucoup, mais il lui avait fallu deux heures pour y parvenir. John avait téléphoné à 19 heures pour la prévenir qu'il avait été retenu au bureau et n'avait pas encore pu passer chez lui. Il espérait être là vers 21 heures et proposait d'apporter une pizza et une bouteille de vin. Fiona avait répondu qu'elle était d'accord et qu'elle préparerait aussi une salade et une omelette. En raccrochant, elle avait esquissé un sourire, heureuse qu'ils vivent ensemble.

Après le départ de Jamal, Fiona regarda à nouveau son placard pour voir si elle ne pourrait pas enlever d'autres vêtements. Finalement, elle retira deux parkas de ski qu'elle utilisait rarement et une doudoune qu'elle ne portait que par temps de neige. Elles prenaient beaucoup de place, mais elle avait l'impression que John ne pourrait y mettre que deux ou trois costumes de plus. Faire de la place dans un placard s'avérait plus dur que trouver de l'or, mais elle supporterait tout plutôt que de lui laisser un placard entier. C'était trop lui demander.

Elle s'assit ensuite sur le lit près de Sir Winston, qui la regarda, grommela et lui tourna le dos. Comprenant le message, elle partit se doucher avant l'arrivée de John. Soudain, tout lui parut différent. À présent, au lieu de passer la soirée au lit, négligée, à manger du thon directement dans une boîte, ou une banane ou encore du gâteau de riz, elle devait avoir l'air présentable, voire sexy, et préparer un repas pour deux. Mais c'était amusant, et c'était seulement pour l'été. Elle enfila donc un cafetan en soie rose pâle et des sandales dorées, puis elle mit la table et prépara la salade. Elle ferait l'omelette quand il serait là.

Lorsqu'il rentra enfin, à presque 22 heures, John semblait épuisé, plus fatigué qu'elle-même lorsqu'elle était revenue. Il rapportait des piles de vêtements qu'il sortit du taxi, deux sacs remplis de ceintures, de cravates, de caleçons et de chaussettes. On aurait dit qu'il emménageait réellement et, l'espace d'une seconde, Fiona eut peur. Mais elle se rappela immédiatement la chance qu'elle avait et combien elle l'aimait. Il l'embrassa en laissant tomber toutes ses affaires par terre dans l'entrée.

— Où est le chien ? demanda-t-il en regardant autour de lui comme s'il l'attendait. Pardon… Je veux dire le garçon… l'homme… ton ami… Tu sais, Sir Winston ?

Il devait faire attention, car chaque fois qu'il prononçait le mot interdit, on aurait dit qu'elle recevait une gifle. Elle était un peu susceptible sur le sujet – et apparemment, le chien aussi.

— Il m'en veut. Il est parti se coucher.

— Dans notre lit ? Hum… ton lit ?

Fiona acquiesça d'un signe de tête et il sourit, avant de l'embrasser à nouveau.

Il est beau joueur, se dit-elle, mais c'est la maison de Sir Winston après tout. Il était là le premier.

— Tu dois être affamé. J'ai préparé une salade, tu veux ton omelette maintenant ?

— Pour être honnête, je n'ai pas très faim. Je me suis fait un bol de soupe à la maison. Mme Westerman a laissé tous les placards vides. On dirait que personne ne vit là-bas.

— Pour l'instant, c'est le cas, observa Fiona avant de sourire fièrement en pensant à la place qu'elle avait faite pour lui dans le placard et en espérant qu'il serait content.

— Tu sais ce que j'aimerais ? Prendre une douche et me détendre, tout simplement. Ce n'est pas la peine de cuisiner pour moi.

Elle non plus n'avait pas faim, aussi rangea-t-elle les sets de table et les couverts, et mit-elle la salade au réfrigérateur. Elle prit juste une banane et aida John à monter ses affaires.

En arrivant dans la chambre, ils jetèrent tous ses vêtements sur le lit, et ce n'est qu'en entendant des ronflements s'échapper de dessous la pile que Fiona comprit qu'ils avaient enseveli Sir Winston. Elle s'empressa de tout enlever. Ce dernier leva la tête, leur lança un regard furibond, puis la reposa sur le lit et se mit à ronfler de plus belle. Fiona sourit au son familier de marteau-piqueur.

— Est-ce que ça veut dire qu'il donne son accord ? demanda John en regardant Sir Winston d'un air perplexe, n'ayant jamais entendu un tel bruit. Lui as-tu dit pour nous ?

— Plus ou moins. Je crois que nous venons de le faire.

— Et qu'a-t-il dit ?

— Pas grand-chose.

— Bien, fit John d'un air soulagé.

La journée avait été infernale, et il était trop fatigué pour négocier avec un chien. Ils avaient eu des problèmes avec deux budgets ; rien d'insoluble, mais cela lui avait pris tout son temps et l'avait vidé de toute son énergie. Il se sentait éreinté et voulait juste prendre une douche et se coucher. Il alla dans la salle de bains, pendant que Fiona pendait ses affaires, et lorsqu'il en ressortit vingt minutes plus tard, il se sentait à nouveau dispos et propre ; tous ses vêtements étaient rangés.

Fiona lui montra ses deux tiroirs. Tout ici lui était étranger, mais il s'en moquait, car il ne voulait qu'une chose, être avec elle. Fiona lui montra ensuite où elle avait pendu ses costumes et ses chemises. Ils étaient serrés à gauche de ses vêtements à elle, et il ne restait plus un centimètre de libre. John regarda le placard un long moment en se demandant pourquoi elle n'avait pas fait plus de place, mais il décida de ne faire aucun commentaire, malgré l'espèce de tenue en plumes qui recouvrait l'un de ses costumes sombres.

— Il n'y a pas beaucoup de place, on dirait, remarqua-t-il tout de même.

Fiona ne voulait pas l'admettre, mais le placard semblait avoir rétréci depuis l'après-midi. Elle était si fière de la place qu'elle avait faite pour lui, et voilà qu'à présent il n'y en avait pas assez ! Elle se promit de réétudier le problème le lendemain ; il lui fallait plus de portants à roulettes, mais John était trop fatigué pour s'en soucier. Il alluma la télévision et s'allongea sur le lit. Sir Winston leva la tête, l'observa d'un air désespéré, puis sembla s'écrouler encore plus lourdement qu'avant sur le matelas. Du moins ne grogna-t-il pas. John n'était pas certain de pouvoir dormir avec le vacarme qu'il faisait, mais il était prêt à essayer. Il était si fatigué, ce soir-là, qu'il s'endormit devant la télévision, Fiona dans les bras. C'était tout ce qu'il désirait. À son réveil, le lendemain matin, jus d'orange et café préparés par Fiona l'attendaient, ainsi que le journal et des œufs brouillés. Le chien, quant à lui, était déjà dehors.

Tout allait pour le mieux dans leur petit monde. Leur première nuit dans la maison s'était bien passée et Fiona partit travailler soulagée. John lui fit livrer des roses dans l'après-midi. Adrian fronça les sourcils en les apercevant sur son bureau.

— Le chien ne l'a pas rendu fou ?

— Apparemment, non. Nous avons dormi tous les trois comme des bébés. Et ce matin, j'ai préparé le petit déjeuner, déclara-t-elle fièrement.

— Quand avais-tu fait ça pour la dernière fois ?

— Le jour de la fête des mères, quand j'avais douze ans.

Adrian savait qu'à part se préparer Fiona détestait faire quoi que ce soit le matin.

— Dieu du ciel ! s'exclama-t-il en levant les yeux vers le plafond. Ce doit être l'amour !

8

John se révéla aussi merveilleux que Fiona l'avait espéré, faisant même preuve d'une grande compréhension lorsqu'elle lui annonça qu'elle devait travailler pour leur premier week-end ensemble – elle devait superviser la séance photo de Mario Testino et sa présence était indispensable. John répondit que lui aussi avait beaucoup de travail. Il passa la voir pour se rendre compte de ce que c'était et trouva que ça en valait la peine. Le soir, il prépara le dîner. Fiona était restée debout toute la journée, sous le soleil, et après avoir pris un bain ensemble, il la massa avec douceur.

— Qu'ai-je fait pour mériter une telle chance ? murmura-t-elle avec bonheur, tandis qu'il soulageait son dos douloureux.

— Nous avons tous les deux de la chance, répondit-il en souriant.

Il était heureux de vivre avec elle, de ne plus être seul. Il aimait les côtés un peu extravagants de sa vie, qui étaient tout nouveaux pour lui.

— J'ai emmené Sir Winston se promener, quand il a fait un peu plus frais, annonça-t-il. Nous avons longuement discuté et il m'a dit qu'il me pardonnait mon intrusion dans vos vies. Apparemment, la seule chose qui le tracasse, c'est que je lui prenne son placard.

Il la taquinait. Elle n'avait pas eu une minute à elle de toute la semaine pour remédier à ce problème. John lui avait fait remarquer que ses costumes étaient froissés, et un matin il avait même dû repasser sa chemise, avant de partir au travail.

— Pardon, j'ai complètement oublié. J'enlèverai plus de vêtements du placard demain, je te le promets.

Mais les portants étaient pleins, et elle allait devoir laisser ses vêtements sur le lit de la chambre d'amis. Malgré tout, c'était un maigre prix à payer.

Le lendemain, fidèle à sa parole, elle ôta toutes ses jupes et ses pantalons en cuir du placard et les posa sur le lit de la chambre. Cela laissait à John de la place pour quelques costumes et chemises supplémentaires. Il semblait en posséder beaucoup, et elle était heureuse qu'on ne fût pas en hiver, car il n'y aurait eu absolument aucune place pour des manteaux.

Le week-end suivant, ils partirent pour Cape Cod, et pour le plus grand plaisir de Fiona, John loua un voilier pour tout le mois d'août. Bien que moins grand que celui de Saint-Tropez, il n'en était pas moins beau, et ils y passèrent d'excellents moments. Adrian se joignit à eux le week-end suivant. Entre le bateau, leur travail et les soirées avec leurs amis respectifs, l'été passa très vite et fut très réussi. Sir Winston s'habituait à John, Jamal trouvait qu'il était un véritable gentleman, et à la fin de l'été, Fiona lui avait presque cédé la moitié de son placard. À *Chic*, on préparait le numéro de décembre, et tout le monde était sur les nerfs. C'était la même chose tous les ans à la même période : Noël en août !

En septembre, John partit, comme prévu, rejoindre ses filles à San Francisco, pour le week-end du Labor Day. Hilary avait terminé son stage et Courtenay son travail en camp d'été. Il prévint Fiona qu'il allait leur parler d'elle durant le week-end ; leur mère était morte depuis plus de deux ans, et il était certain qu'elles seraient heureuses pour lui. Mme Westerman et la chienne étaient censées rentrer à l'appartement ce même week-end. Les vacances étaient finies. La chienne de John avait en fait appartenu à Ann, et Fiona fantasmait sur sa rencontre avec Sir Winston, imaginant les deux animaux ayant le coup de foudre l'un pour l'autre. En même temps, elle était à la fois nerveuse et impatiente de rencontrer les filles et avait proposé de venir les chercher tous les trois à l'aéroport le lundi soir, idée que John avait trouvée excellente.

Afin que Fiona connaisse Hilary et Courtenay avant qu'elles ne repartent à l'université, il désirait qu'ils dînent tous les quatre ensemble un soir de la semaine, puisque les filles ne restaient que quelques jours. Ensuite, tous deux envisageraient leur avenir. Fiona n'avait pas beaucoup de place, et bien qu'il fût ravi d'habiter chez elle, ses placards étaient un vrai cauchemar et il ne semblait pas y avoir de solution. D'un autre côté, il avait du mal à envisager qu'elle s'installe chez lui, dans l'appartement où il avait vécu avec Ann, et il n'était pas sûr que cela plairait à ses filles. Tout cela lui paraissait encore un peu délicat, et Fiona ressentait la même chose. Ils ne savaient toujours pas quoi faire, même s'ils avaient envisagé de vivre un peu chez l'un, un peu chez l'autre. Mais alors, c'est Sir Winston qui poserait problème, car Fiona ne voulait pas qu'il se sente déraciné chez John et refusait de le laisser seul toute une nuit chez elle. Pourtant, elle était certaine que, tôt ou tard, ils trouveraient un moyen. Ils étaient si heureux, ils s'entendaient si bien que ce n'était qu'une question de temps.

Quand arriva le week-end du Labor Day, elle décida de rester à New York et de ne pas aller à Martha's Vineyard, comme elle le faisait tous les ans. John et elle étaient partis tous les week-ends, elle avait eu des semaines très chargées, et pendant qu'il était en Californie, elle voulait profiter de sa maison et se détendre. Elle alla un soir au cinéma avec Adrian, et le lendemain l'invita à dîner. Elle était contente d'avoir un peu de temps à elle, car depuis qu'elle vivait avec John, elle en avait moins ; ils ne se quittaient plus et ne sortaient plus beaucoup. Même Adrian se plaignait de ne plus la voir.

Fiona comprit que tout ne se passait pas comme prévu lorsque John l'appela de San Francisco pour la prévenir, d'une voix tendue, qu'il ne serait pas nécessaire qu'elle vienne les chercher à l'aéroport, ils prendraient un taxi, et il la verrait le lendemain.

— Quelque chose ne va pas ? demanda-t-elle, l'estomac noué, pressentant qu'il y avait un problème.

— Non, répondit-il calmement. Mais les filles voudraient passer un peu plus de temps avec moi. En plus, elles seront fatiguées après le vol. Elles préfèrent te rencontrer quand elles seront plus fraîches.

« Fraîches » ? Le choix du mot était étrange ; elles n'arrivaient pas de Tokyo ! Mais Fiona décida de ne pas discuter. Le lendemain, alors qu'elle était dans son jardin avec Adrian et qu'ils regardaient des maquettes, elle lui fit part de sa conversation avec John.

— Probablement ne s'attendaient-elles pas à ce qu'il trouve quelqu'un si vite. Tout comme moi d'ailleurs.

— *Vite* ? Cela faisait deux ans que j'étais seule ! s'exclama-t-elle.

— Je sais, je sais. Mais nous nous imaginons que nos amis vont toujours être avec nous et nous sommes immanquablement surpris quand ils trouvent quelqu'un et qu'ils disparaissent.

— Je n'ai pas disparu, le rassura Fiona avant de le serrer dans ses bras.

— Je le sais bien. Mais ses filles ne sont peut-être pas aussi mûres que moi. Et puis tu es une femme, il se peut qu'elles te voient comme une menace. En plus, ça leur prouve que leur mère est partie pour de bon. C'est dur d'admettre ce genre de situation, surtout pour les enfants.

— Comment se fait-il que tu en saches autant ?

— Je n'en sais rien, c'est une possibilité. Attends de voir ce que te dira John à son retour.

Mais lorsqu'ils se retrouvèrent pour le petit déjeuner le mardi matin, John fut peu loquace, il paraissait tendu. Fiona lui demanda comment s'était passé le voyage et il lui répondit par un « super ! » peu convaincant ; il semblait ailleurs, nerveux, stressé et pas plus heureux que ça de la revoir. Il lui demanda si elle pouvait venir dîner à l'appartement. Il y resterait pour la semaine, jusqu'à ce que ses filles repartent à l'université, le week-end suivant. Il conduirait Courtenay à Princeton le samedi pour l'aider à s'installer. Hilary, elle, emménagerait dans une maison avec des amis.

— Et comment va Mme Westerman ? s'enquit Fiona.

— Bien… répondit-il d'un ton vague, avant de changer de sujet.

Quand Fiona arriva au magazine, elle avait l'air inquiète.

— Quelque chose ne va pas, dit-elle à Adrian. Je crois que John ne m'aime plus. Il a l'air affolé.

— Peut-être s'est-il passé quelque chose avec ses filles. Laisse-lui une chance, Fiona. Il t'expliquera tout quand les choses se seront calmées. Est-ce qu'il revient chez toi après leur départ ?

— Il n'en a pas parlé.

Elle était au bord de la panique, mais s'efforçait de rester calme. Jamais elle n'avait vu John ainsi.

— Tu ferais mieux de commencer à vider tes placards. Tu ne voudrais pas qu'il s'habitue à nouveau au confort de son appartement, si ? insista Adrian.

Fiona secoua la tête, accablée. Elle était terrifiée à l'idée de l'avoir déjà perdu. Mais c'était impossible, pas si vite ! Cela n'avait aucun sens !

— Non, répondit-elle. Je veux qu'il revienne à la maison.

— Alors, détends-toi, et laisse-le souffler un peu. Tout ira bien. John t'aime. Il ne peut pas avoir changé aussi vite.

— Il est tombé amoureux de moi dès qu'il m'a vue, peut-être ne l'est-il plus de la même façon.

— Il faut que tu t'adaptes et que tu fasses des compromis. Vous avez besoin de temps, tous les deux. Vous avez vécu en dehors du monde tout l'été, et maintenant, ses filles sont de retour. C'est la réalité. Tu dois t'y habituer, au moins jusqu'à ce qu'elles soient reparties. Essaie, tu verras bien.

— Je dîne avec eux ce soir, annonça Fiona, paniquée.

Adrian ne l'avait jamais vue dans un tel état. Elle n'avait jamais eu peur de qui que ce soit, ça n'allait pas commencer avec deux jeunes filles. Elle n'avait jamais attaché d'importance aux hommes, parce qu'elle se moquait bien de les perdre. Jusqu'à présent, elle avait été heureuse d'être seule. Jusqu'à John. Maintenant, elle avait peur. Et elle avait beaucoup plus à perdre.

— À quelle heure dois-tu y être ?

— À 19 h 30. C'est sa gouvernante qui prépare le repas. Je n'ai jamais mis les pieds chez lui. John n'y est pas allé de tout l'été, sauf pour prendre des affaires, mais je n'ai jamais pris la peine de l'accompagner. Cela dit, il ne m'a jamais invitée non plus. Maintenant, je le regrette. Je vais me retrouver dans un nouvel endroit, avec de nouvelles personnes, et une nouvelle donne. Zut, Adrian, j'ai peur !

— Du calme ! Tu vas t'en sortir.

Adrian n'en croyait pas ses yeux. Elle qui faisait la pluie et le beau temps dans le monde de la mode était terrifiée par une gouvernante et deux gamines !

— Je n'ai même jamais vu sa chienne.

— Pour l'amour du ciel, Fiona ! Si John arrive à supporter ton chien, alors toi tu devrais être capable de t'entendre avec le sien ! Donne-leur une chance. Prends un calmant, tout ira bien.

Ils n'eurent plus l'occasion d'aborder le sujet de tout l'après-midi, tant ils furent débordés ; les réunions n'en finissaient pas et ils durent faire face à toutes sortes de problèmes. Fiona parvint néanmoins à parler à John à deux reprises et lui trouva une voix à nouveau normale. Elle lui confia qu'elle se sentait nerveuse à la perspective du dîner, mais il la rassura et lui dit qu'il l'aimait, ce qui calma son inquiétude. Il est vrai que la situation était nouvelle pour elle. Jamais elle n'avait eu à rencontrer les enfants d'un amant ni ne s'était autant impliquée dans une relation. Elle était en réunion avec Adrian et quatre autres rédacteurs lorsque soudain celui-ci la regarda et lui montra sa montre d'un air paniqué.

— À quelle heure dois-tu être chez John ?

— À 19 h 30, pourquoi ?

Elle avait trois crayons piqués dans les cheveux et l'observait sans comprendre.

— Parce qu'il est 20 h 10. Grouille !

— Oh, non ! Je voulais d'abord rentrer pour me changer.

Elle semblait à présent aussi paniquée que lui, et les autres rédacteurs les regardaient, surpris.

— Laisse tomber, tu es très bien comme ça. Tu te mettras du rouge à lèvres dans le taxi. Allez, file !

Elle partit en courant en bredouillant de vagues excuses, puis elle appela John du taxi. Il était 20 h 30, elle avait une heure de retard. Elle se confondit en excuses et lui expliqua qu'elle avait perdu la notion du temps à cause d'une réunion de crise concernant le numéro de décembre. Il lui répondit de ne pas s'inquiéter, mais il semblait tendu et contrarié, et lorsqu'elle arriva, elle comprit pourquoi.

L'appartement était vaste et joliment décoré, mais tout semblait froid et sévère. En outre, il y avait des photographies d'Ann sur quasiment tous les meubles. Le salon faisait penser à un sanctuaire et sur le mur était accroché un immense portrait d'elle avec, de chaque côté, ceux de ses filles. Ils avaient été faits juste avant sa mort. C'était une jolie femme qui ressemblait à une jeune fille éduquée pour devenir une bonne épouse et s'occuper d'associations. Elle n'avait pas le style et l'éclat de Fiona, ni sa beauté, mais elle dégageait une grande douceur. Elle faisait partie de ces femmes qui ennuyaient Fiona à mourir, mais celle-ci chassa immédiatement ces pensées de son esprit et entra en s'excusant vivement de son retard et en expliquant pourquoi. Elle était au bord des larmes. John l'embrassa sur la joue, puis la prit dans ses bras.

— Pas de problème, murmura-t-il, je comprends. Les filles sont simplement un peu chamboulées à cause de leur mère.

— Pourquoi ? demanda Fiona d'un air interdit.

Pourquoi étaient-elles chamboulées à cause de leur mère ? Cela faisait deux ans qu'elle était morte. Elle avait la tête ailleurs, et était trop bouleversée par son retard pour comprendre ce qu'il disait.

— Parce qu'elles estiment que je la trahis en étant avec toi, expliqua-t-il brièvement avant qu'ils n'entrent dans le salon. Elles pensent que si j'ai envie d'une nouvelle compagne, c'est que je ne l'ai pas vraiment aimée.

— Mais ça fait deux ans qu'elle est morte, murmura Fiona à son tour.

— Je sais. Mais elles ont besoin de temps pour s'habituer.

Et elle arrivait avec une heure de retard… Ça n'allait pas arranger les choses. Subitement, elle eut de la peine pour lui. Il lui donnait l'impression d'avoir passé des jours difficiles, et c'était le cas.

Tandis qu'elle traversait le salon, Fiona vit deux jeunes filles à l'air sévère, assises avec raideur sur le canapé. On aurait dit qu'elles avaient un revolver braqué sur la tempe. Elles la fusillèrent du regard et ne dirent pas un mot.

Fiona s'avança vers celle qui semblait la plus âgée et qu'elle pensait être Hilary et lui tendit la main.

— Bonsoir, Hilary, je suis Fiona. Ravie de vous rencontrer, dit-elle poliment en s'efforçant d'être chaleureuse et ouverte.

La jeune fille la dévisagea avec colère, sans lui tendre la main.

— Moi, c'est Courtenay. Et je trouve que ce que vous faites tous les deux est écœurant !

C'était certes une façon comme une autre d'entamer la conversation. Fiona resta sans voix, tandis que John pâlissait.

— Je regrette que vous le preniez ainsi, répondit calmement Fiona après avoir recouvré ses esprits. Je comprends. Cela doit être dur pour vous deux. Mais je n'essaie pas de vous voler votre père. Nous aimons simplement être ensemble. Il ne va pas vous abandonner.

— C'est faux, il est déjà parti. Il a vécu avec vous tout l'été. Le portier de l'immeuble dit qu'il ne venait que pour prendre des affaires.

Fiona apprit plus tard que Mme Westerman s'était renseignée et l'avait dit aux filles. Quelle femme charmante !

— Nous avons passé du temps ensemble, c'est vrai, mais votre père se sent probablement seul ici, sans vous, poursuivit Fiona en regardant, cette fois, l'autre sœur.

John semblait anéanti. Il ne s'était pas attendu à une telle réaction de la part de ses filles et se sentait cruellement blessé par leur attitude. Il s'était toujours montré loyal et fidèle envers leur mère et envers sa mémoire, avait tout tenté pour la sauver et était resté à ses côtés jusqu'à la fin. Depuis, il avait tout fait pour elles, sans compter. Et à présent, elles lui refusaient le droit d'être heureux avec une autre femme, ayant juré de détester Fiona, au-delà de toute raison.

— Enchantée de vous connaître, Hilary, continua Fiona qui se tenait toujours debout au milieu du salon, car personne ne l'avait invitée à s'asseoir.

John était à côté d'elle, effondré. C'était ainsi depuis San Francisco. Leur réaction l'avait totalement surpris. Il ne savait plus quoi faire ni comment leur parler. Il était profondément blessé par leur insolence envers Fiona, d'autant qu'il leur avait demandé de se montrer polies. Il leur avait expliqué que Fiona était merveilleuse et que ce n'était pas sa faute si leur mère était morte – ni la sienne à lui. Mais elles lui avaient répondu qu'elles le détestaient, ainsi que Fiona, et avaient pleuré pendant tout le week-end. À présent sa patience était à bout et il était furieux de leur attitude. Hilary continuait d'ignorer Fiona. Elle était la plus jolie des deux, même si elles se ressemblaient beaucoup. Elles étaient blondes aux yeux bleus comme leur mère, avec un petit quelque chose de John.

— Vous semblez avoir oublié toutes les deux les bonnes manières, dit ce dernier, sévère. Vous n'avez aucune raison de punir Fiona parce qu'elle me fréquente. Je suis fidèle à la mémoire de votre mère depuis deux ans. Fiona n'a rien à voir dans tout ceci. Elle est libre et a parfaitement le droit d'être avec moi, comme moi d'être avec elle, si je le décide.

Mais avant que les sœurs aient le temps de répondre, une vieille femme austère au corps sec et à la mine revêche entra dans le salon. Elle portait une robe bleu marine et un tablier, avait des chaussures orthopédiques noires, et ses cheveux étaient tirés en chignon. Fiona se retint de dire : « Mme Westerman, je présume. » John fit les présentations, mais Mme Westerman ignora Fiona et regarda directement John.

— Le dîner est prêt depuis une heure et demie. Comptez-vous passer à table ? lui demanda-t-elle, agressive.

Il était 21 heures. Fiona la pria de l'excuser de son retard, mais Mme Westerman ne lui accorda pas un regard, tourna les talons et retourna à la cuisine. Elle était manifestement du côté des filles et de feu Mme Anderson. Fiona ne put s'empêcher de se demander si cette dernière se serait montrée aussi injuste. Une telle hostilité était difficile à imaginer, encore plus à comprendre.

John attendit que ses filles se lèvent pour les suivre à la salle à manger. Le dîner ne s'annonçait pas facile, et Fiona se sentit profondément désolée pour lui. Elle avait l'impression qu'ils étaient sur le *Titanic* en train de couler, et qu'il faisait tout pour l'empêcher de sombrer.

Les filles s'assirent, et John, l'air accablé, désigna la chaise à côté de lui à Fiona, qui lui sourit pour le rassurer. Au fond d'elle-même, elle savait qu'ils allaient surmonter cette épreuve, quoi qu'il en coûtât, et qu'ils en discuteraient plus tard en riant. Elle avait décidé de rester pour le soutenir et lui communiquer sa force. Tandis qu'elle le regardait amoureusement, Mme Westerman entra et posa brutalement le dîner sur la table. Le rôti était carbonisé et les pommes de terre brûlées, réduites à l'état de chips. Quant aux légumes, ils étaient méconnaissables. Rien de ce qui se trouvait sur la table n'était comestible. Au lieu de ralentir la cuisson en voyant que Fiona était en retard, Mme Westerman avait tout laissé tel quel, pour mieux souligner son retard et manifester son désaccord devant la trahison présumée de John. La veille, elle avait raconté aux filles les événements de l'été et, outrée, leur avait promis de les soutenir. Pour elle, ce que faisait leur père était un péché, et elle ne voulait pas travailler pour un pécheur, ce qui avait encore plus effrayé les deux jeunes filles. Elle avait dit la même chose à John lorsqu'il était rentré du travail, la veille.

Fiona savait que Mme Westerman travaillait pour la famille depuis la naissance d'Hilary, vingt et un ans plus tôt, et qu'elle était prête à tout pour rendre la vie difficile à John. Ce n'était pas seulement injuste, mais ignoble.

— Et si nous commandions une pizza ? proposa Fiona pour détendre l'atmosphère.

Mais les deux sœurs la foudroyèrent du regard, tandis que dans la cuisine, Mme Westerman se faisait un plaisir de claquer les portes des placards.

— Je n'ai pas faim, dit Hilary en se levant, immédiatement suivie par sa sœur.

Et sans un mot pour leur père ni pour Fiona, elles gagnèrent leurs chambres. Fiona regarda John avec tendresse et posa sa main sur la sienne, mais on aurait dit qu'on l'avait battu et il était incapable de la regarder. Non seulement il avait le cœur brisé par la façon dont ses filles l'avaient traitée, mais il avait profondément honte de l'avoir exposée à ce spectacle.

— Je suis désolé, mon amour, dit Fiona.

— Moi aussi, répondit-il d'une voix rauque, enrouée par les larmes. Je n'arrive pas à croire qu'elles se soient comportées de la sorte. Et je suis navré pour le dîner. Mme Westerman était d'une loyauté extrême envers Ann, ce qui était admirable, mais ce n'est pas une raison pour te traiter ainsi. Je suis désolé que tu aies eu à subir tout ça.

— Et moi, je suis désolée d'être arrivée en retard. Ça n'a pas facilité les choses. J'avais complètement perdu la notion du temps.

— Cela n'aurait pas changé grand-chose. Elles sont comme ça depuis que je leur ai annoncé la nouvelle, samedi. Je croyais qu'elles seraient heureuses pour nous et pour moi, mais c'est le contraire qui s'est produit. Ça m'a fait un choc. Je croyais que ça irait mieux le lendemain, mais ça a été pis.

Soudain, Fiona eut peur que cela signe la fin de leur relation, ce dont John s'aperçut lorsqu'elle le regarda d'un air effrayé. Aussi se leva-t-il et vint-il la prendre dans ses bras pour la rassurer. Au même moment, Mme Westerman ouvrit la porte de la cuisine et laissa sortir Fifi, le pékinois de la famille. La chienne avait appartenu à Ann, qui l'adorait, et, depuis sa mort, c'était Mme Westerman qui s'en occupait. En voyant Fiona et John dans les bras l'un de l'autre, Fifi s'immobilisa, grogna, s'élança vers Fiona, et avant qu'ils aient eu le temps de comprendre ce qui se passait, planta ses crocs dans la cheville de la jeune femme. Totalement surprise, Fiona s'agrippa à John, alors que la chienne continuait de la mordre. Pour lui faire lâcher prise, John dut asperger Fifi avec la carafe d'eau. Trempée, la chienne s'enfuit en aboyant, Mme Westerman la prit dans ses bras et s'enferma en larmes dans la cuisine en hurlant qu'il avait tenté de la tuer, alors que la blessure de Fiona saignait abondamment.

John appliqua une serviette humide sur sa cheville et la fit asseoir. Fiona tremblait, se sentant ridicule de causer un tel remue-ménage. En plus, la plaie ne cessait de saigner malgré les efforts de John. Celui-ci la regarda d'un air malheureux en l'aidant à gagner la cuisine en boitillant, et cria à Mme Westerman d'enfermer le chien. Mais celle-ci s'était retirée dans sa chambre avec Fifi, qu'ils entendaient aboyer. John n'avait qu'une envie, quitter cet enfer et retourner chez Fiona, mais il savait qu'il devait rester jusqu'au départ de ses filles. Jamais il n'avait connu ça. Il examina la cheville de Fiona, assise sur le comptoir de la cuisine, le pied dans l'évier, et la fixa avec peine et embarras.

— Je suis désolé, Fiona, mais je crois qu'il faut faire des points de suture.

— Ne t'inquiète pas, dit-elle avec calme pour tenter d'apaiser les choses. Ça arrive.

— Seulement dans les films d'horreur, observa-t-il d'un air sombre.

Il lui mit un torchon autour de la jambe, l'aida à descendre du comptoir puis à sortir lentement de l'appartement. Le sang macula rapidement le torchon. Ils hélèrent un taxi, et en arrivant aux urgences dans les bras de John, elle baignait dans son sang.

Quand le médecin l'examina, il confirma que la morsure était profonde et qu'il fallait faire des points de suture. Après une anesthésie locale, il la recousit, lui fit un vaccin contre le tétanos et lui donna des antibiotiques et des anti-inflammatoires. Fiona commençait à pâlir ; elle n'avait rien mangé depuis le matin, et la soirée avait été éprouvante. Au moment de sortir de l'hôpital, elle fut prise d'un vertige et dut s'asseoir quelques instants.

— Pardon, je suis vraiment trop douillette, dit-elle en s'excusant. Ce n'est rien du tout.

Elle s'efforçait de traiter la chose avec légèreté, mais en vérité elle se sentait très mal. L'effet de l'anesthésie commençait à disparaître et sa cheville était extrêmement douloureuse, ce sale chien l'avait mordue de toutes ses forces, tout comme Hilary et Courtenay, et Mme Westerman.

— Rien, dis-tu ? Mes filles ont été odieuses, la gouvernante insupportable, mon chien t'a attaquée, tu viens d'avoir huit points de suture et d'être vaccinée contre le tétanos. Alors, explique-moi un peu ce que tu entends par « rien » !

John était hors de lui et ne savait à qui s'en prendre.

— Je te ramène à la maison, fit-il d'un air misérable.

Il lui demanda de l'attendre pendant qu'il allait chercher un taxi. Il revint cinq minutes plus tard et la porta jusqu'au véhicule. Une fois à la maison, il la déshabilla, la mit au lit, lui donna ses médicaments et mit sous sa cheville un coussin. Il descendit ensuite à la cuisine pour leur trouver quelque chose à manger et lui préparer un thé. Quand il remonta avec le plateau, Fiona avait déjà meilleure mine. C'est alors qu'il lui dit qu'il venait de prendre une décision et elle attendit, terrifiée. Après une soirée comme celle-ci, il ne pouvait en être arrivé qu'à la conclusion que l'avoir dans sa vie était trop difficile pour lui. Elle attendit donc, résignée, qu'il parle. Tout en rassemblant ses idées, il la fixa, pensant au moment où il était tombé amoureux d'elle à Paris, et même avant, car elle l'avait subjugué dès le premier regard.

— Fiona, si tu veux bien, j'aimerais venir m'installer chez toi ce week-end, une fois que j'aurai emmené Courtenay à Princeton. Hilary part vendredi soir pour Brown, et il est hors de question que je reste dans l'appartement avec cette bonne femme. Rien ne m'y retient. Je veux être ici, avec toi.

Il baissa les yeux sur le bouledogue endormi sur le lit et qui avait à peine bougé à leur arrivée, et esquissa un sourire.

— Et avec Sir Winston. Les filles devront s'y faire. Je retournerai chez moi quand elles viendront pour les vacances ou pour le week-end. Et plus tard, j'espère que tu m'y rejoindras. Je t'achèterai des protège-tibias et un fusil pour Mme Westerman et le chien. Tu veux bien de moi ?

Il avait posé la question presque timidement, et Fiona fondit en larmes. Elle avait été si sûre qu'il allait lui dire que tout était fini entre eux, et elle avait eu tellement peur de le perdre ! Malgré tout, elle était navrée que ses filles la détestent. La gouvernante, c'était une autre histoire, et la chienne n'était qu'un animal après tout, mais pour les filles, elle était vraiment bouleversée.

— Es-tu sûr de le vouloir ? s'enquit-elle, l'air anxieux.

— Certain, répondit John d'un ton ferme.

Il n'avait aucun doute à ce sujet. Jamais il n'avait été aussi furieux contre ses filles ni aussi déçu.

Fiona n'arrivait pas à s'arrêter de pleurer et John la prit dans ses bras.

— Je serais ravie que tu t'installes ici, articula-t-elle, toujours en larmes, autant à cause de cette soirée désastreuse que de soulagement.

— Dans ce cas, pourquoi pleures-tu ? demanda-t-il avec douceur.

— Parce que je vais devoir faire encore plus de place dans mes placards, répondit-elle, riant enfin, tandis que John en faisait autant.

9

Le lendemain, Fiona était en train de regarder des photos sur la table lumineuse placée derrière son bureau, quand Adrian entra, mourant de curiosité. Il n'avait pas eu une minute à lui, et la seule fois où il était passé, elle n'était pas seule.

— Alors, comme s'est passée la soirée ?

— Intéressante, répondit mystérieusement Fiona.

— C'est-à-dire ?

— Eh bien, la gouvernante me hait et voulait probablement m'empoisonner, mais comme elle a fait brûler le dîner, je n'ai pas pu y toucher. Quant aux filles, elles me détestent et n'adressent plus la parole à leur père depuis qu'il leur a annoncé la nouvelle, samedi. Elles ont refusé de me parler, nous ont dit qu'on était écœurants et sont finalement parties furieuses dans leurs chambres. Enfin, le chien m'a attaquée, conclut-elle avec le sourire, prouvant qu'elle n'avait pas perdu son sens de l'humour.

— J'espère que tu exagères. Au moins pour le chien. Sérieusement, c'était comment ? Est-ce que les petites ont fini par se calmer ?

— Non. Et j'étais sérieuse au sujet du chien. J'ai huit points de suture.

— Tu plaisantes ? fit Adrian stupéfait.

Fiona posa sa jambe sur le bureau et il dut constater qu'elle avait un bandage impressionnant.

— On m'a fait un vaccin contre le tétanos et je suis sous antibiotiques. La seule bonne nouvelle, c'est que John va venir habiter chez moi ce week-end. Mais il était si bouleversé par tout ça que j'ai bien cru qu'il allait me quitter.

Elle paraissait ravie, tandis qu'Adrian regardait sa jambe, incrédule.

— Mais comment vas-tu faire pour les placards ?

— Il va falloir que je trouve une solution. Peut-être transformer la salle à manger en penderie géante ? Ou installer une grande tente dans le jardin ? Je n'en sais rien, mais j'y arriverai. Le principal, c'est que John veuille encore de moi. Si tu savais, Adrian ! Ses filles ont été odieuses, de vrais monstres, aussi bien avec lui qu'avec moi. Et la gouvernante semble sortir tout droit d'un film d'horreur. J'ai cru qu'elle allait me tuer. Au lieu de ça, elle a envoyé le chien le faire à sa place. Heureusement que ce n'était pas un pitbull.

— C'était quoi ? s'enquit-il, inquiet.

Elle avait beau y mettre de l'humour, ce qui s'était passé était plutôt moche et les filles s'étaient comportées en sales petites pestes.

— Un pékinois, Dieu merci. John a dû l'asperger d'eau pour qu'il me lâche enfin.

— Seigneur, Fiona, ça a dû être l'horreur !

Il riait parce qu'elle présentait les choses de manière drôle, mais elle avait eu très peur.

— Oui, plutôt, admit-elle. J'imagine que je ne passerai pas Thanksgiving là-bas.

— Tu peux venir partager ma dinde. Mes chiens t'adorent.

Il avait deux magnifiques bergers hongrois qui lui faisaient fête chaque fois qu'ils la voyaient.

— Je ne sais pas ce que va faire John. Peut-être que ça s'arrangera avec le temps, mais ses filles vont vraiment être un problème. En tout cas, elles en sont un pour le moment. À leurs yeux, il trahit la mémoire de leur mère.

— C'est ridicule. Tu m'as dit qu'elle était morte depuis deux ans. À quoi s'attendent-elles ? John est jeune, il ne va pas s'enterrer lui aussi.

— Je sais, mais elles ne voient pas les choses de cette façon. Je suppose qu'elles le veulent pour elles toutes seules, alors qu'elles ne vivent même pas avec lui mais sont à l'université.

— Ça leur passera. L'important, c'est que John ne se laisse pas influencer et ne retourne pas tout ça contre toi.

— Au contraire ! Quand on est rentrés de l'hôpital, il m'a dit qu'il voulait s'installer chez moi. Mais ça me fait un peu peur. C'est plutôt rapide. Nous ne sommes ensemble que depuis deux mois et demi. J'aurais bien attendu encore un peu, mais d'un autre côté, je suis heureuse d'être avec lui et je me suis habituée à sa présence. Il m'a manqué, pendant ce week-end.

— Est-ce qu'il supportera ta vie ? Jamal, le chien, ton entourage, moi, les séances photo jusqu'à pas d'heure, les imprévus, tous les cinglés qui passent ? Il me semble plutôt réservé. Fais en sorte de lui laisser assez d'espace et de ne pas le rendre fou. Tu ne peux plus te permettre de vivre comme quand tu étais célibataire, Fiona. Tu vas devoir modifier certaines choses pour lui, surtout s'il vit vraiment avec toi.

— Ça lui a convenu jusqu'à présent. Et il ne va pas abandonner son appartement. Il pourra toujours y aller, s'il a besoin de souffler, dit-elle avec pragmatisme.

Mais Adrian secoua la tête en signe de désaccord.

— Ne le pousse pas à ça. Je te connais. Tu aimes faire les choses à ta manière. C'est ta maison, ta vie, ton chien. Je suis pareil et j'ai commis la même erreur. J'oublie de m'adapter et de faire des compromis, et tôt ou tard, je me retrouve seul. Tu ferais mieux d'y réfléchir, Fiona.

Elle savait qu'il avait raison et qu'elle devait faire attention.

— Je sais, je sais, répondit-elle avec le sourire. Mais quelquefois, c'est difficile. J'ai mes habitudes.

— Ce n'est pas une excuse. On peut tous modifier nos habitudes. Et ce serait vraiment stupide que tu le perdes pour ça. Tu en souffrirais beaucoup.

Elle était consciente de la justesse de ses paroles.

— Oui, c'est vrai. Je ne veux pas le perdre. Mais je ne sais pas quoi faire avec ses filles.

— Laisse-le faire, c'est son problème. Vous n'êtes pas mariés.

Il la regarda soudain avec attention.

— Tu comptes l'épouser ?

— Non. Pourquoi ? Je ne veux pas d'enfants. Je n'ai pas besoin d'être mariée. Je le lui ai dit dès le début.

— Il t'a crue ?

— Je crois, répondit-elle, songeuse.

— Et si lui ressent le besoin de se marier ? Il est peut-être plus conventionnel que tu ne le crois, fit remarquer Adrian avec bon sens.

— On verra quand on y sera. Mais pour l'instant, ce n'est pas à l'ordre du jour, déclara-t-elle d'un ton ferme.

— Pourquoi ?

— Parce qu'il me faudrait céder trop de placards. Sans compter que ses filles me tueraient.

— D'après ce que tu m'as dit, c'est tout à fait possible. Quoi qu'il en soit, si tu changes d'avis, préviens-moi. Si jamais j'apprends que tu te maries, le choc pourrait bien me faire tomber dans les pommes. Je veux être sûr d'être assis, quand tu me l'annonceras.

— Tu n'as pas à t'inquiéter, répondit Fiona, sûre d'elle, ce n'est pas mon intention. Je me suis peut-être ramollie, mais je ne suis pas encore folle.

— Pourquoi ai-je tant de mal à te croire ? fit Adrian en quittant le bureau.

Comme promis, John emménagea le dimanche. Il avait emmené Courtenay à Princeton la veille, et Hilary avait pris l'avion pour Rhode Island, le vendredi soir. Il arriva chez Fiona avec une demi-douzaine de valises, des costumes plein les bras et trois cartons remplis de dossiers et de documents, lui précisant qu'il apporterait le reste plus tard. Elle avait passé des heures à lui faire de la place. Ce n'était toujours pas suffisant, étant donné tout ce qu'il avait apporté, mais c'était déjà mieux. Le soir, on aurait dit un couple heureux, vivant sous le même toit depuis longtemps. Même Sir Winston avait agité sa petite queue boudinée en apercevant John. La transition avait été étonnamment facile. Un nouveau chapitre de leur vie s'ouvrait, et les choses semblaient aller très vite.

Tout continua de se dérouler pour le mieux jusqu'à Thanksgiving, où se posa la question des vacances. Une violente dispute éclata entre John et ses filles au sujet de la présence de Fiona, et les deux jeunes filles menacèrent leur père de ne pas venir si elle était là. Fiona préféra s'effacer, et après maintes discussions,

John céda à contrecœur. Elle irait passer Thanksgiving chez Adrian avec plusieurs de ses amis, elle lui assura qu'elle préférait cela ; elle ne voyait rien de plus sinistre que de passer les fêtes avec des gens qui la détestaient. La situation était absurde, mais c'était le mieux qu'ils pouvaient faire pour le moment, et John lui fut reconnaissant de sa compréhension.

Elle s'amusa beaucoup en compagnie d'Adrian et de ses amis, à l'inverse de John qui passa un Thanksgiving austère et solitaire avec ses deux filles et la gouvernante, qui les servit d'un air lugubre. Le dîner fut tout sauf joyeux. Et comme Ann et lui étaient tous deux enfants uniques, il n'y avait pas d'autres parents avec qui partager les fêtes. Pour les filles de John, cette période ne faisait qu'amplifier l'absence cruelle de leur mère et la soirée était sinistre. À la fin du repas qui s'était déroulé dans un silence complet, John leur dit qu'il en avait assez qu'elles lui en veuillent, non seulement de la mort de leur mère, mais aussi de sa relation avec Fiona.

— Je ne vous laisserai pas faire, fit-il d'un air sévère tandis qu'elles pleuraient.

Comme elles le lui confièrent, elles ne voulaient pas qu'il oublie leur mère.

— Comment pouvez-vous dire ça ? reprit-il, blessé. J'aimais votre mère, je l'aime encore, et je l'aimerai toujours. Je ne pourrai jamais l'oublier, comme je n'oublierai jamais les moments de bonheur que nous avons partagés. Mais ça ne veut pas dire que je doive rester seul le reste de ma vie. À présent, vous êtes toutes les deux à l'université, et moi je reste seul ici. Je veux être avec Fiona. C'est une femme merveilleuse.

— C'est faux ! s'exclama Hilary. Elle ne s'est jamais mariée et elle n'a même pas d'enfants.

— Ça ne fait pas d'elle quelqu'un de mauvais. Peut-être qu'elle n'a pas trouvé la bonne personne.

— Elle était trop occupée à travailler pour ça ! intervint Courtenay comme si elles connaissaient Fiona – ce qui n'était pas le cas, puisqu'elles avaient fait tout leur possible pour l'éviter.

— Ce n'est pas une raison pour la punir, et me punir. Et c'est ce que vous n'arrêtez pas de faire.

— Vas-tu l'épouser ? demanda Hilary, paniquée.

Elles avaient décidé que Fiona était l'ennemie qu'elles devaient haïr. Elles ne lui avaient laissé aucune chance et n'en avaient aucunement l'intention. Mais John n'était pas disposé à les laisser faire.

— Je n'en sais rien, répondit-il. Je ne crois pas qu'elle veuille se marier. Elle aime sa vie comme elle est, et peut-être a-t-elle raison. Après la façon dont vous vous êtes comportées, pourquoi voudrait-elle de notre famille ou de belles-filles comme vous ? Elle est mieux toute seule.

Les deux jeunes filles parurent légèrement embarrassées. La semaine précédente, Hilary avait confié à l'une de ses camarades de chambre qu'elles avaient été odieuses avec Fiona, et qu'elle en était fière. Il en était de même pour sa sœur.

— Nous ne voulons pas d'elle, conclut Hilary.

— Vous pourriez tomber plus mal, répondit John, bien plus mal. C'est une femme bien, et ce n'est pas à vous de décider, mais à moi. Vous n'êtes plus des enfants, vous avez tout de même dix-neuf et vingt et un ans. Vous ne pourrez pas vous comporter ainsi éternellement. Mais si c'est ce que vous voulez, libre à vous. Sachez toutefois que je ne vous laisserai pas gâcher ma vie.

— Si tu l'épouses, nous ne rentrerons plus pour les vacances, annonça Courtenay d'un ton irrité.

Elle ressemblait plus à une petite fille qu'à une étudiante en deuxième année à Princeton.

— Je suis navré de l'entendre. Mais vous n'aurez peut-être pas les moyens de faire autrement.

La menace était subtile, mais toutes les deux comprirent le message.

— Tu nous couperais les vivres ?

Elles essayaient de voir jusqu'où elles pouvaient aller, mais en ce qui le concernait, elles étaient déjà allées trop loin, beaucoup trop loin.

— Je n'essaierais pas de le savoir, si j'étais vous. Je serais extrêmement déçu si vous persistiez dans cette attitude si jamais Fiona et moi décidions de nous marier.

Dès que le dîner fut terminé, elles se précipitèrent dans la cuisine pour faire part à Mme Westerman de ce que John leur avait dit et en discuter avec elle. Elles avaient l'impression qu'il allait épouser Fiona.

— Si jamais il fait ça, on la fera déguerpir en six mois, les rassura Mme Westerman.

La perspective de se débarrasser rapidement de Fiona leur plaisait ; au moins, elles ne l'auraient pas longtemps sur le dos et auraient à nouveau leur père pour elles seules. C'était tout ce qu'elles demandaient. Elles n'autoriseraient personne à prendre la place de leur mère. Jamais.

— Et si jamais il vous renvoie ? s'enquit Courtenay avec nervosité.

En dehors de leur père, elles n'avaient qu'elle au monde, et Mme Westerman le savait.

— Qu'il le fasse. Je repartirai chez moi, dans le Dakota du Nord, et vous pourrez venir chaque fois que vous en aurez envie.

Elle avait de l'argent de côté et avait hérité d'une petite maison là-bas. Leur père ne pouvait rien contre elle. De toute façon, elle avait perdu tout respect pour lui et pensait que ce qu'il faisait avec cette femme n'était pas catholique.

— On ne veut pas que vous partiez, fit tristement Hilary. On veut que vous restiez avec nous pour toujours.

Mais Mme Westerman savait qu'il lui faudrait un jour prendre sa retraite et rentrer chez elle. Bientôt, les filles seraient des adultes et se marieraient ; elles étaient déjà à l'université, cela arriverait vite. Toutefois, si elle parvenait à empêcher leur père d'épouser cette femme, au moins aurait-elle fait son devoir envers Ann Anderson. Elle lui avait promis avant sa mort qu'elle l'empêcherait de l'oublier ou de commettre une bêtise. Elle le lui devait et ferait tout pour protéger sa mémoire. Ann Anderson avait été une sainte. Pour elle, cette autre femme, celle qu'il courtisait et avec laquelle il couchait et se ridiculisait, n'était rien. Quelles qu'en soient les conséquences, elle ferait tout pour que Fiona ne puisse être avec John. Elle en faisait le vœu solennel.

10

Malgré la tension qui existait entre John et ses filles, tout se passait merveilleusement bien entre lui et Fiona. Vivre ensemble ne semblait leur poser aucun problème, et Fiona faisait en sorte que la folie de sa vie ne perturbe pas John. Elle avait convaincu Jamal de s'habiller de façon plus normale et de ne pas passer l'aspirateur en sarouel ou en pagne. Et lorsque des amis sonnaient chez elle à l'improviste, comme ils le faisaient depuis des années, elle leur demandait de prévenir dorénavant. Elle n'organisa plus de séances photo chez elle, ne proposa plus que sa maison serve de décor et n'hébergea plus les photographes de passage. Elle fit tout son possible pour faire plaisir à John. Celui-ci menait une vie différente de la sienne ; elle ne pouvait plus vivre aussi librement qu'elle l'avait fait quand elle était seule. Elle ne voulait que son bonheur et avait donc suivi les conseils d'Adrian. La seule chose pour laquelle elle ne voulait rien changer, c'était Sir Winston. Il continua de dormir sur le lit et se fit toujours autant gâter. Heureusement, John s'était pris d'affection pour lui et le trouvait drôle. Quant à sa cheville, il ne lui restait plus qu'une petite cicatrice, cadeau de Fifi. Elle n'était plus jamais retournée chez John et cela ne lui manquait pas.

Lui n'y allait que lorsqu'une de ses filles venait pour le week-end, ce qui était rare, car elles avaient beaucoup de travail. Elles ne faisaient alors jamais la moindre allusion à Fiona, et John non plus, même s'il continuait de trouver la situation stupide et désirait que cela change. Mais il ne savait pas comment s'y prendre. Mme Westerman faisait tout pour envenimer les choses, rappelant aux filles qu'elles devaient rester fidèles au souvenir de leur mère ; elle menait une véritable vendetta contre Fiona mais, malgré cela, John, même s'il le souhaitait, n'avait pas le cœur de la renvoyer en raison de ses années de dévouement et de gentillesse à l'égard de la famille. De même qu'il n'avait pas le cœur de se débarrasser de Fifi, qui avait été le chien d'Ann.

Pour Noël, il prévoyait de passer une semaine chez lui avec ses filles. Ensuite, Hilary et Courtenay partiraient faire du ski dans le Vermont avec des amis, tandis que Fiona et lui s'envoleraient vers les Caraïbes pour le nouvel an. Ils allaient à Saint-Barthélemy et s'arrêteraient à Miami au retour. Là, John en profiterait pour voir un nouveau client important, et Fiona irait jeter un coup d'œil à la plage pour le magazine. Ils seraient absents deux semaines. Il avait promis de passer le réveillon avec Fiona et le jour de Noël avec ses filles. Il s'efforçait de faire au mieux pour satisfaire tout le monde et sa vie était presque un enfer, mais pour l'heure, il n'avait pas le choix. En même temps, il était très heureux de vivre avec Fiona. Jamais il ne s'était senti aussi bien. De son côté, Adrian disait qu'il n'avait jamais vu son amie aussi resplendissante. Au travail, tout marchait bien pour eux.

Le réveillon qu'il passa avec Fiona fut tendre et parfait. Et lorsqu'elle monta se coucher, il partit à son appartement pour être là quand ses filles se lèveraient le lendemain matin. Malheureusement, elles ne réalisèrent pas son sacrifice et ne l'en remercièrent pas. Quant à Mme Westerman, elle le regardait désormais comme s'il était l'incarnation du mal, et leurs relations étaient glaciales.

Malgré tout, il passa un Noël agréable avec ses filles. Tous trois furent ravis de leurs cadeaux, mais depuis la mort d'Ann, les fêtes étaient tristes. Plus tard dans la soirée, quand Hilary et Courtenay furent sorties avec des amis, il retourna voir Fiona. Elle lui manquait dès qu'il n'était plus avec elle. Lorsqu'il arriva, elle dormait déjà avec Sir Winston à ses côtés et égoïstement il ne put s'empêcher de la réveiller et lui fit l'amour. Ensuite, il dut repartir, mais son chez-lui était désormais la maison de Fiona. Il était conscient que cette double vie ne pouvait pas durer, et que toutes ces allées et venues ne rimaient à rien. Il y avait beaucoup réfléchi ces derniers temps et ne voyait qu'une solution. Mais il ignorait comment Fiona allait réagir quand il lui en parlerait.

Le lendemain de Noël, Courtenay et Hilary partirent pour le Vermont, et Fiona et lui s'envolèrent pour Saint-Martin, d'où ils prirent un hydravion jusqu'à Saint-Barthélemy. Là, ils passèrent un délicieux séjour dans un charmant vieil hôtel français, par un temps chaud et ensoleillé. Encore une fois, leurs vacances furent parfaites, ce qui conforta John dans sa solution et lui donna le courage nécessaire pour parler à Fiona. Lorsqu'ils trinquèrent le soir du réveillon du nouvel an, Fiona décela quelque chose d'étrange dans son regard.

— Ça va ? demanda-t-elle d'un air anxieux.

Ils avaient passé la journée allongés sur la plage et avaient fait l'amour avant de sortir dîner.

— Merveilleusement bien. J'ai simplement quelque chose à te demander.

Elle n'avait aucune idée de ce dont il pouvait s'agir et pensa qu'il la taquinait. Il avait, comme elle, le sens de l'humour.

— Je parie que tu veux savoir si c'est toi ou Sir Winston que j'aime le plus. Tu sais bien que tu n'as pas le droit de me poser une telle question. Lui et moi sommes ensemble depuis plus longtemps, mais je t'aime presque autant que lui. Et qui sait, peut-être qu'avec le temps je finirai par t'aimer autant que Sir Winston, plaisanta-t-elle.

— Fiona, veux-tu m'épouser ?

Elle vit dans ses yeux qu'il parlait sérieusement. Sa bouche s'ouvrit puis se referma en silence, tandis qu'elle le fixait, visiblement consternée.

— Oh, non. Tu es sérieux, n'est-ce pas ?

— Oui. Mais ce n'est pas vraiment la réponse que j'attendais, ajouta-t-il, l'air triste.

— Pourquoi as-tu eu une telle idée ? Pourquoi veux-tu te marier ? questionna-t-elle, semblant bouleversée, ce qui le troubla lui aussi. Je te l'ai dit au départ, je ne veux pas me marier. Les choses sont bien comme elles sont. De plus, si je t'épouse, ta gouvernante lâchera le chien des Baskerville sur moi et tes filles me tueront. Je n'ai vraiment pas besoin de ça. Et toi non plus, d'ailleurs, conclut-elle, malheureuse.

Ce n'était pas la réponse qu'il avait espérée.

— Ça ne les regarde en rien. Ce sont nos affaires. Mme Westerman n'est qu'une employée, et mes filles vont devoir accepter que j'ai le droit d'être heureux et de vivre ma vie. Elles ont la leur à présent. Ne t'occupe pas d'elles. L'important, c'est toi. Que veux-tu réellement ? Est-ce que tu me veux, moi ?

Il n'aurait pas pu le dire plus simplement, et elle en fut touchée.

— Bien sûr que oui. Mais je t'ai déjà, non ? A-t-on besoin de papiers pour le prouver ?

— Peut-être. Moi oui, je crois, répondit-il avec franchise. Je n'aime pas être chez toi comme un invité qui essaie de trouver une place dans les placards. D'ailleurs, je crois que je n'aurai jamais de placard digne de ce nom à moins d'en construire un moi-même, ce qui ne se fait pas quand on n'est pas chez soi. C'est un grave problème.

Mais en ce qui la concernait, c'était le mariage qui en était un. Et un bien plus grave.

— Si je te laisse construire un placard, sera-t-il encore nécessaire que tu m'épouses ?

John voyait qu'elle avait peur.

— Pourquoi redoutes-tu autant le mariage ?

Il ne comprenait pas pourquoi cela la terrifiait à ce point.

— Quand les gens se marient, ils se quittent et en meurent. Ils se font du mal, se déçoivent, et se séparent. Quand on se contente de vivre ensemble, on finit bien sûr par se lasser l'un de l'autre, mais on se fait moins mal quand on s'en va.

Il savait que derrière tout cela il y avait le père qui les avait abandonnées, elle et sa mère. Mais il y avait aussi quelque chose de beaucoup plus profond à présent. Elle ne voulait pas dépendre de quelqu'un ou risquer de perdre celui qu'elle aimait. Elle aspirait à plus de légèreté. Pour elle, le mariage était une prison, et elle craignait d'y étouffer. De plus, elle était certaine que ses relations avec ses filles empireraient s'ils se mariaient ; pour l'heure, c'était son problème à lui, mais une fois mariés, cela deviendrait aussi le sien.

Dans la situation actuelle, elle pouvait les ignorer tout en compatissant pour John, mais si elle se mariait, elle ne le pourrait plus.

— J'aime être marié, fit John avec honnêteté. J'aime ce que cela représente. Pour moi, cela signifie : Je crois en toi et je t'aimerai toujours.

— « Pour toujours », ça n'existe pas, répondit doucement Fiona.

Elle l'avait expérimenté tout au long de sa vie. Il n'y avait pas de « pour toujours », seulement des « maintenant ». Elle en était certaine. Elle ne voulait pas croire au « pour toujours », avec qui que ce soit, cela n'aboutirait qu'à la faire souffrir.

— Si, ça existe, Fiona. Je veux être avec toi pour toujours.

— Tu dis ça maintenant, fit-elle calmement, et tu en es convaincu. Mais le jour où tu seras en colère contre moi ou le jour où tu en auras assez, tu t'en iras. Et ce sera plus simple si on n'est pas mariés.

— N'as-tu pas plus confiance en moi que ça ? fit-il avec tristesse.

— En toi peut-être, mais pas en la vie. Elle ne donne pas de « pour toujours ». C'est comme ça.

— Je n'ai jamais abandonné personne, et je ne vais pas t'abandonner. Je ne suis pas ce genre d'homme, dit-il avec douceur.

— C'est ce que tu dis aujourd'hui. Mais qui sait ce que tu diras plus tard ? Je préfère la situation comme elle est.

Elle ne voyait pas une seule bonne raison de l'épouser. Pourquoi gâcher une belle histoire en risquant le mariage ? C'était bien trop dangereux. Mais elle ne voulait pas non plus le blesser et était flattée de sa demande.

— Je ne veux pas être éternellement un invité dans ta maison. Je veux qu'on possède des choses en commun et partager ma vie avec toi.

Il n'ajouta rien pour ne pas l'effrayer davantage, mais il aurait également aimé avoir des enfants avec elle, même s'il connaissait sa position à ce sujet. Pour le moment, tout ce qu'il voulait, c'était l'épouser ; ils verraient le reste plus tard. En plongeant son regard dans celui de Fiona, il vit qu'elle était terrifiée.

— Tu veux bien y réfléchir ?

— Pourquoi ?

— Parce que je t'aime, et que je veux t'épouser.

— C'est vraiment stupide. Un prêtre qui nous bénit ou le fait de porter une alliance ne va pas faire que l'on va s'aimer davantage. Je t'aime déjà.

Il avait une alliance pour elle dans sa poche mais ne voulait pas l'effaroucher définitivement en le lui disant. Jamais il n'avait connu une femme comme elle, et c'était pour cela qu'il l'aimait.

— C'est une promesse. Un engagement. Une façon de dire au monde que je crois en toi, que tu crois en moi et que nous sommes fiers l'un de l'autre.

— Je *suis* fière de toi. Je n'ai pas besoin d'être mariée avec toi pour l'être.

— Mais peut-être que moi oui.

Il n'en dit pas plus, et ils firent l'amour en rentrant à l'hôtel. Plus tard, alors qu'il était endormi, Fiona resta éveillée à réfléchir à ce que John lui avait dit, essayant d'imaginer ce que ce serait d'être mariée avec lui. Pour la première fois, sans qu'elle sache pourquoi, cela ne lui sembla pas effrayant, mais agréable. Elle pensa ensuite à ce qu'Adrian lui avait dit à propos des compromis ; après tout, si c'était si important pour John et que cela ne faisait pas de différence pour elle, alors peut-être pouvait-elle franchir le pas ? Elle resta ainsi toute la nuit, plongée dans ses pensées, et ne s'endormit que lorsque le soleil se leva, étrangement apaisée.

Allongé près d'elle, John était en train de la regarder, lorsqu'elle s'éveilla et lui sourit. Jamais elle n'avait éprouvé ce qu'elle éprouvait pour lui, et peut-être avait-il raison. Même si elle n'avait pas besoin de papiers officiels, peut-être était-ce la meilleure chose à faire pour être à ses côtés et faire savoir au monde entier combien elle l'aimait. Mais surtout, ce serait pour elle une façon de lui dire ce qu'elle avait juré de ne jamais dire à personne : « Je te fais confiance. » Car c'était le fond du problème. Elle avait aimé des hommes mais ne leur avait jamais fait confiance, sauf à John. Peut-être était-il temps de le lui prouver.

— Tu te souviens de ce que tu m'as demandé hier soir ? murmura-t-elle.

— Mmm… répondit-il en souriant. Je crois que je m'en souviens.

Il s'attendait à une nouvelle explication sur ses raisons de ne pas se marier.

— Eh bien quoi ?

— Je pense que j'aimerais me marier avec toi.

Elle avait parlé d'une voix à peine audible.

— Tu es sérieuse ? murmura-t-il à son tour.

Il ne pouvait deviner ce qui l'avait fait changer d'avis et en était très surpris.

— Oui, je crois. Ce n'est peut-être pas une si mauvaise idée après tout. Mais juste une fois. Et uniquement avec toi. En règle générale, c'est contre mes principes, mais pour toi, je crois que je peux faire une exception.

— Je m'en contenterai, fit John, radieux.

Elle n'aurait à se montrer courageuse qu'une seule fois. Une fois, et c'est tout.

— Veux-tu vraiment m'épouser, Fiona ?

Après tout ce qu'elle avait dit, John avait du mal à y croire.

— Oui, je crois. À moins que je ne retrouve mes esprits.

— Alors peut-être devons-nous nous dépêcher avant que cela ne se produise.

— Tu penses à une date en particulier ?

— Non, ce sera quand tu veux.

Il voulait que cela se passe le plus en douceur possible pour elle.

— Pourquoi pas dans quelques semaines ? Juste toi et moi, et Sir Winston.

— Dois-je aussi épouser le chien ?

— Absolument.

Elle semblait sincère, et il ne voulut pas discuter ; il était bien trop excité et heureux pour ça.

— Vas-tu en parler à tes filles avant ? demanda Fiona.

Il comprenait son inquiétude.

— Je ne pense pas. De toute façon, elles ne voudront pas assister au mariage. Je préférerais le leur annoncer après. Qu'en penses-tu ?

— Je suis d'accord. On pourra organiser une petite fête un peu plus tard. Mais pour le mariage lui-même – elle détestait même prononcer le mot –, j'aimerais mieux que nous soyons juste tous les deux.

— Dis-moi quand, et je serai là, fit John en la serrant dans ses bras.

Il se leva alors pour aller chercher l'alliance et revint la lui glisser au doigt. Fiona le regarda avec stupéfaction et émerveillement, et des larmes roulèrent lentement sur ses joues, tandis qu'elle levait les yeux vers lui. Enfin, elle avait osé. Elle lui avait fait suffisamment confiance pour franchir le pas. Elle se blottit contre lui, souriant aux anges. Elle avait l'impression d'avoir enfin trouvé sa place auprès de quelqu'un avec qui elle était en sécurité. Elle savait, sans le moindre doute, qu'elle pouvait lui confier son cœur et sa vie.

11

Leur mariage fut simple et se déroula sans encombre. Ils allèrent, un soir après le travail, à la mairie. Puis Fiona prit rendez-vous avec un prêtre qu'elle connaissait, et un samedi après-midi de janvier, John et elle se rendirent en taxi, avec Sir Winston, dans une petite église qu'elle aimait bien. Ce n'était pas le genre de mariage que John aurait organisé, mais c'était ce que Fiona voulait. Elle portait un ensemble blanc avec un manteau de fourrure, et avait lissé ses cheveux longs et soyeux. Jamais elle n'avait été plus belle qu'à l'instant où ils échangèrent leurs vœux dans la petite église et où John glissa à son doigt un simple anneau en or. Et comme elle levait les yeux sur lui, elle fut enfin convaincue qu'elle était sienne à jamais et qu'il en était de même pour lui. Elle n'avait pas réalisé l'importance que cela aurait pour elle. C'était à ses yeux comme à ceux de John une promesse inviolable et c'était pour cela qu'elle l'épousait. C'était un vœu solennel. En rentrant chez elle cet après-midi-là, ils ouvrirent une bouteille de champagne, puis Fiona se mit à rire.

— Je n'arrive pas à croire que je l'ai fait ! déclara-t-elle d'un air incrédule.

— Moi non plus. Mais je suis heureux que tu l'aies fait. Que *nous* l'ayons fait, corrigea John.

Ils décidèrent qu'il n'appellerait pas ses filles avant le lendemain matin. Ils ne voulaient rien faire qui pût gâcher cet événement.

Ils passèrent la nuit au lit, serrés l'un contre l'autre, et firent plusieurs fois l'amour. Tout semblait tranquille et paisible autour d'eux, et lorsqu'ils se réveillèrent le lendemain, il neigeait et tout était recouvert d'un magnifique manteau blanc.

Ils préparèrent le petit déjeuner, sortirent le chien, et John regarda alors Fiona d'un air amusé.

— Au fait, comment vas-tu t'appeler à présent ?

— Est-ce que Fiona Anderson sonne bizarre, à ton avis ? Fiona Monaghan-Anderson fait trop prétentieux. Tu sais ce que je vais faire ? Je vais essayer Fiona Anderson pendant quelques semaines, et si ça me plaît, je le garderai.

— Ça me paraît raisonnable. Mais j'espère que ça va te plaire !

— On pourrait aussi échanger nos noms ! suggéra Fiona, rieuse.

Quand ils furent rentrés, elle téléphona à Adrian pendant que John appelait ses filles. Adrian fut fou de joie et ravi pour eux, alors que Courtenay et Hilary furent odieuses. Elles avaient espéré réussir à les séparer avec leurs manigances, aussi furent-elles furieuses d'avoir échoué. À présent, elles ne pouvaient plus rien faire. Il avait épousé Fiona et espérait qu'elles se calmeraient, mais même si ce n'était pas le cas, cela ne changerait rien. Une fois qu'il eut raccroché, Fiona ne lui posa pas beaucoup de questions. Elle ne s'attendait pas à un changement de leur part.

Adrian lui avait demandé si elle allait toujours à Paris pour les défilés de janvier.

« Bien sûr ! Je me suis mariée, mais je n'ai pas arrêté de travailler pour autant ! » avait-elle répondu.

Il lui avait fallu attendre l'âge de quarante-deux ans pour franchir le pas et elle en était encore tout étonnée.

Ils n'eurent pas le temps de célébrer pleinement l'événement mais, pour Fiona, leur lune de miel avait eu lieu avant leur mariage, aux Caraïbes. Elle partit dix jours plus tard pour Paris au moment des collections printemps-été, et juste après son retour ce furent les défilés du prêt-à-porter – la « semaine infernale », comme elle l'appelait. Elle était submergée de travail et ne vit pratiquement pas John le premier mois de leur mariage ; ils n'eurent même pas le temps d'organiser une fête. Quand John revit ses filles, il leur annonça que soit elles venaient avec lui chez Fiona, soit ils allaient les rejoindre à l'appartement, mais il n'était plus question qu'il les voie seul.

À la grande horreur de Fiona, les filles choisirent, à contrecœur bien sûr, que ce soit elle qui vienne à l'appartement, et John l'implora d'y passer le week-end avec eux. Elle savait combien c'était important pour lui. C'était un de ces sacrifices nécessaires dont Adrian avait parlé, aussi accepta-t-elle. Et le week-end fut aussi déplaisant qu'elle le pensait.

Hilary et Courtenay lui adressèrent à peine la parole, et quand elles le firent, ce fut d'une manière désagréable. Mais au moins tolérèrent-elles sa présence, ce qui était un progrès. Mme Westerman manqua l'empoisonner avec un curry si épicé qu'il faillit la tuer, et elle laissa Fifi sortir « accidentellement » de la cuisine. La bête fonça droit sur la jambe de Fiona – la gauche, cette fois-ci – et lui mordit profondément la cheville, ce qui ne nécessita que quatre points de suture… En la voyant arriver au bureau, le lundi matin, Adrian fut atterré.

— Encore ? Vous êtes inconscients ou quoi ? Quand allez-vous faire piquer ce chien ?

— J'ai bien cru que John allait étriper la gouvernante. Il hurlait si fort que les filles pleuraient et qu'elle a menacé de démissionner. Il va peut-être me falloir un fusil hypodermique la prochaine fois que j'irai là-bas.

— J'espère que tu n'iras pas souvent. Est-ce que John a renvoyé la gouvernante ?

— Il ne peut pas. Les filles l'adorent.

— Fiona, elle essaie de te tuer.

— Je sais. Elle a tenté de le faire avec du curry. J'en ai encore des brûlures d'estomac. Dieu merci, le chien est trop petit pour me sauter à la gorge, sinon il n'hésiterait pas. Je vais devoir m'accommoder de tout ça. J'aime John.

— Mais tu n'es pas obligée d'aimer son chien, sa gouvernante et ses enfants.

— Ça, c'est autre chose, reconnut-elle.

Cet épouvantable week-end avait mis John, encore une fois, dans un grand embarras. En plus, il était complètement stressé par son travail. De son côté, Fiona était plus débordée que jamais. Tout allait de travers. Certains collaborateurs avaient démissionné, le format avait changé, la nouvelle campagne publicitaire posait problème et devait être réétudiée, ce qui était une source de soucis supplémentaire pour lui comme pour elle. Pour couronner le tout, un photographe avait attaqué le magazine en justice, et un mannequin avait failli mourir d'une overdose pendant une séance de prises de vue, ce qui avait fait une mauvaise publicité au magazine. Le soir, Fiona rentrait à la maison à

22 heures et était très souvent en déplacement. Elle fit trois voyages à Paris en un mois, dut rester deux semaines à Berlin le mois suivant, et fit un aller-retour à Rome pour une réunion importante avec Valentino. John se plaignait de ne jamais la voir, et il avait raison.

— Je sais, mon chéri, je suis vraiment désolée, répondit-elle un jour. Je ne sais pas ce qui se passe, mais je n'arrive pas à calmer les choses. Chaque fois que je résous un problème, il y en a un nouveau qui me tombe dessus.

Et il en était de même pour lui. L'agence changeait à nouveau de direction, ce qui lui causait de gros problèmes. En avril, Hilary lui annonça qu'elle s'était fait avorter et que c'était de sa faute, affirmant que, s'il ne s'était pas marié, elle n'aurait pas été aussi perturbée et aurait pris davantage de précautions avec le garçon avec qui elle sortait. Blâmer son père était ridicule, mais John se sentit néanmoins coupable et s'en voulut, et en voulut indirectement à Fiona, à qui il fit des reproches, un soir où il avait trop bu.

— Tu penses vraiment ce que tu dis ? fit-elle, sous le choc. Tu crois vraiment que la grossesse et l'avortement de Hilary sont de ma faute ? ajouta-t-elle d'un air incrédule.

— Je ne sais pas quoi croire. Elles ont été tellement bouleversées. Et puis, bon sang, Fiona, tu n'es jamais là !

Il en était profondément malheureux.

— Et quel est le rapport ?

— J'ai l'impression de vivre avec une hôtesse de l'air. Quand tu passes à la maison, c'est pour te changer et refaire ta valise. Et moi je reste ici avec ton fichu chien et un cinglé que je trouve à moitié nu en maillot de bain lamé or quand je rentre du boulot !

J'aimerais un peu plus de normalité. Avec tout le stress que je subis au bureau, j'ai besoin de calme et de sérénité à la maison !

— Alors tu n'avais qu'à épouser une femme normale ! rétorqua Fiona, blessée.

— Je croyais que je l'avais fait. Je ne peux pas vivre dans ce chaos.

— Quel chaos ?

Elle ne recevait pratiquement plus, pour ne pas le perturber ! Elle promit néanmoins de dire à Jamal de s'habiller normalement ; elle lui en avait déjà fait la remarque, mais chaque fois qu'elle n'était pas là, il en profitait, même s'il était gentil et ne pensait pas à mal.

Un matin, quand elle arriva au bureau, Adrian remarqua son air furieux, et elle lui expliqua tout. John et elle venaient encore de se disputer au sujet de Jamal.

— Je t'avais bien dit qu'il faudrait faire des compromis. Achète une tenue à Jamal et dis-lui de la mettre.

— Mais quelle différence cela ferait ? Qui se soucie de ce qu'il porte quand il passe l'aspirateur ?

— John, répondit Adrian. Et les placards ?

— Je n'ai pas eu le temps de m'en occuper. J'ai passé les trois derniers mois en avion. Je n'ai eu aucun répit, Adrian, tu le sais bien.

— Eh bien, tu ferais mieux de t'y mettre, si tu ne veux pas perdre John.

— Je ne vais pas le perdre, fit-elle avec assurance. On est mariés.

— Et depuis quand est-ce une garantie ?

— Eh bien, c'est censé l'être, répondit-elle d'un air buté. C'est pour ça que les serments sont faits, non ?

— Oui, si tu épouses un saint ! Avec les humains, c'est moins sûr. Les gens se lassent, affirma-t-il pour tenter de la mettre en garde.

— D'accord, d'accord. Je vais lui libérer un placard. Mais ça va lui servir à quoi ? Il a laissé la plupart de ses vêtements à l'appartement, avec ceux de sa femme et ce portrait d'elle que j'ai en horreur. On a d'ailleurs eu une dispute à ce sujet, l'autre jour. Il m'a dit qu'il voulait l'apporter à la maison, pour que les filles s'y sentent plus à l'aise. Pour l'amour du ciel ! Qu'est-ce qui a bien pu lui faire croire que je voudrais du portrait de sa femme chez moi ?

— Compromis, compromis, compromis ! s'exclama Adrian en la menaçant du doigt. Il n'a pas tort. Cela pourrait inciter les petites à t'apprécier. Tu n'as qu'à le mettre dans leur chambre, comme ça tu ne le verras pas.

— Je ne vais pas transformer ma maison en sanctuaire. Moi non plus je ne peux pas vivre de cette façon.

— La première année est toujours la plus difficile, conclut calmement Adrian.

Mais ce n'était pas lui qui devait faire des compromis ! Et ce n'était pas elle non plus. Elle voulait que tout reste comme avant, et chaque fois que John changeait quelque chose de place, elle piquait une colère en rentrant. Elle en vint même à demander à Jamal de ne pas laisser John toucher à quoi que ce soit. Ils eurent une grosse dispute, alors qu'elle se trouvait à Los Angeles pour superviser une séance photo avec Madonna. John avait voulu caser quelques-uns de ses livres dans la bibliothèque, mais Jamal ne l'avait pas laissé faire. Il avait donc appelé Fiona en Californie et avait menacé de faire ses valises si elle ne rappelait pas

Jamal à l'ordre. C'était la première fois qu'il parlait ainsi, et elle prit peur, aussi demanda-t-elle à Jamal de laisser John faire comme bon lui semblait. Mais celui-ci refusa, et elle faillit devenir folle à force de hurler en le sommant de s'exécuter et de ne plus poser de problèmes. Le soir, il lui téléphona en larmes et menaça de démissionner. Elle le supplia d'y renoncer, elle avait besoin de lui et de son univers familier autour d'elle. En peu de temps, toute sa vie avait changé. Elle avait deux belles-filles qu'elle ne pouvait pas supporter et un mari qui voulait imprimer sa marque dans son existence, et qui en avait le droit. Mais après avoir passé des années à faire les choses à sa manière, elle prenait les changements qu'il apportait comme une agression. Même le fait de voir ses livres dans sa bibliothèque l'énervait, alors qu'il avait juste déplacé quelques volumes sur l'étagère du haut pour pouvoir y mettre les siens.

Depuis quelque temps, elle avait l'impression qu'ils passaient leur temps à se disputer, à s'accuser et à crier. Mme Westerman avait menacé de démissionner, il envisageait de vendre l'appartement, alors que ses filles ne le voulaient pas. Et s'il le faisait, elle savait qu'elles s'installeraient chez elle. Mais quoi qu'il advienne, elle refusait de prendre Fifi. Elle avait menacé John de la faire piquer si jamais il l'amenait à la maison et il en avait parlé à Hilary et Courtenay, si bien qu'elles la détestaient encore plus. Tout était source de malentendus, de propos déformés et de situations tendues, ce qui mettait leurs nerfs à vif.

En avril, les choses prirent une tournure dramatique quand John lui annonça qu'il organisait un dîner pour un nouveau client dans un des salons du restaurant le Cirque. Il demanda à Fiona de l'aider, car sa secrétaire n'était pas très douée pour ce genre de chose et qu'il trouvait normal qu'elle lui donne un coup de main. Tout ce qu'elle devait faire, c'était réserver le salon, choisir le menu, s'occuper de la décoration florale et l'aider pour le plan de table. Plusieurs membres de l'agence dont au moins un de l'équipe création étaient également conviés et il ne serait pas facile de les placer. Il connaissait assez bien son client – un homme austère du Midwest, aussi étranger au monde de Fiona qu'il était possible – mais n'avait jamais rencontré sa femme ; il s'en remettait entièrement à Fiona pour les détails et le placement des invités.

La première chose que fit celle-ci fut d'insister pour que le dîner ait lieu chez elle, affirmant que cela donnerait une touche plus personnelle, bien moins collet monté, à la soirée. Tous se sentiraient plus à l'aise qu'au restaurant, plus impersonnel à son avis, même si tous les deux adoraient le Cirque.

— J'organisais toujours mes repas d'affaires ici, expliqua-t-elle.

Mais John n'était pas convaincu.

— Les gens que tu reçois pour le magazine sont différents. Il n'y a pas plus coincé que ce type, et on ne connaît pas sa femme.

— Fais-moi confiance. Je sais ce que je fais, assura Fiona, voulant se racheter de la tension des derniers mois. Ils seront traités comme des rois. Je verrai tout avec mon traiteur. Si tu veux, on pourra lui demander un repas français, comme au Cirque.

— Et que fera-t-on de Jamal ? demanda John avec nervosité. Ce type a été le chef du Parti républicain du Michigan avant de venir à New York. Je ne crois pas qu'il comprendra qu'on ait un homme de maison en sarouel, et je ne veux pas qu'il pense qu'on est bizarres.

— Jamal a une tenue. Je ferai en sorte qu'il la porte, sinon il lui en coûtera, affirma-t-elle.

Juste après leur mariage, elle avait acheté à Jamal une vraie tenue de majordome en prévision d'une soirée comme celle-ci. Jamal ne l'avait encore jamais portée, mais elle savait qu'elle lui allait ; elle la lui avait fait essayer et ajuster à ses mesures.

Dès le lendemain, elle appela le traiteur et le fleuriste et demanda un dîner français et des vins fins, un haut-brion, du Cristal de Roederer, un cheval-blanc et un château-yquem pour le dessert. Elle voulait se racheter de tous ses péchés et était absolument convaincue que tout se passerait bien, car elle ne laisserait rien au hasard.

Le jour du dîner, elle dut faire face à un énorme problème au magazine. Deux de ses meilleurs rédacteurs voulaient démissionner à cause d'une mise en page ratée ; sa secrétaire lui annonça qu'elle était enceinte et fut malade toute la journée ; Adrian était au lit avec la grippe. Et en milieu d'après-midi, elle fut prise d'un mal de tête épouvantable, menaçant de se transformer en migraine. À peine rentrée à la maison, elle prit dans l'armoire à pharmacie un cachet dans un flacon sans étiquette qu'on lui avait donné en Europe ; ce n'était pas très fort et ça l'avait déjà soulagée auparavant. Tout allait bien se passer. Une demi-heure avant l'arrivée des invités, l'équipe du traiteur avait tout mis en place, Jamal portait sa tenue, la table était somptueuse, verres et cristaux étincelaient. Quand il vit tout cela, John parut soulagé et ravi, la table ressemblait à une photo de magazine. Tout était parfait, et les plats sentaient délicieusement bon.

L'invité d'honneur et sa femme arrivèrent avec cinq minutes d'avance, ce que Fiona trouva légèrement agaçant. Elle était en train de remonter la fermeture de sa robe noire toute simple quand le carillon de l'entrée retentit. John descendit en hâte les escaliers. Elle enfila des escarpins en satin noir et mit de grosses boucles d'oreilles en corail. Elle avait l'air si respectable qu'elle eut du mal à se reconnaître dans la glace, avant de descendre rejoindre les invités. Son mal de tête persistait, mais elle se sentait mieux grâce au cachet et elle sourit chaleureusement au client de John quand celui-ci la présenta à Matthew Madison, puis à sa femme extrêmement guindée. Ils donnaient tous les deux l'impression de ne pas avoir souri depuis des années. L'arrivée les uns après les autres des convives dissipa un peu la solennité ambiante. Ils attendaient dix personnes, ce qui faisait douze avec eux.

Jamal fit circuler les canapés. Tout se passait bien, quand Fiona sentit son mal de tête revenir en force. L'angoisse manifeste de John ne faisait rien pour l'aider, elle se sentait stressée rien qu'en le regardant ; il voulait que tout soit parfait – et c'était le cas. Elle décida de ne pas prendre d'autre cachet et demanda discrètement à Jamal une coupe de champagne à la place. Lorsqu'elle eut fini sa coupe, le champagne semblait avoir fait son effet, et elle mit un peu de musique pour détendre l'atmosphère. Elle sourit intérieurement en pensant qu'elle n'avait pas organisé de dîner aussi traditionnel depuis des années, voire jamais. Elle préférait les soirées plus vivantes et festives, et nettement plus exotiques. Mais elle voulait que tout soit comme John le lui avait demandé, et c'était réussi.

Ce fut quand Jamal fit à nouveau passer les canapés qu'elle vit John lui faire signe et le pointer du doigt.

Elle ne comprenait pas ce qu'il voulait lui dire, mais John fronçait furieusement les sourcils et regardait les pieds de Jamal. C'est alors qu'elle vit que, s'il portait bien le pantalon, la veste noire, la chemise blanche et le nœud papillon de rigueur, Jamal avait enfilé une paire de hauts talons dorés avec du strass. Il avait dû les mettre juste après le début de la soirée. Elle les reconnut immédiatement puisque c'étaient les siens ! Elle suivit aussitôt Jamal à la cuisine et le somma de les retirer.

— Pourquoi ne portes-tu pas les chaussures que je t'ai achetées ? le réprimanda-t-elle en évitant de parler fort.

Jamal la regarda d'un air innocent, puis haussa les épaules.

— Elles me font mal.

— Pas plus que celles-ci ! J'ai des ampoules chaque fois que je les mets. Jamal, tu dois les enlever. John va avoir une attaque.

— Je déteste les chaussures d'hommes, elles sont affreuses ! fit-il d'un air malheureux.

— Je m'en fiche ! Cette soirée est importante. Va changer de chaussures.

— Je ne peux pas.

— Pourquoi ?

— Parce que je les ai jetées.

— Où ?

— Dans la poubelle.

Fiona souleva le couvercle de la poubelle. Les chaussures étaient bien là, avec des coquilles d'huîtres, deux boîtes de caviar vides et la moitié d'un aspic de tomate raté qui avait coulé dessus. Impossible pour lui de les reprendre. Et il ne pouvait en emprunter à John, car elles auraient été beaucoup trop grandes pour lui.

— Monte dans ma chambre et trouve-toi au moins une paire de chaussures plates. Des noires ! le pressa-t-elle tandis qu'il montait en courant l'escalier de service, ses hauts talons toujours aux pieds.

Elle but rapidement une seconde coupe de champagne et partit rejoindre John et ses tristes invités. Mais tandis qu'elle pénétrait dans le salon, elle trébucha et le contenu de sa troisième coupe vola, à sa grande horreur, à travers la pièce pour terminer sur la robe de Sally Madison.

— Oh, mon Dieu ! Veuillez m'excuser, Sammy… Je veux dire Sarry… Sally…

John remarqua immédiatement qu'elle avait du mal à articuler mais, ne l'ayant jamais vue ivre auparavant, il ne comprenait pas ce qui se passait. Fiona se précipita dans la cuisine pour aller chercher un torchon et de l'eau et nettoyer la robe.

À partir de ce moment, tout alla de mal en pis. Jamal revint avec de nouvelles chaussures, mais à la place des noires exigées par Fiona, son choix s'était porté sur d'extravagantes sandales en crocodile rose, que tout le monde remarqua quand il fit à nouveau circuler les canapés.

Lorsqu'ils passèrent enfin à table, Fiona était si soûle qu'elle avait du mal à tenir debout. Le cachet apparemment inoffensif qu'elle avait pris pour son mal de tête semblait avoir produit un cocktail détonant avec le champagne, et elle dut monter s'allonger un peu avant le dessert. Les plats étaient délicieux et le vin excellent, mais Jamal avait visiblement choqué les Madison, et il continuait de le faire en servant le repas et en discutant aimablement avec les invités. John était fou de rage et, lorsque tous partirent, il était prêt à le tuer.

Furieux, il monta à la chambre et trouva Fiona affalée sur le lit. Elle se réveilla à son entrée.

— Bon sang, j'ai un mal de tête ! gémit-elle en se tournant pour le regarder, les deux mains sur le front.

— Tu peux m'expliquer ce qui t'a pris ? demanda John hors de lui.

Jamais elle ne l'avait vu aussi en colère, et elle espérait que c'était la dernière fois.

— Comment as-tu pu t'enivrer pendant un dîner aussi important que celui-là ? C'est insensé, Fiona !

— J'avais mal à la tête et j'ai avalé un cachet avant le dîner. Je crois qu'il a eu un effet désastreux mélangé au champagne. Cela ne s'était jamais produit auparavant.

Mais elle n'avait encore jamais pris ce médicament avec de l'alcool.

— C'était quoi, ton cachet ? De l'héroïne ? fit John en la foudroyant du regard. Et Jamal ? Il a fumé du crack en s'habillant ? Qu'est-ce qu'il faisait avec ces chaussures ?

— Les dorées ou les roses ?

Fiona essayait de se concentrer sur ce qu'il disait, mais elle était encore ivre, et au bout de cinq minutes elle se rendormit.

En se réveillant le lendemain, elle avait une gueule de bois épouvantable et ne se souvenait de rien. Mais John lui rafraîchit la mémoire au petit déjeuner, en lui parlant d'un ton glacial.

À sa grande surprise, il décrocha tout de même le contrat et téléphona à Madison pour s'excuser du comportement de sa femme et pour savoir si le champagne n'avait pas trop abîmé la robe de son épouse. Il expliqua que Fiona avait eu la mauvaise idée de mélanger alcool et médicaments, et Matthew Madison se montra étonnamment compréhensif. C'était le genre d'excuse, s'aperçut-il, que ferait tout mari dont la femme serait alcoolique.

Au fil des semaines, il devint évident que la soirée les avait affectés tous les deux. Malgré les multiples excuses de Fiona, John lui en voulait toujours. Elle n'aurait jamais dû mêler alcool et médicaments, surtout ce soir-là.

En mai, au cours d'une séance de prises de vue avec un photographe français de renommée mondiale, celui-ci se fit expulser de son hôtel pour s'être querellé avec le directeur, après avoir amené plusieurs prostituées dans sa chambre, ce qui avait gêné les autres clients. Fiona estima ne pas avoir d'autre choix que de l'héberger chez elle, dans sa chambre d'amis, si bien que tous les portants se retrouvèrent dans le salon. Quand John rentra du travail, il trouva la maison sens dessus dessous et le photographe, son dealer et deux prostituées en pleine action dans le salon, ce qui le mit hors de lui. Il les jeta tous dehors et, tremblant de rage, appela Fiona. Elle comprit sa réaction car elle aussi était choquée, mais elle tenait à ménager le photographe, qui était l'un des plus importants avec lesquels elle travaillait et elle ne voulait pas qu'il rompe son contrat. Ce qu'il fit pourtant le jour suivant. Fiona ne savait pas comment elle allait boucler le numéro de juillet et elle était assise en larmes dans son bureau quand Adrian entra. Aussitôt, elle éclata :

— Si tu me dis encore une fois de faire des compromis, je te tue ! Cet imbécile de Pierre Saint-Martin était en pleine orgie dans mon salon hier soir, quand John est rentré et l'a jeté dehors. Il vient de rompre son contrat et de compromettre le numéro de juillet ! En plus, il y a trois semaines, alors qu'il y avait un dîner d'affaires pour John à la maison, j'ai pris un cachet de je ne sais quoi car j'avais un terrible mal de tête et, mélangé au champagne, il a eu un effet dévastateur et j'ai été complètement soûle. Depuis, on ne se supporte plus. Le portrait de sa femme trône dans mon salon, ses filles me détestent, et c'est ma faute si l'une d'elles s'est fait avorter. Et qu'est-ce que je vais bien pouvoir faire pour le numéro de juillet ? Ce fou m'a laissée tomber après que John l'a mis dehors, ce que je ne lui reproche pas. Il était en train de s'envoyer en l'air avec son dealer et deux prostituées quand John est rentré à la maison. Moi aussi, j'aurais pété les plombs. Et il ne m'a toujours pas pardonné d'avoir trop bu à son dîner, mais j'avais la migraine. Et Jamal portait mes Blahnik dorées, celles qui ont des talons de quinze centimètres.

Fiona égrena ainsi tous ses malheurs.

— Ce n'est pas possible, Fiona. John va finir par te tuer, s'il doit supporter un bazar pareil. Tu dois reprendre les choses en main.

— C'est vrai. Je l'aime, mais je ne sais pas comment m'y prendre avec ses enfants. Il voudrait que je les aime, mais ce ne sont que de sales petites morveuses pourries gâtées, et je les déteste.

— Oui, mais elles sont *ses* sales petites morveuses pourries gâtées, et il les aime, intervint Adrian. Et maintenant, ce sont les tiennes aussi. Et que tu les aimes ou pas, tu vas devoir faire avec parce que tu aimes John. Et pour l'amour du ciel, n'amène plus de photographes chez toi !

— C'est maintenant que tu me le dis ! soupira Fiona d'un air malheureux en se mouchant.

— Et peut-être devrais-tu également te débarrasser de Jamal et engager quelqu'un de normal.

— C'est impossible. Il a toujours été là. Ce ne serait pas juste.

— Ce qui n'est pas juste, c'est attendre de John qu'il vive avec un homme de maison qui se trimballe à moitié nu, en short lamé or, avec tes chaussures. C'est embarrassant pour lui. Et si un jour il invitait quelqu'un de son travail ?

C'était ce qu'elle craignait, et c'est pourquoi elle avait acheté une tenue à Jamal. Elle savait que ce dernier avait besoin d'elle, il lui était dévoué et avait le cœur sur la main, et il serait cruel de le renvoyer. Elle ne comprenait pas pourquoi John ne pouvait pas l'accepter lui aussi.

— Tu ne lui facilites pas les choses, Fiona, ajouta Adrian sur un ton de reproche tandis qu'elle se rasseyait dans son fauteuil en soupirant.

— Lui non plus ne me facilite pas la tâche. Il savait comment était ma vie avant de m'épouser. Il a vécu avec moi, nom d'un chien.

— Oui, mais c'est différent quand on est mariés. C'est aussi sa maison à présent.

— Il a toujours son appartement. Pourquoi n'y amène-t-il pas ses invités, s'il ne veut pas qu'ils voient Jamal ?

Pourtant c'était elle qui lui avait proposé d'organiser ce dîner chez elle et, à ce moment-là, cela lui avait paru une bonne idée. D'ailleurs, cela l'aurait été, si elle n'avait pas eu cette migraine et pris ce maudit comprimé.

— Pourquoi devrait-il aller chez lui ? Je croyais que tu m'avais dit qu'il voulait vendre l'appartement.

— C'est vrai. Et il veut que ses filles s'installent à la maison, ce qui signifie que je vais perdre ma chambre d'amis et que je vais avoir ces deux monstres chez moi, avec leur abominable chien.

— Mais, Fiona, ce n'est qu'un chihuahua ou je ne sais quoi !

Il semblait ne plus savoir où il en était. Toute cette affaire le contrariait lui aussi.

— Un pékinois. Mais pourquoi es-tu toujours du côté de John ?

— Je ne suis pas de son côté, répondit Adrian avec calme, mais du tien, parce que je sais que tu l'aimes. Mais si tu ne fais pas quelque chose, tu vas le perdre, et je ne veux pas que ça arrive.

— C'est précisément ce que je craignais, et c'est pour ça que je ne m'étais jamais mariée. Je ne veux pas m'obliger à ne plus être moi-même pour lui appartenir.

— Tu n'as pas à le faire. Jamal n'est pas toi, Fiona. Même si tu dois faire des concessions, tu dois rester toi-même.

— Et lui, alors ?

— À l'allure où vont les choses, il doit d'abord penser à sa santé mentale. Mets-toi un peu à sa place. Il veut que ses enfants t'acceptent, mais il ne veut pas les perdre pour toi. Tu as un hurluberlu qui se balade à moitié nu chez toi et, aussi gentil soit-il, qui l'embarrasse ; un vieux chien malodorant qui ronfle et dort sur son lit tous les soirs ; un boulot qui t'envoie constamment aux quatre coins de la planète ; des amis aussi excentriques que moi ; et tu fais venir chez toi un Français barjo qui ramène avec lui des prostituées et un dealer et transforme ton salon en orgie. Tu resterais équilibrée, toi, si quelqu'un te mettait au milieu de tout ça et te demandait de faire avec ? Honnêtement, Fiona, je t'aime, mais je perdrais la boule si je devais vivre avec toi.

— D'accord, ça va, je vais réagir. Mais le portrait dans le salon, c'est pousser un peu, tu ne crois pas ?

— Pas s'il permet à ses filles de se sentir plus à l'aise chez toi. Amadoue-les d'abord. Tu pourras toujours placer le portrait dans leur chambre, plus tard.

— Je n'ai pas envie qu'elles aient de chambre.

— Tu as épousé un homme qui a des enfants. Elles doivent avoir une chambre. Tu vas devoir céder sur certains points, Fiona, insista encore Adrian.

Il voulait que cela marche pour elle, mais il commençait à être inquiet. Et elle aussi.

— C'est difficile pour moi, fit-elle en se mouchant à nouveau.

Tout était soudain devenu tellement stressant pour elle et John.

— C'est tout aussi difficile pour lui. Fais des concessions, Fiona, ou sinon tu vas le perdre.

Tous les deux savaient que ce n'était pas ce qu'elle voulait, mais en même temps elle n'avait pas envie de changer. Elle aurait voulu que ce soit John qui s'habitue à son mode de vie, que ses filles disparaissent, même si elle savait que cela n'arriverait pas. Car si elle voulait garder John, elle devait les accueillir chez elle, aussi incorrectes soient-elles envers elle.

— Plus de photographes à la maison, l'avertit Adrian. Promets-moi au moins ça. Et achète à Jamal des chaussures convenables.

Fiona ne prit pas la peine de lui expliquer qu'elle l'avait déjà fait et que Jamal les avait jetées, sous prétexte qu'il les trouvait laides.

— Entendu, c'est promis.

C'était la partie la plus facile. Le reste serait bien plus dur, et elle y réfléchissait encore quand, en rentrant ce soir-là, elle trouva un mot de John lui indiquant qu'il était retourné à l'appartement pour quelques jours, afin d'être un peu au calme. Fiona l'appela, mais ce fut Mme Westerman qui répondit. Cette dernière lui dit que John était sorti, mais Fiona n'en crut pas un mot. Elle l'appela alors sur son portable, mais tomba sur sa messagerie vocale. C'était comme s'il l'écartait de sa vie, et la panique la gagna. Peut-être Adrian avait-il raison, peut-être devait-elle procéder à quelques changements, et vite.

Elle eut vraiment l'impression que les dieux s'étaient ligués contre elle quand, deux jours plus tard, il y eut un reportage photo urgent à Londres et qu'on insista pour qu'elle y soit. C'était sur la famille royale, elle n'avait pas le choix, elle devait y aller. Elle fut absente quinze jours et ne parvint à parler à John que deux fois durant cette période. Celui-ci semblait trop occupé pour la prendre au téléphone, et son téléphone portable était en permanence sur messagerie. Quand elle rentra, John était toujours à l'appartement. Il lui expliqua qu'il ne voulait pas rester chez elle en son absence et que ses filles étaient venues le retrouver quelques jours. Par ailleurs, leurs vacances d'été commençaient dans deux semaines, et Fiona fut stupéfaite lorsqu'il lui annonça qu'il partait avec elles. Tous les trois retournaient dans le ranch du Montana où il les avait toujours emmenées avec Ann. Ils séjourneraient là-bas pendant qu'elle serait à Paris pour les défilés de haute couture.

— Je pensais que tu m'accompagnerais, répondit Fiona l'air déçue, et intérieurement effrayée.

— J'ai besoin de passer un peu de temps avec elles. (Ce qu'il ajouta lui déchira le cœur :) Fiona, ça ne marche pas. Nos vies sont trop différentes. Tu vis dans un chaos perpétuel, dans un monde de délire et d'anarchie, avec des photographes qui se droguent et s'envoient en l'air avec des prostituées dans ta maison. Et c'est juste la partie émergée de l'iceberg, dit-il, sévère.

Pour lui, cela avait été la goutte d'eau qui avait fait déborder le vase, surtout après le dîner d'affaires raté.

— Tu es injuste. Ça n'est arrivé qu'une seule fois, fit-elle d'une voix plaintive.

— C'était une fois de trop. Je ne peux pas me permettre d'avoir des individus de ce genre autour de mes enfants. Et si mes filles avaient été là quand ce malade était en pleine orgie dans le salon ? Si elles étaient entrées à ce moment-là ?

— Si tes filles avaient été là, je ne lui aurais pas dit de venir. C'est un des photographes les plus importants avec lesquels je travaille, et je ne voulais pas le perdre.

C'était pourtant ce qui s'était produit finalement. Et maintenant, c'était John qu'elle était en train de perdre.

— Et puis, Jamal est un gentil garçon, mais je ne veux pas qu'il traîne autour des filles. Il y a beaucoup de gens bizarres dans ta vie, c'est ce que tu aimes, ça fait partie de ton univers. Mais pour ma part, je ne peux pas vivre avec toute cette folie. Je ne sais jamais qui je vais trouver en rentrant. La seule personne qui n'est jamais là, c'est toi. Tu as été absente presque tout le temps depuis qu'on s'est mariés.

Il commençait à croire qu'elle faisait exprès de l'éviter.

— J'ai eu beaucoup de soucis au magazine, expliqua-t-elle d'un air malheureux.

— Moi aussi, j'ai eu des problèmes de travail. Mais je ne passe pas mes nerfs sur toi pour autant.

— Si, au contraire. Ça a été dur pour tous les deux.

— Plus dur que tu ne le crois, fit-il tristement. Je n'ai même pas de placards où pendre mes costumes.

— Je t'en donnerai plus. Et on peut acheter une maison plus grande, si tu veux. La mienne est trop petite pour nous deux.

A fortiori pour quatre, si les filles emménageaient. Que Dieu l'en préserve !

— Il n'y a pas de place pour deux dans ta vie.

— Si tu désirais tant quelqu'un de convenable et de conventionnel, pourquoi m'as-tu épousée ? demanda Fiona, alors que les larmes roulaient sur ses joues.

— Parce que je t'aimais, et je t'aime toujours. Mais je ne peux pas vivre avec toi. Et ce ne serait pas juste de ma part d'attendre que tu changes quoi que ce soit, car c'est de cette façon que tu veux vivre. J'ai eu tort de te forcer, je le comprends aujourd'hui. Tu as eu raison de garder ta liberté durant toutes ces années. Tu savais ce que tu faisais. Moi, non. J'imagine que je voulais faire partie de ton monde, c'était excitant. Mais je me rends compte à présent que ça l'est trop pour moi.

— Où veux-tu en venir ? dit Fiona, horrifiée et le cœur brisé.

Elle n'arrivait pas à croire ce qu'elle entendait. Il lui avait dit que, tous les deux, ce serait « pour la vie ». Et elle lui avait fait confiance.

— Je veux divorcer. J'ai déjà parlé à mon avocat, et j'en discute avec les filles depuis deux semaines.

— Tu leur en as parlé avant de me le dire à moi ?

Elle se sentait comme une petite fille qu'on aurait abandonnée dans la rue, exactement ce qu'il était sur le point de faire. Sauf qu'elle n'était plus une petite fille mais une femme, et qu'il avait le droit de s'en aller.

— Je vais renvoyer Jamal. Et tu peux prendre tous mes placards. Tes filles peuvent venir s'installer. Et plus aucun photographe ne viendra ici.

Elle le suppliait de rester. Elle ne voulait pas le perdre, cette seule pensée la rendait malade et la plongeait dans le désespoir.

— Ça ne marchera pas. Et surtout je ne veux pas perdre mes filles, et c'est ce qui se passera si je reste avec toi.

Même si Courtenay et Hilary avaient été épouvantables avec elle, elles étaient ses filles, et John les aimait. Plus qu'il ne l'aimait elle. Sous l'influence néfaste de Mme Westerman, elles l'avaient forcé à prendre parti et avaient exercé sur lui un chantage affectif pour qu'il la quitte. La période difficile qu'ils traversaient les avait aidées et elles avaient réussi à mettre leur père de leur côté. C'était elle qui devait partir.

— Elles n'ont pas le droit de faire ça ! Et toi non plus ! fit Fiona en sanglotant.

Elle n'arrivait pas à croire ce qui se passait. Pourtant, elle savait qu'elle avait sa part de responsabilité, une grande part même. Mais lui aussi était fautif. Elle allait perdre le seul homme qu'elle eût jamais vraiment aimé. Adrian avait raison : elle n'avait pas assez fait de compromis. Elle s'était sentie tellement à l'abri qu'elle avait ignoré ses mises en garde. À présent, John allait divorcer pour faire plaisir à ses filles. Mais elle avait commis beaucoup d'erreurs.

John ne revint plus chez elle, et les premiers papiers du divorce lui parvinrent deux semaines plus tard. En tout et pour tout, leur histoire avait duré onze mois. Pas tout à fait un an. Juste le temps pour elle de tomber amoureuse et de tout perdre quand il était parti. Ils avaient été mariés presque six mois et seraient divorcés à Noël. C'était impensable. Il avait promis. Il l'avait aimée. Ils s'étaient mariés. Tout cela n'avait pas de sens ! Le mariage était tout ce qu'elle avait toujours refusé, et voilà qu'à présent elle ne désirait plus que ça. Quelle farce cruelle…

Deux semaines après avoir reçu les papiers, Fiona partit pour Paris pour les défilés de haute couture.

Comme toujours, Adrian l'accompagna. Mais cette fois-ci, ce fut lui et non John qui lui tint compagnie. Il la traîna d'un endroit à l'autre, mais Fiona était devenue l'ombre d'elle-même, elle avait l'esprit ailleurs. Adrian se faisait du souci, la Fiona qu'il connaissait, qu'il aimait, avec qui il avait ri et travaillé, n'existait plus.

12

Cet été-là, Fiona n'alla pas à Cape Cod. Elle resta chez elle à panser ses blessures, passant ses soirées seule, allant au travail et pleurant souvent. C'était comme si la vie l'avait quittée ; elle n'éprouvait plus ni joie, ni enthousiasme, ni passion. Elle avait l'impression d'être perdue dans les ténèbres au fond d'un tunnel. Tout ce qu'elle avait voulu et aimé lui avait été arraché. Chaque fois qu'elle voyait Jamal traverser la maison, elle se maudissait pour toutes ses erreurs ; à tort ou à raison, elle se tenait pour seule responsable de ce qui s'était passé. John lui avait fait découvrir tout ce qu'elle avait toujours voulu connaître sans jamais avoir osé l'espérer, et comme elle n'avait pas su comprendre, il lui avait tout repris. Rien dans sa vie ne l'avait jamais autant fait souffrir, ni la mort de sa mère, ni les hommes qu'elle avait perdus. L'échec de son mariage signait pour elle la mort de tout espoir. Elle se sentait comme une enfant que l'on aurait punie pour avoir été méchante. Elle avait été jugée pour son manque de discernement et son attitude désinvolte, et mise à mort, voilà ce qu'elle ressentait. Pourtant elle ne méritait pas la punition que John lui infligeait ni les supplices qu'elle s'imposait, mais personne n'y pouvait rien changer. Elle se traîna tout l'été, ayant du mal à travailler. Et le week-end du Labor Day, par une chaleur écrasante, le sort la frappa de nouveau. Sir Winston eut une attaque et fut placé sous assistance respiratoire durant deux semaines.

Fiona allait le voir deux fois par jour, avant et après le travail. Elle le caressait, l'embrassait et restait tranquillement assise près de lui. Finalement, un après-midi, après un dernier ronflement et un dernier regard paisible, il ferma les yeux et s'endormit pour de bon. Ce fut une belle mort, mais une épreuve de plus pour Fiona. Elle avait adoré son chien.

Deux jours plus tard, elle avait une réunion très importante avec l'agence publicitaire de John et il lui était impossible d'y échapper. Elle en discuta avec Adrian, mais il lui répondit qu'elle devait absolument y assister, aussi difficile que cela fût pour elle. Elle n'avait eu aucune nouvelle de John de tout l'été – quand il avait décidé de rompre, sa décision avait été définitive. Le temps avait passé, et dans trois mois le divorce serait prononcé. Pour Adrian, un mariage aussi bref n'aurait pas dû porter un coup aussi fatal ; mais il devait reconnaître que c'était le cas pour Fiona.

Elle avait ouvert à John des parties de son âme qu'elle n'avait jamais montrées à personne. Et quand il l'avait quittée, il avait fait naître des blessures dont elle avait toujours voulu se préserver. Pis, il en avait rouvert d'anciennes. Elle était totalement anéantie et se sentait incapable d'assister à une réunion avec lui. Le matin du jour en question, elle voulut téléphoner pour dire qu'elle était souffrante, puis se ravisa. Adrian avait raison, elle devait y aller, ne serait-ce que par fierté et respect d'elle-même. Mais surtout, et c'était le pire, elle voulait voir John.

Il pénétra dans la salle de réunion bronzé, séduisant et en pleine forme. Il portait un costume à fines rayures bleu foncé, une chemise blanche parfaitement coupée et une de ses cravates Hermès bleu marine, mouchetée de petits points rouges. Il était irrésistible et elle se sentait minable en comparaison.

Pourtant, pour toutes les personnes présentes, elle parut professionnelle, calme et plus élégante que jamais ; elle dirigea la réunion de main de maître, se montrant aimable et polie chaque fois qu'elle s'adressait à John. Personne n'avait idée de ce que lui coûtait le fait d'être là et d'échanger quelques mots avec lui en sortant de la réunion.

— Tu m'as l'air en forme, observa John, l'air détaché.

En l'observant, elle s'aperçut qu'il avait construit un mur protecteur autour de lui et que son regard était froid. Il ne voulait pas se laisser prendre une seconde fois.

En les regardant discuter, personne n'aurait pu imaginer qu'ils avaient été mariés ou qu'ils s'aimaient encore. Leur attitude était purement professionnelle, ce qui n'empêcha pas John de remarquer combien Fiona était pâle et avait maigri. Elle portait une petite robe noire en lin de chez Yohji Yamamoto qui accentuait sa minceur et sa pâleur.

— Es-tu un peu partie cet été ?

Elle n'en donnait pas l'impression, et si c'était le cas, elle avait dû passer son temps à l'ombre d'un rocher ; sa peau était si blanche qu'elle en était presque transparente.

— J'ai travaillé sur la campagne de pub, répondit-elle d'un air absent. Nous bouclons toujours le numéro de Noël en août. Je n'ai fait que travailler durant tout le mois.

En fait, depuis qu'il était parti, elle avait perdu tout sens créatif et n'avait plus la moindre idée depuis des mois. Elle avait la sensation d'être vide.

— Comment vont tes filles ?

— Très bien. Hilary est en dernière année et Courtenay est partie faire sa première année à l'étranger, à Florence. J'irai la voir dès que je pourrai.

Ils se parlaient comme deux vieilles connaissances qui ne se seraient pas vues depuis longtemps, et non comme un homme et une femme qui avaient été mariés et s'étaient aimés. John l'avait complètement rayée de sa vie. Après quelques instants, chacun partit de son côté.

Adrian avait observé la scène et vint rejoindre Fiona.

— Comment ça s'est passé ? demanda-t-il à voix basse tandis qu'ils quittaient la pièce.

— Comment s'est passé quoi ? répondit Fiona comme si elle ne savait pas de quoi il parlait.

— Je t'ai vue discuter avec John.

— Ça a été, fit-elle avant de se détourner pour parler à quelqu'un d'autre et de regagner son bureau.

Elle évita Adrian tout le reste de l'après-midi, faisant mine d'être occupée ou au téléphone chaque fois qu'il passait. Elle ne se sentait pas en état de parler, même à lui. Elle était trop bouleversée.

Il lui fallut encore un mois avant de prendre sa décision. Plusieurs petits incidents avaient eu lieu au bureau, lui montrant que non seulement elle était incapable de gérer sa vie, mais aussi son travail ; elle n'arrivait plus à faire front. Elle n'avait même plus la perspective de retrouver Sir Winston le soir en rentrant. Elle n'avait plus rien ni personne, et la vie de liberté, amusante, absurde et extravagante, qu'elle avait aimée autrefois n'avait plus aucun charme à ses yeux. Chaque matin, elle détestait partir au travail, plus encore que de rentrer chez elle le soir.

Elle remit sa démission le 1er octobre, consciente que c'était ce qu'elle devait faire. Elle leur donnait un mois de préavis – ce qui était court – et dans une lettre adressée au président du conseil d'administration, elle recommandait Adrian pour son poste. Elle déclarait démissionner pour des raisons à la fois privées et médicales et vouloir prendre une année ou deux de congé sabbatique à l'étranger, ce qui n'était pas entièrement faux. Elle était si dépressive qu'elle n'arrivait plus à faire quoi que ce soit. Elle décida donc de mettre sa maison en location et de partir s'installer à Paris quelques mois. Quand elle se sentirait mieux, elle essaierait d'écrire un livre.

Dès que la nouvelle fut rendue publique, Adrian fit irruption dans son bureau.

— Tu ne m'avais rien dit ! s'exclama-t-il, blessé. Fiona, qu'est-ce qui t'a pris ?

— Je n'avais pas le choix, répondit-elle avec calme. Je n'arrive plus à faire mon boulot. Je crois que je n'ai plus la flamme. Tout est devenu sans intérêt. Je me moque des soirées, des gens, de leur apparence ou de leurs vêtements. Peu m'importe si je ne vais plus aux défilés de haute couture. D'ailleurs, c'est ce que je souhaite.

— Tu aurais pu m'en parler avant, au moins. On aurait pu en discuter ensemble. Pourquoi n'as-tu pas demandé à t'arrêter six mois ?

Mais tous deux savaient pertinemment que c'était impossible. Elle ne pouvait pas laisser le magazine sans personne à la barre ; quand elle partait, même une semaine, c'était vite le chaos, et tout allait de travers. Adrian apprit que Fiona l'avait recommandé pour le poste. C'était une bonne décision, et quinze jours plus tard, il fut nommé rédacteur en chef de *Chic*. Fiona partirait dès que tout serait en ordre. Les choses étaient allées très vite.

Elle quitta son bureau sans se retourner. Elle avait les larmes aux yeux en se dirigeant vers la porte, chargée d'un carton de livres et de la plante que lui avait offerte celle à qui elle avait succédé bien des années plus tôt. Adrian pleurait sans retenue et lui prit le carton des bras. Tous deux savaient qu'on oubliait rapidement les anciens rédacteurs, mais il était indéniable que Fiona s'était fait un nom et qu'elle lui avait appris le métier. Le magazine avait voulu organiser une fête en son honneur, mais elle avait refusé, et cinq minutes après qu'elle eut quitté le bureau, Adrian la mit dans un taxi en lui tendant son carton.

— Je t'adore, murmura Fiona en souriant tristement.

Leurs regards se croisèrent.

— Tu es la meilleure amie que j'aie jamais eue, dit Adrian, les larmes aux yeux.

— Toi aussi. À demain.

Il était prévu qu'il vienne chez elle le lendemain pour l'aider à déménager. Fiona avait déjà loué la maison et s'apprêtait à mettre ses meubles au garde-meubles. Elle n'emportait presque rien avec elle à Paris. Elle louerait une petite chambre au Ritz jusqu'à ce qu'elle trouve un appartement. Grâce à de bons placements, elle disposait de solides ressources et n'aurait pas besoin de travailler avant longtemps. Elle allait chercher un appartement et, si elle s'en sentait capable, écrire un livre. Peut-être au printemps. En attendant, elle ferait de longues promenades, dormirait, et tenterait de guérir – la bonne nouvelle étant qu'elle n'aurait plus jamais à revoir John. Elle savait que le magazine allait lui manquer, mais pas autant que lui, et elle devait les oublier tous les deux ; ils faisaient désormais partie du passé. L'avenir était un mystère et lui semblait peu encourageant, mais le présent était horriblement douloureux.

Comme promis, Adrian arriva le lendemain matin. Il leur fallut toute la journée pour vider les placards et tout mettre dans des malles. Fiona était impressionnée par tout ce qu'elle avait accumulé et qu'elle allait donner.

— Tu pourrais créer un musée de la mode avec tout ça ! observa Adrian tandis qu'il posait une nouvelle pile de vêtements sur le tas destiné aux œuvres de charité.

— Si j'avais fait ça quand John était encore là, il aurait eu plus de la moitié des placards, fit remarquer Fiona d'un air triste.

Les placards autrefois bondés étaient presque vides.

— N'y pense plus, fit Adrian avec bon sens. Ça n'avait rien à voir avec les placards, il y avait beaucoup d'autres choses. Vos vies étaient trop différentes. John avait été longtemps marié, toi jamais. Il avait des enfants, toi non. Ses filles te détestaient, sa gouvernante te détestait et son chien ne voulait qu'une chose, te tuer. Quant aux gens que tu fréquentais, ils le rendaient fou.

Ils étaient conscients – tout comme John peut-être – que malgré son amour pour elle et le fait qu'il la trouvait fabuleuse et passionnante, Fiona avait été trop exotique, trop excentrique pour lui et qu'il avait fini par en souffrir. Adrian était convaincu que John avait aimé Fiona, mais qu'elle n'était pas faite pour lui. John avait besoin d'une femme beaucoup plus banale que Fiona ne pourrait jamais l'être. Il n'en restait pas moins qu'il avait été désolé de voir John la quitter si brutalement. C'était injuste. Elle n'avait pas mérité cela, aussi tumultueuse que fût sa vie.

— Lui as-tu dit pour Sir Winston ? reprit Adrian, curieux, en même temps qu'il jetait cinquante paires de vieilles Blahnik dans un des cartons pour les œuvres.

Les talons étaient trop hauts, même pour Jamal. Fiona lui donnait ses chaussures plates ; elle ne voulait pas l'encourager à mettre des hauts talons.

— Cela ne le regardait pas, répondit-elle. Je ne voulais pas avoir l'air pathétique. « Merci d'avoir divorcé. Ah oui, au fait, mon chien est mort. »

Elle avait payé cinq mille dollars pour qu'il soit enterré dans un cimetière pour animaux et qu'il ait une pierre tombale en granit noir en forme de cœur. Elle ne l'avait jamais vue, car elle n'avait pas eu la force d'y aller.

Adrian revint l'aider le dimanche, et Fiona passa la semaine suivante à se débarrasser de ses affaires. Puis elle partit pour Paris, le jour de Halloween. Adrian la conduisit à l'aéroport, et ils restèrent un long moment à se regarder, avant qu'elle ne franchisse les barrières de sécurité.

— Fais-toi plaisir et arrête de culpabiliser. Les choses n'arrivent pas par hasard.

Ça oui ! Son père qui l'avait abandonnée. La mort de sa mère. Son divorce d'avec John. La mort de Sir Winston. Sa démission d'un poste qui était tout pour elle. Et à présent, plus rien ne comptait.

— Appelle-moi. Je me fais du souci pour toi.

— Et toi, travaille bien, dit Fiona, les larmes aux yeux.

Elle n'était pas inquiète, il était aussi doué qu'elle. Et surtout, il avait beaucoup plus d'enthousiasme qu'elle n'en avait pour le moment.

— Je veux être fière de toi.

Mais elle l'était déjà.

— Je t'adore, fit Adrian en pleurant et en l'embrassant. Mets-leur-en plein la vue à Paris ! Je te verrai là-bas en janvier, ou plus tôt si j'arrive à me libérer.

Janvier leur semblait très loin, mais les défilés de haute couture commençaient dans presque trois mois. Fiona se sentait comme un zombie et avait l'impression d'être morte. De toute sa vie, jamais elle ne s'était sentie dans un état aussi pitoyable.

— Prends soin de toi, souffla-t-elle à Adrian.

Puis elle baissa la tête et s'éloigna, le regard brouillé par les larmes. Et Adrian la regarda s'éloigner.

13

La chambre que Fiona avait louée au Ritz était petite et était un peu comme un cocon pour elle. La fenêtre ouvrait grand sur le ciel hivernal, et elle restait assise devant, pensant à tout ce qui lui manquait : John, Adrian, son travail, sa maison, New York, Sir Winston, et même Jamal. En l'espace de quelques mois, elle avait tout perdu, et à présent elle se trouvait là, sans savoir quoi faire. L'hiver parisien était gris et pluvieux, et s'accordait parfaitement à son état d'esprit, pourtant elle était heureuse d'être là. Elle n'était obligée ni de voir ni de parler à qui que ce soit et n'en avait de toute façon pas envie, plongée qu'elle était dans son chagrin et sa solitude.

Au milieu du mois de décembre, elle reçut les papiers du divorce, mais cela n'avait plus d'importance. Plus rien n'en avait, d'ailleurs. Elle passa le réveillon et le jour de Noël dans sa chambre. Elle alla à la messe au Sacré-Cœur, où le chœur des religieuses chanta si divinement qu'elle eut l'impression d'être arrivée au paradis. Elle resta assise à les écouter, les joues ruisselantes de larmes.

Ce soir-là, en rentrant à l'hôtel, elle se mit à écrire. Ce n'était pas le livre auquel elle avait pensé, mais l'histoire d'une petite fille qui avait la même enfance que la sienne et qui, à l'âge adulte, commettait les mêmes erreurs et essayait d'en guérir. Raconter sa vie était une sorte de thérapie, et cela l'aida à y voir clair. Elle comprit quelles routes elle avait choisies, les hommes qui lui avaient fait peur, ceux qui l'avaient attirée, sa détermination, sa carrière, comme les artifices qu'elle avait pris pour de vraies relations, son travail, si important à ses yeux qu'il avait éclipsé tout le reste, les sacrifices qu'elle avait été prête à faire, les enfants qu'elle n'avait jamais eus ; enfin, la poursuite de la perfection, le surmenage ; et même son chien devenu un substitut d'enfant ; et les compromis qu'elle n'avait pas su faire pour John à cause de sa peur de lui faire de la place, non pas dans ses placards, mais dans son cœur – car en lui donnant tout, ce qu'elle avait fait d'ailleurs, elle aurait tout perdu si elle le perdait lui, et c'était ce qui était arrivé. Toute son histoire se déroulait là, page après page, à mesure que décembre glissait vers janvier.

Quand Adrian arriva à Paris, Fiona écrivait toujours, et bien qu'il lui trouvât meilleure mine, elle était encore trop mince et trop pâle. Elle ne quittait pas sa chambre durant des jours, avançant dans l'écriture. Adrian était encore à Paris quand l'agence immobilière la contacta pour lui dire qu'ils avaient un appartement pour elle, boulevard de la Tour-Maubourg dans le septième arrondissement. Elle appela Adrian, également au Ritz comme d'habitude, et il lui promit d'aller le voir avec elle, après le défilé Gaultier. Fiona avait fait tout son possible pour éviter les gens de la mode, elle n'avait plus rien à leur dire.

Elle se glissa hors de l'hôtel en compagnie d'Adrian, avec des lunettes noires et un manteau à capuche. Il pleuvait à verse mais, même par temps de pluie, l'appartement était magnifique. La maison qui l'abritait se situait en retrait d'un autre bâtiment, dans une cour pavée agrémentée d'un petit jardin soigneusement entretenu. Les propriétaires étaient un couple parti s'installer à Hong Kong, mais qui ne souhaitait pas vendre, et il était aisé de comprendre pourquoi. L'appartement occupait le dernier étage et possédait un grenier et un jardin sur le toit. C'était juste assez grand pour elle. En outre, il y avait un studio dans le grenier, où elle pourrait écrire. Elle le loua sur-le-champ et l'agent l'informa qu'elle pouvait emménager quand elle voulait. L'appartement était meublé simplement, avec quelques vieux meubles et un grand lit à baldaquin. Il y avait de jolies moulures et un parquet ancien. Elle avait l'impression qu'elle allait y rester longtemps, et Adrian aussi.

— On dirait la mansarde de Mimi, dans *La Bohème* de Puccini. Et tu commences même à lui ressembler, observa Adrian avec inquiétude, même s'il était content pour elle.

Il l'imaginait très bien vivre heureuse ici. Fiona lui parla alors de son livre. Elle ne savait pas quand elle le finirait, mais à l'allure où elle écrivait, elle pensait que ce serait au printemps. Mais peu lui importait le temps que cela prendrait. Elle ne savait même pas si elle le ferait publier ! Écrire lui faisait du bien.

En signant le bail le lendemain et en faisant son chèque, elle s'aperçut que c'était le jour de l'anniversaire de son mariage. Elle ignorait s'il s'agissait là d'un heureux présage ou d'une coïncidence malheureuse mais, en rentrant au Ritz, elle ouvrit une bouteille de champagne avec Adrian et but plus que de raison. Ce soir-là, ce dernier se fit encore plus de souci pour elle, car plus elle but, plus elle parla de John, se laissant complètement aller, lui pardonnant de l'avoir abandonnée, comprenant qu'il avait eu raison parce qu'elle avait été atroce avec lui. Mais pas aussi atroce qu'elle l'avait été avec elle-même depuis, pensait Adrian. Fiona continuait de se culpabiliser, et il se demanda si son travail lui manquait ; elle affirmait que non, mais il n'en était pas convaincu. Sa vie semblait si vide à présent, si solitaire, à l'exception des personnages de son livre. Il savait qu'elle avait besoin avant tout de se pardonner, mais se demandait si elle y parviendrait ou si le fantôme de ce qu'aurait pu être sa vie la hanterait à jamais. Cela lui faisait mal de la voir ainsi et il en voulait à John. Leur vie avait sans doute été chaotique, mais Fiona était quelqu'un de bien. Il pensait que John était un imbécile de l'avoir quittée et d'avoir eu si peu de patience.

En repartant pour New York, à la fin de la semaine, Adrian fut désolé de laisser Fiona seule. Elle devait emménager dans son appartement le lendemain, mais il ne pouvait pas rester pour l'aider ; il avait de nombreux rendez-vous, dont un avec John – *Chic* avait des difficultés avec son agence de publicité, mais il n'en avait pas parlé à Fiona. Il n'était pas facile de lui succéder, et c'était pour lui un défi. Il l'admirait chaque jour davantage, tandis qu'il essayait de résoudre un millier de problèmes et priait pour s'en sortir. Il lui avait déjà demandé conseil à plusieurs reprises et, comme toujours, avait été impressionné par la clarté de sa réflexion, sa finesse d'esprit, son jugement infaillible et son goût extraordinaire. C'était une femme remarquable, et il était certain que son livre serait bon, car elle y mettait tout son cœur et toute son âme. Tandis que son avion décollait, Adrian pria pour que tout aille bien pour elle. Elle semblait si fragile et si vulnérable, et en même temps si forte. Il admirait son courage encore plus que sa classe.

Pendant qu'Adrian volait vers les États-Unis, Fiona emménagea dans son appartement du boulevard de la Tour-Maubourg. Il y avait des courants d'air, et une petite fuite dans la cuisine, mais l'endroit était propre, et du linge était fourni, ainsi que de la vaisselle et des casseroles. L'appartement était composé de deux chambres et de deux salles de bains, d'un petit salon, d'une cuisine agréable où elle pouvait recevoir des amis, et du studio à l'étage qui serait noyé de soleil aux beaux jours. Elle n'avait pas besoin de plus. Les premiers temps, cependant, le Ritz et ses visages familiers lui manquèrent ; la femme de chambre qui venait toujours vérifier si elle allait bien, l'opératrice du standard qui reconnaissait sa voix, le portier qui la saluait avec sa casquette, les grooms aux visages enfantins et aux casquettes bleues, qui ressemblaient à des petits garçons et lui livraient ses colis, et les concierges qui s'occupaient de tous ses petits besoins administratifs. Elle n'allait jamais nulle part et n'avait donc pas besoin qu'ils fassent des réservations pour elle, mais ils lui faisaient de petites courses, expédiaient son courrier et ses paquets, lui faisaient des photocopies, lui achetaient les ouvrages dont elle avait besoin et se montraient toujours aimables quand elle s'arrêtait discuter à l'accueil avec eux.

Au début, elle se sentit seule dans l'appartement. Elle n'avait plus personne à qui parler et ne pouvait plus commander à manger à n'importe quelle heure du jour ou de la nuit. Mais, d'une certaine façon, cela ne lui faisait pas de mal et l'obligeait ainsi à s'habiller et à sortir, même si c'était simplement vêtue d'un jean et d'un vieux pull. Il y avait un café au coin de la rue, où elle allait manger ou prendre un café de temps à autre, ainsi qu'une épicerie, un peu plus loin, où elle faisait ses courses. À d'autres moments, elle se cloîtrait dans l'appartement jusqu'à ce que ses réserves de cigarettes et de nourriture s'épuisent – elle avait recommencé à fumer, ce qui n'allait pas l'aider à retrouver du poids. Elle continuait à maigrir et flottait dans ses vêtements, mais peu lui importait, puisqu'elle ne mettait plus que des sweat-shirts, des pulls et des jeans. Elle se sentait très française, lorsqu'elle fumait à la terrasse d'un café en lisant les dernières pages de son manuscrit. Et la plupart du temps, ce qu'elle lisait lui plaisait.

Cet hiver-là, il plut énormément à Paris et il en fut ainsi jusqu'au printemps. En avril, quand le soleil fit enfin son apparition, elle se mit à faire de longues promenades le long des quais. Un jour, en regardant la Seine, elle repensa à son dîner avec John sur le bateau-mouche ; c'était à peine deux ans plus tôt, mais elle avait l'impression que toute une vie s'était écoulée depuis. Son ancienne existence avait disparu : les gens, son travail, Sir Winston. Et John, bien évidemment. De tous, c'était lui qui lui semblait le plus loin.

En mai, elle se sentait déjà mieux, et le livre avançait. Il lui arrivait parfois de sourire en lisant les pages, voire d'éclater de rire, seule dans son studio. Depuis six mois, elle menait une existence solitaire à Paris, mais se rendait compte que cela lui avait fait du bien, elle se sentait à nouveau elle-même. En juin, quand Adrian arriva, il fut soulagé de la voir en aussi bonne forme. Elle avait repris du poids, et même si elle fumait beaucoup, elle avait des couleurs. Elle avait légèrement coupé ses cheveux et ses yeux étaient à nouveau brillants et pétillants ; elle était superbe, même sous son regard critique. Elle était toujours sa meilleure amie, et il fut enchanté par ce qu'elle lui dit du livre.

Cette fois-ci, Fiona accepta de l'accompagner au Voltaire et tout se passa bien lorsqu'ils rencontrèrent une autre rédactrice de magazine. Elle n'avait plus rien à cacher, n'avait plus son air abattu et se sentait bien dans sa peau. À la question « Que faites-vous à présent ? », elle répondit avec le sourire qu'elle écrivait un livre.

— Dieu du ciel ! Pas un roman à clefs, j'espère ! s'exclama la rédactrice d'un air paniqué, ce qui fit rire Fiona.

— Jamais je ne ferais ça à mes amis. En fait, j'écris un roman qui n'a rien à voir avec le monde de la mode ni avec celui de la presse. Vos secrets resteront bien gardés avec moi, précisa-t-elle à la rédactrice qui parut soulagée. Je m'ennuierais à mourir, si j'écrivais un livre sur la mode, ajouta-t-elle en se tournant vers Adrian, le sourire aux lèvres, après le départ de la rédactrice.

Ils éclatèrent de rire, puis firent une folie en commandant une énorme assiette de profiteroles pour le dessert. Adrian était rassuré de voir Fiona manger avec appétit, bien qu'elle eût fumé tout au long du repas.

— Tu n'aurais pas envie d'un autre chien, un de ces jours ?

Il voulait lui en parler depuis longtemps, mais avait préféré attendre que la blessure de la perte de Sir Winston se soit refermée. À présent, il estimait avoir suffisamment attendu, mais Fiona alluma une autre cigarette et secoua la tête.

— As-tu oublié à qui tu parles ? Je suis redevenue la Fiona d'avant. Pas de responsabilités, pas d'attaches, pas de contraintes. Je ne veux rien posséder, ni tomber amoureuse, ni trop m'attacher aux gens, aux lieux ou aux choses. C'est une règle qui semble fonctionner pour moi.

Il en conclut qu'elle souffrait encore, et souffrirait peut-être toujours. La blessure qu'avait laissée John, même s'il était resté peu de temps dans sa vie, était la pire de toutes. Pourtant, il avait l'impression qu'elle avait commencé à se pardonner, aussi bien pour les erreurs qu'elle estimait avoir commises que pour tout ce qu'elle avait été incapable d'offrir à John. Durant ces mois de solitude, elle avait eu le temps de réfléchir et d'apprendre à mieux se comprendre, et pour la première fois depuis qu'elle avait quitté le magazine et emménagé à Paris, il trouvait qu'elle avait fait le bon choix. Elle était plus posée, plus sérieuse et plus profonde qu'auparavant ; sa vie était moins frivole ; il n'y avait plus chez elle d'homme de maison en sarouel ; elle était moins à la mode et moins intéressée par sa façon de s'habiller ; elle semblait moins perfectionniste et moins exigeante avec elle-même ; elle paraissait plus détendue et prenait beaucoup de choses avec philosophie, disant même faire le ménage avec plaisir. Néanmoins, une chose l'inquiétait ; son existence solitaire et le fait qu'elle se soit isolée de tout. À quarante-quatre ans, elle était encore trop jeune pour vivre en recluse, mais elle disait n'avoir aucune envie de faire des rencontres ni d'avoir de vie sociale. Tout ce qu'elle voulait, c'était achever son livre. Elle s'était fixé pour objectif d'y parvenir avant la fin de l'été, et de faire ensuite un bref séjour à New York pour trouver un agent. D'ici là, elle resterait à Paris pour pouvoir travailler et ne semblait pas du tout avoir envie d'aller dans le Sud – elle eut d'ailleurs presque un mouvement de recul quand il lui demanda si elle descendrait à

Saint-Tropez. Il était évident qu'il avait touché un point sensible. Il y avait beaucoup d'endroits où elle ne voulait plus se rendre, et même si elle disait ne plus s'y intéresser, tous deux savaient que c'était parce qu'ils lui faisaient trop mal.

Après la fin des défilés, Adrian s'attarda quelques jours à Paris pour visiter la ville avec Fiona. Son passage était un intermède agréable pour elle. Ils se téléphonaient fréquemment, mais c'était beaucoup mieux de se voir. Ils avaient déjeuné au Voltaire presque tous les jours, et une fois elle avait préparé un repas à l'appartement, puis ils s'étaient installés sur la terrasse pour déguster du fromage et boire du vin. Il reconnaissait qu'elle s'était choisi une vie agréable et, d'une certaine façon, il l'enviait, même s'il était ravi de lui avoir succédé au magazine, où il avait procédé à bon nombre de changements importants depuis son départ.

— Peut-être que je viendrai à Paris et que j'écrirai un bouquin, quand je serai grand, fit-il en allongeant ses jambes.

Il portait de merveilleuses Blahnik neuves en serpent.

— Tu devrais écrire le livre que je n'ai pas écrit, observa Fiona avec un sourire. Un livre sur le monde de la mode. Tu connais bien plus de secrets que moi.

Tout le monde venait se confier à Adrian, et celui-ci restait toujours muet comme une tombe. Elle savait que ses secrets ne craignaient rien avec lui.

— Ma tête serait mise à prix ! Quoique, si ce n'est pas déjà fait, c'est que cela n'arrivera jamais.

L'idée n'était pas pour lui déplaire, mais à ce stade de sa vie, il en était encore à des années-lumière, comme Fiona l'était au même âge.

Après son départ, elle se remit au travail. Son rythme s'accéléra et elle travailla pratiquement sans relâche. Elle se levait à l'aube, préparait son café, allumait une cigarette, puis se mettait à l'ouvrage. La plupart du temps, elle ne levait plus le nez de son ordinateur jusqu'à midi ; elle mangeait alors un fruit, s'étirait, puis plongeait à nouveau dans son manuscrit. Elle passa deux mois ainsi, assise à son bureau, nuit et jour. Paris était désert l'été, même les touristes semblaient partis en Angleterre ou dans le Sud, ou encore en Italie ou en Espagne. Jamais elle ne quittait l'appartement, sauf pour aller faire ses courses.

On était à la fin du mois d'août, la journée était belle et ensoleillée, quand elle écrivit une phrase et la fixa les larmes aux yeux, comprenant ce qui venait de se passer : son livre était terminé !

— Oh, mon Dieu… fit-elle doucement.

Puis elle poussa un cri de joie et se mit à rire et à pleurer en même temps :

— Oh, mon Dieu ! J'ai réussi !

Les yeux rivés sur la phrase, elle ne cessait de la lire encore et encore. Elle l'avait fait ! Le livre pour lequel elle s'était donnée corps et âme était terminé. Il lui avait fallu presque huit mois pour y parvenir.

Elle appela Adrian. C'était le matin pour lui, et il venait d'arriver au magazine. Dès qu'il sut que c'était elle, il décrocha le téléphone.

— C'est bon, tu peux reprendre ton boulot, déclara-t-il sur un ton exaspéré. Ils sont en train de me rendre fou. Trois de mes meilleurs rédacteurs viennent de démissionner.

— Tu en trouveras d'autres. Personne n'est irremplaçable, moi compris. Devine quoi ? demanda-t-elle, gloussant d'impatience.

— Tu es enceinte. Tu as rencontré quelqu'un. Ou alors, tu veux rentrer à New York et travailler pour moi.

— Jamais de la vie ! Non, ce n'est rien de tout ça. Je viens de finir mon livre !

Son euphorie était communicative.

— La vache ! Je n'arrive pas y croire ! Déjà ? Tu es géniale !

Adrian était heureux pour elle, car il savait combien ce livre lui tenait à cœur. Et comme toujours, il était fier d'elle. Ils se comportaient comme un frère et une sœur l'un envers l'autre.

— Tu vas rentrer, maintenant ? s'enquit-il, la voix pleine d'espoir.

— Chez moi, c'est ici, désormais. Mais je viendrai à New York dans quelques semaines, je voudrais discuter avec des agents. Mais il faut d'abord que je revoie le manuscrit. Je voudrais y apporter quelques modifications et des corrections.

Finalement, cela lui prit plus de temps qu'elle ne l'aurait cru, et ce ne fut qu'en octobre qu'elle fut prête à partir pour New York. Elle devait voir trois agents et habiterait chez Adrian. Sa maison était toujours louée, mais elle avait décidé de la vendre et comptait le faire pendant son séjour. Elle la proposerait d'abord à ses locataires ; ils adoraient la maison, et s'ils parvenaient à se mettre d'accord, cela leur épargnerait à tous les frais d'agence. Elle avait décidé de ne plus revenir vivre à New York. Elle était heureuse à Paris et n'avait plus rien qui la retenait ici, sauf Adrian, mais cela ne le dérangeait pas de venir la voir à Paris. Dès qu'elle rentrerait, elle commencerait un nouveau livre. Elle en avait déjà ébauché la trame et y travailla dans l'avion.

Elle retrouva Adrian au magazine et eut la sensation bizarre que l'on ressent lorsque l'on retourne dans la maison où l'on a vécu enfant et où habitent à présent des étrangers. Et cela lui parut encore plus bizarre d'aller chez elle. Les chambres avaient été repeintes et le mobilier qui s'y trouvait était hideux, mais la maison appartenait à ses locataires à présent, et plus à elle. Ces derniers étaient ravis à l'idée de l'acheter. Ils firent affaire en deux jours et évitèrent ainsi les frais d'agence. Son voyage n'avait pas été vain.

Fiona rencontra ensuite les agents littéraires auxquels elle avait pensé. Les deux premiers ne lui plurent guère, mais le troisième lui sembla convenir. Andrew Page avait à peu près son âge, était intelligent et ambitieux, et connaissait parfaitement son métier. Elle lui parla de son livre, dont le sujet lui plut, et elle le lui laissa, avec l'impression de confier son bébé à un inconnu. En rentrant chez Adrian ce soir-là, Fiona était tendue. Elle avait passé des heures avec Andrew Page. Adrian avait préparé le dîner. Il savait à quel point sa journée avait été stressante.

— Et s'il déteste le livre ? fit-elle, anxieuse.

Elle avait mis un pantalon gris et un pull à col roulé blanc, des mocassins gris en satin et son bracelet en turquoise – son porte-bonheur. Elle ne l'avait pas remarqué, car pour elle, seul son livre comptait, mais Andrew Page avait été charmé. Elle ne s'était pas maquillée – elle ne le faisait plus que rarement maintenant – mais avec ses grands yeux et sa peau délicate, Adrian la trouvait plus jolie ainsi.

— Il ne va pas le détester. Tu écris merveilleusement, Fiona. Et l'histoire est bonne.

Elle lui en avait lu quelques passages, lui avait faxé des pages et revu un million de fois la trame de l'histoire avec lui, à chacun des nombreux remaniements.

— Il va le détester. Je le sais, déclara Fiona en vidant son verre de vin.

Elle but un peu trop ce soir-là, ce qui lui arrivait rarement, et se leva le lendemain matin convaincue que l'agent ne voudrait pas de son manuscrit. Elle se concentrait déjà sur son nouveau livre.

Tard dans l'après-midi, le téléphone sonna. D'ordinaire, Fiona laissait le répondeur se déclencher, mais là elle décida de répondre, pensant que c'était peut-être Adrian. Tous deux devaient se retrouver pour le dîner, mais Adrian était encore plus débordé qu'elle à l'époque. La seule différence était qu'il ne donnait pas de soirées et n'hébergeait jamais de photographe ni de mannequin. La seule chose qu'il avait faite avait été d'engager Jamal lorsqu'elle était partie, un an plus tôt, et Fiona avait été ravie de le revoir en arrivant. Adrian lui faisait porter une tenue, pantalon noir et chemise blanche, avec une petite veste blanche et une cravate pour les rares fois où il recevait. D'après lui, Jamal n'était pas aussi heureux qu'avec elle, car il ne pouvait pas récupérer ses vieilles chaussures, qui étaient trop grandes pour lui, mais il semblait très content de son nouvel emploi.

— Allô ? dit Fiona avec réserve en décrochant le combiné.

La voix à l'autre bout du fil ne lui était pas familière, et elle regretta aussitôt d'avoir répondu. Pourtant, à sa grande surprise, c'est elle qu'on demanda. C'était Andrew Page.

Il savait combien les jeunes auteurs étaient angoissés et lui donna d'emblée sa réponse. Il avait adoré le livre, c'était un des meilleurs premiers romans qu'il avait lus depuis des années. Il y avait encore quelques corrections à effectuer, mais peu, et il pensait avoir déjà une éditrice avec laquelle il devait déjeuner si, bien sûr, elle était prête à signer avec lui. Elle pouvait venir demain matin pour signer le contrat.

— Vous êtes sérieux ? répondit Fiona, au bord de l'hystérie. Vous ne plaisantez pas ?

— Bien sûr que non ! dit Andrew en riant. C'est un livre génial.

Pour quelqu'un qui avait eu tant de pouvoir et de responsabilités, elle était incroyablement modeste, et c'était ce qu'il aimait chez elle.

— Et vous, vous êtes un agent fabuleux ! ajouta-t-elle en riant.

Ils se fixèrent rendez-vous pour le lendemain et Fiona raccrocha pour appeler Adrian sur son portable, deux minutes plus tard.

— Devine quoi ? fit-elle.

— Ah non ! Pas encore ! répondit Adrian pour se moquer d'elle.

Comme une enfant, elle adorait lui faire deviner les choses incroyables qui lui arrivaient. D'ailleurs, elle avait presque une voix d'enfant au téléphone ; les nouvelles devaient être bonnes.

— Andrew Page a adoré mon livre ! Je signe demain. Et il va déjeuner avec une éditrice, pour le lui présenter.

Elle lui avait également parlé de son prochain livre, et il allait essayer de lui obtenir un contrat pour les deux ou trois ouvrages suivants. Les éditeurs aimaient savoir qu'un livre n'était pas le fait d'un auteur sans lendemain, ce qui n'était clairement pas le cas de Fiona.

— Suis-je censé être surpris ? demanda Adrian d'un ton blasé. Je t'avais dit qu'il adorerait le livre. Bientôt, il va vendre l'histoire au cinéma, et on ira tous à Hollywood pour la première. Et si tu écris le scénario, je veux être avec toi quand on te remettra l'oscar.

— Je t'adore, Adrian, et je te remercie pour ta confiance, mais tu délires ! Bon, maintenant, tu es obligé de dîner avec moi ce soir, on doit fêter ça. Pourras-tu te libérer ?

Il lui promit d'être là. Il voulait être aux petits soins avec elle. Ils convinrent de se retrouver à 20 heures à la Goulue, qui était le restaurant préféré de Fiona à New York.

En montant dans le taxi pour retrouver Adrian, Fiona portait la seule robe habillée qu'elle avait apportée, une petite robe de cocktail noire de chez Dior qu'elle avait achetée chez Didier Ludot, dans les jardins du Palais-Royal, et qui lui allait magnifiquement. Ses cheveux étaient détachés et brillaient comme de l'or cuivré, et pour fêter sa future carrière d'auteur, elle s'était même maquillée. Sa robe courte mettait ses jambes en valeur, sans parler de ses sandales Blahnik incroyablement hautes, dont les lanières nouées autour des chevilles avaient fait saliver d'envie Jamal. Elle ressemblait beaucoup à Audrey Hepburn dans *Diamants sur canapé*, à l'exception de ses cheveux qui étaient roux.

Le serveur de la Goulue fut ravi de la revoir et se plaignit qu'elle ne soit pas venue depuis un an. Tous deux se parlaient en français, et Fiona lui expliqua qu'elle était partie vivre à Paris. Tandis qu'il la conduisait à une table en angle avec banquette, toutes les têtes se tournèrent sur leur passage. Fiona était plus belle que jamais. Elle était sur le point de s'asseoir quand un visage familier attira son regard. C'était John. En temps normal, elle ne l'aurait pas salué, mais comme il se trouvait à deux tables de la sienne, cela aurait été grossier.

Elle s'arrêta donc et lui sourit, mais ce n'était pas pour le séduire, c'était juste un sourire doux-amer, en souvenir des jours anciens. Elle remarqua que la femme qui était avec lui était très blonde et très classique, tout à fait dans le style de son épouse défunte ; elle aussi semblait s'occuper d'associations caritatives. Cela faisait six mois que John la fréquentait, et ils se comportaient comme un couple qui se connaît bien.

L'espace d'un instant, il parut paniqué – en fait, il était stupéfait et mal à l'aise –, mais il se leva de bonne grâce, salua Fiona et lui présenta son amie. Il parut extrêmement gêné quand les deux femmes se serrèrent la main.

— Elizabeth Williams.

— Fiona Monaghan.

Les deux femmes se jaugèrent, et il passa un éclair de compréhension dans les yeux de la blonde. Elle avait manifestement entendu parler de Fiona mais sembla légèrement décontenancée par ses longs cheveux roux et ses jambes magnifiques. Fiona ressemblait à un mannequin et paraissait dix ans de moins que son âge ; c'était le genre de femme qui rendait nerveuses toutes les autres. En outre, l'homme qu'elle fréquentait avait été son mari. Mais après tout, c'était John qui avait quitté Fiona, et pas le contraire ; il n'avait donc logiquement plus aucun faible pour elle.

— Ravie de te voir, John, dit Fiona après avoir salué la femme avec laquelle il dînait.

Elle n'avait guère fait attention à son nom. Ce qui l'avait marquée, c'était le fait qu'elle était exactement le type de femme qu'elle s'attendait à voir avec John et avec qui elle avait prédit qu'il finirait. D'ailleurs, il semblait aller parfaitement bien. Elle eut soudain envie de lui parler de son livre et de son agent, mais cela lui sembla un peu bête et elle se retint.

— Comment vas-tu ? demanda John comme s'il s'adressait à une ancienne partenaire de tennis qu'il aurait perdue de vue ou à une vague connaissance professionnelle.

— Très bien. Je vis à Paris, répondit-elle.

Elle sentit son cœur se mettre à cogner. À son grand regret, la magie faisait toujours effet, même après tout ce temps. Elle n'était pas guérie. Mais visiblement, lui l'était. Il savait que Fiona avait quitté le magazine, mais il avait cru qu'elle était allée à Paris pour quelques mois, pas qu'elle s'y était installée.

— Je viens de vendre ma maison…

… *Et d'écrire un livre !* faillit-elle clamer, mais elle s'en garda. John hocha la tête et, sans ajouter un mot, Fiona partit s'asseoir à sa table, en espérant qu'Adrian apparaîtrait rapidement.

Malheureusement, il n'arriva qu'une demi-heure plus tard. Fiona était à deux doigts de la crise de nerfs, même si extérieurement elle n'en montrait rien, semblant calme et posée, prenant des notes sur un carnet sans jeter le moindre regard vers John.

— As-tu vu qui est assis là-bas ? murmura-t-elle à Adrian quand il s'assit, tournant le dos à John.

— C'est quelqu'un d'exceptionnel ? questionna-t-il alors qu'elle lui faisait signe de ne pas se retourner pour voir qui c'était.

— Autrefois, oui. C'est John. Il est avec une blonde qui donne l'impression de vouloir me tuer.

— Il est avec une petite jeune ? demanda Adrian d'un air surpris – il n'avait jamais eu l'impression que c'était le genre de John.

— Non, elle est plus âgée que moi, je crois. C'est exactement son genre.

— Ça va ? s'enquit Adrian avec sollicitude.

— Non. C'est dur.

Elle se sentait malade et sur le point de fondre en larmes, mais plutôt mourir que se mettre à pleurer. En attendant Adrian, elle avait épuisé toutes ses réserves pour feindre l'indifférence.

— Je sais, répondit Adrian. Veux-tu qu'on s'en aille ? chuchota-t-il, plein de compassion.

Pour essayer d'oublier John, elle avait abandonné sa vie, son travail, sa ville, sa maison et son pays. Le revoir devait être insupportable.

— J'aurais l'air d'une idiote… ou d'une poule mouillée…

Elle s'efforçait de refouler sa peine et y réussissait.

— D'accord. Alors, souris. Ris à gorge déployée. Donne l'impression que tu t'amuses comme une folle. Allez… Oui, voilà… Encore plus… Je veux que tu fasses comme si tu n'avais jamais été aussi heureuse de ta vie.

— Et si je vomis ?

— Essaie, et je te tue. Au fait, où as-tu déniché cette robe ? Elle est à mourir.

Il n'y avait qu'Adrian pour remarquer sa tenue en un moment pareil. Fiona lui sourit, cette fois sans artifice.

— Chez Didier Ludot. C'est du Dior vintage des années soixante. Elle est super courte.

— Tant mieux. J'espère que John l'a remarquée et qu'il est aussi malade que toi en pensant à ce qu'il a perdu.

À cette remarque, Fiona parut surprise.

— Je croyais que tu pensais que tout était ma faute, à cause des compromis et des concessions que je n'ai pas faits ?

— Je n'ai jamais dit ça, la corrigea Adrian.

— Si, tu l'as dit, rétorqua-t-elle, furieuse.

— Fiona, je suis ton ami. Quand j'estime que tu as tort, je te le dis. C'est ce que font les amis. Je me suis toujours montré honnête avec toi. Je t'ai dit qu'il fallait que tu t'adaptes à John. Mais je pense que c'est un pauvre type et un dégonflé d'avoir jeté l'éponge après seulement quelques mois et de t'avoir plaquée. Il y a beaucoup de choses que tu aurais dû faire autrement, et tu aurais pu si tu l'avais voulu, comme par exemple lui faire de la place dans tes placards ou mener une vie plus rangée. Mais lui aurait dû donner une bonne fessée à ses filles, virer sa gouvernante, tuer le chien et s'accrocher à la femme la plus géniale qu'il y ait sur terre. Il a été un vrai crétin.

Fiona avait l'air stupéfaite et ravie à la fois. Jamais Adrian ne lui avait dit combien il était désolé pour elle et furieux contre John. Elle avait été si mal qu'il avait essayé de dédramatiser la situation et de minimiser l'importance des dégâts, afin de lui donner le courage de réagir. Il avait craint, s'il avait trop abondé dans son sens, qu'elle ne s'écroule totalement et ne puisse plus rien faire. Alors que maintenant, elle s'était remarquablement ressaisie.

— C'est vraiment ce que tu penses ?

Elle avait enfin le sentiment d'être comprise, même si elle aurait préféré qu'il le lui dise plus tôt.

— Bien sûr que c'est ce que je pense. Tu n'étais pas la seule responsable. Tu as été bête, et même stupide par moments, et tu aurais dû me demander de prendre Jamal à l'époque. Un homme comme John ne peut pas accepter un excentrique comme lui. Et il aurait fallu que tu joues à Audrey Hepburn. À propos, tu lui ressembles dans cette robe.

Il pouvait se permettre d'être honnête avec elle à présent, car elle allait bien, et même plus que bien. Elle était en pleine forme, malgré ses blessures, et elle avait survécu.

— À qui as-tu dit que je ressemblais ? plaisanta-t-elle, car elle avait apprécié le compliment.

— À Audrey Hepburn, bien sûr !

— J'étais persuadée que tu pensais que tout était ma faute.

— Bien sûr que non. John a failli te détruire ! D'abord, il te convainc de l'épouser, et ensuite il te largue parce que tu as un homme de maison foldingue, trop de fringues dans tes placards, et que ses filles sont de vraies garces. Tout n'était pas de ta faute, loin s'en faut. Je crois que tu étais simplement « trop » pour lui. Tu lui as fait peur.

Tous deux savaient qu'il disait vrai.

— Oui, on dirait bien. Et puis, il écoutait trop ses filles.

— C'est nul. On n'a pas le droit de laisser les enfants faire la loi et vous obliger à quitter la personne que vous aimez. John est tombé amoureux de ce que tu étais, dans toute ta gloire, et ensuite il a détalé comme un lapin parce que tu n'étais pas Blanche-Neige ! On croit rêver ! Ce type n'avait rien dans le pantalon.

Fiona se mit à rire devant l'air furieux d'Adrian.

— Cela résume bien la situation.

Adrian avait réussi à rendre sa rencontre imprévue avec John beaucoup moins pénible pour elle. Elle était déjà plus détendue, et son visage rayonnait. John s'en aperçut et c'était ce qu'espérait Adrian.

— Il aurait dû persévérer. Et maintenant que tu es sur le point de devenir un auteur célèbre, que vas-tu faire de ta vie ?

— Quelle vie ? demanda Fiona l'air surprise.

Elle en avait presque oublié que John était assis deux tables plus loin avec la femme parfaite.

— C'est précisément ce que je voulais dire. Tu n'as pas de vie ! Fiona, tu es trop jeune pour tout laisser tomber. Regarde-toi, tu es la plus belle femme du restaurant. Tu n'as pas besoin d'être la rédactrice en chef de *Chic* pour exister. Tu dois te remettre à sortir.

— Tu veux dire avoir des rendez-vous ? Hors de question.

Elle semblait horrifiée à cette seule idée.

— Épargne-moi tes salades, la gronda Adrian. Tu as besoin de rencontrer des gens à Paris. Sors dîner. Ou déjeuner. Je ne parle pas de rendez-vous amoureux, si tu ne te sens pas prête. Mais sors au moins de chez toi de temps en temps !

— Pour quoi faire ? Je suis heureuse quand j'écris.

Elle allait commencer un nouveau livre.

— Tu es en train de gâcher ta vie, et tu le regretteras quand tu seras vieille. Tu n'auras pas ce physique toute ta vie. Sors et amuse-toi. Autrement, quel intérêt de vivre à Paris ?

— On peut fumer.

— Je viendrai et je te traînerai dehors si tu n'agis pas. Tu es en train de devenir un véritable ermite.

— Non, j'en suis déjà un, fit-elle remarquer, pleine d'assurance et incroyablement glamour.

Elle possédait quelque chose que les autres femmes n'avaient pas et John s'en rendait compte depuis sa place. Fiona avait du cran, de l'allure et du style, en plus d'avoir un physique à couper le souffle. Elizabeth ne semblait guère ravie. Depuis que Fiona s'était assise, il avait essayé de ne pas la regarder, mais elle l'attirait comme un aimant, et il ne cessait de loucher dans sa direction. Fiona semblait passer une soirée formidable et ne l'avait pas regardé une seule fois.

— Tu ne m'avais pas dit qu'elle était aussi belle, observa Elizabeth d'une voix plaintive, ni aussi jeune. Je croyais qu'elle avait quarante ans.

— C'est le cas. Mais elle est très bien pour son âge. Elle y est d'ailleurs obligée, car elle dirige un magazine de mode, ou du moins elle le dirigeait.

Il s'était toujours demandé pourquoi elle avait démissionné. Il avait entendu des rumeurs à propos de problèmes de santé, mais ignorait si c'était vrai. Elle semblait en tout cas en pleine forme. Peut-être s'était-elle lassée de son travail ? La coïncidence avec leur rupture ne lui avait jamais effleuré l'esprit, les hommes ne flairaient pas souvent ce genre de choses. Jamais il ne lui était venu à l'idée que Fiona ait quitté son travail à cause de lui.

— C'est une très jolie femme, concéda Elizabeth du bout des lèvres avant de se remettre à lui parler de tous les problèmes qu'elle rencontrait avec le défilé de mode organisé par son association.

N'importe qui se serait rendu compte que John s'ennuyait, mais Elizabeth adorait s'écouter parler.

Pour le plus grand soulagement de Fiona, à l'instant même où on apportait son plat et celui d'Adrian, John régla l'addition et, sans la regarder, se leva et quitta la salle, suivi d'Elizabeth. Ce ne fut qu'une fois dehors, pendant qu'ils hésitaient, ne sachant chez lequel aller, que John jeta un coup d'œil à l'intérieur du restaurant à travers la baie vitrée. Il vit Fiona en train de rire et de bavarder avec Adrian et remarqua lui aussi sa ressemblance avec Audrey Hepburn. Il avait les yeux rivés sur Fiona mais Elizabeth était bien trop occupée à se plaindre de sa fille de vingt et un ans et de son fils de quatorze ans pour s'en apercevoir. Elle était veuve et ne cessait de harceler John pour qu'il passe davantage de temps avec eux, mais il hésitait. Il n'était pas encore sûr de ses sentiments et ne voulait pas les tromper. Oublier Fiona lui avait demandé du temps, et il était sûr d'y être parvenu. Jusqu'à cette soirée. Il avait oublié combien elle était belle et à quel point le simple fait de la voir le bouleversait. Sans le vouloir, ni le savoir, elle lui faisait encore de l'effet.

— John, tu ne m'écoutes pas, geignit Elizabeth. Tu ne m'as pas écoutée de toute la soirée.

Dès que Fiona était entrée dans le restaurant, il n'avait plus entendu un traître mot de ce qu'elle avait dit.

— Excuse-moi. Je pensais à autre chose.

— Je proposais qu'on aille chez toi. Les enfants sont à la maison.

— Je suis désolé, Elizabeth, mais j'ai un horrible mal de tête depuis ce matin. Est-ce que cela t'ennuierait que je te dépose chez toi ?

Il avait envie de rentrer et de réfléchir seul, et n'était pas d'humeur à lui faire l'amour, ce soir-là. Il la déposa donc chez elle quelques minutes plus tard, puis regagna son propre appartement en taxi.

Au même moment, Fiona et Adrian finissaient leur dîner et rentraient chez Adrian, où ils discutèrent d'Andrew Page. Fiona avait hâte de savoir comment s'était passé son déjeuner avec l'éditrice. À défaut d'autre chose, penser à son livre l'empêchait de penser à John.

14

Fiona signa son contrat avec Andrew Page le lendemain, et en fin d'après-midi, celui-ci l'appela sur son portable. Son déjeuner avec l'éditrice s'était bien passé. Elle voulait lire le livre. Elle était très intéressée par ce que lui en avait dit Andrew et très impressionnée que Fiona en soit l'auteur. Elle savait qui elle était et était certaine qu'elle serait un atout pour la promotion du livre. Certes, le physique et l'allure ne faisaient pas tout, mais ils comptaient.

À la fin de la semaine, Fiona avait mené à bien tout ce pour quoi elle était venue à New York ; elle avait vendu sa maison, passé du temps avec Adrian, trouvé un agent, et un grand éditeur examinait son livre. Elle avait même rencontré John. Cela n'avait pas été facile pour elle, mais elle avait fait face. De toute façon, cela aurait fini par se produire. Et même s'il lui faisait encore de l'effet, elle était sur la bonne voie. Mais pour l'heure elle était surtout impatiente de rentrer à Paris pour commencer son nouveau roman.

Adrian avait promis de venir passer Noël avec elle. Elle avait également décidé d'acheter une maison. L'appartement qu'elle occupait lui convenait, mais elle voulait quelque chose à elle. En outre, ses affaires étaient toujours dans un garde-meubles à New York et elle avait de plus en plus envie de les récupérer. Elle était certaine à présent qu'elle ne retournerait pas vivre là-bas. Elle avait du mal à croire que cela faisait un an qu'elle était partie, et elle était soulagée de constater que son travail ne lui manquait plus. Cela avait été le cas au début, mais à présent elle avait l'écriture. C'était comme réaliser un rêve, même si d'autres s'étaient brisés en chemin.

Une semaine après son retour, Fiona avait déjà visité deux maisons, qui ne lui avaient pas plu, et commencé son nouveau livre. Elle débordait d'activité. Avant Thanksgiving, l'éditrice avait appelé Andrew pour lui dire qu'elle ne prenait pas le livre de Fiona, car elle trouvait le sujet trop sérieux. Mais cela n'avait pas découragé ce dernier et il avait conseillé à Fiona de ne pas s'inquiéter. Il avait déjà envoyé son manuscrit à un autre éditeur.

Le matin de Thanksgiving, Adrian téléphona. Il s'était levé à 5 heures du matin pour commencer la préparation des dindes, car il recevait une trentaine de personnes. Il lui déclara qu'il était en train de devenir fou.

— Alors, que vas-tu faire aujourd'hui ? demanda-t-il.

— Rien. On ne fête pas Thanksgiving ici. Je vais travailler sur mon livre.

— Sacrilège ! la gronda-t-il. C'est le jour de la reconnaissance et des remerciements pour nous. De quoi es-tu reconnaissante ?

C'était une bonne question et elle réalisa qu'elle avait eu de la chance, même si tout n'avait pas marché comme prévu.

— De toi, répondit-elle sans hésiter. Et de mon travail.

Elle était heureuse d'avoir réussi à écrire un livre et à en commencer un deuxième.

— Et c'est tout ? Mais c'est nul !

— Ça me suffit, répondit-elle paisiblement.

Elle ne sortait quasiment pas et s'en moquait.

— J'ai hâte de te voir, dit-elle gaiement.

Il devait venir pour Noël, et ils mirent au point son séjour. Il habiterait chez elle et dormirait dans la chambre d'amis ; ils iraient à Chartres, car Adrian n'y était jamais allé. Il reviendrait ensuite en janvier pour les collections de haute couture. Elle se réjouissait de savoir qu'elle le verrait souvent pendant un mois car il restait le meilleur ami qu'elle ait jamais eu.

Elle lui souhaita bonne chance pour son dîner et un « joyeux Thanksgiving ». L'espace d'un instant, elle eut un pincement au cœur, mais se ressaisit aussitôt. Elle avait des choses plus importantes à faire que s'apitoyer sur son sort, même si elle ressentait le mal du pays en pensant au dîner d'Adrian, auquel elle aurait bien voulu participer.

Elle venait de se remettre au travail lorsque le téléphone sonna à nouveau. Elle pensa que c'était Adrian qui rappelait pour lui demander des conseils sur la cuisson des dindes. Il était rare qu'on lui téléphone, et parfois il lui arrivait de ne parler à personne pendant plusieurs jours. Elle avait discuté avec Andrew la veille, et à part lui et Adrian, personne ne l'appelait.

— Pourquoi me rappelles-tu ? Je ne sais pas cuisiner ! répondit-elle, s'attendant à entendre Adrian.

Mais elle fut surprise, car ce n'était pas lui. C'était pourtant une voix familière, mais elle n'arrivait pas à la reconnaître. Soudain, elle comprit et son cœur s'arrêta de battre. C'était John.

— Voilà un bel aveu ! Enfin la vérité est dite, alors que tu m'as toujours affirmé que tu savais cuisiner.

— Pardon, fit-elle d'un ton enjoué, je croyais que c'était Adrian. Il est en train de préparer son dîner de Thanksgiving.

Elle ne savait pas pourquoi John l'appelait. Cela l'intéressait, bien sûr, mais elle ne voulait pas le lui montrer et, surtout, ne voulait pas y accorder d'importance. Elle se l'était encore juré, la dernière fois qu'elle était allée à New York. L'appel de John était bizarre. Jamais il ne lui avait téléphoné depuis qu'ils s'étaient séparés ; tous leurs échanges s'étaient faits par avocats interposés. Elle se tut en attendant de connaître la raison de son appel.

— J'avais à faire à Londres et je me suis arrêté à Paris au retour, expliqua-t-il. Et là, j'ai eu une idée folle. C'est Thanksgiving, et je me demandais si tu voudrais déjeuner ou dîner avec moi au Voltaire.

Il savait que c'était son restaurant préféré, et lui aussi l'avait aimé quand ils y étaient allés ensemble, mais il semblait embarrassé en posant la question. Il y eut alors un très long silence avant qu'elle ne parle.

— Pourquoi ? questionna-t-elle. Quel intérêt ?

— En souvenir du bon vieux temps, ou quelque chose dans ce goût-là. On pourrait peut-être rester amis.

Mais elle ne voulait pas être son amie. Elle l'avait aimé, et l'aimait encore. Elle l'avait compris en le revoyant à New York. De plus, il avait trouvé une femme qui ressemblait en tous points à Ann.

— Je ne suis pas sûre d'avoir besoin d'un ami, répondit brutalement Fiona. J'ignore comment cela marche, je n'avais jamais divorcé jusque-là. Je suis novice en la matière. Est-on censés être amis ?

— Si on le souhaite, répondit-il prudemment, car il était mal à l'aise. J'aimerais être ton ami, Fiona. Ce qu'il y avait entre nous était particulier, même si ça n'a pas marché.

À l'évidence, pensa-t-elle, puisqu'il l'avait quittée au bout de six mois et qu'il essayait encore de se justifier auprès d'elle ! Elle pensa alors aux paroles d'Adrian qui lui avait dit que c'était minable de la part de John de l'avoir plaquée et que tout n'avait pas été sa faute à elle. Elle s'était sentie mieux après.

— Je ne suis pas en colère contre toi, dit-elle avec honnêteté. Simplement blessée.

Très, très blessée. Et c'était un doux euphémisme. Les premiers mois, elle s'était demandé si elle pourrait continuer à vivre. Au lieu de cela, elle avait quitté son travail, abandonné sa carrière et sa maison, et déménagé à Paris. Finalement, les choses s'étaient arrangées. Elle avait commencé une nouvelle carrière et, avec de la chance, publierait peut-être un livre.

— Je sais, dit John tristement. Je me sens coupable.

Il pouvait !

— Tu as raison de l'être.

Elle n'ajouta pas qu'Adrian lui aussi le tenait pour responsable.

— Je ne savais pas comment m'y prendre avec toi. Nous étions tellement différents. Trop différents.

Il voulait s'expliquer, mais elle l'en empêcha, elle ne voulait plus en entendre parler. C'était terminé.

— Nous avons déjà abordé tout ça. Comment va ton amie ?

— Quelle amie ?

Il avait un trou de mémoire.

— La dame de l'association caritative avec laquelle je t'ai vu à la Goulue.

— Comment sais-tu qu'elle est dans une association caritative ? fit-il stupéfait. Vous vous connaissez ?

Elizabeth ne le lui avait pas dit, et il était surpris.

— Non. Elle en avait juste l'air, ça se voit tout de suite. Elle ressemble à Ann.

— Oui, c'est vrai.

Il se mit alors à rire et décida de se montrer honnête avec elle. C'était un petit pas vers l'amitié – du moins était-ce ce qu'il s'était obligé à penser en l'appelant.

— Pour te dire la vérité, elle m'ennuie.

— Oh, je suis désolée, mentit-elle. Elle est jolie.

— Toi aussi. Tu étais fabuleuse à la Goulue. Paris te réussit. Que fais-tu maintenant ?

— J'écris. Des romans. J'ai terminé un livre cet été et je viens d'en commencer un autre. Ça me plaît, c'est amusant. J'étais allée à New York pour trouver un agent.

— Et alors ? questionna John, intéressé.

Tout ce qui la concernait l'avait toujours fasciné. Il la trouvait toujours aussi étonnante, et ceci le prouvait. Elle avait abandonné une des carrières les plus brillantes de New York pour déménager à Paris et en commencer une autre. Et, la connaissant, il était convaincu que son livre serait un best-seller.

— J'ai signé avec Andrew Page.

— Je suis impressionné. L'a-t-il déjà vendu ?

— Non, j'ai essuyé mon premier refus. J'imagine que ça fait de moi un véritable auteur.

Elle se doutait qu'il y aurait beaucoup d'autres refus, mais Andrew semblait confiant, si bien qu'elle ne s'inquiétait pas.

— Pourquoi ne pas en discuter en déjeunant ? Si nous restons trop longtemps au téléphone, nous n'aurons plus rien à nous dire ensuite.

Fiona n'était pas sûre qu'ils aient quoi que ce soit à se dire.

— Tu me retrouves au Voltaire ? Ou ailleurs, si tu préfères.

Il avait pris un ton plus assuré qu'il ne l'était en réalité, ce qui irrita Fiona. Pourquoi l'appelait-il ? Quel intérêt ? C'était fini entre eux. Elle ne désirait pas son amitié, elle n'en avait pas besoin. Elle hésita un long moment, pesant le pour et le contre.

— Allez, Fiona, accepte. Nos conservations me manquent. Je ne te ferai pas souffrir, la pressa-t-il.

Pas la peine, c'était déjà fait. Et trop bien fait. Elle croyait lui avoir pardonné, mais à présent elle commençait à en douter.

— Je ne pourrai pas rester longtemps, répondit-elle enfin. Je dois me remettre au travail. C'est dur de s'y remettre quand on est interrompu.

— C'est Thanksgiving. On peut commander de la dinde ou du poulet ou quelque chose dans le genre. Ou des profiteroles.

Il se souvenait de sa passion pour ce dessert. Et aussi de bien d'autres choses. Et la plupart étaient de bons souvenirs. À présent, il n'en conservait que très peu de mauvais, qui semblaient ne plus avoir d'importance, comme les placards, les originaux qu'elle fréquentait, et Jamal qui se promenait en sarouel et sandales dorées.

— À quelle heure se retrouve-t-on ?

— À 13 heures, répondit Fiona platement, se sentant idiote de s'être laissé convaincre.

John était très persuasif, et elle avait toujours aimé sa voix.

— Veux-tu que je vienne te chercher ? Je suis descendu au Crillon et j'ai une voiture.

Elle non, mais cela ne le regardait pas. Elle irait à pied.

— Je te retrouverai directement là-bas.

— Merci d'avoir accepté mon invitation. Je suis content de te revoir.

Il l'imaginait telle qu'elle lui était apparue à la Goulue. Elizabeth lui en avait d'ailleurs parlé à plusieurs reprises, sentant qu'elle avait une adversaire redoutable et difficile à égaler.

Après avoir raccroché, Fiona resta à se regarder dans le miroir, regrettant d'avoir accepté. Elle était fatiguée, ses cheveux étaient sales et ses yeux cernés à force d'écrire toute la nuit. Mais peu importait son apparence, se dit-elle, puisqu'elle n'avait pas envie de le voir. Pourtant, soudain, elle comprit qu'elle en avait envie et passa aussitôt à l'action, se lavant les cheveux, prenant un bain, cherchant dans son placard une robe correcte, pour finalement choisir un pantalon noir en cuir, un tee-shirt blanc et une veste en vison qu'Adrian adorait. La veste venait aussi de chez Didier Ludot ; elle y faisait régulièrement des achats et y avait trouvé toute une collection de sacs vintage Hermès des grandes années. Elle en sortit un de son placard – un Kelly en crocodile rouge – ainsi que des chaussures plates assorties.

Lorsqu'elle arriva au Voltaire, son moral était au plus bas. Elle se demandait pourquoi elle avait accepté de venir. Elle avait coiffé ses cheveux en une longue tresse qui lui tombait dans le dos et n'avait aucune idée de sa beauté lorsqu'elle entra dans le restaurant, légèrement essoufflée, avec quelques cheveux échappés de sa natte lui auréolant le visage et ses grands yeux verts auxquels John pensait si souvent. Le pantalon en cuir moulait parfaitement son corps, et rappela à John combien elle lui manquait. En la regardant, il réalisa à quel point il avait été un imbécile.

— Pardon, je suis en retard, s'excusa-t-elle. Je suis venue à pied.

— Non, tu n'es pas en retard, la rassura-t-il. Où habites-tu ? s'enquit-il tandis que le maître d'hôtel les conduisait vers le petit coin qu'Adrian et elle affectionnaient.

Il avait obtenu son numéro de téléphone par les renseignements, mais ne connaissait pas son adresse.

— Dans le septième, répondit Fiona, évasive. J'ai trouvé un superbe appartement, mais maintenant je souhaite acheter une maison.

— Tu vas rester ? demanda John.

Fiona hocha la tête, puis ils s'assirent. John la regarda et lui sourit. Elle était aussi belle que dans ses souvenirs, mais semblait plus vulnérable, et plus accessible qu'à New York, où elle lui avait paru très glamour dans sa robe de cocktail noire. Ici, elle paraissait plus jeune et plus réelle.

— Alors, est-ce que Sir Winston aime Paris ? demanda-t-il avec un léger sourire.

— Il est mort il y a un an, déclara-t-elle brutalement en prenant la carte pour penser à autre chose et ne pas pleurer.

— Oh, mon Dieu !

John avait l'air affligé. Il aurait voulu lui demander comment cela était arrivé, mais n'osa pas.

— Je suis vraiment navré. Tu tenais tellement à lui. As-tu pris un autre chien ?

— Non, répondit-elle simplement en le regardant dans les yeux. Je m'attache trop facilement. Ce n'est pas une bonne idée.

John sentit que cela s'adressait également à lui. Leur bref mariage l'avait fait beaucoup souffrir, plus que lui ; il le voyait dans ses yeux, et la douleur qu'il y décela le toucha en plein cœur.

— Tu devrais prendre un bouledogue français. Ça t'irait bien.

— Je n'en veux pas. Les chiens, c'est terminé. Qui plus est, c'est trop de travail.

Elle s'efforçait d'avoir l'air ferme et détaché, mais seule sa tristesse transparaissait. De son côté, John avait encore l'impression que c'était d'eux qu'elle parlait.

— Alors, que choisit-on ? Est-ce qu'ils ont un menu de Thanksgiving ? plaisanta-t-il, se sentant affecté par la mort du chien.

Sir Winston avait dû mourir peu après qu'il l'eut quittée. Cela avait sûrement été un coup terrible pour elle, en plus de celui qu'il lui avait porté.

Ils arrêtèrent leur choix sur la salade de champignons qu'elle prenait toujours, mais elle hésitait entre le foie et le boudin. John eut alors une grimace, ce qui la fit rire.

— Quel drôle de choix pour Thanksgiving ! Tu pourrais au moins prendre du poulet.

Pour finir, elle choisit du veau, John un steak tartare, et ils décidèrent de partager des frites, qui étaient particulièrement délicieuses ici. Ensuite, il lui demanda de parler de son livre.

Ils en discutèrent pendant une heure, et tout cela le captiva.

— Voudrais-tu me prêter ton manuscrit ? J'adorerais le lire.

— Je n'en ai pas d'exemplaire.

Elle restait encore prudente vis-à-vis de lui, même si elle lui avait beaucoup parlé du livre. D'après ce qu'elle venait de lui en dire, il comprenait ce qu'elle était allée chercher au fond d'elle-même pour l'écrire, et la douleur que cela avait dû être pour elle.

— Je t'en donnerai un exemplaire quand il sortira. Si jamais il sort.

— De quoi parle le deuxième ?

Ils discutèrent encore une heure, jusqu'aux profiteroles.

— Pour combien de temps es-tu à Paris ? demanda Fiona en dégustant sa dernière profiterole avec un air gourmand de petite fille.

John connaissait son amour pour le chocolat, et il s'amusa de la voir engloutir les petits grains de café enrobés de chocolat que le restaurant offrait toujours en fin de repas.

— Seulement deux jours. J'ai passé quelques jours à Londres, et j'ai à faire ici demain. Je rentre samedi. Mon invitation à dîner tient toujours, si tu penses que je t'ai donné satisfaction aujourd'hui.

— Tu t'en es bien sorti, concéda-t-elle en souriant. Mais je ne voulais pas venir.

— Je sais, je l'avais compris, et je suis heureux que tu aies accepté, ajouta-t-il d'une voix douce. Je suis désolé pour ce qui s'est passé. J'ai été un vrai salaud.

Fiona fut surprise de sa franchise. D'une certaine façon, cela lui prouvait qu'elle avait raison.

— Oui, c'est vrai. Mais j'ai fait beaucoup de choses stupides moi aussi. Le photographe et son dealer en pleine orgie dans le salon n'ont pas joué en ma faveur. Je suis navrée que ça et bien d'autres choses ridicules se soient produites. Tu seras content d'apprendre que je me suis débarrassée de presque tous mes vêtements, lorsque j'ai déménagé. Je ne sais pas pourquoi j'étais si possessive avec mes placards. Je crois que j'étais obsédée par ma garde-robe. Ici, tout est plus simple. Je n'ai pratiquement rien apporté, poursuivit-elle, même si elle avait fait de nombreux achats, notamment chez Didier Ludot. Ma vie est beaucoup moins compliquée aujourd'hui, sur bien des plans. Et j'entends qu'elle le reste, affirma-t-elle d'un ton ferme.

— C'est-à-dire ?

Elle le fascinait toujours autant et il voulait en savoir plus sur elle. Elle semblait différente, à la fois plus fragile et plus forte, plus profonde et plus sereine, comme si elle avait beaucoup souffert et s'en était sortie. Il était conscient d'en être en grande partie responsable, mais elle avait aussi affronté de vieux démons, comme son abandon par son père, la mort de sa mère, les malheurs de son enfance, et son viol par son beau-père dont elle n'avait jamais parlé à personne, pas même à John, excepté à sa psy. Tout était raconté dans le livre. Elle avait suivi une thérapie pendant quelques années et fait la paix avec elle-même depuis longtemps.

— J'ai débarrassé ma vie de ses fioritures, répondit-elle simplement. Les gens, les vêtements, les objets. Beaucoup de choses dont je me moquais ou dont je n'avais aucun besoin, même si je croyais le contraire. Cela a rendu ma vie plus simple, et plus nette en quelque sorte. Je suis désolée d'avoir tout raté avec tes filles, conclut-elle en le regardant.

— Tu n'as rien fait de mal, Fiona. Ce sont elles qui ont été odieuses avec toi. J'aurais dû mieux gérer la situation, mais je ne savais pas comment faire, alors je me suis enfui.

— J'aurais dû faire plus d'efforts avec elles. Moi non plus, je ne savais pas comment faire. Je ne suis pas très douée avec les enfants. C'est une bonne chose que je n'en aie pas eu.

— As-tu des regrets ?

— Non. Je crois que j'aurais été nulle. Ma propre enfance était trop pourrie. Mon seul regret, c'est que ça n'ait pas marché entre nous. C'est probablement l'échec le plus cuisant de ma vie. J'étais trop préoccupée par des bêtises sans importance, comme ma petite personne et la façon dont je voulais faire les choses. Et aussi par mon travail. J'étais grisée par mon succès et très imbue de moi-même. La vie m'a remise à ma place.

Mais de bien des façons, il aimait ce qu'elle était devenue, même s'il avait aussi aimé ce qu'elle avait été. Elle l'avait tout de suite bouleversé et possédait toujours ce pouvoir. Mais elle veillait à ne pas l'utiliser, sans avoir conscience de l'effet qu'elle produisait sur lui, trop occupée qu'elle était à lutter contre les sentiments qu'elle éprouvait toujours.

— Ton travail te manque ? lui demanda-t-il avec curiosité.

— Non, je crois que j'en avais fait le tour. Le moment était venu de passer à autre chose. Et Adrian fait un boulot fantastique au magazine. J'en ai bien profité. Maintenant, j'adore écrire.

Rien ne lui était impossible, du moins c'était ce qu'il pensait.

— J'aimerais beaucoup voir ton appartement, dit-il à brûle-pourpoint, tout en réglant l'addition.

Fiona le regarda comme si la foudre venait de s'abattre sur elle.

— Pourquoi ?

Elle avait l'air terrifiée.

— Détends-toi. Simple curiosité. Tu as beaucoup de goût. Te connaissant, il doit être superbe.

— Il est très petit, répondit-elle sur ses gardes, consciente de s'être déjà trop laissé approcher. Mais je l'aime bien, il me convient. Je ne suis même pas sûre de vouloir déménager. J'aimerais en fait que les propriétaires me vendent la maison. Ils vivent à Hong Kong et ne sont jamais là.

Elle en avait parlé à l'agent immobilier qui avait écrit aux propriétaires, mais elle n'avait encore reçu aucune nouvelle. La maison était adorable et sa situation dans Paris parfaite. À condition d'en avoir les moyens, elle était prête à l'acheter.

John avait une voiture avec chauffeur qui attendait devant le restaurant. L'après-midi s'était rafraîchi, et malgré sa veste en vison, le vent fit frissonner Fiona. Il se tourna vers elle et lui sourit gentiment ; il avait beaucoup aimé déjeuner avec elle et, d'une certaine façon, elle aussi. Ils avaient pu discuter de leurs torts respectifs. Peut-être John avait-il raison et pourraient-ils être amis, mais elle n'en était pas encore totalement convaincue. Elle devait y réfléchir.

— Veux-tu que je te dépose ? proposa-t-il.

Elle hésita, puis acquiesça et s'installa à côté de lui en donnant son adresse au chauffeur.

John fut impressionné en voyant l'immeuble, un imposant hôtel particulier du dix-huitième siècle. Mais le véritable trésor se trouvait dans la cour, à l'arrière du bâtiment, là où Fiona habitait. Elle lui demanda alors, avec une certaine réserve, s'il désirait monter.

— Juste une minute. Je dois me remettre au travail, précisa-t-elle.

John acquiesça et traversa à sa suite l'imposante porte cochère par laquelle passaient autrefois les attelages, pour se retrouver dans une cour absolument ravissante ; c'était bien de Fiona d'avoir déniché un endroit pareil. Et la maison était aussi adorable qu'elle l'avait dit. Fiona ouvrit, ôta l'alarme, et il la suivit dans un escalier légèrement de guingois pour arriver, un instant plus tard, dans son appartement. Comme il s'en doutait, l'endroit était superbe et magnifiquement décoré. Fiona l'avait rempli d'orchidées, avait accroché des tableaux et acheté quelques meubles, ce qui donnait une impression de chaleur et de confort, en plus de sa touche inimitable mêlant élégance et originalité. Elle lui fit encore monter quelques marches pour lui faire découvrir le studio avec sa terrasse, où elle travaillait. En le voyant, John la regarda avec un large sourire.

— Ça te ressemble tellement ! J'adore.

Si elle lui avait proposé une tasse de thé, il serait volontiers resté ici, mais elle ne le fit pas. Elle semblait surtout impatiente de le voir partir. Ils avaient passé suffisamment de temps ensemble, elle avait besoin d'être seule. Il s'en rendit compte et partit quelques minutes plus tard.

Il fallut plusieurs heures à Fiona pour se remettre au travail, tant l'avait marquée son déjeuner au Voltaire. Elle ne cessait d'y penser et d'entendre les paroles de John. Il en était de même pour lui, tandis qu'il longeait la Seine puis la rue du Faubourg-Saint-Honoré. Il revoyait le visage de Fiona, entendait sa voix et sentait son parfum. Elle continuait de l'éblouir, comme autrefois, peut-être même plus maintenant qu'elle semblait avoir mûri. Il aimait ce qu'elle était devenue, même si elle avait dû payer le prix fort. Il se sentait moins coupable à présent, il avait l'impression que tous deux avaient atteint un autre stade.

Il l'appela le soir même, mais Fiona ne décrocha pas. Il était certain qu'elle était chez elle et laissa un message sur son répondeur, qu'elle écouta, se demandant pourquoi il l'appelait. Il la remerciait de lui avoir montré son appartement, et le lendemain, par correction, elle lui téléphona afin de le remercier pour le déjeuner.

— Ne pourrions-nous pas dîner ensemble ce soir ? suggéra-t-il comme il l'avait fait la veille.

Mais Fiona n'en avait pas envie et secoua la tête.

— Je ne crois pas que ce soit une bonne idée, répondit-elle avec raideur.

— Pourquoi donc ? demanda-t-il d'un ton triste.

Il voulait la revoir. Soudain, elle lui manquait plus que durant toute l'année écoulée, et il avait l'horrible impression d'avoir laissé un diamant inestimable lui glisser entre les doigts, ce qui, d'une certaine façon, était le cas ; il en était d'ailleurs de même pour elle. Mais elle l'acceptait, elle s'y était habituée et n'avait aucune envie de rouvrir les vieilles blessures. Elle ne savait qu'une chose et l'avait toujours su, c'était que, quels que soient les regrets, il était impossible de revenir en arrière. Et elle le lui dit.

— Je ne te proposais pas de revenir en arrière, je te demandais d'aller de l'avant. À défaut d'autre chose, nous pourrions être amis.

— Je ne suis pas sûre d'en être capable. Cela me rend trop triste. C'est comme regarder de vieilles photos de Sir Winston, je n'y arrive pas non plus. Ça fait trop mal.

— Je suis navré de l'entendre, fit John d'une voix pleine de regrets.

Il avait un rendez-vous d'affaires et ne pouvait lui parler plus longtemps, aussi lui promit-il de la rappeler plus tard. Mais avant cela, il lui fit livrer un énorme bouquet de fleurs de chez Lachaume. C'était le bouquet le plus incroyable qu'elle ait jamais vu, et cela la gêna et l'inquiéta. Elle ne voulait rien recommencer avec lui. Sachant qu'il était sorti et qu'elle n'aurait donc pas à lui parler, elle lui laissa un message pour le remercier. Et lorsque John lui téléphona, elle ne répondit pas et le laissa parler au répondeur. Il lui proposait à nouveau de dîner ensemble et lui demandait si elle souhaitait aller chez Alain Ducasse, ou ailleurs. Elle ne rappela pas et travailla tard, ce soir-là. Elle était encore à son bureau, en jean et vieux pull, lorsqu'on sonna à la porte. Elle n'avait aucune idée de qui cela pouvait être et répondit à l'Interphone.

— Qui est-ce ? demanda-t-elle en français.

— C'est moi, déclara une voix familière.

C'était John.

— Qu'est-ce que tu fais là ?

Il était 23 heures.

— Je t'ai apporté à dîner. Je me suis dit que tu n'avais rien mangé. Je peux te le monter ?

Fiona hésita entre rire ou pleurer. Finalement, elle appuya à contrecœur sur l'Interphone et alla lui ouvrir la porte. John était là, avec une boîte dans un sac en papier.

— Tu n'aurais pas dû faire ça, dit-elle en fronçant les sourcils, voulant se donner l'air sévère.

Pendant des années, cette expression avait terrifié les jeunes rédacteurs, mais John la connaissait et ne fut nullement impressionné. Elle emporta le sac dans la cuisine et s'aperçut, en l'ouvrant, qu'il s'agissait de profiteroles du Voltaire. Elle se tourna vers lui et sourit.

— Tu connais mon péché mignon !

— Je me suis dit que tu avais besoin d'énergie.

C'était gentil de sa part, mais elle ne voulait pas être à nouveau tentée par lui. Les profiteroles, les fleurs, le déjeuner. Cela faisait beaucoup.

— Tu en veux ? demanda-t-elle en posant les profiteroles sur une assiette.

Malgré sa réserve, elle ne pouvait y résister. Elle lui tendit une cuillère et s'assit à la table de la cuisine. Il s'installa à côté d'elle et en dégusta une lui aussi.

— Je n'ai pas envie de m'embarquer dans une nouvelle histoire avec toi, déclara-t-elle franchement. Tu m'as déjà brisé le cœur une fois. Ça suffit.

Ses paroles, claires et posées, portèrent un coup à John.

— Je sais. Chaque fois que je suis près de toi, je perds les pédales.

C'était un euphémisme. Il avait plus que « perdu les pédales », quand il l'avait quittée !

— Et moi, je fais tout mon possible pour rester loin de toi. C'est mieux pour tous les deux.

— Je n'en suis pas si sûr, répondit John.

Ils s'étaient toujours montrés francs l'un envers l'autre, et c'était ce qu'elle aimait dans leur couple – du moins, ce qu'elle avait aimé.

— Peut-être avons-nous besoin d'arrêter cela.

Fiona secoua la tête. Elle avait du chocolat sur la lèvre supérieure, ce qui fit sourire John ; il aurait tant aimé le lui enlever en l'embrassant.

— C'est déjà fait. Nous avons tourné la page. Pour notre bien à tous les deux, laissons les choses comme elles sont. Je ne veux pas que nous recommencions à nous détruire. Une fois suffit.

— Mais si ça marchait cette fois-ci ? insista-t-il, plein d'espoir, désireux de la convaincre, et en même temps terrifié.

— Et si ça ne marchait pas ? Nous souffririons tous les deux. Et beaucoup.

C'était comme sa décision de ne plus vouloir de chien, elle ne voulait plus s'attacher. Et elle ne voulait pas non plus de lui. Ou plutôt, si, mais elle ne voulait pas de la douleur que cela impliquerait inévitablement, ni de ses enfants, ni de sa gouvernante, ni de son horrible chien. Mais elle s'abstint de lui dire tout cela.

— Et puis, tes filles interviendraient à nouveau.

— Elles sont un peu plus âgées maintenant, et j'agirai différemment. Mme Westerman a pris sa retraite et elle avait une grosse influence sur les filles. Quant à Fifi, on pourra toujours la faire piquer. Au fait, comment va ta cheville ? J'espère que tu n'as pas de séquelles.

Fiona se mit à rire en y repensant.

— Un chien diabolique.

— Plutôt le chien du diable ! rectifia John, ce qui fit à nouveau rire Fiona. Elle vit avec Hilary maintenant. Les chiens sont autorisés à Brown. Peut-être va-t-on faire enfin son éducation.

— Veux-tu un verre de vin ou autre chose ? proposa Fiona.

Mais John hésita, l'air gêné. Il avait conscience de s'être imposé, mais il ne voulait pas rater cette occasion.

— Je t'empêche de travailler, peut-être ?

— Oui, mais c'est trop tard maintenant et de toute façon, je suis trop fatiguée. De plus, les profiteroles me rendent paresseuse. Veux-tu un verre de porto ?

Elle se souvenait qu'il adorait en boire, mais John opta pour du vin blanc. Fiona lui en servit donc un verre, et un autre pour elle.

Ils allèrent dans le petit salon. John alluma un feu dans la cheminée et ils discutèrent de son livre, de son travail à lui, du nouvel appartement qu'il souhaitait acheter à New York. Ils parlèrent de différents sujets et leur ancienne complicité reparut, comme s'ils ne s'étaient jamais quittés. John était en train de parler d'une maison à Cape Cod pour laquelle il avait eu un coup de foudre, quand Fiona se pencha pour le resservir. Il leva alors la main et lui effleura délicatement le visage.

— Je t'aime, Fiona, murmura-t-il à la lueur du feu.

Elle lui semblait plus belle que jamais avec son vieux pull et ses cheveux coiffés en une natte lâche.

— Moi aussi, je t'aime, répondit-elle doucement, mais cela n'a plus d'importance.

C'était le passé, pensait-elle. Mais à ce moment-là, John l'attira à lui et l'embrassa, et avant même qu'elle ait le temps de protester ou de penser, elle lui rendit son baiser. C'était précisément ce qu'elle avait voulu éviter, mais tout s'envola quand le désir les submergea. Ils se retrouvèrent dans son lit, sans vraiment s'en rendre compte. Emportés par la passion, ils n'arrêtèrent de faire l'amour que bien des heures plus tard, à bout de souffle. Fiona était épuisée.

— C'était une très mauvaise idée, murmura-t-elle contre la poitrine de John, s'endormant dans ses bras, tandis qu'il lui souriait.

— Non, c'est la meilleure idée que nous ayons jamais eue, dit-il en s'endormant lui aussi.

Lorsqu'elle se réveilla le lendemain matin, Fiona regarda John d'un air incrédule, croyant qu'elle avait rêvé. Il était déjà réveillé et la tenait dans ses bras, l'air béat.

— Oh, mon Dieu ! Je n'arrive pas à croire qu'on ait fait ça, fit-elle, mortifiée. On est fous à lier !

— Eh bien, moi, je suis heureux, répondit-il gaiement.

Il se tourna pour pouvoir la regarder et sourit en voyant son visage.

— Te quitter a été la plus grande bêtise de ma vie. Tout ce dont j'ai rêvé cette année, c'était nous donner une seconde chance. Je n'aurais jamais cru que ce soit possible ni que je puisse te revoir. J'étais persuadé que tu me détestais. Tu en avais le droit, et je suis soulagé que ce ne soit pas le cas. Je crois que j'aurais fini par accepter que c'était terminé, même si je t'aimais encore. Mais quand je t'ai vue à la Goulue, tout a basculé. J'ai compris qu'il fallait que je te parle. Je suis fou de toi, depuis ce soir-là.

— Tu voulais une seconde chance pour quoi faire ? fit Fiona en se redressant avec colère. Pour me quitter à nouveau ? Je ne reviendrai pas, déclara-t-elle avec détermination en bondissant du lit.

Il ne put s'empêcher d'admirer ses longues jambes et son corps parfait.

— Nous ne vivons même plus dans le même pays, ajouta-t-elle comme si seule cette raison les empêchait de recommencer. Je ne crois pas aux histoires à longue distance, et je ne retournerai pas à New York. Je suis heureuse ici.

— Bien, maintenant que nous avons réglé tout ça, que dirais-tu si je préparais le petit déjeuner ? Mais avant, je veux que tu saches que, si tu ne recommences pas avec moi, tu n'es alors rien d'autre qu'une aventure d'un soir, et tu n'es pas ce genre de femme. En tout cas, moi, je ne suis pas ce genre d'homme.

— Eh bien, j'apprendrai à l'être, car jamais je ne me remarierai avec toi.

— Je ne me rappelle pas te l'avoir demandé, fit John en se levant pour venir la prendre dans ses bras. Je t'aime, et je crois que tu m'aimes. On discutera plus tard de ce qu'on fera.

— Je ne veux pas en discuter, dit Fiona avec entêtement, toujours nue contre lui, mais n'opposant aucune résistance à son étreinte. D'ailleurs, je croyais que tu devais repartir.

— Mon vol n'est qu'à 16 heures. Je n'ai pas besoin de partir pour l'aéroport avant 13 heures.

Le réveil sur la table de nuit indiquait 9 heures, ce qui leur laissait quatre heures pour trouver une solution.

— Nous pourrions en discuter en prenant le petit déjeuner ?

— Il n'y a rien à discuter, lança Fiona en se dirigeant avec colère dans la salle de bains et en claquant la porte derrière elle.

John enfila son pantalon et alla préparer le petit déjeuner. Elle le rejoignit au bout de dix minutes, vêtue d'un peignoir rose, lavée et coiffée.

— Tu l'as volé au Ritz ? demanda-t-il avec curiosité.

Il était en train de préparer des œufs au bacon et semblait parfaitement heureux.

— Non, grogna Fiona, je l'ai acheté. Je n'arrive pas à croire que j'ai couché avec toi. C'est la chose la plus stupide que j'aie jamais faite. J'ai horreur des « remakes ».

— Quel terme charmant pour parler de moi !

— J'aurais pu dire bien pis, et j'aurais dû d'ailleurs, rétorqua Fiona tout en réchauffant une baguette dans le four et en mettant la cafetière en marche. Ce qu'on a fait est tout simplement stupide.

— Pourquoi ? Nous nous aimons.

John la regardait avec calme. Il n'avait pas été aussi heureux depuis leur rupture.

— Serait-il malvenu de te rappeler que c'est toi qui as demandé le divorce ? Et, pour autant que je sache, tu as eu raison. Nos vies étaient trop différentes.

— Mais les choses ont changé. Tu es un auteur affamé qui habite sous les combles. Tu pourrais m'épouser pour mon argent.

— J'ai mon propre argent, je n'ai pas besoin du tien.

— C'est dommage. Si tu convoitais mon argent, tout serait parfait.

— Tu ne prends pas cette conversation au sérieux, le réprimanda Fiona en retirant la baguette du four et en leur servant du café.

— Au contraire, je la prends très au sérieux. C'est toi qui n'es pas sérieuse. C'est totalement immoral de coucher avec un type et de lui dire d'aller se faire voir le lendemain matin. Surtout s'il te dit qu'il t'aime.

— Je ne veux pas de liaison, je ne veux pas de petit ami et je ne veux pas de mari. Je veux juste qu'on me laisse tranquille pour écrire. Écoute, on a fait quelque chose de stupide. On a couché ensemble, beaucoup d'ex-maris et d'ex-femmes font ça. Cela s'appelle une erreur de jugement. On l'a fait. C'est terminé. Tu repars à New York. Je reste ici. On oublie ça.

— Je refuse de l'oublier. Je ne peux pas me passer de ton corps, répliqua John pour la taquiner.

Il servit les œufs et s'assit à table.

— Tu t'en es très bien passé pendant toute l'année. Inscris-toi en cure de désintoxication.

— Tu n'es pas drôle, fit-il, sérieux.

— Toi non plus. Et ce que nous avons fait la nuit dernière non plus. C'était tout simplement idiot.

— Arrête de dire ça, c'est insultant. C'était merveilleux, et tu le sais très bien. Et tu sais pourquoi ? Parce qu'on s'aime.

— On s'aimait. Aujourd'hui, on ne se connaît même plus. Nous sommes pratiquement redevenus des étrangers l'un pour l'autre.

— Dans ce cas, réapprends à me connaître.

— Je ne peux pas. Tu es géographiquement indésirable. Et je ne me ferai plus avoir. John, sois raisonnable, supplia-t-elle tout en appréciant ses œufs brouillés, parfaitement cuits. Je te rendais fou, tu détestais être marié avec moi, tu me l'as dit et tu es parti.

— J'avais peur, je n'ai pas réalisé ce que j'étais en train de faire. Ton univers, ta vie m'étaient étrangers, et maintenant, ils me manquent, comme tu me manques. Je pense à toi tout le temps. Je ne veux pas d'une blonde ennuyeuse, présidente d'une association de charité. Je veux ma rouquine déjantée.

— Je ne suis pas déjantée, rétorqua Fiona, froissée.

— Non, mais ta vie l'était un peu. Ou excentrique, en tout cas.

— Peut-être qu'elle t'ennuierait aujourd'hui. Je vis en recluse, maintenant.

— Oui, mais tu n'es pas frigide, plaisanta-t-il.

— Je pourrais apprendre à l'être, si ça pouvait te convaincre de rester loin de moi. Considère la nuit dernière comme un souvenir, une sorte d'au revoir que l'on se serait mutuellement offert. Restons-en là. On en rira dans vingt ans.

— Seulement si on est toujours ensemble, répondit John du tac au tac.

— Je peux te promettre que ce ne sera pas le cas. Je ne recommencerai rien avec toi. Et en fait tu ne me désires pas plus qu'avant, c'est simplement ce que tu crois, parce que tu ne peux plus m'avoir.

— Fiona, je t'aime, fit John d'un ton désespéré.

— Moi aussi. Mais je n'ai pas l'intention de te revoir. Plus jamais. Et si les choses se passent ainsi quand nous nous voyons, cela prouve bien que nous ne pouvons pas être amis.

— Alors soyons simplement amants.

— Nous vivons dans des villes différentes.

— Je viendrai le week-end.

— Ne dis pas de bêtises, c'est de la folie.

— Tout comme de ne pas être avec la personne que l'on aime et que l'on a déjà suffisamment aimée pour l'épouser.

— Et suffisamment détestée pour divorcer, lui rappela-t-elle, ce qui lui fit lever les yeux au ciel.

Le café était délicieux. Fiona en avait toujours fait du très bon.

— Je ne te détestais pas, la reprit-il, terriblement embarrassé.

— Bien sûr que si. Tu as divorcé, répliqua-t-elle d'un air pincé.

— J'étais idiot, je l'admets. J'étais stupide.

— Non, ce n'est pas vrai, fit-elle avec douceur. Tu étais merveilleux, et c'est pour cela que je t'aimais. Simplement, je n'ai pas envie de recommencer. Nous avons été mariés. C'est terminé. Pourquoi gâcher les bons souvenirs par des mauvais ? J'avais presque oublié les côtés négatifs, et voilà que tu débarques et que tu veux repartir de zéro. Eh bien, non, je n'en ai pas envie.

— D'accord. Alors vivons seulement les côtés positifs.

— C'est ce que nous avons fait cette nuit. Maintenant, tu vas repartir à New York, retrouver ton amie de l'association et continuer ta vie sans moi.

— Tu viens de rendre tout cela impossible, et c'est de ta faute. Tu dois faire quelque chose, déclara-t-il en s'adossant à sa chaise. Tu n'as pas le droit de coucher avec moi, de bouleverser ma vie, puis de me jeter comme une vulgaire chaussette. Et si je découvrais que je suis enceinte ?

Il avait pris une expression indignée, et Fiona éclata de rire avant de se pencher vers lui pour l'embrasser.

— Tu es vraiment cinglé, fit-elle gaiement.

— C'est toi qui me rends fou ! fit-il en l'embrassant lui aussi, tout en jetant un coup d'œil au réveil, avant de lui sourire. Et puisque tu vas m'utiliser, puis me jeter et m'oublier, que dirais-tu si l'on se donnait quelque chose de plus à oublier avant que je prenne mon avion pour New York ? J'ai deux heures devant moi, si tu veux bien t'arrêter de parler.

Elle était sur le point de répondre que c'était grotesque, mais lorsqu'il l'embrassa, elle se ravisa. Et cinq minutes plus tard, ils étaient à nouveau au lit, où ils passèrent les deux heures suivantes.

À midi, il se leva à contrecœur. Il devait encore se doucher, se raser, s'habiller et récupérer ses affaires au Crillon.

La veille au soir, il avait renvoyé son chauffeur en lui disant qu'il rentrerait à l'hôtel en taxi. Il était convenu qu'il vienne l'attendre à 13 heures à l'hôtel, le lendemain. Il s'était dit qu'il ferait une promenade dans Paris le matin, mais préférait largement ce qu'il avait fait avec Fiona.

— Je regrette de devoir te laisser, dit-il tristement en enfilant sa veste.

Il ne savait pas si elle l'autoriserait à la revoir. Elle était incroyablement têtue et semblait déterminée à mettre fin à leur histoire.

— Tu m'auras oubliée avant même d'atterrir à New York, lui assura-t-elle.

— Et toi, m'auras-tu oublié avant ? demanda-t-il d'un air tragique.

Fiona lui sourit et l'entoura de ses bras.

— Jamais je ne t'oublierai. Je t'aimerai toujours.

Elle était sincère, et John faillit pleurer en l'embrassant.

— Fiona… Épouse-moi… Je t'en prie… Je t'aime… Plus jamais je ne te quitterai, c'est juré. Aide-moi à arranger les choses entre nous. J'ai commis une terrible erreur en te quittant. Ne nous punis pas tous les deux à cause de ma bêtise.

— Ce n'était pas une bêtise. Tu avais raison. Et c'est impossible, je t'aime trop. Je n'ai pas envie de souffrir une nouvelle fois, ni de te faire du mal. C'est mieux ainsi.

— Non, c'est faux.

Mais il n'avait pas le temps de rester pour argumenter, il avait un avion à prendre. Il lui donna un dernier baiser avant de partir, puis dévala les escaliers et traversa la cour à la hâte, tandis que Fiona le regardait une dernière fois. Elle retourna ensuite se coucher et passa la journée au lit. À la tombée de la nuit, elle s'y trouvait encore, en larmes, pensant à John. Ce dernier l'appela de l'aéroport, mais elle ne répondit pas. Elle l'entendit laisser son message lui disant combien il l'aimait. Elle ferma les yeux et pleura de plus belle.

15

Lorsque Adrian téléphona à Fiona pour lui parler de son dîner de Thanksgiving, elle ne lui dit pas ce qui s'était passé, se contentant d'écouter et de faire semblant de s'intéresser à ce qu'il racontait, mais ne pensant qu'à John. Celui-ci l'avait appelée une dizaine de fois depuis son départ, mais elle ne prenait pas les appels et ne rappelait jamais. Elle avait décidé de ne plus lui parler. Pour elle, tout était fini. Leur nuit ensemble n'avait été qu'une parenthèse. Ils restaient séparés. Mais cela avait rendu les choses plus difficiles, et elle n'en était que plus déterminée à ne plus lui parler ni le revoir. Jamais elle n'avait aimé quelqu'un comme elle l'avait aimé et elle refusait de revivre la même chose, surtout avec lui ; elle l'aimait trop pour faire un nouvel essai. Et elle savait qu'il finirait par cesser d'appeler.

Il lui fallut presque une semaine pour se remettre au travail. Elle se promenait, fumait, se parlait à elle-même, essayait d'écrire, mais n'y arrivait pas. C'était comme un sevrage. Non seulement John lui manquait, mais tout son être le réclamait, ce qui lui prouvait combien il était dangereux pour elle.

Il était reparti depuis une semaine quand Andrew Page lui annonça qu'un éditeur souhaitait publier son livre et qu'il lui proposait un contrat pour trois ouvrages. C'était la première et unique bonne nouvelle qu'elle recevait depuis le départ de John, mais après avoir raccroché, Fiona se rendit compte que même cela n'arrivait pas à lui remonter le moral et qu'elle était aussi malheureuse qu'au moment du divorce. En outre, depuis deux jours, John n'avait plus appelé.

Cet après-midi-là, elle descendit faire des courses, même si cela ne rimait pas à grand-chose car elle ne mangeait pratiquement rien, mais elle avait besoin de cigarettes et de café. En pénétrant dans la cour avec ses provisions, elle entendit des pas et se retourna pour voir qui l'avait suivie. Elle se retrouva alors face à John, qui la fixait, le visage ravagé. Sans prononcer un mot, il se dirigea vers elle.

— Que fais-tu ici ? demanda-t-elle platement.

Elle n'avait pas la force de se battre. Ses sentiments n'avaient pas changé depuis qu'il était parti. Elle avait pensé chaque mot qu'elle lui avait dit, et ce qu'elle endurait depuis une semaine la confortait dans sa résolution. John était dangereux pour elle. Elle ne coucherait pas avec lui cette fois-ci, quelle que soit la raison de sa présence à Paris.

— Je ne peux pas vivre sans toi.

Il semblait sincère.

— Tu l'as bien fait pendant un an et demi, lui rappela-t-elle en posant les sacs, trop lourds, à côté d'elle.

John les ramassa et continua de la fixer.

— Je t'aime. Je ne sais pas quoi te dire d'autre. J'ai commis une terrible erreur. Tu dois me pardonner.

— C'est fait depuis longtemps, répondit-elle d'un air triste et vaincu.

— Dans ce cas, pourquoi refuses-tu qu'on essaie à nouveau ? Je sais que ça marchera, cette fois.

— Je t'ai fait confiance, et tu m'as trahie.

— Je préférerais mourir plutôt que de te faire subir ça à nouveau.

— Je ne sais pas si je pourrai te redonner ma confiance un jour.

— Dans ce cas, ne me la donne pas. Laisse-moi la gagner.

Elle le considéra un long moment, pensant à ce qu'Adrian lui avait dit sur les compromis et le fait de s'adapter. Elle non plus n'avait pas eu un comportement irréprochable ; pourtant, John était prêt à recommencer. Et la seule chose dont elle était sûre pour le moment était qu'elle l'aimait.

Sans un mot, elle tourna les talons, monta les escaliers et ouvrit la porte de l'appartement. Chargé des deux sacs de provisions, John la suivit à l'intérieur, puis referma la porte derrière lui.

16

La neige tombait à Paris pour le réveillon de Noël, et Adrian était arrivé le matin même. Il avait apporté des cadeaux pour Fiona, et elle en avait aussi pour lui, posés près du sapin qu'elle avait décoré la veille. Il y avait une atmosphère de fête dans son appartement et l'on s'y sentait bien, mais Adrian n'avait jamais vu Fiona aussi sérieuse.

Elle portait une robe blanche en velours achetée chez Didier Ludot, un modèle de chez Balenciaga des années quarante, assortie d'une petite veste bordée d'hermine, et en la voyant, Adrian pensa que jamais elle n'avait été aussi exquise. Ils avaient réservé une table au Voltaire pour le soir. Avant cela, ils assisteraient à la messe à l'église Saint-Germain-l'Auxerrois, en face du Louvre. C'était une petite église gothique, et quand ils entrèrent, ils découvrirent qu'elle était entièrement éclairée aux bougies. Fiona n'avait quasiment pas parlé durant le trajet, et Adrian lui avait pris la main, sans la forcer à parler.

Quand ils pénétrèrent dans l'église, John était là, attendant Fiona, et il sourit en la voyant. Cela avait été difficile à organiser, mais il s'était occupé de tous les détails ; leurs papiers étaient en ordre. S'étant mariés dans une église protestante la première fois, ils pouvaient à présent se marier dans une église catholique. Elle avait prévenu Adrian avant son arrivée, au cas où il aurait souhaité annuler son voyage, mais celui-ci avait insisté pour être là. Ils passeraient Noël ensemble comme prévu, et puis il partirait voir des amis au Maroc, tandis que John et elle iraient en Italie pour leur lune de miel. Fiona avait voulu qu'il soit à ses côtés, pour être son témoin. Cela lui semblait encore une idée folle, et elle n'en revenait pas d'avoir accepté. Elle n'avait jamais pensé qu'elle pourrait faire confiance à nouveau à John, et pourtant c'était le cas finalement. Ce qu'ils se devaient le plus, encore plus que l'amour, c'était le pardon.

Le prêtre procéda à la cérémonie en français, mais leur demanda de prononcer leurs serments en anglais, afin qu'ils sachent à quoi ils s'engageaient. Et tandis que John tenait sa main dans la sienne et lui passait la bague au doigt, Fiona se sentit plus sa femme que jamais auparavant. John avait les larmes aux yeux en donnant son consentement, et il en fut de même pour Fiona lorsqu'elle lui donna le sien. Ce fut un moment inoubliable. Quand le prêtre les déclara mari et femme, John la regarda longuement, avant de la prendre dans ses bras et de l'embrasser. Puis, il lui sourit avec une expression qu'elle n'oublierait jamais. Ils sortirent alors de l'église, et restèrent un long moment à contempler la neige, avant de s'élancer vers leur voiture en riant, Adrian derrière eux, leur lançant des boules de neige à la place du riz traditionnel.

Ce soir-là, ils célébrèrent l'événement au Voltaire et rentrèrent à l'appartement à 22 heures. Adrian était descendu au Ritz, mais John lui avait glissé un mot à l'oreille avant son départ du restaurant. À minuit, alors qu'ils étaient couchés, la sonnette retentit. John et Fiona étaient encore éveillés et discutaient de ce qu'ils allaient faire et des décisions à prendre. Durant les deux mois à venir, John ferait la navette chaque week-end entre Paris et New York. Il avait réussi à convaincre l'agence d'ouvrir un bureau à Paris et en serait le directeur. Il leur fallait trouver une maison, et John devait vendre son appartement de New York. Fiona tentait toujours de convaincre ses propriétaires de lui vendre la maison, mais ces derniers tardaient à se décider. Enfin, John avait eu une longue conversation avec ses filles avant de venir à Paris pour se marier, leur précisant, sans équivoque, les limites à ne pas dépasser : personne ne leur demandait d'aimer Fiona – il ne pouvait pas les y forcer –, mais elles devaient se montrer respectueuses, correctes et polies envers elle, sinon… C'était d'ailleurs ce qu'il aurait dû leur dire deux ans plus tôt.

— Qui est-ce, à ton avis ? demanda Fiona d'un air inquiet.

Elle ne connaissait absolument personne à Paris qui pût sonner chez elle aussi tard.

— Ce doit être le Père Noël, répondit John en souriant.

Il semblait heureux en allant ouvrir. Un groom du Ritz lui tendit un paquet qu'Adrian avait gardé à sa demande, et il retourna dans la chambre avec l'objet.

— Qu'est-ce que c'était ?

— J'avais raison, c'était le Père Noël. Il m'a demandé de te dire bonjour, « joyeux Noël » et tout le reste.

Tout en parlant, il lui donna le paquet et l'observa tandis qu'elle entrouvrait une petite couverture bleue et qu'un petit museau noir en émergeait en la regardant.

C'était un petit bouledogue de huit semaines. On aurait dit une chauve-souris mâtinée d'un lapin. Fiona approcha la petite bête de son visage et regarda John avec stupéfaction.

— Ce n'est pas possible ! Tu n'as pas osé ! dit-elle, et les larmes jaillirent de ses yeux tandis que son regard allait du chiot à son mari.

Elle posa délicatement l'animal sur le lit. C'était une femelle.

— Tu l'aimes ? s'enquit John en s'asseyant près d'elle.

Ce n'était pas Sir Winston, mais c'était une lointaine cousine française et un lien supplémentaire entre eux. Il savait combien Sir Winston lui manquait.

— Je l'adore ! répondit Fiona, émerveillée telle une enfant ouvrant ses cadeaux.

Elle lui avait acheté un magnifique tableau d'un artiste qu'il aimait, mais cela n'avait rien à voir avec cette petite chienne. La tenant dans ses bras, elle se pencha pour embrasser John. Fiona savait que les choses iraient mieux cette fois-ci ; ce qui avait bien marché avant ne changerait pas, et ce qui n'allait pas à l'époque s'améliorerait. Elle lui faisait à nouveau confiance, ce qui était un miracle en soi. Mais elle n'avait jamais cessé de l'aimer.

— Merci de nous avoir donné une seconde chance, murmura John en la regardant amoureusement, tandis que la petite chienne lui léchait le visage et lui mordillait les doigts.

Cette fois-ci, leur mariage, de même que l'amour qui les unissait, avait beaucoup plus de valeur à leurs yeux.

Composé par Nord Compo
à Villeneuve-d'Ascq (Nord)

Imprimé en France par

MAURY-IMPRIMEUR
à Malesherbes (Loiret)
en avril 2011

POCKET – 12, avenue d'Italie - 75627 Paris cedex 13

N° d'impression : 164118
Dépôt légal : mai 2011
S21705/01